As fases DA Lua

CLARISSA CORRÊA

LILIANE PRATA

As fases da Lua

BIANCA BRIONES

LEILA REGO

JENNIFER BROWN

GUTENBERG

Copyright © 2016 Clarissa Corrêa
Copyright © 2016 Liliane Prata
Copyright © 2016 Bianca Briones
Copyright © 2016 Leila Rego
Copyright © 2016 Jennifer Brown
Copyright © 2016 Editora Gutenberg

Todos os direitos reservados pela Editora Gutenberg. Nenhuma parte desta publicação poderá ser reproduzida, seja por meios mecânicos, eletrônicos, seja via cópia xerográfica, sem a autorização prévia da Editora.

EDITORA
Silvia Tocci Masini

EDITORES ASSISTENTES
Carol Christo
Felipe Castilho
Nilce Xavier

ASSISTENTE EDITORIAL
Andresa Vidal Branco

EDIÇÃO GERAL
Nilce Xavier
Silvia Tocci Masini

TRADUÇÃO ORÁCULO AZUL:
Taissa Reis

REVISÃO
Andresa Vidal Branco

REVISÃO FINAL
Mariana Paixão

CAPA
Diogo Droschi

DIAGRAMAÇÃO
Guilherme Fagundes

Dados Internacionais de Catalogação na Publicação (CIP)
(Câmara Brasileira do Livro, SP, Brasil)

As fases da Lua / Clarissa Corrêa...[et al.]. – 1. ed. – Belo Horizonte : Editora Gutenberg, 2016.

Outros autores: Liliane Prata, Bianca Briones, Leila Rego, Jennifer Brown.

ISBN 978-85-8235-377-6

1. Ficção brasileira 2. Ficção brasileira - Coletâneas 3. Romance I. Corrêa, Clarissa. II. Prata, Liliana. III. Briones, Bianca. IV. Rego, Leila. V. Brown, Jennifer.

16-03564   CDD-869.3

Índices para catálogo sistemático:
1. Ficção : Literatura brasileira 869.3

A **GUTENBERG** É UMA EDITORA DO **GRUPO AUTÊNTICA**

São Paulo
Av. Paulista, 2.073, Conjunto Nacional, Horsa I
23º andar . Conj. 2310-2312 .
Cerqueira César . 01311-940 São Paulo . SP
Tel.: (55 11) 3034 4468

Belo Horizonte
Rua Carlos Turner, 420
Silveira . 31140-520
Belo Horizonte . MG
Tel.: (55 31) 3465 4500

www.editoragutenberg.com.br

CLARISSA CORRÊA
9

LILIANE PRATA
91

BIANCA BRIONES
171

LEILA REGO
225

JENNIFER BROWN
311

LUA CRESCENTE

CLARISSA CORRÊA

~~~~~

Caminhos cruzados

Sempre busquei minha independência, emocional e financeira. Quando me mudei para São Paulo, vi o quanto o mundo ia muito além daquilo que conhecia. Gostava de viajar, de conhecer outras culturas, de experimentar novas comidas, de vivenciar experiências diferentes. Gostava de caminhar sozinha por ruelas desconhecidas, fotografar pessoas e paisagens que nunca vi, descobrir outros costumes e me aventurar. Muita gente estranha quando vê uma mulher viajando sozinha, mas sempre preferi ser sozinha do que ter alguém só para cumprir determinado papel. Me sentia livre dessa maneira. Nunca pensei, *nossa que ruim viajar sozinha*. Eu gostava mesmo.

Assim que terminei o último ano da faculdade, tive a oportunidade de fazer uma pós de dois anos na Itália. Corri atrás de toda a documentação necessária e fui! Foi incrível! Ganhei uma tremenda experiência que, tinha certeza, seria valiosa quando voltasse ao Brasil. Também ganhei sete quilos nesse período. Os mais bem aproveitados da vida. Voltei com um monte de receitas novas, a cabeça cheia de ideias e uma paz que nunca havia sentido antes.

Da Itália, trouxe alguns vinhos e cafés. E uma vontade louca de voltar para lá um dia para, talvez, ficar de vez. Profissionalmente, eu teria de recomeçar no Brasil, mas estava animada. Eu já tinha a experiência e os contatos dos meus empregos anteriores, de antes da viagem, e sabia que a passagem pela revista italiana contaria alguns pontos, então não era exatamente um recomeço, era mais uma retomada de carreira. E eu tinha aprendido a ser extremamente cautelosa, cada passo era bem estudado pelo meu lado racional. Se algo me deixava na dúvida, eu repensava. Não me arriscava mais sem calcular os danos, sem pensar num plano B caso nada desse certo.

Pouco depois que voltei, fui chamada para uma entrevista em uma das maiores revistas de moda do país. Quem me indicou para a vaga foi meu amigo Maurício, que era um publicitário de sucesso. O cargo era muito bom e o salário também, além de todos os outros benefícios. Na entrevista mesmo já fizeram uma proposta, que aceitei sem pensar duas vezes. Comemorei a contratação com o Maurício e o Carlos, que era companheiro de Maurício e quase um irmão para mim. Brindamos com um Moët Chandon geladíssimo, acompanhado de sashimi. Estava muito animada com o novo emprego e com um frio na barriga que há muito não sentia.

Comemos, rimos, brindamos e os meninos me convidaram para ir na casa de um amigo deles, pois estava rolando uma festinha por lá com o pessoal da revista. Como eu estava bem feliz da vida, só queria saber de comemorar, e eles me convenceram de que seria legal eu já me enturmar com os futuros colegas de trabalho, eu topei! Troquei de vestido, reforcei o perfume, me maquiei e fui.

Chegando lá, conheci várias pessoas. Fotógrafos, modelos, jornalistas, editores... Conversei com muita gente, circulei bastante, reencontrei ex-colegas de trabalho. Entre um gole e outro de espumante, agradeci a Deus pela vida que eu tinha, por ter saído do interior, por ser independente, por estar prestes a dar um grande passo profissional, por ter uma carreira promissora pela frente, por ter o Carlos e o Maurício na minha vida... De repente, surgiu uma lágrima no canto direito do olho. Tentei impedir, mas ela veio e trouxe a irmã gêmea, que trouxe a prima, que trouxe a amiga, que trouxe a vizinha, que trouxe a avó. Como eu queria que a tia Antônia pudesse comemorar junto comigo, acompanhar meus passos, ver no que eu estava me transformando, ver que eu tinha aprendido a gostar de ópera.

☾

Nasci em uma cidadezinha do interior de São Paulo, um pouco longe de onde tudo acontece. Minha família nunca teve muita frescura, então fui criada andando de pé no chão, subindo em árvores, fazendo acampamento no quintal de casa junto com a meninada da rua.

Minha mãe era professora do ensino infantil da escola onde eu estudava e anos depois se tornaria a diretora. Ela chegou a me dar aulas em alguns anos e, hoje, acho que deixei meu olhar sobre nossa relação aluna e professora comprometer demais meu olhar sobre ela na nossa relação mãe e filha.

Quando era pequena não gostava de rosa e odiava me arrumar. Vivia com o cabelo na frente do rosto e era um Deus-nos-acuda se alguém quisesse prender, colocar uma tiara ou fazer um rabo de cavalo. Sabe aquela ideia de garotinha fofa, bem penteada, com bochechas rosadas, cheia de frufrus, babadinhos, rendas, etc. e tal, superbonequinha? Então, nunca fui assim. Meu negócio era cabelo bagunçado, camiseta, shorts e pé no chão. Só andava com a molecada do bairro, gostava de jogar bola e, para desespero da minha mãe, adorava ficar suja. A hora do banho era um tormento, precisava de mil negociações para lavar bem os cabelos, passar condicionador e, com alguma sorte, perfume.

Hoje, olhando para trás, vejo o quanto mudei. Minha mãe nunca foi exatamente vaidosa, então eu não tinha em casa aquele exemplo clássico de mulher que se arruma, que gosta de fazer as unhas, cuidar dos cabelos e andar bem vestida. Minha mãe, ao contrário das mães das colegas de escola, nunca estava maquiada e normalmente vestia jeans, alguma blusa estampada e tênis. Nunca foi de passar creme anticelulite ou rugas, o máximo que fazia era pintar os cabelos. Já as mães das minhas amigas estavam sempre de batom vermelho, cabelos escovados, unhas pintadas, vestidos e saias. Mas quando a minha irmã nasceu, o cenário começou a mudar.

Valentina era linda!

Ela era uma coisinha fofa e rosada. Nem com cara de joelho ela nasceu! Parecia bebê de capa de revista ou de comercial de fraldas, ou seja, minha irmã mais nova era o sonho de toda mãe de menina. Era impossível ficar insensível à tamanha graciosidade; ela era daquelas crianças que você vê e imediatamente quer pentear o cabelo, trocar a roupinha, botar um laço na cabeça, de modo que ela estava sempre estava parecendo uma árvore de Natal, cheia de penduricalhos e roupinhas fofas.

Longe de se incomodar com tanto mimo e afetação, Valentina gostava de ser tratada como uma boneca e foi crescendo assim, nojentinha. Mas, preciso admitir, era uma nojentinha linda.

Eu, por outro lado, nunca fui angelical, muito menos doce. Era educada até pisarem nos meus calos. Amorosa sempre fui, mas do meu jeito, que nem todo mundo entendia. Então eu era o lado B, aquela que todo mundo olhava de canto de olho, do tipo *essa menina vai dar trabalho, olha lá como é levada*. É aquela velha história de "julgar um livro pela capa", afinal, tem gente que adora rotular. Por isso, como eu não era mimosinha, arrumadinha e cheia de babadinhos, certamente "daria trabalho".

Minha própria mãe acabou entrando nessa dança. Tanta fofura na caçula acabou mexendo com ela. Quando eu tinha uns 7 anos, fui acompanhando a influência de Valentina no senso de vaidade de minha mãe. Com uma filha sempre bem arrumada, linda, cheirosa, minha mãe também começou a se arrumar mais e, assim, as duas foram criando um vínculo muito forte desde a mais tenra idade. E, só queria ressaltar, minha irmã não era nenhuma santa, não, mas como sempre teve a delicadeza de uma flor, suas travessuras eram mais facilmente perdoadas e frequentemente menos castigadas que as minhas.

Sempre fui rápida nas respostas, tudo sempre esteve bem na ponta da língua, a ironia andava de mãos dadas comigo. Então eu era vista como respondona, malcriada, irônica, pentelha. Não era obediente e fofa como a minha irmã. Não tinha os olhos azuis da minha irmã. Não era delicada como minha irmã. E o que mais me irritava é que todo mundo me comparava com quem? Bingo! Com a minha irmã, que era doce, suave, angelical, educada e amorosa.

Bem, acho que não preciso dizer que desde muito cedo surgiu uma rixa com minha irmã. Sempre fui competitiva, mas quando o negócio era com a Valentina, ah, aí o meu instinto de competição pegava fogo.

☾

Na casa dos meus pais, as janelas viviam fechadas e na hora das refeições as pessoas mal conversavam, tampouco se olhavam nos olhos. Era uma seriedade absurda. Aquilo me violentava. Não combinava comigo, com meu jeito espevitado, e talvez por isso eu tenha alimentado meu lado irônico e respondão. Meu pai, especialmente, nunca foi muito chegado a abraços e beijos, então demonstrações de carinho assim não eram frequentes no meu dia a dia. Eles se davam bem do jeito deles e eram atenciosos com a gente do jeito deles — que, definitivamente, era bem diferente do meu. Para mim, a casa era meio gelada, as paredes frias, não tinha aquele calor que o amor traz. Valentina parecia lidar bem com tudo aquilo e se sentia confortável naquele ambiente, nada mais natural para uma boneca de porcelana como ela. Minha irmã era muito mais parecida com nossos pais do que eu jamais seria.

Meu pai morreu quando eu tinha 10 anos e minha irmã, 8. Nossa rotina mudou um pouco, pelo menos, as janelas ficavam abertas, mas a vida junto de minha mãe e de minha irmã era tensa, eu nunca me sentia totalmente à vontade. Era como se fosse uma estranha em meu próprio lar. Era exatamente o sentimento contrário do que tinha quando estava junto de tia Antônia. Ela, sim, era minha referência maternal, minha confidente, a única pessoa que realmente me ouvia e me entendia.

Minha tia Antônia, irmã da minha mãe, morava bem perto da gente. Ela era dermatologista e tinha um consultório na cidade vizinha.

Lá no fundo, eu sempre lamentei que ela trabalhasse, porque daí eu só podia ir para a casa dela nos fins de semana e tudo o que eu queria era viver enfiada lá, pois ela sempre foi muito carinhosa e fazia um bolo de fubá com calda de chocolate delicioso. Ela me ensinou sobre arte. Me ensinou a gostar de animais. Me ensinou a amarrar o tênis... E me enchia de abraços e beijos.

Tia Antônia não podia ter filhos, por isso transferia esse amor imenso para minha irmã e para mim. Só que a Valentina já recebia muita atenção e mimos e, como eu era mais "largada", tia Antônia fazia o possível e o impossível para me agradar. E conseguia com muito pouco, já que eu adorava o jeito animado e feliz dela. Nunca a vi de mau humor, ser indelicada com alguém ou falar um palavrão. Nunquinha. Ela era uma lady. Com ela aprendi regras de etiqueta, andar de postura ereta e dirigir. Engraçado, hoje olhando para trás vejo que aprendi tantas pequenas coisas com ela.

— Quem é que tá cantando?
— Nina Simone.

Eu gargalhei.

— Do que você tá rindo?
— Porque é o nome da sua gata!
— A-Rá, viu como sua tia tem bom gosto?!
— Hã? Por quê?
— Porque a Nina cantora é maravilhosa, igual à minha Nina felpuda.
— E eu? Tenho bom gosto?
— Shhh... — minha tia pousou delicadamente o indicador sobre meus lábios e em seguida pôs as mãos sobre meus olhos. — Escuta... Presta atenção na melodia, na voz, no ritmo... O que você acha?
— Eu gosto...
— Ah, então você também tem bom gosto! Mas isso eu já sabia, afinal só garotas como você gostam de Nina Simone! — disse tia Antônia completando a frase com um beijo na minha testa.
— Como assim? Garotas como eu?
— Meninas espertas, que sabem que o mais importante na vida é o que está aqui... — Ela pôs a mão em meu coração — E o que está aqui! — Ela apontou minha cabeça. — Agora vem, que eu vou fazer a calda do bolo pra você comer antes de voltar pra casa.

Minha tia me deu as costas e saiu andando na direção da cozinha. Eu fui correndo atrás dela e a agarrei por trás e fiquei lá, abraçada à sua cintura.

— Eu não quero voltar pra casa! Quero ficar morando com você.

Desde então, Nina Simone é uma das minhas cantoras preferidas. Além do jazz, tia Antônia também me ensinou a gostar de música clássica e até tentou me fazer gostar de ópera, mas aí já era demais.

— Você ainda é muita jovem pra lidar com tanta poesia, mas um dia você vai entender a beleza da ópera e vai se arrepender de todas as vezes em que disse que era apenas um bando de gordos se esgoelando! — Era o que ela me dizia quando eu pedia para ela desligar o som. Eu só dava risada com cara de deboche.

Tia Antônia aproveitava a vida como ninguém. Não guardava mágoa, não acumulava rancores que não eram dela, não se envolvia em fofocas, não ligava para o que os outros pensavam ou achavam. Ela simplesmente vivia do jeito dela, da melhor forma que acreditava que deveria viver. Claro que ela também devia ter suas marcas, mas não ficava se lamentando.

Mas um dia — eu já era adolescente — tia Antônia foi ao supermercado e eu fiquei na casa dela, na biblioteca, futricando nos livros antigos. Ela, assim como eu, adorava ler. Fuçando aqui, fuçando ali, acabei encontrando uma caixa de madeira escondida atrás de uma enciclopédia bem velha no canto da última prateleira. Curiosa que sou, peguei a caixa e abri. Tinha um monte de papéis, documentos antigos e algumas fotos, já amareladas pelo tempo. Eram fotos da infância e da juventude dela e da minha mãe. Numa delas também tinha o meu pai, era uma foto dos três já adolescentes. Éramos tão parecidas.

— Alice, Alice, —ela começou a me chamar quando chegou — trouxe o biscoito que você gosta, o iogurte que você gosta, o pão de aipim que você gosta, tudo que você gosta! — Ela disse rindo.

— Nossa, tia, quantas fotos antigas você tem. Por que você não...

— Alice! Por que você tá mexendo nas minhas coisas? — ela falou séria de um jeito que nunca tinha visto.

— Me... me desculpa... — gaguejei. — Eu tava procurando o *Dom Casmurro* que...

— Pode ter certeza que não está dentro dessa caixa! — ela ralhou tomando a caixa da minha mão.

— Desculpa, tia, não pensei que você ia ficar tão brava de eu pegar essa caixa.

— Olha, Alice, você não pode agir sempre assim, sair mexendo nas coisas dos outros sem permissão quando te der na telha. Isso é uma tremenda falta de respeito e de educação!

— Mas, tia, é só uma caixa...

Ela respirou fundo, achei que ia gritar comigo, mas ela falou bem séria e firme:

— Mas não é pra você mexer! Se ela estava guardada lá atrás dos livros, significa que eu não quero que ninguém fique mexendo nela, concorda? Nem você!

— Me desculpa... — era só o que eu conseguia dizer.

Tia Antônia bufou, percebi que ela estava se contendo, que estava brava comigo, mas, mesmo assim, ela tentou ser paciente.

— Você sabe que mora no meu coração e que tem toda liberdade nessa casa, mas isso não significa que pode invadir minha privacidade desse jeito. Você não é nenhuma menininha boba que não sabe perceber quando não deve mexer em alguma coisa. Respeite meu espaço como eu respeito o seu.

Eu preferia que ela tivesse me batido, que tivesse me xingado com mil palavrões diferentes, como minha mãe provavelmente faria, seria melhor do que ver a decepção estampada no olhar dela.

— Espero não ter essa conversa de novo com você.

Sorri sem jeito. Sorri o sorriso mais envergonhado que encontrei. Eu sabia que estava errada, sabia que a caixa estava escondida e mexi mesmo assim, por pura curiosidade, nem parei para pensar que minha tia podia ficar tão chateada e me sentia péssima pela situação.

— Vem aqui! — Ela me puxou num meio abraço e me deu um beijo no alto da cabeça.

— Me desculpa...

— Ok, tudo bem. Sei que você já entendeu. Vamos deixar esse assunto pra lá. Agora vai fazer um chocolate quente pra se redimir comigo.

Meu Deus, como eu amava minha tia. Amava e admirava. Mente aberta, coração de ouro, uma beleza clássica, parecia uma princesa. Eu vivia me perguntando por que ela não tinha construído uma família. Ela dizia que o príncipe tinha escolhido outra princesa. E eu ria. Só depois fui entender o que aquela frase queria, na verdade, dizer.

☾

Com o passar dos anos, fui me conhecendo e me descobrindo. Na adolescência, junto com o primeiro sutiã, veio a vontade de chamar a atenção do sexo oposto. Passei a me vestir de outra forma, mudei meu estilo, meu jeito, minha maneira de ser. Mesmo assim, continuei com a personalidade forte e sempre tinha aquela resposta que deixava qualquer um sem jeito. Sim, a menina vai dar trabalho.

Meu primeiro amor surgiu aos 12 anos. Ele tinha 15 e namorava uma menina de 14. Esqueceram de me avisar que meninos de 15 não olham para meninas de 12. Eu tentava de todas as formas chamar a atenção dele.

— Minha filha, ele tem namorada!
— Isso não quer dizer nada, mãe.
— Como não quer dizer nada?
— Ué, eu sou muito mais inteligente, mais bonita e divertida! Claro que ele vai gostar mais de mim do que gosta dela.
— Você não acha que ainda é muito nova pra querer roubar o namorado de outra menina?
— E tem idade pra isso?

Minha mãe me olhou boquiaberta, mas nem dei bola. Estava muito ocupada pensando em como poderia conquistar meu alvo.

— De todo modo, você *só* tem 12 anos, e ainda é muito nova pra namorar seja lá quem for. Não quero saber de filha minha correndo atrás de menino mais velho. Imagina só o que vão falar!
— Mãe, na verdade você tá mais preocupada com o que vão falar do que com a sua filha que *já* tem 12 anos querer beijar. Não se preocupe. Eu vou fazer tudo direitinho e você não vai cair na boca do povo.

Claro que eu levei uns petelecos. Aquilo era o que mais odiava na vida do interior. Parece que ninguém tem outro assunto a não ser aonde você vai, o que veste, o que come, com quem sai. E se você for filha do Fulaninho... nossa! Olha lá a filha do Fulaninho de pileque na boate! Olha lá a filha do Fulaninho com decotão! Olha lá que pouca vergonha a filha do Fulaninho beijando o filho do outro Fulaninho! Tenha dó!

Sempre fui competitiva. Era só alguém dizer que eu não conseguiria determinada coisa que me empenhava e dava o melhor de mim para conseguir e dizer: *ei, você estava errado*. Claro que meu primeiro beijo foi com o menino de 15 que tinha a namorada de 14. Não namoramos nem nada, mas beijei. Viu, mãe? Ter namorada não quer dizer nada. E assim comecei minha vida amorosa: tendo todos e não tendo nenhum.

Dos 12 aos 17 anos, beijei alguns meninos, mas nunca tive namorado-namoraaado-sério. Nunca levei ninguém em casa, nem nada parecido. Só me divertia, afinal, a vida precisa de uma boa dose de diversão. Aos 16, conheci um cara. Marcelo. Ele era meio feio, mas tinha alguma coisa que não sei explicar. Na verdade, sei! O que ele tinha era a Valentina. Ela estava gostando dele e, como todos os meus instintos competitivos se aguçavam quando se tratava da minha irmã, eu fiz o que podia e o que não podia para ele se interessar por mim e não por ela. Combinamos de sair, saímos, foi bom, mas não rolou. Ele era grudento, ligava muitas vezes, queria amor, queria romance, queria enlace. E eu só queria afastá-lo da minha irmã. Virei a página. Ele ficou puto.

— Eu não acredito que você tá fazendo isso!!! — Valentina entrou com tudo no meu quarto, berrando comigo aos prantos.

— Que isso, sua louca? Quase furo meu olho! — eu gritei de volta, estava passando rímel porque ia sair com Marcelo.

— Que pena que não furou! Era o que você merecia, porque é isso o que você faz, sua fura-olho! — Valentina quase babava de raiva.

— Ah... você ficou sabendo que tô saindo com o Marcelo? — perguntei sorrindo, bem sacana.

— Você nem gosta dele!

— Claro que gosto! — menti.

— Ah, é? E gosta do quê? Você nunca nem tinha reparado nele.

— Ele tem charme. Uma voz bonita, um olhar diferente. Gostei dele e pronto! Ele não é seu e pode gostar de quem quiser, e gostou mais de mim! Agora sai do meu quarto que eu preciso terminar de me arrumar.

— Mentira! — Ela chorava e eu me segurava para não rir. — Você só começou a dar em cima do Marcelo porque ficou sabendo que eu gosto dele, sua cretina!

— Olha, assim vai borrar a maquiagem! Vai ficar feia, maninha.

— Por que você tá fazendo isso? Pra que ser cruel assim?

— Por que você mandou a mamãe levar o Sinatra embora?

— Aquele vira-lata imundo! Eu odiava ele, ficava mijando na casa toda, estragando tudo! Devia ter chutado mais aquela bola de pelos nojenta. Mas agora vejo que era melhor ter ficado com ele e ter mandado *você* embora!

— Hummm... Acho que o Marcelo não concorda. Vou perguntar pra ele daqui a pouquinho, depois que a gente der bastante risada dessa sua ceninha!

— AAAAAARRRRRRGGGGGHHHHH!

Valentina voou pra cima de mim. A gente se engalfinhou no meio do quarto e precisou da minha mãe e da tia Antônia para separar a gente. Minha mãe agarrou a Valentina pela cintura para conseguir arrastá-la para fora do meu quarto. Ela se debatia tentando me alcançar e tia Antônia me segurava com força enquanto eu tentava alcançar Valentina, que gritava:

— EU TE ODEIO!!! Vai ter volta! Vai ter volta!

— Eu pago pra ver, sua idiota! — eu gritava de volta.

Ah, o amor de irmãs...

Levei muita bronca de tia Antônia por causa desse episódio, mas na ocasião só me arrependi por ter brincado com os sentimentos do Marcelo, porque a sensação de ver minha irmã bufando e esperneando de raiva e inveja de mim era impagável. Mas, como ela disse, ia ter volta...

Aos 18, prestei vestibular em São Paulo. Meu sonho era ser jornalista. Fiz a primeira fase do vestibular no último domingo de novembro. Aproveitei cada minuto que tinha para fazer a prova com calma e atenção. Antes de sair da sala, anotei todas as minhas respostas para conferir em casa com o gabarito oficial assim que ele fosse divulgado na internet. Não aguentaria esperar até a divulgação dos aprovados, precisava saber quantas questões eu tinha acertado.

Quando o gabarito foi divulgado no início da noite, eu conferi com minhas respostas e comecei a pular de alegria! Eu arrebentei! Acertei muito mais que o exigido pela nota de corte do meu curso. Com certeza eu seria aprovada. Acho que dava até para passar na primeira fase de Medicina com o meu resultado!

Fiquei muito feliz, e tia Antônia disse que se eu passasse na segunda fase poderia morar no apartamento que ela tinha na capital. Apesar de sempre ter atendido no interior, não foi por falta de oportunidades que a dra. Antônia não foi para os grandes centros urbanos. Ela era uma dermatologista renomada, sempre era requisitada para dar palestras, participava de muitos congressos e constantemente ministrava cursos de pós-graduação, por isso mantinha um apartamento pequenino em São Paulo.

A segunda fase seria no comecinho de janeiro e eu estava confiante de que passaria. Desde os 15 anos, apesar das minhas loucuras de adolescente, estudava com afinco para me preparar para o vestibular e sempre me saí muito bem em todos os simulados. Encarava a universidade como a chave da minha liberdade. Deixaria amigos, família e cairia no mundo. Apostei todas as minhas fichas nisso!

Entre a primeira e a segunda fase, eu tinha pouco mais de um mês e, assim que saí da prova da 1ª fase, sem nem ter o resultado ainda, eu já comecei a me preparar para uma vida nova, o que incluía, é claro, festa(s) de despedida!

Eu gostava de baladas, de conhecer gente nova, de beber drinques diferentes, de rir com os amigos. Gostava de aproveitar a vida! Claro que nunca fui inconsequente, mas tinha uma sensação de que precisava curtir cada segundo, pois depois que o segundo passou, pronto, foi. Aquilo não volta. Tinha aprendido com a tia Antônia, e não desperdiçava tempo criando caso, fazendo intriga, me preocupando excessivamente com a vida alheia, inventando monstros, alimentando ansiedades sobre coisas que nem aconteceram. Eu não! Eu esperava tudo acontecer para, então, me preocupar. Essa coisa de preocupação nunca foi muito a minha praia. Ficar ansiosa com algo que não aconteceu (e você nem sabe se acontecerá de fato) não leva a nada. Ou leva? As pessoas perdem tempo demais envolvidas em coisas que não trazem o menor resultado. Pensam e sofrem por antecipação. Criam coisas que jamais existirão. Então meu lema sempre foi aproveitar a vida, curtir o hoje, pensar no agora. Claro que eu sempre imaginei como seria meu futuro, acho que é humanamente impossível não imaginar. Mas nunca sofri por isso. Sempre acreditei que as coisas dariam certo. Só me poupo do sonho, da queda e da frustração. Ou, pelo menos, sempre achei que me poupava.

Geralmente, quando a gente queria curtir uma balada, tínhamos que ir para a cidade vizinha, que era um pouco maior e tinha mais opções de entretenimento. Numa das festas, com o tema Disco Divas, numa casa noturna bacanuda com área externa e pista de dança bem espaçosa, encontrei vários conhecidos. Conversei com muita gente, circulei bastante, foi bem legal porque senti que estava me despedindo de muitas delas, como se fosse o encerramento de um ciclo e o início de uma nova fase.

Era uma sexta-feira e eu tinha ido com o Carlos, um amigão meu desde a infância. Ele era gay, mas quem não o conhecia direito nem desconfiaria e até pensaria que ele era um "cara pegador", porque era isso que ele fingia ser. Ele ainda não tinha saído totalmente do armário e não seria fácil para ele se assumir com a família conservadora que tinha e numa cidade pequena do interior, então só os amigos mais próximos sabiam.

Se a tia Antônia me ensinou a gostar de jazz e música clássica, foi o Carlos que me ensinou a gostar de Barbra Streisand, Gloria Gaynor, Cher, Madonna e outras divas do mundo pop. Ele estava de rolo com um rapaz chamado Maurício, que morava nessa outra cidade, e tinha marcado de encontrá-lo na balada, insistindo para eu ir com ele; na verdade nem precisou insistir, eu topei na hora.

Depois de me acabar de dançar ao som dos *greatest hits* dos anos 80, dei uma saidinha para tomar um ar. A noite estava linda; quente, mas com aquela brisa gostosa. Eu me apoiei na mureta da área externa e fiquei olhando para o céu abarrotado de estrelas. Mas cadê a lua? Ah, ali! Era lua crescente. Sempre gostei dessa fase da lua, porque é a época em que ela vai ganhando cada vez mais luminosidade até chegar ao auge. Gostava desse movimento dúbio de escuridão e ascensão e o encarava como uma metáfora da vida. Dos obstáculos que vamos enfrentando para crescer e amadurecer, da promessa de consagração ao fim do caminho. Então, fechei os olhos e sorri com o cantinho da boca; agradeci a Deus por estar prestes a dar um grande passo na minha vida. De repente, percebi uma lágrima chegando, cheia de emoção e felicidade. E foi quando abri os olhos que meu olhar cruzou com o dele.

Não sei se consegui disfarçar, mas fiquei um pouco sem jeito com a forma com que nossos olhares se encontraram. Aquele cara tinha um olhar diferente de tudo que eu já tinha visto e me senti, sei lá, especial. Não sei explicar que sentimento era aquele, mas parecia que já o conhecia. Ele, me olhando fixamente, se aproximou e perguntou com uma voz meio rouca:

— Tá tudo bem?

— Sim... — respondi, sorrindo meio atrapalhada.

— Menina, experimenta isso aqui! É a melhor coisa da vida! Aposto que nem em São Paulo você vai achar um drinque tão di-vi-no! — Carlos apareceu do nada me trazendo um coquetel de morango — Gustavo?!

— Carlinhos?!

— Menino... — Eles se abraçaram e deu para ver que se conheciam bem — Há quanto tempo! Como vão as coisas?

— Cara, muito tempo mesmo! Você sumiu do curso de mecatrônica.

— Afff... Aquilo não é pra mim, não. Ui, Deus me livre! — ele falou jogando as mãos pro alto com bastante afetação. Sempre que o Carlos bebia um pouquinho além da conta, ele se soltava; às vezes até exagerava e por isso eu sempre dizia que ele tinha de assumir de uma vez quem era, e quando estivesse sóbrio.

Gustavo riu da reação do Carlos.

— Eu também não terminei.

— Eu sei, danadinho! Tô acompanhando sua carreira na net!

— Você mudou, Carlinhos... — Gustavo observou com um sorriso divertido.

— Ah, para! Impressão sua! — Carlos deu um tapinha falso no ombro do Gustavo e depois se aproximou e falou baixinho no ouvido dele. — Não conta pra ninguém!

E deu uma gargalhada escandalosa enquanto Gustavo e eu observávamos meio sem saber o que fazer. Eu com o coquetel na mão me sentindo um peixe fora d'água e Gustavo me olhando e sorrindo.

— Ai, ai, desculpa, gente! É que tô animado hoje! Mas, Gustavo, nem sabia que você já conhecia minha amiga. Essa aqui é uma irmã pra mim! — Carlos me puxou e me deu um beijo na cabeça. — Faz tempo?

— Dois minutos — Gustavo respondeu.
— Como assim?
— A gente não se conhece, não... Acabamos de nos encontrar aqui fora — foi minha vez de responder.
— Alice, deixa de ser boba! Claro que você conhece o Gustavo, até já te dei o CD dele!

Meio atônita, meio apatetada, meio fora do ar, entendi: o Gustavo era cantor. O Carlos já tinha me falado dele várias vezes, que ele largou a faculdade e saiu de casa para tentar a carreira na música, inclusive tinha me dado o CD da banda dele, que por sinal eu tinha adorado. Mas não tinha me dado conta de que a foto da capa do CD era igual ao cara do olhar que me fazia sentir especial.

— Então seu nome é Alice? — ele perguntou.

Fiz que sim com a cabeça. E fiquei sem entender porque aquele cara me deixava tão fora de mim, tão retardada, tão sem controle.

— Ai, tô meio distraída hoje, nem sei como não te reconheci. Gostei muito do seu CD!
— Obrigado! Fico feliz. Então, já que você gostou, quero te convidar pra me ver tocar amanhã. Vou adorar se você vier.
— Uau! Claro! Onde vai ser?
— Aqui mesmo. Na verdade, vim aqui hoje pra conversar com o gerente e acertar os últimos detalhes.
— Ah, mas então não vai dar. Quando cheguei, vi lá na entrada que não tem mais ingresso pra amanhã.
— Você não precisa de ingresso — ele respondeu sorrindo —, me passa seu nome completo e seu telefone que eu te coloco na minha lista de convidados. Você também, Carlinhos.

Que chique! Que loucura!, pensei.

— Ai, que tudo! Finalmente vou te ver ao vivo. Claro que a gente vem! Alice, você vai adorar. Já vi os vídeos de vários shows e a banda é di-vi-na e as músicas são ótimas.

Enquanto Gustavo anotava nossos nomes completos e telefones, Carlos não parava de falar que a banda tocava músicas de sucesso e outras de composição própria. Fiquei animada e um pouco excitada com a situação, já que senti que tinha alguma coisa no ar.

— Bem, eu preciso ir agora. Em véspera de show, não gosto de ficar até tarde na rua porque preciso preservar a voz e descansar. O nome de vocês já tá na lista e vocês podem trazer um acompanhante, mas se quiserem trazer mais alguém é só avisar.

— Ai, que demais! Vou chamar o Maurício agora! — Carlos saiu correndo atrás do quase namorado.

— Obrigada! Foi muito legal da sua parte!

— Tranquilo. Pode ter certeza que fiz isso mais por mim do que por vocês.

Eu ri.

— Você vem mesmo, né?

— Claro!

— Então, — ele pegou minha mão e deu um beijo — tomara que você não traga nenhum acompanhante.

Saí da festa me sentindo um pouco atônita, levemente perdida, meio andando nas nuvens. *Não te precipita*, uma vozinha interna me falava.

— Mau, você precisava ter visto o clima que tava rolando entre os dois!

— Sério? Não perde tempo, hein, Alicinha?!

Eu tinha acabado de conhecer o Maurício, mas já gostava dele. Achei que ele e o Carlos tinham tudo a ver.

— Seus bobos! Ele só pôs nosso nome na lista porque é amigo do Carlos.

— Ah, tá! Se eu não tivesse interrompido o papo, vocês dois iam estar bem se atracando em algum canto escuro da boate e não ia sobrar nem língua pro coitado cantar amanhã!

Caímos na gargalhada e eu joguei minha carteira na cara do Carlos, quase sem força de tanto rir.

— Seu besta! Mas, ok, confesso que fiquei balançada.

— Você tá é doidinha pra se amarrar em alguém! Vai virar a primeira-dama das notas musicais.

Carlos se despediu do Maurício e depois pegamos um táxi para voltar para casa. Desci primeiro, dei boa-noite para o meu amigo, abri a porta de casa e fui direto para o meu quarto procurar o tal CD do Gustavo. Como eu não tinha percebido aqueles olhos antes? Como a beleza dele não tinha me chamado atenção na capa do CD? Coloquei para tocar e deitei na cama. Adormeci ao som da voz dele. Acordei achando que talvez me faltasse um pouco de amor. Um pouco de paixão. Um pouco de perigo. Sim, porque se apaixonar é viver em constante perigo, você nunca sabe se vai ou não se queimar, sobreviver, ficar em paz.

Tomei meu café da manhã enquanto pensava em todas essas coisas. Nem dei bola para as frescuras da minha irmã — "ai, porque não tem queijo branco", "ai, porque esse leite é integral" — e a cara amarrada da minha mãe — ela sempre acordava de mau humor. Só ficava pensando que a paixão é uma espécie de tormenta e parecia que eu já estava sentindo tudo aquilo. O amor já é mais calmo, mas a paixão, não. Então me perguntei: será mesmo que eu já havia sentido algum desses sentimentos?

Para com isso, para com isso! Para de ficar criando coisas na cabeça, o que existe é só o que é real. Essas coisas imaginárias são bem como diz o nome: imaginárias. *Nada houve, nada aconteceu, você só conheceu um cara*, eram essas coisas que minha consciência dizia. Mas eu não queria ouvir coisa nenhuma. Me sentia tão adolescente, como se tivesse voltado aos 15, cheia de frio na barriga, cheia de dúvida, cheia de alegria, cheia de vontade de ver aquele cara de novo.

O dia custou a passar, o relógio parecia estar tirando uma onda com a minha cara. O show era às 21 horas, estava chovendo e com isso o dia parecia ficar ainda mais arrastado. Às 16h não aguentei mais e comecei a me arrumar. Tomei um banho demorado, fiz escova mesmo sabendo que ia durar só quinze minutos, passei corretivo, pó, blush e rímel e fiquei quarenta minutos escolhendo uma roupa. Parecia que nada era adequado, nada ficava bem, nada era bom. Optei por um jeans rasgadinho, uma blusa preta, rasteirinha preta, bolsa preta. E me perguntei se era muito preto. Mas não, preto é básico, preto está sempre na moda, preto é luxo, preto é poder. Será que eu estava muito simples? Muito básica? Muito sem graça? Tirei a roupa e coloquei um vestido branco e uma sandália marrom de salto alto. Me senti muito arrumada. Tirei o vestido e coloquei uma saia dourada e uma blusa nude. Me senti muito nude. Liguei para o Carlos. Em dois minutos ele estava lá em casa e disse para eu colocar um macacão frente única preto. Será que eu não estava muito oferecida? Mandamos uma foto para o Maurício, para tirar a dúvida, e ele disse que não. E eu já não sabia se ia básica, arrumada ou oferecida. Uni, duni, tê. Optei pelo jeans rasgado, pela blusinha preta e pela sandália de salto alto. Pronto!

— Ai, Carlos, tô começando a sentir dor de barriga e vontade de vomitar. Será que é virose?

— Claro que não, Alice! Deixa de ser besta!

— Ai, caramba! Eu não quero ter uma diarreia no meio do show! Imagina que humilhação.

— Miga, sua *loka*! Menos! Isso aí é só você começando a se apaixonar! Será??????

Nunca fui muito boa com essas coisas do coração. Nunca pensei em namorar, meu negócio era ficar com os rapazes, mas sem compromisso. Vivia o agora, sem fazer muitos planos, sem pensar em uma vida a dois, sem ficar sonhando acordada com o futuro. Talvez tudo isso tivesse acontecido justamente pelo fato de eu nunca ter me apaixonado para valer, pois acho que quando a gente se apaixona perdidamente, profundamente, enlouquecidamente, fica difícil ser racional. Taí, descobri: sou racional. E a minha razão não deixa minha emoção entrar em cena, pelo medo de perder o controle, esquecer quem eu sou, perder o juízo, sair de mim, ficar maluca, doidinha de pedra, de quatro, babando, cheia de amor, paixão, fogo. Tem gente que pode achar tudo isso uma grande bobagem, mas eu gosto de saber quem eu sou. E quando você se entrega parece que abre uma portinha para uma outra parte de você entrar. E essa parte é uma total desconhecida sua, você tem que se apresentar, aprender a conviver com ela, aceitá-la, amá-la, respeitá-la. Essa coisa de amor é muito difícil e complicada. Não sei se tenho capacidade para isso.

Casa noturna de interior sempre fica cheia quando tem show, não importa de quem seja, o importante é o evento e a oportunidade de sair para ver e fazer algo diferente. Quando chegamos, tinha uma fila enorme na porta, mas como nós estávamos na lista de convidados do artista que ia tocar, a gente entrou direto.

— Assim que gosto! Bem VIP! — Carlos entrou comemorando.
— Arrasou nos convites, Alice!
— Imagina, Maurício. O Gustavo fez isso por todos nós.
— Seeeeeeei.... — os dois falaram juntos.

O show começou meio tarde, mas conseguimos ficar bem perto do palco. Como eu tinha bebido umas cervejinhas na noite anterior, fiquei só na água mineral com gás, gelo e limão. Dez minutos depois ele entrou no palco. E estava lindo. Barba por fazer, calça jeans, camiseta preta e tênis azul. Estávamos combinando no look. Chegou dando boa noite, sorrindo e me olhando. Sorri de volta, abaixando o olhar. Reparei que tinha várias garotas ouriçadas por causa dele, mandando beijinhos, gritando, jogando olhares cheios de segundas intenções. Uma delas até me olhou feio quando viu que ele acenou para mim. Eu, claro, fiquei me sentindo a tal!

Meu Deus, o que esse cara tem? Socorro!

Eles tocaram por uma hora e meia, várias músicas animadas e a gente dançou bastante, embora eu não tenha me soltado tanto como de costume. Mesmo assim, foi tudo de bom! Depois do show, ele veio para a pista falar com a gente.

— E aí?! Gostaram?

— Arrasou! Eu amei! Quero um CD autografado! — Carlos já estava jogando confete.

— E você? — Gustavo perguntou para mim.

— Adorei! Ao vivo é muito melhor. — Sorri e olhei para baixo de novo.

Ele chegou bem perto e sussurrou no meu ouvido:

— Seu sorriso é lindo, espero poder ver mais vezes hoje à noite.

Eu ri.

— Preciso acertar umas coisas com o gerente, mas já volto. Me promete que não vai embora?

— Prometo.

— Mesmo?

— Mesmo!

— Mesmo assim vou pedir pro pessoal da banda tomar conta de você e não te deixar sair de perto enquanto eu não voltar. Não quero correr riscos!

Fui dar um tapinha de mentira no braço dele, mas ele pegou minha mão, levou aos lábios e deu um beijo. Eu quase derreti.

— O pessoal subiu pro bar pra comer e beber alguma coisa. Te encontro lá em dez minutos?

— Combinado!

Gustavo nos acompanhou ao bar e apresentou um por um da banda. Eles eram superlegais e nos entrosamos rapidinho, logo estávamos contando piadas e rindo. Eu fiquei ali pensando em como minha vida estava mudando, mas não tinha nem ideia do que ainda estava por vir.

Ele voltou e se juntou a nós. Sentou do meu lado e começamos a conversar. Não vi a hora passar, ficamos lá por mais de três horas!

— Você deve estar exausta!

Aquele sorriso um dia ia me matar. E aqueles olhos! E aquela voz!

— Nem tanto. Você que deve estar. Deve ser bem cansativo, né?

— Que nada! É o que eu gosto de fazer. Sinto uma *vibe* tão boa quando tô no palco que acho que poderia ficar horas e horas cantando.

— Essa sua paixão pela música é contagiante!

— Espero que não só a paixão pela música... — ele passou a mão por uma mecha do meu cabelo e a colocou atrás da minha orelha, quando foi retirar a mão, seus dedos deslizaram de leve pelo meu pescoço. Senti meu corpo inteiro arrepiar.

— E não deve ser fácil lidar com o assédio das fãs, né?

— Ah, não sou famoso a esse ponto... ainda! — Ele riu de um jeito muito sedutor.

— E quando for? Como vai fazer pra driblar?

— Não vou precisar! Vou ser legal com todo mundo. Esse negócio de artista metido não tá com nada! Sem os fãs, o artista não é ninguém.

— Gostei de ver!

— Você ainda não viu nada... — Ele chegou bem perto de mim, passou a mão por trás do meu pescoço e a outra pela minha cintura, o mundo parou por dois segundos, e então senti seus lábios sobre os meus e daí não vi mais nada, só senti aquela boca me beijando o melhor beijo da minha vida.

— Uhuuuuuuuuuullllllll!!! Arrasa, amiga! — escutei Carlos gritar enquanto todos batiam na mesa e batiam palmas.

Começamos a rir e não conseguimos mais coordenar nossos lábios para continuar o beijo. Foi nosso primeiro beijo e o único naquela noite.

— Quer beber alguma coisa?

— Na verdade, tá meio tarde... Eu preciso voltar pra casa.

— Tarde nada! Que horas são?

Cheguei no celular.

— Ai, caramba! Já são duas da manhã! Eu preciso mesmo voltar pra casa.

— Não vai, não... — Ele me olhava com uma carinha de piedade quase irresistível. Eu olhei para ele, e ri.

Meu Deus, quando eu não sabia o que fazer só conseguia rir!.

— Eu preciso mesmo ir. Não quero ter problemas com a minha mãe.

— Então deixa eu te levar!

— Imagina, não precisa.

— Deixa! Assim fico mais um pouquinho com você.

— É que eu vim com o Carlos.

— Não quero fazer intriga, mas parece que não é com você que o Carlinhos vai voltar, não.

Olhei para o outro lado e vi Carlos e Maurício se beijando no maior *love*, alheios ao resto do mundo. Gustavo e eu rimos.

— Bem, preciso pelo menos me despedir.

Fui falar com eles. Carlos confirmou que ia mesmo passar a noite com Maurício. Dei tchau para os meninos e o Gustavo me levou para casa. Quando chegamos, ele desceu do carro, abriu a porta para mim, me abraçou e disse que queria me ver de novo. Ele beijou a minha testa e me fez um cafuné, então nos despedimos. Abri a porta de casa com o coração aos pulos. Meu celular apitou, fui ver e tinha a seguinte mensagem:

> *Gustavo:* Adorei o teu perfume. Quero chegar mais perto para o teu cheiro ficar em mim.

Eu, que em outros tempos teria achado aquilo a coisa mais cafona do mundo, fiquei encantada. Como já estava muito tarde, ou muito cedo, nem fui dormir. Fiz um café, tomei banho e fiquei pensando que tinha finalmente encontrado meu príncipe encantado. Só queria que o dia passasse mais e mais rápido para que eu pudesse vê-lo novamente.

> *Gustavo:* Tô doido pra te ver de novo!

> *Alice:* Eu também!

> *Gustavo:* Não paro de pensar em você.

Liguei para os meninos contando o que estava acontecendo. Eles me deram a maior força e disseram "Se joga, amiga!".

Eu sabia que não podia alimentar expectativas de nada, só não sabia o que viria pela frente. Eu estava completamente focada na segunda fase do vestibular, queria muito ir para São Paulo e, de repente, conheço esse cara e sinto tudo balançar... Parte de mim dizia que não devia entrar naquilo, não era hora para me envolver, para me apaixonar; mas outra parte – a mais forte, diga-se de passagem –, me dizia pra não perder a oportunidade, para não ficar me preocupando com o que estava por vir e aproveitar o agora, um agora de carne e osso pra lá de atraente e charmoso.

Combinamos de nos ver à noitinha. Claro que, depois de não ter dormido nada, tirei um cochilo à tarde, afinal não queria correr o risco de ficar bocejando durante nosso encontro nem de chegar cheia de olheiras. Disse para minha mãe que iria sair com os amigos do cursinho pra comemorar a aprovação no vestibular. Achei que ela ia dizer qualquer coisa do tipo "Mas o que é isso? Agora é balada todo dia?", mas creio que o fato de praticamente ter passado na primeira fase de uma faculdade pública (o que era o primeiro passo para lhe poupar quatro anos de gastos com mensalidades) me angariou alguns créditos para fazer o que quisesse naquele mês.

Encontrei Gustavo num barzinho, ele estava cheiroso, lindo, gostoso, e já me recebeu com um beijaço! Meu Deus, que homem era aquele?!

— Desculpa, mas é que passei o dia inteiro morrendo de vontade de te beijar! Não consegui me segurar quando te vi linda assim!

Oi? Desculpa? Desculpa? Meu filho, pode beijar à vontade!

Que beijo gostoso! Beijaria aquela boca até o fim da vida, todos os dias, sem cessar, até ficar com os lábios inchados e doloridos. Ficamos ali, sentados, falando sobre a vida, bebericando, ele contando como tinha sido largar a faculdade para investir na música, eu falando dos meus planos de mudança para São Paulo, ficamos um tempão conversando e bebendo. Já estávamos um pouco altos e, quando o assunto acabou, voltamos a nos beijar, agora com mais intensidade e vontade. O clima esquentou. As mãos dele agora estavam mais atrevidas por assim dizer... E não posso dizer que as minhas estavam muito mais comportadas.

Percebemos que não ia dar muito certo continuarmos ali no bar e ele me convidou para ir à casa dele. Eu aceitei. Pegamos um táxi e fomos.

O apartamento era pequeno... na verdade, era mais uma quitinete. Assim que entramos, Gustavo acendeu duas luminárias e a sala ficou numa meia-luz aconchegante; ligou o som e começou a tocar *Felling Good*. Como ele sabia?

— Eu a-do-ro Nina Simone!

— Imaginei que sim. Só garotas como você gostam de Nina Simone!

— O que você quer dizer com isso?

— *You know what I mean!* — ele respondeu cantando um trecho da música enquanto deslizava o indicador pela minha testa, pelo nariz, até chegar aos meus lábios e contorná-los com extrema suavidade. — Quer beber alguma coisa?

— Água...

Quando terminamos de beber, falei que precisava ir ao banheiro. Fui. Limpíssimo. Sem vestígios de presença de mulheres. Não tinha absolutamente nada: perfume, protetor diário de calcinha, esmalte, batom, nada. Sim, eu abri os armários. Desculpa, sou um ser humano curioso. Voltei para a sala e vi que ele tinha me servido mais vinho. Sentei num pufe e peguei minha taça. Bebemos, olhando profundamente nos olhos um do outro, então ele pegou minha taça e pôs em cima de uma mesinha, se ajoelhou na minha frente, deslizou as mãos pelas minhas coxas, apertando na medida certa, porém mais forte quando chegou ao meu quadril. Começou a me beijar bem de leve no pescoço, beijos suaves e demorados. Mordeu a pontinha da minha orelha, foi subindo as mãos e as enfiou por baixo da minha blusa e apertou minha cintura enquanto me deu uma leve mordidinha no pescoço. Então deslizou as unhas pelas minhas costas e eu senti um arrepio percorrer até o último fio de cabelo. Não consegui me segurar e gemi, e isso parece ter sido um gatilho porque o Gustavo pôs as duas mãos com força no meu quadril, me puxou com tudo e me levantou no colo. Agarrei seus cabelos com força e puxei seus lábios para mim. Eu queria aquela boca! Precisava dela!

Nos beijamos com urgência e desejo. Ele me apertava junto ao seu corpo e eu me agarrava a ele. Não dava mais para segurar. A gente se queria muito.

Ele me deitou com delicadeza sobre o tapete e se ajoelhou com suavidade entre as minhas pernas e tirou a camiseta. Ele era lindo!

Gustavo foi tirando a minha roupa devagar, me olhando com intensidade.

— Você é linda! Linda demais!

Eu estava completamente envolvida naquele universo, naquele olhar, naquela voz, naquelas mãos, naquele corpo, naquele momento. Transamos no meio da sala e foi incrível.

Meu Deus, que homem! Que delícia! Sempre fui namoradeira. Não foi a minha primeira vez, mas, definitivamente, foi a melhor!

Ficamos abraçados por um bom tempo, até a realidade me chamar de novo... eu tinha que ir embora.

Antes do último abraço ele perguntou, romântico:

— Quando a gente se vê de novo?

☾

— Você usou camisinha?
— Claro que sim! Até parece que não me conhece, tia.
— Só perguntei porque você falou que tinha bebido um pouco além da conta.

Claro que eu tinha usado. Jamais esqueceria de usar camisinha. Desde que dei meu primeiro beijo, tia Antônia já me dava palestras particulares sobre educação sexual para que eu nunca cometesse nenhum deslize. Então, é claro que eu tinha usado, né! Né? Na verdade, nós estávamos meio bêbados, bebemos um bom tanto no bar, bebemos vinho na casa dele, e eu estava superenvolvida no momento...

— Bebi um pouco, sim. Mas não esqueci de nada. Pode ficar tranquila! Ai, tia, foi tudo tão maravilhoso! Ele foi tão carinhoso. Ficamos abraçadinhos depois, ouvindo música e conversando... Queria ficar ali para sempre...

— Ihhh... Minha menina tá apaixonada.

— Ai, tia, será? Nunca me senti assim antes... só de pensar nele, sinto tudo dentro de mim revirar. Eu sei que a gente mal se conhece, mas com ele eu me sinto diferente.

— Eu entendo essa euforia, mas tenha calma. Não vá com tanta sede ao pote.

— A vida é uma só, tia! Não quero me arrepender de ter perdido oportunidades.

— Isso mesmo. É só uma. Não faça nada de que vá se arrepender pelo resto dela.

Eu tinha passado a semana inteira me coçando de vontade de contar tudo para a Tia Antônia. Nas vezes em que nos falamos por telefone, me segurei para não abrir o bico, pois queria contar para ela pessoalmente, olho no olho. Finalmente, na sexta-feira, ela veio jantar lá em casa e, sob o pretexto de mostrar umas manchinhas nas minhas costas, eu consegui roubá-la um pouco da minha mãe e da Valentina, que sempre tentava priorizar a atenção da tia Antônia quando ela estava lá em casa, pois sabia que eu era a sobrinha preferida.

— O que é que vocês estão conversando por tanto tempo? — Valentina abriu a porta do meu quarto de repente, sem nem bater antes.

— Nada da sua conta!

— Claro que é. E se você tiver uma doença contagiosa?

— Não se preocupe, Tina, a Alice só está com uma reação alérgica, que vai se resolver se ela começar a usar sabonete neutro. — Tia Antônia cortou a investida de minha irmã.

— Sei...

— Você também devia começar a usar.

— Ei, vocês três — minha mãe gritou —, vou servir a sobremesa e o café.

Saímos do meu quarto rumo à sala de jantar para sob o olhar desconfiado e, diria, quase malicioso da Valentina. Não sei há quanto tempo ela estava lá atrás da porta antes de entrar e nem quanto da conversa tinha escutado.

> *Gustavo:* **Que saudade de você!**

Tia Antônia tinha acabado de ir embora quando fui para o meu quarto checar o celular. Meu coração deu cinco twists duplo carpado quando vi a mensagem dele. Pode isso? Pode o duplo dar cinco? Sei lá, mas o meu coração tava todo malucão.

> *Alice:* Eu também! Muita!

> *Gustavo:* Amanhã eu tô de volta e a gente tira o atraso!

    Desde a nossa noite juntos, não tinha mais visto o Gustavo, pois no dia seguinte ele foi para São José dos Campos. Era fim de ano e ele me contou que a agenda ficava mais movimentada mesmo, com vários trabalhos. Além disso, ele tinha um tio que morava lá e que era cheio dos contatos e arranjou uns lugares para a banda dele tocar junto com um cantor de balada sertaneja que tava começando a despontar. O Gustavo falou que não era bem o estilo dele, mas que ia valer a pena pela visibilidade que eles iam ganhar.

    Assim, os dias foram passando e ele não era tão presente como eu queria. *Tudo bem*, pensei, *a vida dele é corrida*. Aquela semana passou devagar, tão devagar quanto as mensagens dele. Ele se comunicava de madrugada. E eu ficava acordada esperando. Ia dormir tarde esperando uma mensagem, um sinal de vida. E ele dava. Dava no tempo dele, do jeito dele, como queria. Era oficial: eu estava nas mãos do Gustavo.

    No sábado, finalmente, ele estava de volta!

    Ele chegou cedinho, descansou um pouco depois de pegar a estrada, e à tarde foi me buscar. Falei pra minha mãe que ia sair com uns amigos e que depois iria passar o restante do fim de semana na casa da tia Antônia que, com muito custo, consegui convencer a ser minha cúmplice. O meu poderoso argumento foi, "Tia, você prefere me ajudar ou prefere que eu faça as coisas escondida?".

    Fomos direto para a casa dele. Tudo parecia ótimo, como deveria ser. Ele estava amoroso e gentil, me abraçou, colocou a cabeça no meu ombro, pediu carinho. Quando vi estávamos sem roupa embaixo do chuveiro. E foi incrível.

    À noite, ele ia tocar na casa noturna em que nos conhecemos. Fui com ele fazer a passagem de som, conversei com todo o pessoal da banda e da equipe dele. Parecia velha conhecida, amiga íntima de todos. Me sentia em casa com eles. E fiquei pensando se ele costumava se envolver com outras garotas em outras cidades, afinal, viajava muito, conhecia muita gente e, sabe como é, homem no palco fica lindo. Pode ser bem feio, bem xucro, bem sem graça, até desdentado. Subiu no palco é um deus grego. A mulherada adora um músico.

No fim, acabei decidindo que não valia a pena ficar esquentando com aquilo. O que importava é que ele estava ali, comigo, naquele momento. Depois da passagem de som voltamos para a casa dele, comemos alguma coisa e transamos novamente. Então tomamos banho, nos arrumamos e fomos para o clube. Fiquei bem na frente.

Quando o show acabou fui até o camarim. Ele estava tomando cerveja, me abraçou, me beijou. Dessa vez, não ficamos até tarde lá, voltamos para o apartamento, pois ele disse que precisávamos comemorar a volta dele, então transamos de novo. No outro dia de manhã, de novo. Estávamos realmente tirando o atraso.

Sempre achei uma bobagem essa história de viver um grande amor. Por que toda mulher sente falta de amor? Na verdade, por que dizem que você *precisa* de um amor para encontrar a total felicidade? Por que seu sonho precisa ser casar de véu, grinalda, igreja cheia, chuva de arroz e nome das amigas na barra do vestido? Por que você *tem* que querer ter dois filhos? Por que seu maior sonho tem que ser comprar uma casa com quintal para as crianças e cachorros? Por que a mulher para ser plena precisa de tantas coisas impostas, de forma velada ou não, pela sociedade? Por que nos contam tantas histórias envolvendo príncipes, beijos que acordam, beijos que salvam, beijos que curam, cavalos brancos etc.? Por que o príncipe *sempre* salva a princesa? Por que a princesa não se salva sozinha? Por que a princesa não acorda sozinha? Por que a princesa não pode viver feliz para sempre so-zi-nha?

Faltando duas semanas para o Natal, saiu o resultado da primeira fase do vestibular. APROVADA! Claro que fiquei feliz. Aquilo era um presentaço adiantado, mas confesso que não foi surpresa e, naqueles dias, só o que fazia meu coração disparar e eu me sentir nas nuvens eram os encontros com o Gustavo. Ainda não fazia nem um mês que a gente se conhecia, mas sentia como se já o conhecesse há anos, instantaneamente nos sentimos à vontade um com o outro.

Eu estava cada vez mais envolvida. Eu, que nunca tinha acreditado em amor à primeira vista. Eu, que nunca achei que fosse possível me apaixonar por alguém que acabei de conhecer, estava pagando a língua, sentindo tudo aquilo na pele. Tudo estava acontecendo muito, muito rápido e de maneira muito intensa entre a gente. Ele era tudo o que eu gostava num homem: forte, cheiroso, gostoso, bom de cama, engraçado, inteligente... Admito, estava caidinha.

Desde que ele voltou de São José dos Campos, não nos desgrudamos mais. A gente se encontrava todo dia, transava quase todo dia. Eu o acompanhava em todos os shows e compromissos e, honestamente, só não desleixei dos estudos porque tia Antônia ficava no meu pé. Aquele seria o primeiro Natal que eu passaria com um namorado e eu estava animada. Quer dizer, nós não nos referíamos um ao outro como namorados, mas nossa química era incrível, não faltava assunto entre a gente, estava na cara que o que a gente tinha era muito mais do que um rolo. Qualquer um podia ver! Onde ele ia, eu ia atrás. Gustavo me fazia perder o rumo e eu já não sabia mais como e *se* ia conseguir ficar longe dele.

No sábado, a banda não tinha show, e o Gustavo perguntou se eu queria ir à festa de aniversário de um amigo dele, que poderíamos aproveitar para comemorar minha aprovação na primeira fase do vestibular, e eu disse que sim. O cara era um playboyzinho da época do curso de mecatrônica e também era conhecido do Carlos. Então nós fomos junto com o Carlos e o Maurício; eu adorava quando nós quatro saíamos de parzinho. Era uma festa mexicana *open bar* regada a tequila. E, como não é todo dia que se tem tequila grátis, chegamos lá e começamos a beber. Bebemos um monte. Um monte mesmo.

A galera começou a brincar de tequila shots e quem terminava de beber por último tinha que pagar um mico. Logo de cara, o Carlos perdeu e como castigo teve que dançar *Conga, Conga, Conga* da Gretchen em cima de uma cadeira, sugestão do Gustavo acatada por todos nós com entusiasmo. A gente achou que esse mico o deixaria envergonhado, mas quem ficou envergonhado fomos nós com a performance sensacional dele! Quase parou o bar! Quando o Gustavo perdeu, foi a vez do Carlos se vingar e sugerir que ele fizesse uma dancinha de *gogo boy* para mim ao som de *I'm Too Sexy*, do Right Said Fred.

Gustavo não se fez de rogado, me sentou numa cadeira, e começou a dançar sensualmente pra mim, fazendo caras e bocas, passando as mãos pelo corpo, levantando a camiseta, rebolando de um jeito que eu nem imaginava possível, e, meu Deus!, aquilo era muito excitante. Eu ria meio histérica de vergonha, mas estava adorando. Olhava de rabo de olho para as outras garotas e via que qualquer uma delas queria estar sentada ali no meu lugar. No finzinho da música, ele veio engatinhando na minha direção e foi se levantando, passando as mãos pelas minhas pernas, e se sentou no meu colo. Fez carinho no meu rosto e me beijou. Nos abraçamos, foi um beijo intenso, com gosto de José Cuervo, sal e limão. Então ele se levantou e me pegou no colo. E foi outro beijo e outro beijo e outro beijo...

Todo mundo aplaudiu com estrondo e eu me senti numa cena de filme.

Quando nossos lábios se descolaram, eu falei:

— Você é maluco! E eu te amo!

Pronto! Falei! Às favas a história de que amor leva tempo para acontecer e que a gente tem que esperar o cara falar "eu te amo" primeiro. Dei vazão aos meus sentimentos e ponto!

— Menina, que rebolado é aquele? Fiquei até com calor! Vou obrigar o Maurício a aprender. Olha, o dia que você cansar do Gustavo, manda ele lá pra casa! — Carlos, já bêbado, veio me falar.

A gente gargalhou e eu respondi:

— Pode tirar o olho que esse aqui é meu!

Bebemos muita tequila ainda naquela noite e dançamos, beijamos, rimos, nos abraçamos... Eu só pensava que se pudesse viver eternamente um momento, seria aquele.

☾

> *Gustavo:* Larga tudo e vem ficar comigo. Vamos cair na estrada!

No dia seguinte, ao acordar, vi que Gustavo tinha me mandado essa mensagem durante a madrugada.

Como assim? Como assim?? Como assim??? Falou que eu era linda, uma garota incrível, que eu era dele e a gente devia ficar junto.

Meu coração quase saiu pela boca. Meu primeiro impulso foi pegar uma mala e jogar todas as minhas coisas dentro e ir para a casa dele. Largar tudo sem nem me despedir. E já estava quase cedendo à essa vontade quando me lembrei das palavras de tia Antônia: "Calma! Não vá com tanta sede ao pote".

Sim, eu estava muito eufórica e precisava me acalmar. Poxa, era do meu futuro que a gente estava falando! Sair de casa para ir viver com um cara que eu conhecia há pouco mais de um mês? Sim! Era o que eu mais queria naquele momento! Mas precisava tentar pensar com a razão: eu não trabalhava, ganhava uma mesada que nem de longe daria para bancar uma vida independente e duvido muito que continuaria a recebê-la se saísse de casa assim, meio fugida.

Então, algo começou a martelar na minha cabeça... eu ainda era muito jovem, tinha a vida toda pela frente... de repente, eu podia esperar mais um ano, ou dois, antes de entrar na faculdade. A faculdade não ia sair de lá, já o Gustavo estava ali e eu precisava investir naquele relacionamento, não dava para deixar esfriar.

Mas e se eu desistisse da faculdade para acompanhar o Gustavo na rotina de músico, como ganharia a vida? Faria bicos de garçonete nos bares que ele iria tocar? Seria sustentada por ele? E os meus sonhos?

Percebi que estava perdidamente apaixonada por ele, e isso me deixou muito angustiada. Sabia que muito em breve teria de fazer a segunda fase do vestibular e me dediquei muito nos últimos anos para isso, me preparando para viver meu sonho de sair de casa, ir morar em São Paulo, viver na "cidade grande". Estava confiante de que me sairia bem, mas de repente comecei a me perguntar se era realmente aquilo que eu queria. Se meu sonho era mesmo aquele.

Essas dúvidas e questionamentos me consumiam. Foi então que me dei conta de que, por mais que não soubesse como ficaria longe dele, também não estava preparada para lidar com aquela situação, assim, posta na minha frente, me encurralando com uma possibilidade que exigia uma escolha e uma renúncia.

Como ele me chama para morar com ele por mensagem? Não conversa ao vivo e a cores sobre isso? Eu estava perdida. Aquele homem mexia comigo de uma forma que eu ficava burra. Burra ao quadrado. Senti todas aquelas dúvidas formando um bolo no meu estômago, que subiu impiedoso pela minha garganta. Senti a náusea me dominando. Quase não deu tempo. Corri para o banheiro.

Vomitei.

Passei a manhã inteira enjoada. Não consegui comer nada. *Ressaca*, pensei. Precisava maneirar na bebida. Mas nem estava com dor de cabeça... Enfim, nem todo mundo deve ter dor de cabeça quando tem ressaca.

Na hora do almoço, só de sentir o cheiro da comida, meu estômago embrulhou e saí correndo da mesa, de volta para o banheiro. O ácido rasgava minha garganta dolorosamente enquanto meu ventre parecia se contorcer tentando expelir o que não havia dentro do meu estômago, quando senti alguém segurar meus cabelos e então ouvi a voz da Valentina atrás de mim.

— Tá podre, hein?! — Apesar do sarcasmo, o tom de voz dela era neutro, quase gentil. — O que aconteceu? Bebeu demais ontem?

— Um pouco...

— Tem que se cuidar, Alice. Sei que você tá animada com esse cara aí que você tá saindo, mas ficar desse jeito é demais, né?!

— Cara? Que cara?

— Você não me contou, mas eu não sou idiota. Você tem saído quase todo dia e sei que não é com o Carlos e muito menos que tem passado tantas noites na casa da tia Antônia.

— Valentina, eu...

— Alice, você acha que eu também não uso as mesmas desculpas com a mamãe quando quero dar meus pulos?

Acho que aquela era a conversa mais íntima que já tinha tido com minha irmã. O mais perto que já tínhamos chegado de uma relação fraternal. Valentina molhou a ponta da toalha e passou pelo meu rosto.

— Tudo bem se você não quiser apresentar esse cara pra gente, mas se cuida. Não quero que comecem a falar que sou irmã da bêbada da rua.

Nós rimos, meio desconfortáveis com aquela intimidade repentina. Valentina se levantou e começou a sair do banheiro. Mas antes de me deixar lá sozinha, virou-se e disse:

— E vê se isso aí não é gravidez.

Foi como se todo o sangue tivesse saído de mim. Será?!Meu Deus, não! Eu não podia estar grávida! A gente sempre se protegeu, sempre! Exceto da primeira vez... que eu não me lembrava... Mas tinha certeza de que a gente tinha usado camisinha. Quer dizer, agora já não tinha mais tanta certeza. Mas não era possível, eu tinha menstruado recentemente. Tive um pequeno sangramento e um pouco de cólica... durou menos que o ciclo regular, mas achei que estava tudo certo. Ai, caramba, dizem que pode acontecer da mulher sangrar um pouco logo no início da gravidez.

Quando foi minha última menstruação pra valer? Não lembro...

Não! Não! Não! Tive vontade de chorar, mas sabia que se começasse, minha mãe e a Valentina desconfiariam e, como minha irmã bem disse, ela não era idiota.

— O que você tem? Quer que eu te leve ao médico?

— Não, mãe. É só uma ressaca.

— Bem que eu achei que você tava saindo demais ultimamente. A Antônia não tá te dando bebida quando você vai pra lá, não, né? Aquela lá adora uma birita.

— Não, mãe! De jeito nenhum!

— Fiquei assim porque ontem fui num aniversário de um amigo do Carlos e tomei muita tequila. Não tô acostumada, e também não comi muito. É por isso.

Minha mãe me olhava com reprovação.

— Mas vou maneirar. Não se preocupe. Acho melhor eu ir deitar um pouco.

Saí da sala sob o olhar desconfiado da minha mãe e o impassível da Valentina. Assim que me deitei na cama, minha mãe entrou no quarto com um copo de suco.

— Bebe pelo menos esse copo de suco. A água e o açúcar vão fazer você se sentir melhor.

— Mãe...

— Eu também já tive ressaca, Alice. Mas nunca estive tão perto de estudar na melhor faculdade pública do país, filha. Não perca isso. Quando a gente é jovem, acha que pode fazer tudo e às vezes acaba metendo os pés pelas mãos. Cuidado!

Bebi e devolvi o copo à minha mãe. Ela me fez um carinho no rosto e deu um beijo na minha testa.

— Descanse. E não quero mais saber de você chegando em casa desse jeito.

E saiu.

Fiquei lá sozinha, com as palavras da Valentina martelando na minha cabeça.

"Vê se isso aí não é gravidez."

> *Gustavo:* Oi, sumida! Cadê você? Dormindo até agora?

O celular apitou no fim da tarde com a mensagem do Gustavo. O dia tinha passado e eu ainda não tinha falado com ele.

> *Alice:* Oi! Tô com uma baita ressaca... Fiquei bodeada o dia todo.

> *Gustavo:* Vem pra cá! Preparei outra dança pra você, que vai te deixar boa rapidinho!

> *Alice:* Hahaha... Bobo!

> *Gustavo:* Sério, vem pra cá. Você viu minhas mensagens? A gente precisa conversar.

Sim, a gente precisa conversar...

Levantei e saí. Falei para a minha mãe que ia até a casa do Carlos, que seria bom tomar um pouco de ar. Foi difícil convencê-la de que sair me faria bem, mas depois de prometer que não tomaria nem uma gota de álcool, ela acabou cedendo. Valentina, por incrível que pareça, me ajudou.

— Ela ficou o dia inteiro enfurnada naquele quarto. O ar fresco vai fazer bem mesmo, mãe.

Fui para casa do Gustavo. No caminho passei na farmácia e comprei logo dois testes de gravidez.

— Oi, gatinha!

Gustavo me recebeu com um beijo e um abraço. Tentei corresponder, mas estava tensa e ele percebeu.

— Que foi, gatinha? Tá tudo bem?
— É... eu só preciso ir ao banheiro.

Vim segurando o xixi no caminho para poder fazer o teste quando chegasse à casa dele. A bula até recomendava que o teste fosse feito com a primeira urina do dia, mas eu não ia aguentar esperar. Faria um ali e o outro na manhã seguinte para confirmar. Já que eu ia ter mesmo que fazer mais cedo ou mais tarde, que fosse na companhia do Gustavo. Assim, fosse qual fosse o resultado, nós já conversaríamos a respeito.

Entrei no banheiro, tranquei a porta, levantei a tampa do vaso, desabotoei a calça, abaixei a calcinha... Cada movimento tinha um peso épico para mim... Me sentei no vaso, respirei fundo, fechei os olhos, cheia de expectativa e fiz o que tinha que fazer. Esperei.

Toc. Toc. Toc.
— Alice, tá tudo bem?
— Tá!

Esperei mais um pouco.
— Gata, você tá passando mal?
— Não...

Mais um pouco...
Dois riscos.
Não...
Meus olhos se encheram de lágrimas.
Não!

Há dias eu vinha me questionando sobre o que realmente queria da vida, agora eu teria que decidir.

— Alice...

Abri a porta. Ergui o braço, mostrando o teste.

— Tô grávida.

Silêncio. Não conseguia decifrar a expressão do Gustavo. Respiração pesada. Olhar de dúvida. Um riso desconfortável.

— Sério mesmo?
— Eu não brincaria com uma coisa dessas.
— Como?
— Ué, como as pessoas engravidam?!

Nossa separação começou naquela discussão no limiar da porta, quando eu ainda estava dentro do banheiro, e ele, na sala.

— Mas a gente sempre usou camisinha!
— A gente usou da primeira vez?

Silêncio.

— Não lembro... Mas você tomava pílula, não tomava?
— Comecei a tomar depois da nossa primeira vez, mas eu tava no meio do ciclo menstrual... Acho que falhou.
— Porra! Como que você não prestou atenção nisso?
— Ei, ei, ei! A responsabilidade não é só minha, não!
— A mulher tem que se cuidar!
— E o homem não? Eu tenho que tomar pílula, mas você não tem que cobrir o seu pau?!
— Sempre cobri! Eu fiz a minha parte! Você devia ter feito a sua!
— Cobriu tanto que olha só o que aconteceu!

Gustavo estava com o maxilar travado, respirando pesadamente, ele me deu as costas e passou a mão pelos cabelos balançando a cabeça. Meus olhos estavam totalmente marejados.

— Quem garante que...
— O quê???
— Eu tenho certeza que sempre usei camisinha.
— Peraí... Você não tá insinuando o que eu tô pensando que você tá...
— Olha, Alice, eu sei como isso funciona. As meninas não podem ver um cara em cima do palco que já ficam loucas!
— Ah, cai na real! Você nem é famoso pra isso.
— Eu já tô acostumado a ter um monte de menina no meu pé! Doidas para abrir as pernas pra mim! Você acha mesmo que eu esqueceria de usar camisinha com uma delas?
— Você tá dizendo que eu sou uma dessas meninas?!?!
— Eu tô dizendo que você me deu na primeira noite que a gente saiu. Quem garante que não deu pra outro cara antes de mim?!

Um tapa na cara dele. Foi a minha resposta.

Um tapa na minha cara. Foi a resposta dele.

O assombro tomou conta de mim. Quem era aquele cara na minha frente?! Fechei as mãos em meu rosto e comecei a chorar.

— Meu Deus, me desculpa! Me perdoa! Me perdoa! — Gustavo veio me abraçar.

— Tira as mãos de mim! — falei com a voz abafada.

— Alice... Gatinha, não sei o que deu em mim... Me perdoa, por favor! Vem aqui.

Ele me puxou e me levou para sentar no pufe. Foi à cozinha e me trouxe um copo d'água com açúcar e um lenço de papel, em seguida se ajoelhou na minha frente.

— Me perdoa. Eu tô com a cabeça quente. Nós dois estamos. Mas vai ficar tudo bem. A gente vai dar um jeito em tudo.

Terminei de tomar a água e dei o copo para ele. Gustavo pegou e pôs no chão. Apoiei os cotovelos nos joelhos, abaixei a cabeça e enterrei os dedos no meu cabelo. Ele começou a passar a mão pelas minhas costas.

— Como você pode pensar isso de mim?

— Deixa isso pra lá. Agora a gente precisa pensar no que fazer. Eu conheço um cara que pode dar um jeito nisso.

— Hã?

— Ele é muito discreto e tem um preço bom.

— Peraí, do que você tá falando? — Ergui os olhos vermelhos e inchados.

— Ué, você vai tirar, não vai?

— Tirar?

— Claro!

— Como assim? Você nem pensou na possibilidade de ter essa criança?

— Mas isso não é uma possibilidade! A gente não tem a menor condição de ter um filho!

— Mas você nem me perguntou se eu queria ter ou não!

— Ué, achei que era óbvio que você ia querer tirar. Você tá indo pra faculdade, eu tenho minha carreira...

— E aquela história de "larga tudo e vem ficar comigo"?

Ele se levantou e começou a andar de um lado para o outro da sala.

— Então, era por isso que eu queria conversar. Eu tava bêbado e falei aquilo sem pensar. E agora a gente tem outras coisas pra se preocupar.

— Entendi... — falei com um cinismo incrédulo.

— Para com isso, Alice! Você também sabe que é loucura insistir nessa ideia de ter um filho!

Eu me levantei e a gente ficou se encarando.

— O que eu sei é que você tá pensando só no seu umbigo!

— É claro! Se eu não correr atrás da minha carreira, quem vai correr? Você acha que eu vou conseguir fazer sucesso se acreditar em cada menina que aparece falando que tem um filho meu?

— Não, não, não! Eu não acredito que eu tô ouvindo isso! Você não se importa nem um pouquinho comigo e com esse ser que tá dentro de mim?

— Gata, você é gostosa e tal, a gente se dá bem na cama, mas eu não posso ser pai, Alice. Eu *não* vou ser pai.

— Como você pode ser tão egoísta?

— Se você quiser, eu posso te ajudar a tirar. Mas se você quiser ter essa criança, tenha sozinha! Não vou assumir um filho que, na real, nem sei se é mesmo meu!

— Pra mim já chega! Nunca na vida achei que pudesse me enganar tanto com uma pessoa como me enganei com você!

— Se enganou porque quis! Nunca dei motivos pra você achar que eu queria uma família com você!

Realmente, ele nunca me deu motivos para acreditar que a gente ia ficar junto pra sempre. Eu que achei que a gente tinha um relacionamento sério, eu que vi o que queria ver. Aquilo me rasgou. Aquilo doeu bem lá no fundo.

Minha cabeça dava voltas: como um cara que diz que te quer pra sempre, e quer que você largue tudo pra ficar com ele, age daquela maneira? Será que ele é um cafajeste? Será que fui enrolada? Será que estava tão cega pela paixão que não enxergava tudo o que estava acontecendo bem debaixo do meu nariz?

☾

Saí da casa do Gustavo e enquanto descia as escadas do prédio dele comecei a chorar. E chorei por tudo. Por todo aquele tempo de enrolação, por tantas dores que nem sabia que tinha, por medo, por ter me entregado pela primeira vez e ter recebido quase nada de volta.

Ao chegar à calçada, mal conseguia respirar. Sentei nos degraus na escada na frente do prédio e abracei os joelhos, tentando esconder o rosto das pessoas que passavam e me olhavam com espanto. Peguei o telefone.

— Tia... Você pode vir me buscar?

Dei o endereço e tia Antônia veio correndo. Ela me abraçou forte e firme, me pôs de pé, me amparou e me levou pro carro. Fomos pra casa dela. Entrei, chorei, contei tudo que estava acontecendo. Ficamos conversando umas duas horas. Ela me acolheu, me abraçou, chorou comigo.

— Toma um banho pra tentar relaxar. Você tá muito nervosa agora pra conseguir pensar direito. Eu vou ligar pra sua mãe pra avisar que você vai dormir aqui.

Saí do banho parecendo que tinha levado uma surra. Acho que nunca tinha me sentido tão cansada em toda a vida. Tia Antônia falou para eu tentar descansar um pouco e que no dia seguinte, com a cabeça mais fria, deveria pensar no que fazer. Fui para quarto que era meu na casa da tia Antônia, deitei na cama e fiquei olhando para o teto, tentando organizar os pensamentos, tentando pensar no que faria. Não conseguia me conformar com o que tinha acontecido. Não podia acreditar que aquela discussão tinha sido real. Não podia ser real. Não podia terminar assim.

Não me aguentei e mandei uma mensagem:

> *Alice:* Gustavo, me desculpe. Hoje nós dois estávamos com a cabeça quente, perdemos as estribeiras e falamos e fizemos coisas que não devíamos. Mas eu sei que tudo o que a gente viveu, apesar de ser muito recente, foi real e intenso e não pode acabar assim. Vamos nos acalmar e nos encontrar pra conversar com calma. Eu gosto de você e sei que juntos a gente pode encontrar uma solução. Se a gente apoiar um ao outro, tudo vai dar certo. Não precisa terminar assim. Não tem que terminar assim. Vamos fazer as pazes. Por favor!

Fiquei acordada até de madrugada engolindo lágrimas salgadas, esperando uma resposta que não veio.

No dia seguinte, assim que acordei fiz o segundo teste de gravidez e o resultado foi o mesmo. Antes de ir para o trabalho, tia Antônia me deixou em casa.

— Força! E lembre-se do que eu te disse: você não tem que passar por isso sozinha. Sua mãe não é sua inimiga, mais cedo ou mais tarde ela vai te apoiar se você decidir contar pra ela. E seja qual for a decisão que tomar, eu estou com você.

Ela me deu um beijo na testa, e eu desci do carro. Entrei em casa e dei de cara com a Valentina que estava na sala, estudando.

— Meu Deus, você tá com uma cara péssima! Você tava chorando?
— Tava...

Valentina me olhou com cara de quem pergunta "por quê?". Minha língua coçou para me abrir com ela, mas algo me impediu. Então desconversei.

— Eu e a tia Antônia assistimos *Cidade dos Anjos* ontem à noite e eu fui dormir chorando.

— Afff... Que programa de índio! — Valentina debochou e voltou a atenção para seu livro.

Naquele instante, senti que tinha perdido para sempre uma oportunidade preciosa de me aproximar da minha irmã.

O dia terminou e o Gustavo não tinha dado sinal de vida. Então mandei outra mensagem perguntando se ele tinha lido minha primeira mensagem. Não recebi resposta. Aquilo foi me consumindo.

No dia seguinte, mensagem dele no celular:

> *Gustavo:* Li sua mensagem.

Agora pergunto: que tipo de pessoa responde assim depois de ler uma mensagem daquelas? Custava dizer "Olha, li sua mensagem, vamos conversar? Li sua mensagem, vou te ligar. Li sua mensagem e respondi. Li sua mensagem e tô indo praí. Li sua mensagem, casa comigo, você é o amor da minha vida". É difícil ser mais claro? Mas para ele parecia um sacrifício. Percebi que ele estava me deixando no vácuo deliberadamente, estava me espezinhando sem dó. Eu me sentia completamente insegura, na palma da mão dele. Acho que se ele estalasse os dedos, eu iria correndo. Parecia que não tinha mais domínio dos meus pensamentos, dos meus sentimentos. Esperei uma resposta... nada! Passaram mais três dias e nada, não aguentei e na sexta-feira, véspera de Natal, mandei outra mensagem:

> *Alice:* Leu minha mensagem e não tem nada pra dizer?

Nenhuma resposta. Mandei outra:

> *Alice:* Recebeu minha mensagem?

Esta é a mensagem mais trouxa que uma pessoa pode mandar pra outra. Claro que recebeu a mensagem, não respondeu porque não quis. Então, para minha total e absoluta surpresa, recebo a seguinte mensagem:

> *Gustavo:* Para de me mandar mensagens. Não quero mais nada com você. Se toca! Vá viver a sua vida e me deixa em paz.

O mundo parou por alguns instantes. Eu, inclusive, parei de respirar por alguns instantes, como se tivesse levado um soco bem no meio do estômago. Não preciso dizer o quanto eu chorei. Me perguntei se de repente tinha sido ele mesmo a escrever aquilo, achei que tinha enlouquecido, que tinha vivido uma história sozinha, que tinha criado toda uma coisa que só existiu na minha cabeça.

Pensei até que eu tinha surtado e que estava vivendo numa realidade paralela. Depois comecei a achar que o Gustavo ainda devia estar abalado com nossa briga e mandou aquela mensagem porque estava com raiva... Com certeza ele ia me escrever depois pedindo desculpas. Ele ia! Eu tinha certeza!

Foi o pior Natal da minha vida. Passei o dia todo angustiada, esperando ele me ligar, me escrever, dizer que queria me ver. À noite, eu tentava fingir contentamento, com aquela alegria forçada e exagerada de quem está desesperado. Fui dormir cedo. Uma teimosia resistente dentro de mim se negava a aceitar que ele não ia dar sinal de vida.

Passei o dia seguinte, o outro e depois mais outro completamente agoniada, me remoendo por dentro; tentava focar na revisão dos estudos para a segunda fase do vestibular, mas os enjoos vinham me lembrar da minha situação. Várias vezes peguei o telefone para ligar para ele, mas na hora H perdia a coragem. E também havia um resquício de orgulho em mim que me dizia que era ele quem devia me ligar, que eu tinha sido a ofendida. Mas já começava a me perguntar o que faria se ele não me procurasse.

O Réveillon foi um replay do Natal, só que de roupa branca. Eu ri e agi do mesmo jeito exagerado e fingido. Tia Antônia ficou perto de mim o tempo todo, passando o braço pelos meus ombros de tempos em tempos para me confortar.

À meia-noite, quando os fogos de artifício começaram a ser estourados, ela foi a primeira a vir me desejar um "Feliz Ano Novo". Ela me abraçou bem apertado e disse no meu ouvido:

— Eu te amo, minha pequena. Não se preocupe! Esse ano você vai começar uma vida nova e tudo vai se ajeitar.

Meus olhos ficaram absurdamente cheios de lágrimas, que começaram a rolar grossas pelo meu rosto.

— Eu também te amo, tia!

No dia seguinte, primeiro dia do novo ano, a única coisa que havia se renovado dentro de mim era a angústia. Eu já não consegui mais me conter; precisava ter alguma notícia do Gustavo. Então, sem coragem de ligar, acessei o perfil dele na rede social que a gente usava na época.

Vi que ele tinha celebrado o Réveillon com os amigos da banda e mais algumas pessoas que eu não conhecia. Eles estavam num lugar bonito, com decoração prateada e arranjos de flores brancas, todos vestidos de branco. Ele estava lindo! Camisa branca, com os dois primeiros botões abertos, uma bermuda branca e um cinto cinza. Parecia bem feliz nas fotos, sorrindo, ostentando taças de champanhe. Cada foto que eu via, era como uma punhalada no meu peito! É engraçado como às vezes a gente gosta de se torturar, de se machucar, de se jogar no fogo para ver até onde aguenta a dor. Não deveria ser o contrário? A gente não devia tentar se preservar?

Se algo faz mal pra gente, a gente não devia se afastar em vez de correr atrás?

Enfim, a punhalada final veio com as fotos do Gustavo abraçado a uma garota de vestido branco, bordado de lantejoulas. Ele com as mãos na cintura dela, ela com os braços ao redor do pescoço dele, narizes encostados. Sei, EU SEI, que eles se beijaram depois daquela foto.

Meu lado Sherlock foi no perfil da garota e investigou a fundo a vida dela. Ela era razoavelmente bonita. Alta, esguia, cabelos loiros, olhos claros. Ia prestar vestibular para veterinária. Junto da foto, ele postou: "Começando o ano na melhor companhia possível! Com a pessoa certa!"

Como assim? Como assim?? Como assim???

Então era assim?! Eu estava lá me descabelando, sofrendo como se cada pelo do meu corpo estivesse sendo arrancado à pinça e ele já estava com outra? Com a pessoa certa? Então, quer dizer que eu era a errada? E quando me tornei errada? Quando ele meteu um filho na minha barriga? Ou quando eu, no cúmulo da tolice, achei que a gente podia encarar essa barra juntos?

Comecei a chorar convulsivamente. Como ele já podia estar saindo com outra? Será que ele ia levar aquela menina para o apartamento dele e tocar Nina Simone pra ela também? Será que eles também fariam amor no tapete da sala? Será que ele daria um pé na bunda dela quando ela engravidasse? Eu queria explicações, eu queria saber o que tinha acontecido, eu queria entender tudo aquilo.

Mas então caiu a ficha: eu me envolvi com um misógino achando que tinha encontrado meu príncipe. Ele não tinha o menor respeito por mim, nunca teve. E provavelmente não tinha por mais ninguém além dele. Toda a paquera, todas as conversas ao pé do ouvido, todas as carícias, ele sempre fez tudo aquilo por ele mesmo, pelo seu próprio prazer de conquista. Nunca fez nada daquilo por mim, como eu sempre tinha feito por ele. E quando expirou minha validade, ele partiu pra outra. Simples assim!

Chorei muito. Achei que nunca mais ia conseguir parar de chorar. Arremessei o CD dele pela janela. Apaguei o telefone dele do meu celular (mas lógico que eu sabia o número de cor). Resolvi que ia riscá-lo da vida e do coração, por mais que tivesse que fazer uma força tremenda. Ninguém merece ser humilhado ou passar por algo semelhante. Ninguém.

☾

Quando cheguei a São Paulo, não fiquei assustada com a "cidade grande", muito pelo contrário, mais do que nunca eu precisava sair de casa, deixar aquela vida do interior e, principalmente, o Gustavo para trás, e dei graças a Deus por me livrar daquela vidinha do interior onde todo mundo comenta sobre seus passos.

No início do ano, pouco antes de começar a frequentar a faculdade, me mudei para o apartamento da tia Antônia e, para ficar com a cabeça bem ocupada, me matriculei num curso básico de culinária para iniciante, para conseguir me virar além do miojo e do ovo frito. Minha rotina passou a ser a seguinte: aula pela manhã, depois do almoço aulas de culinária, final da tarde corridinha no parque e à noite eu estudava e testava todas as receitas que aprendia nas aulas (porque uma coisa é ter alguém para te ensinar, outra é você se virar sozinho). Em pouco tempo aprendi a cozinhar e ser criativa no meio de temperos e panelas. Em pouco tempo aprendi a gostar de cozinhar, mesmo que fosse somente para uma pessoa. Em pouco tempo, parei de fazer aulas e me dei ao luxo de fazer invenções gastronômicas. Fiz amigos muito rápido, mas ao mesmo tempo em que mantinha uma boa e divertida convivência com eles, deixava sempre uma barreira imaginária entre nós. Não estava a fim de estreitar laços com ninguém, não queria correr o risco de ter alguém invadindo meu espaço, minha vida, minhas neuroses, minhas particularidades. Então achava melhor assim: cada um na sua. Uns seis meses depois da minha chegada à capital, comecei um estágio em uma revista de fofocas. Ganhava quase nada, mas era o primeiro emprego da minha vida, então estava me sentindo adulta até demais. Minha rotina passou a ser: corridinha bem cedo, aula pela manhã, depois do almoço o estágio. À noite eu estudava e às vezes ia para alguma balada só para me distrair mesmo, pois eu me sentia meio anestesiada das emoções do mundo.

Para minha grande alegria, Carlos também passou na segunda fase do vestibular e veio pra São Paulo. Falei para ele que nós poderíamos ficar juntos no apartamento da tia Antônia, que eu adoraria ter a companhia dele, que seria ótimo podermos contar um com o outro nessa vida nova. A princípio, ele concordou, mas logo depois veio me contar que o Maurício também tinha decidido se mudar para São Paulo, pois esse negócio de relacionamento a distância não dava certo e que ele não ia abrir mão do Carlos — Own! —; então, mesmo sem ter passado no vestibular, Maurício veio para São Paulo, determinado a arranjar um emprego e logo entrar numa faculdade. Os meninos saíram do armário de vez e se assumiram para todo mundo. Assim, eu fui morar sozinha, e os meninos foram dividir um quarto-sala, que ficava bem perto do meu.

Eu fiz das tripas coração para conseguir me concentrar na revisão final e na prova da segunda fase no início daquele ano. Depois de tudo o que aconteceu com o Gustavo, eu me isolei do mundo e mergulhei de cabeça nos estudos; excluí perfil das redes sociais, quase não acessava os e-mails e só usava o celular em caso de emergência. Se o Carlos ou algum outro amigo que quisesse falar comigo tinha que ir até lá em casa.

Valentina aparentemente acreditou na minha história de que eu tinha terminado meu rolo/namoro para focar nos estudos e, como eu não andava querendo muita conversa, nós voltamos ao nosso distanciamento habitual. Mais do que nunca, eu depositava todas as minhas esperanças na aprovação do vestibular.

Com a determinação arraigada de passar na segunda fase, tentei fingir que nada estava acontecendo até que fizesse as provas. Dei o meu melhor. Realmente não permiti que nenhum sentimento externo afetasse minha concentração. Era como se minha salvação dependesse daquilo. Prova feita, eu tinha outro problema para resolver. E no último dia de prova, eu saí do exame e fui direto para casa da tia Antônia.

— Eu quero tirar!
— O quê?
— Eu quero tirar! Não posso ter esse filho.

Tia Antônia mal abriu a porta e eu já vomitei isso em cima dela. Acho que se eu fizesse qualquer preâmbulo não conseguiria verbalizar a minha decisão.

— Oi, meu bem! Entra!
— Tia, eu vim aqui porque preciso muito conversar com você. Não tem mais ninguém que possa me ajudar.
— Eu sei. Vem, vamos lá pra sala.

Acompanhei tia Antônia até a sala e nos sentamos no sofá.

— Tia, eu pensei muito, muito mesmo... — Silêncio.
— Eu não posso ter esse filho sozinha. Eu não tô preparada, não posso ser mãe! Não sei nem cuidar de mim, olha só o que aconteceu! Como vou cuidar de uma criança? Como?! E eu também não falei nada com minha mãe, ela nem sabia que eu tava namorando, quer dizer, saindo com um cara, como vou chegar dizendo que tô grávida? Como vou fazer a faculdade e...
— Alice, respira!

Falei tudo aquilo num tiro, sem respirar e começando a chorar junto.

— Tia, me ajuda!
Agora eu já chorava desesperada. Tia Antônia me abraçou.
— Você tem certeza?
— Tenho...
— Então você não vai fazer isso sozinha.

Na semana seguinte, fui com a tia Antônia pra São Paulo. Tínhamos a desculpa perfeita: ela falou para minha mãe que ia dar uma palestra no departamento de dermatologia de uma universidade e ia me levar junto para eu conhecer o apartamento onde eu certamente iria morar dali um mês, o que não era mentira. Tia Antônia foi mesmo dar uma palestra e eu realmente conheci o apartamento em que iria morar se fosse aprovada. Mas também fomos a uma clínica. Uma clínica de altíssimo nível, primorosamente equipada e com profissionais de primeira. A dra. Antônia tinha muitos contatos na área médica e um deles, fora do horário comercial, interrompia gestações indesejadas por um preço nada módico.

Tia Antônia me levou a uma consulta regular para o médico avaliar meu estado geral de saúde. Fiz um ultrassom, estava de 6 semanas. Quando completei 7 semanas, voltamos à clínica num fim de tarde. Ao chegar aos degraus que conduziam à entrada, tia Antônia me segurou pelo braço e perguntou:

— Você tem certeza? Mesmo? Ainda dá tempo de desistir.
— Tenho... Mas eu tô morrendo de medo.
— Vai dar tudo certo.

Entramos. Havia outras cinco garotas também aguardando o atendimento. Elas me olharam de soslaio quando entrei, um olhar de compreensão muda e velada, meio cúmplice, meio culpado. Depois voltaram os olhos para o chão. Ali naquela sala de espera, ninguém conseguia olhar nos olhos um dos outros por mais de um segundo.

O clima era tão pesado que parecia que dava para cortar o ar com uma faca. A sensação de estar fazendo algo ilegal, proibido, era sufocante. Duas moças estavam acompanhadas dos namorados ou maridos, mas as outras estavam sozinhas. Um dos rapazes fungava, tentando reprimir o choro enquanto segurava a mão da companheira, que olhava para o teto, apática. Será que ele queria ter o filho? Não pude deixar de pensar que nem isso aquele cretino do Gustavo foi capaz de fazer por mim... Se ele nem sequer perguntou o que eu tinha decidido, até parece que iria me acompanhar e me apoiar naquele momento. Se eu quisesse ter ou tirar, tanto faz. Ele simplesmente não se importa.

O médico chamava as pacientes com polidez e simpatia além do normal, tentando instaurar uma aura de naturalidade e legalidade ao ambiente. Quando chegou a minha vez, eu só consegui torcer para que daquele dia em diante eu nunca, jamais, enxergasse em outras crianças o rosto do filho que eu poderia ter tido; eu pedi com todas as forças para sempre continuar convicta de que a minha decisão tinha sido a mais justa e acertada, que eu não podia ter um filho que eu não queria só para ficar junto de um cara que não gostava de mim.

Naquele dia senti algo dentro de mim mudar para sempre. Eu endureci. Envelheci dez anos, e aquilo marcou o fim da minha juventude. Daquele dia em diante, comecei a enxergar o mundo com outros olhos. E, mais uma vez, tia Antônia foi uma mãe para mim. Ela pagou tudo e nunca, jamais tocou no assunto. Eu estava com um rombo emocional, mas graças a ela tive toda a oportunidade de fazer um aborto limpo, com anestesia, esterilizado, que não me deixou sequelas físicas. Quantas garotas não tiveram a mesma sorte?

Quando saímos da clínica, eu comecei a chorar. Era praticamente só o que eu fazia naqueles dias. Achava que nunca mais na vida choraria tanto, mas anos depois eu descobriria que estava enganada...

– Alice – tia Antônia repetiu –, preste atenção no que eu vou te dizer: não deixe que este episódio nunca mude quem você é!

Três semanas depois, saiu o resultado da segunda fase e eu fui aprovada. No começo do ano, minha vida tinha virado de cabeça para baixo: eu estava na faculdade e morava sozinha em São Paulo.

☾

O apartamento da tia Antônia tinha cerca de 60 metros quadrados. Cozinha americana, sala, uma área de serviço minúscula, banheiro e um quarto. Como era só para mim, parecia uma mansão. As janelas viviam abertas para receber o calor do sol e os pingos de chuva. A minha vida era tranquila, mas sentia que faltava alguma coisa, então adotei um gato e o batizei de Miles. Meu gatinho tinha olhos azuis e o pelo branco, com uma manchinha preta no meio da testa. Um querido. Ele destruiu o sofá da tia Antônia, mas me trouxe tanto amor que até esqueci do lado terrorista dele. Miles era carinhoso e me esperava sempre na porta, parecia até um cachorro. Sentia quando eu estava chegando em casa e ia todo serelepe me receber, claro que sem abanar o rabo. Vivíamos bem, ele dormia comigo, gostava de deitar todo enroladinho no canto esquerdo do meu travesseiro. Todos os dias, às 6 horas da manhã, ele me chamava com a patinha. Era uma forma carinhosa de me dar bom dia. Eu nem precisava de despertador, contava com aquela pata amiga dizendo *ei, está na hora de acordar*. Depois que eu levantava, o danado se espalhava por todo o meu travesseiro e continuava dormindo.

No começo, eu visitava minha família em alguns finais de semana e feriados. Com o passar do tempo, nosso contato acabou se limitando apenas a ligações semanais, geralmente aos sábados. Falávamos amenidades, e nada mais. Então eu desligava e dava um longo suspiro. Pouquíssimas vezes, recebi a visita da minha mãe e da minha irmã. Tia Antônia vinha com frequência, sempre que tinha algum compromisso em São Paulo, e ficava lá comigo. A gente cozinhava juntas e colocava o papo em dia; também assistíamos a algum filme aboletadas na cama antes de dormir juntas. No dia seguinte, ela sempre acordava reclamando que eu tinha puxado todo o cobertor durante a noite, e eu reclamava que ela tinha roncado. Era gostoso.

Quando terminei o primeiro ano de faculdade, Valentina passou numa faculdade particular de Direito, no interior mesmo. Ela não quis vir para a capital, continuou morando com nossa mãe e não pensava em sair daquela cidade. Na verdade, ela era feliz ali. Nunca sentiu aquela insatisfação apitando fortemente no peito. Nós definitivamente éramos muito diferentes uma da outra. Enquanto ela era um pônei de exposição, eu era uma égua selvagem. Mais ou menos assim que me enxergava.

O pessoal da revista vivia saindo para tomar umas caipirinhas e sempre que dava eu ia junto, afinal estagiário não ganha tanto assim para se dar ao luxo de ir em todos os happy hours e eu também tinha bastante matéria para estudar. Era divertido, falávamos dos outros colegas, da editora-chefe, das fofocas das celebridades. Era um mundo superficial, ninguém invadia o espaço do outro e eu me sentia confortável com aquilo, assim não precisava criar vínculos mais fortes ou ser íntima de ninguém. Meus amigos eram basicamente o pessoal da faculdade, meia dúzia de colegas de trabalho, a vizinha quarentona da porta da frente, dona de um lhasa apso (que se chamava Bartolomeu), e, claro, o Carlos e o Maurício.

Carlos estava estudando moda, e o Maurício começou a fazer um curso de fotografia. Eles estavam numa onda de assistir a filmes antigos para construírem seu repertório de referências e viviam me convidando para sessões animadas com tequila barata e pipoca. Doce e salgada. A doce com bastante leite condensado, que comíamos de colher sem pensar nas calorias, e a salgada com muito sal e pimenta, que dava uma sede louca.

Eu levava o Miles e ficávamos rindo por horas. Me sentia bem no meio de tantas risadas. A casa deles era clean, cheia de vida e muitos sorrisos. Ali eu me sentia em paz, embora às vezes sentisse a alfinetada de uma pontinha de tristeza ao lembrar de tudo o que tinha acontecido.

Eu estava tentando bravamente passar o passado a limpo, reorganizar as emoções e os sentimentos. Tentando recomeçar sem culpa, sem trauma, sem drama. Não queria ficar chorando, me lamentando e sentindo pena de mim ou das oportunidades que perdi. Eu só queria ficar em paz comigo, com minha consciência, ter a certeza de que tinha feito o que estava ao meu alcance, de que tinha feito o melhor na situação em que me encontrava. Tentava com todas as forças não me culpar, não arrancar os cabelos, não ficar remoendo.

Só uma única vez Carlos e eu falamos sobre o Gustavo. Eu não tinha contado para ele tudo o que aconteceu, falei apenas que a gente teve uma briga e que depois eu descobri que ele era um canalha. Carlos achou que era por causa da moça que eu vi nas fotos do Ano Novo.

— Ai, miga... Que cafajeste! Mas, olha, o Samuca me falou...

— Que Samuca?

— Aquele carequinha da banda, o que tocava baixo.

— Sei...

— Então, ele me falou que dar um chega pra lá no Gustavo foi a melhor coisa que você podia ter feito! Ele me contou que o Gustavo não vale nada, que é um mulherengo descarado, que já tava dando em cima daquela menina quando ainda tava com você. O Samuca até saiu da banda porque não conseguia mais ver como o Gustavo tratava as meninas...

Carlos também me contou que, depois que a gente terminou, o Gustavo não falou mais com ele. Depois dessa conversa, esse assunto (quase) morreu entre a gente. Não tocamos no nome do dito-cujo por um bom tempo. E às vezes eu até conseguia passar dias e dias sem pensar nele. Aos poucos, conseguia me desvencilhar dele e seguir em frente.

Saí com alguns colegas da faculdade. Alguns muito ricos, outros de classe média, outros sem um tostão no bolso. Feios, bonitos, charmosos, simpáticos, canalhas, gentis... Nenhum me fazia perder a cabeça. O Maurício e o Carlos me apresentaram alguns amigos heterossexuais, mas nada que passasse do segundo encontro. Eu era uma boa companhia e o tempo só me fazia bem. Meus cabelos chamavam muito a atenção: tinham um brilho fora do comum, castanho escuros, bem tratados, sedosos, graças aos tratamentos semanais que eu fazia. Meus olhos, expressivos e curiosos, não eram verdes ou azuis, mas cor de mel. Minha pele um pouco bronzeada mostrava que era bem tratada. Meu corpo, graças às corridas diárias, era bem delineado. Apesar do ciúme que sempre senti da Valentina, nunca tive problemas de autoestima, pois sempre me achei bonita. Não era essa a questão. Não era *esse* o meu dilema.

O difícil para mim era abrir a porta e as janelas para os sentimentos e vivê-los em toda sua plenitude novamente, com tudo que eles trazem. Porque os sentimentos às vezes nos cortam com serra elétrica e fazem sangrar até a morte, e esse lado eu já conhecia.

☾

Passei o meu primeiro Natal e Réveillon como universitária com os meninos. Nós fomos à praia com uma turma da faculdade do Carlos e ficamos na casa da família do Maurício. Foi o primeiro fim de ano que não passei com a minha família, e foi diferente e divertido. Aliás, aqueles dois estavam virando minha família, eram como irmãos para mim. Nossa afinidade e intimidade só crescia. Eu sempre soube que eles eram amigos de fé, mas dia após dia se revelavam companhias excelentes. Certa noite, por exemplo, acordei chorando de dor. Era aniversário de namoro deles. Acordei aos prantos, não queria incomodá-los, mas tive que ligar pedindo ajuda. Em menos de um minuto, os dois estavam lá e me levaram para a emergência. Era cálculo renal. Tomei morfina para aguentar a dor. Eles se revezavam nos cuidados: me davam medicação, carinho, sopa e banho. Me cuidaram como jamais minha mãe cuidou. E eu me sentia profundamente grata e abençoada por ter aqueles dois anjos cuidando de mim e me ajudando.

Como já tinha passado o Réveillon longe da família, fui passar o feriado de Páscoa na casa da minha mãe. Fazia um bom tempo que a gente não se via, só me dei conta quando cheguei lá. Dessa vez, não teria o amparo da tia Antônia nos momentos em que me sentisse deslocada entre os familiares. Ela estava nos Estados Unidos fazendo um curso de atualização sobre novas técnicas de dermatologia e só voltaria dali um mês. Teria de enfrentar a horda familiar sozinha.

Lá estavam minha mãe, Valentina, algumas tias da parte da família do meu pai, alguns primos, alguns amigos de família. Até que estava um clima bom. Respondi às perguntas habituais sobre a faculdade e o estágio, e fiz as perguntas habituais sobre os parentes ausentes.

— Cadê seu namorado, Valentina? — Ouvi alguém perguntar, e esse tópico de conversação me chamou a atenção.

— Você tá namorando? — Entrei na rodinha de conversa.

— Sim! — Ela respondeu com um sorriso.
— Puxa, que legal!
— Mas vê se fica longe desse!
— O quê? Como assim?
— Não pense que eu esqueci que você me roubou o Marcelo!

Ela falou tudo aquilo num tom de brincadeira, mas com um fundinho de ressentimento e acusação. Todo mundo riu. Pelo jeito, sabiam da história...

— Afff, deixa isso pra lá, Tina! Faz tanto tempo. Ele vem aqui hoje?
— Não. Ele tinha um compromisso profissional.

Ai, Valentina e aquele jeito empolado de falar! "Compromisso profissional". Não era mais fácil só falar que o cara foi trabalhar. Direito, realmente, era a faculdade perfeita para ela! Logo, logo ela ia estar usando *data venia* nas conversas familiares, e minha mãe ficaria babando na filha prodígio. Ri interiormente, mas também senti uma pontinha de culpa pelos pensamentos maldosos.

— Quem tem compromisso profissional na Páscoa? Ai, não vai me dizer que ele é daqueles caras que se vestem de coelho nos supermercados?! — uma prima zombou e todos riram.

— Não, ele toca numa banda e tinha uma série de apresentações nesse feriado.

Banda? Será que...? Não, não é possível... Ele não era o único músico da cidade.

— Qual é o nome dele, Tina? — perguntei.
— Pessoal, vamos para a mesa? O bacalhau tá pronto! — minha mãe chamou e o assunto foi interrompido.

Conversa vem, conversa vai, bacalhau aqui, sobremesa ali e esqueci de retomar o assunto. Depois voltei pra São Paulo e não dei mais importância àquilo.

Quando completei um ano e meio de estágio, fui contratada pela revista. Ganhava cada vez mais experiência e percebia que estava no rumo certo. Minha chefe era muito legal e me ensinava muitas coisas. Adorava o que fazia e não me via fazendo outra coisa. Carlos também estava indo superbem na faculdade de moda, tinha começado a trabalhar numa confecção e estava adorando. Maurício se encontrou no curso de fotografia, estava trabalhando num estúdio e quase todo dia tinha algum evento para cobrir e fotografar. Ele também tinha começado a faculdade de Artes e Design. Aos poucos, nós três caminhávamos para nossa independência financeira.

Valentina também estava se saindo bem na faculdade e tinha começado a estagiar num escritório de advocacia, pelo que soube das poucas vezes que falava com ela ou com minha mãe. Para bancar minha vida em São Paulo, eu tinha plena consciência de que ainda dependia da pensão que recebia desde a morte do meu pai, e que minha mãe depositava na minha conta todo mês. Mas forçar um contato mais íntimo com ela só por causa disso seria pura hipocrisia. Acho que todas nós vivíamos melhor cada uma do seu jeito, sem interferências, sem cobranças, sem intimidades, sem muita aproximação. Elas me diziam o que queriam e eu respondia o que queria. E convivíamos de uma forma (quase sempre) pacífica, sem discussão, sem muito calor, nos amando do jeito que conseguíamos. Se isso machucava? Às vezes sim, é claro, quem não quer uma família unida como num comercial de margarina? Mas a vida não é comercial, e eu sempre teria a tia Antônia para buscar um colo. Assim eu ficava cada vez mais distante da minha mãe e da minha irmã. Ligando pouco, visitando quase nunca, e nas poucas vezes em que ia era sempre como se tivesse de cumprir alguma obrigação, respirando aliviada quando voltava para casa.

Numa dessas visitas protocolares, eu iria finalmente conhecer o namorado da Valentina. Minha mãe disse que ela tinha marcado aquela data só porque sabia que eu estaria lá. Por mais carinho que houvesse na voz da minha mãe, aos meus ouvidos aquilo soou como "Valentina marcou para hoje porque sabia que você viria e queria esfregar na sua cara que tem um namorado e você não!". Quando cheguei e vi dona Joana toda animada com os preparativos do almoço, quase me arrependi de ter ido. Não consegui me conter:

— Nossa, quanta coisa só pra receber o namorado da Valentina. Duvido que você estaria tão empenhada se fosse comigo!

— Alice, deixa de ser cricri! Você nunca apresentou um namorado pra mim, como você queria que eu fizesse algo assim?

Droga! Odiava quando ela tinha razão e me deixava sem resposta.

— A tia Antônia vem?

— Aff, menina! Até parece que você só vem me visitar por causa da Antônia! Eu que sou sua mãe, sabia?

Eu ri.

— Mas ela vem depois que sair do consultório.

Valentina estava terminando de se arrumar para receber seu boy magia. Ajudei minha mãe com o almoço, pus a mesa e fui me trocar. Quando voltava para a sala de jantar, ouvi vozes animadas e percebi que o dito-cujo tinha chegado. Respira fundo, pensei, e finge que você adora sua irmã.

O cara estava ao lado da Valentina, conversando com minha mãe, que estava toda sorridente. Ele estava de costas para o corredor, de onde eu vinha. Nossa, ele deve ser bonito! Estava bem vestido, era alto, forte, tinhas cabelos escuros, um belo bumbum... Peraí...

— Ah, essa aqui é a minha irmã, que mora em São Paulo.

Valentina me viu. Ele se virou e antes que ficasse de frente para mim, eu já tinha reconhecido aquele perfil. O sorriso!

— Oi! Muito prazer! Valentina me falou muito de você.

Senti todo o sangue se esvair do meu corpo.

— É Alice, né? Eu sou o Gustavo.

Senti todo o sangue se esvair do meu corpo. Estava tonta. Parei de respirar. Aquilo não podia ser real. Não podia.

— Alice... o Gustavo tá falando com você!

Quando passou o estupor do choque, não pensei em nada, só reagi. Com. Um. Soco. Bem. No. Meio. Do. Nariz. Dele!

— Ai, meu deus! Você tá maluca?!?!?! — Valentina gritou para mim enquanto minha mãe socorria o Gustavo e limpava o sangue que escorria do nariz dele.

— Alice, sua vaca! Por que você fez isso?

Saí bufando da sala. Entrei no meu quarto e comecei a jogar minhas roupas na mala. Não ficaria ali mais nem um minuto. Valentina veio atrás de mim.

— Pode parar com isso! Você não vai sair daqui enquanto não me disser o que foi aquilo na sala.

Não dei ouvidos e continuei jogando tudo na mala.

— ALICE!!!!

Valentina deu um puxão no meu braço. Eu a empurrei. Ela pulou em cima de mim e começamos a brigar. Lá estávamos nós novamente engalfinhadas por causa de um cara. Quando um pingo de racionalidade passou pela minha cabeça, parei de reagir e me desvencilhei dela, que ainda teve tempo de me dar mais alguns puxões de cabelo.

— Tina, me desculpe — falei ofegante — Eu perdi a cabeça. Mas esse cara não presta! Sério! Você não pode ficar com ele.

— O quê?! Do que você tá falando?!

— Vai por mim! Ele não vale nada!

— O que você sabe que eu não sei?

Parei. Pensei. Será que eu contava? Para explicar o nível de canalhice do Gustavo, precisaria contar o que houve entre a gente. Todos os detalhes que mantive em segredo por dois anos. Estava tentando chegar a um consenso comigo mesma.

— Foi o que pensei! Você não sabe de nada. Como sempre, é só a Alice querendo dar um showzinho.

— O quê?!

— Mais uma vez é só você tendo um ataque de inveja!

— Eu não acredito que você tá falando isso!

— Você sempre teve inveja de mim, Alice! Sempre tentou roubar meus namorados. Agora tá fazendo cena por que não teve tempo de roubar esse, é isso?

— Claro que não, sua idiota!

— Então o que mais pode ser? Você não consegue me dar nem um motivo razoável que explique a sua atitude.

— Sério, Valentina, é só você entrar na internet e ver as fotos que ele posta. Esse cara é um safado.

— Você acha que eu sou otária? Você acha que já não fiz isso? Você acha que eu não sei que ele já teve um monte de namoradas? Tudo bem, eu também não sou nenhuma santa!

— Não é isso. Não é só porque ele é um mulherengo filho da puta! Tina, esse cara...

— Ele o quê, Alice?

Conto? Não conto? Não conseguia pensar. Nunca achei que poderia passar por aquela situação. Não sabia como reagir.

— Vai, Alice! Me fala o que você sabe!

— Gatinha, eu vou embora. A gente se vê depois. — Gustavo enfiou a cara pela porta do meu quarto.

— Não vai, não!

Valentina puxou o Gustavo para dentro do quarto.

— Eu quero saber o que tá acontecendo! Agora!

— Tá bom... — ele começou. — Eu já vi sua irmã antes.

— Ah, desistiu de fingir que não me conhece?!

— Como é que é? Vocês dois se conhecem?

— Sim — respondemos em uníssono.

Silêncio. Tensão. Pela primeira vez, o Gustavo e eu nos olhamos.

— Há uns dois anos, eu e sua irmã nos encontramos...

Será que ele ia contar tudo? Será que eu devia me adiantar e contar antes dele? Valentina estava de braços cruzados olhando para a gente como se fosse uma diretora de escola ouvindo a explicação furada de dois alunos transgressores.

— Eu tava brigado com a minha ex-namorada e acabei ficando com a Alice uma vez depois de um show, mas quando percebi que ainda gostava da minha ex e falei pra Alice que não ia rolar da gente ficar de novo, ela surtou.

— O quê??? Que absurdo é esse???

— Você surtou! Até baixou na minha casa, ficou me ligando sem parar, mandando mensagens.

— É mentira!!! Como você pode ser tão cretino?!

— Você surtou! Tentou me agredir na época que nem fez hoje!

— Conta a verdade! Conta que você me usou e depois me largou como se eu fosse um pedaço de lixo!

Eu gritava descontrolada, enquanto o Gustavo falava com um tom constrangido, quase culpado, com cara de vítima. Acho que foi aí que perdi a razão.

— Eu tô falando verdade, amor. Eu te contei essa história, lembra?

— Lembro...

— Eu só não sabia que ela era sua irmã... Daí hoje quando vi a Alice aqui, achei que em respeito à sua mãe, seria melhor fingir que a gente não se conhecia. Depois eu ia te falar tudo.

— "Em respeito à sua mãe..." Desde quando você se importa com alguém além de você mesmo, seu filho da puta?!

— Eu achei que sua irmã também ia querer manter a civilidade! — Agora ele me olhou com cara de ofendido.

— Para com essa putaria de bancar o bom moço! — Eu estava vermelha e ofegante, quase pulando no pescoço dele. — Tina, ele tá mentindo! Esse cretino me tratou como ninguém deve ser tratado. Me largou no pior momento possível!

Nesse momento, o Gustavo olhou para mim levemente ressabiado.

Valentina olhava para mim, para ele, para mim, para ele, parecia dividida.

— Gatinha, eu nunca te escondi nada! Você sabe disso. Olha só o que sua irmã fez comigo hoje. Ela tá surtada.

— Tina, ele é aquele cara que eu tava saindo antes do vestibular, lembra? Você viu meu estado, lembra como eu fiquei arrasada?

— O que eu lembro é que eu te perguntei várias vezes o que tava acontecendo e você sempre disse que tava tudo bem.

— Tina, olha para mim! Eu sou sua irmã. Eu não tô mentindo. No fundo, você sabe disso!

— O que eu sei é que o Gustavo nunca me deu motivos pra desconfiar dele, enquanto você nunca me deu motivos pra confiar em você.

Era isso. Eu tinha perdido. Não devia ter apelado à nossa relação inexistente de irmãs. Naquela situação, eu fiz o que qualquer pessoa sensata faria: comecei a atirar neles o que estava ao meu alcance. Hoje em dia dou graças aos céus por terem sido apenas roupas.

— Então vocês dois se merecem mesmo! Espero que ele faça com você o mesmo que fez comigo!

Gustavo se pôs na frente da Valentina — oh, como ele tinha se tornado romântico — e foi conduzindo-a para fora do quarto. Ela saiu batendo os pés pelo corredor, provavelmente indo abrir o bocão para minha mãe.

Gustavo ainda estava lá parado na minha frente. Joguei um livro nele. Ele pegou antes que o acertasse.

— Tsc, tsc... Depois quer que alguém acredite em você.

Foi aquela cara, com um riso de vitória, que quase me matou. Senti vontade de morrer. Senti vontade de esganar ele. Senti vontade de cortar pedaço por pedaço daquele corpo e colocar dentro do freezer. Senti vontades psicopatas. Senti medo das vontades que tive, pois vi que eu era uma serial killer em potencial.

— Alice...

Era tia Antônia que tinha chegado e entrava no meu quarto.

— Com licença. Foi bom te ver, Alice. Você tá ótima.

Gustavo saiu, e eu saí correndo na direção dele disposta a enforcá-lo com o carregador do celular ou qualquer outra coisa que pudesse enrolar naquele pescoço maldito. Tia Antônia me segurou.

— O que tá acontecendo? Sua mãe tá lá na sala com a Valentina, que descontrolada. E você tá descontrolada aqui. E esse rapaz que...

— Foi ele, tia! Foi ele!

— Foi ele que...

— Sim! Ele que me fez passar por tudo aquilo. E agora tá namorando minha irmã!

— Pega suas coisas. Ficar aqui só vai piorar a situação.

No carro, contei pra tia Antônia todo o papelão, tentando justificar minha reação. Ela ouviu impassível.

— Alice, presta atenção no que eu vou te dizer: não deixe que este episódio nunca mude quem você é!

Não, tia Antônia! Não são as nossas experiências que nos moldam? Tem certas coisas que não consigo esquecer ou perdoar. Outras simplesmente não concordo e prefiro me afastar. Melhor assim, a gente não deve fazer nada obrigado só para não ficar chato. Por esse motivo me afastei de vez da família.

Se antes nosso contato era pouco, agora era quase inexistente. Depois do episódio do almoço, minha mãe me ligou várias vezes, mas eu não atendi. Depois de vinte chamadas perdidas, eu atendi só para dizer para ela não me ligar mais, de preferência nunca mais. Voltei para São Paulo no mesmo dia e fui direto para casa do Carlos e do Maurício.

Com a mão, o queixo e o coração tremendo, contei tudo para os meninos, que ficaram pasmos. Chorei como se tivesse perdido alguém muito querido. E quanto mais eu chorava, mais os meninos enchiam meu copo. Fiquei completamente bêbada. Falei besteira, gritei, cantei, xinguei, vomitei. Fim de carreira. Os meninos me deram Coca-Cola, arrotei, tomei Aspirina, me deram banho, depois me levaram para o quarto, colocaram uma camisola confortável, dormiram comigo, ficamos os três abraçados e eu entendi o verdadeiro significado da amizade.

No outro dia acordei com dor de cabeça, vergonha de mim mesma e um gosto estranho na boca. Não o gosto da ressaca, mas o gosto do fracasso, da perda, o gosto de ter finalmente entendido que ele se foi para sempre. Mas como alguém se vai sem antes ter permanecido? Eu, que achei que já tinha me libertado do Gustavo, entendi que esse tempo todo só sufoquei o que sentia por ele, mas não segui em frente e não estava pronta para ver que ele tinha seguido.

Esse filho da puta me estragou! Mas homem nenhum, nunca mais, vai fazer isso comigo! Agora é a minha vez!

☾

Predadora! É uma boa definição do que me tornei. Parecia um bicho faminto à procura de alimento na calada da noite. Decotes, minissaias, vestidos curtíssimos, saltos altíssimos viraram quase um uniforme para mim. Meu cabelo longo e bem cuidado, solto e escovado, dava o toque final de toda produção.

Noite sim e outra também eu ia a barzinhos ou baladas para paquerar, flertar, beijar na boca, e às vezes algo mais. Aquilo foi se tornando a minha rotina e não demorou para virar minha única fonte de satisfação. Não saía mais com os colegas do trabalho, me distanciei dos meninos — confesso que ver o relacionamento perfeito deles me deixava com inveja e irritada —, também me afastei um pouco da tia Antônia, andava meio de saco cheio do papo autoajuda dela de não "mudar quem eu sou". Pra merda toda aquela babaquice! Ninguém pensou em mim antes de me ferir, também não vou mais ficar pensando nos outros.

No começo, esse hábito saiu um pouco caro e nem sempre eu me dava bem, sem contar que não ficava totalmente à vontade com as roupas com tecido de menos, mas nada como o tempo para fazer a gente ganhar experiência. Fui me tornando perita nas artes da sedução e, em pouco tempo, se eu dizia que ia ficar com um cara, eu ficava. Cheguei ao ponto de sair só com dez reais no bolso, pois sabia, *sabia*, que ia encontrar algum otário para pagar minha conta e me levar para casa. Impressionante como os caras fazem tudo por você se acham que você vai dar para eles! Chega a ser patético.

Por mais que eu gostasse de ficar com quantos caras eu quisesse e quando me desse na telha, eu tinha ainda mais prazer de ver a decepção seguida pela raiva estampada em seus rostos quando eu cortava o barato deles. Quantos rapazes deixei na mão... Eles gastavam uma grana comigo achando que o investimento ia ser recompensado e depois os idiotas ficavam a ver navios.

Dependendo do meu humor, eu dava o fora logo quando o cara me deixava em casa, mas às vezes eu me despedia bem carinhosa, até dava um beijo, e depois, ele ficava correndo atrás de mim e eu o ignorava. Com alguns, eu até saía algumas vezes, até o infeliz se apaixonar só para o fora ser mais doído. Hoje reconheço que tive muita sorte de nunca ter me envolvido com nenhum cara que, assim como eu, não se importava com os outros e resolvesse apelar para a força bruta para recuperar seu investimento em mim.

Na época, eu não me sentia nem um pouco culpada com as minhas atitudes. Para mim, todos os homens eram versões do Gustavo com rostos diferentes e mereciam ser espezinhados, pois eu tinha certeza de que se eles tivessem a oportunidade, fariam comigo exatamente o que eu estava fazendo com eles. Afinal, essa é a equação básica da vida, não é? A gente multiplica nos outros os sofrimentos que foram infligidos sobre nós, e vamos dividindo as alegrias até que só reste o zero.

O trabalho na revista de fofocas ia bem. O lado bom da frieza que desenvolvi era que conseguia focar nas minhas tarefas com uma precisão quase psicopata. Eu era rápida e eficiente. Quase um ano depois do estágio ter virado emprego, eu estava me tornando uma profissional melhor a cada dia, tanto que, no meu último ano de faculdade, minha chefe me indicou para uma vaga numa revista feminina de moda e comportamento dentro da mesma editora. Fiz o processo seletivo e, claro, fui aprovada.

Sentiria muita falta da minha chefe, pois adorava trabalhar com a Denise, mas era um cargo mais bacana, eu ia trabalhar junto de uma equipe sensacional, teria mais autonomia e mais funções que me fariam ganhar ainda mais experiência, sem contar que o salário também era bem melhor. Além disso, não perderíamos contato. Eu tinha perdido a chefe, mas tinha ganhado uma amiga. Anos depois viajaríamos juntas muitas vezes e eu até seria a madrinha da primeira filha dela. Mas antes disso, eu ainda precisava terminar de trilhar uma jornada necessária, que me tornaria quem eu viria a ser.

Ganhando um pouco melhor, comecei a pagar integralmente as minhas contas: supermercado, água, condomínio, luz, telefone e meus pequenos luxos. Também tirei minha carteira de motorista e dei entrada no financiamento de um carro. Finalmente, eu não dependia da minha mãe para mais nada, embora não sobrasse muito dinheiro no fim do mês.

Mas, depois de algum tempo, essa vida no limite do orçamento me cansou. Eu também já estava cheia daquela vida de badalação e flertes vazios com rapazes bonitinhos, gostosinhos, mas que nada tinham a me acrescentar. Eu queria mais. Queria vantagens!

Era hora de mudar o foco e investir mais tempo em uma mesma pessoa.

Diminuí um pouco o decote, aumentei o comprimento das saias e algumas semanas depois de começar a frequentar uns bares mais bacanas. Finalmente conheci alguém que preenchia todos os requisitos. Fernando tinha seu charme, era um coroa infeliz, bem-apessoado e cheio de dinheiro. Já devia fazer um bom tempo que não transava com a mulher. Ou se transava devia ser aquele sexo institucional, de obrigação matrimonial, sem querer, sem prazer. Tive dó. O olhar dele, sentado sozinho no balcão do bar, era de dar pena. Ele usava um paletó de corte reto e elegante, típico das coisas simples e finas. Me aproximei.

— Dia ruim?
— Só mais um deles.
— Bem-vindo ao clube!
— Você ainda não tem idade pra estar nesse clube.
— Mas já tenho idade pra ser membro honorário.
Ele riu.
— Seu sorriso é bonito. Não devia esconder tanto.
— Obrigado por conseguir arrancar um deles de mim.
— Sempre às ordens.
— Qual é o seu nome?
— Alice.
— Eu tô no País das Maravilhas?
Eu ri.
— Desculpe! Essa piada foi infame.
— Tudo bem. Sabe, eu posso te ensinar o caminho pra lá...

Umedeci os lábios com a língua, finalizando com a mordidinha estratégica.
— Posso te oferecer uma bebida?
— Obrigada, mas já é tarde. Eu ainda preciso chamar um táxi.
— Se você não se importar, eu posso te levar depois...
Strike!
— Jameson com ginger ale.

Aquela noite transamos como loucos. Aquele homem realmente estava muito necessitado. Ele me olhava com tanta paixão e gratidão que quase me senti uma santa fazendo um ato de caridade.

Ele era o diretor da filial paulista de uma multinacional. A esposa e os filhos moravam no interior, ele passava a semana na capital e ia ver a família aos finais de semana. Era perfeito! Começamos a sair regularmente durante a semana e nos finais de semana eu estava livre para fazer o que bem entendesse. E ele também não precisava se preocupar em esconder a amante.

Ele me levava a restaurantes caros, bares chiques, vernissages... eu falava que não tinha roupas adequadas e ele me dava todas elas de presente, com acessórios combinando. Comecei a fazer um curso de italiano na melhor escola da cidade e era ele quem pagava. Em troca, eu estava sempre linda e disponível. Nunca andei tão bem tão arrumada quanto naquela época, e nunca estive mais sozinha na vida. Às vezes me flagrava pensando no Gustavo e na Valentina e sentia o rancor tomar conta de mim.

Um dia minha mãe tentou me ligar várias vezes e, como sempre, eu não atendi. À tarde, quando fui checar meus e-mails pessoais assim que voltei ao escritório depois do almoço, tinha uma mensagem dela. Meu primeiro impulso foi deletar sem ler, mas a curiosidade falou mais alto.

```
Oi, Alice! Como você está?
Como sempre, tentei te ligar, mas não consegui
falar com você. Faz muito tempo que a gente não se
fala... É muito estranho não saber o que dizer à minha
própria filha.
    Não sei nem se eu deveria te contar, mas a Valentina
e o Gustavo vão se casar no sábado. Poucos meses depois
daquela briga, ela foi morar com ele. Agora ela está
grávida e eles decidiram oficializar tudo. Vai ter uma
```

festa pequena, só com a família e alguns amigos mais próximos. Ela disse que vai barrar seu nome no salão de festas. De todo modo, eu acho que você não ia querer mesmo vir, né? Mas se você quiser, eu juro que você pode vir, que ninguém vai barrar a minha filha. Só, por favor, não briguem.

Todos os dias, eu falo para mim mesma que isso é uma fase, que essa raiva que você tem vai passar, que um dia você ou a Valentina vão me contar o que aconteceu naquele maldito almoço quando vocês brigaram. É horrível ver minhas filhas brigadas, se odiando, e eu não tenho a menor ideia do que está acontecendo.

Sabe, eu também tenho raiva! Também tenho vontade de mandar vocês duas à merda e ir viver minha vida sem nunca mais me preocupar com vocês, mas, enfim, eu sou mãe e jamais faria isso.

Não vou ficar te pressionando, mas também não vou desistir de você e vou continuar ligando mesmo sabendo que você não vai me atender.

Se você chegar a ler esta mensagem, saiba que eu te amo. E que estarei aqui quando você decidir voltar.

Um beijo! Saudades.

Valentina está grávida e vai casar com o Gustavo... E o pior de tudo: o casamento estava marcado para o sábado, dali a dois dias. Dois dias. Dois. Doooooois.

Senti um ódio mortal tomar conta de mim. Tive vontade de mandar uma mensagem chamando os cretinos de filhos da puta pra baixo.

Queria chegar lá no casamento e fazer um escândalo, um fiasco, mostrar fotos reveladoras que eu não tinha, contar para todo mundo que aquele calhorda tinha engravidado a irmã mais velha e agora ia casar com a mais nova!

Deus que me perdoe, mas naquele momento desejei com todas as minhas forças não ter tirado aquela criança só para poder chegar com ela no meio da cerimônia! Como se isso fosse possível! Queria destruir o casamento e a vida deles.

Quer saber? Nem toda mulher precisa de um casamento e de filhos para ser feliz. Acredito que muitas delas inclusive são bem infelizes, pois queriam ter uma vida profissional de sucesso, uma carreira cheia de desafios e novidades. E na realidade têm uma vidinha medíocre que se divide entre cozinhar para o marido, colocar roupa na lavadora, buscar filho na aula de piano, levar filho para a escola. E a realização pessoal onde fica? E os projetos de vida? E os sonhos? Bom mesmo é ser autossuficiente, se bastar, se sustentar, se valorizar, se admirar.

Liguei para o Fernando e falei que queria vê-lo sem falta naquela noite. Eu me arrumei muito acima da média. Parecia que ia para uma festa, exceto pelo comprimento do vestido. Saímos para jantar. Eu escolhi um restaurante bem chique, enchi a cara de champanhe. Depois fomos para um motel bem caro e eu fiz questão que ele pegasse a suíte principal, com piscina, hidromassagem, teto solar e o diabo a quatro. Já fazia algum tempo que eu encarava o sexo como purgação dos meus fantasmas, mas aquele dia levei isso ao limite. Fizemos coisas que até devem ser ilegais em alguns países. Eu precisava purgar, expurgar, depurar, sentir que não estava por baixo. E exigi mais champanhe.

Cheguei bem tarde em casa, e dei de cara com tia Antônia, sentada à mesa da sala, cheia de papéis em volta. Foi realmente uma surpresa dar de cara com ela. Eu já me sentia tão à vontade naquele apartamento, que às vezes até esquecia que ele, na verdade, pertencia a ela. Foi a primeira vez que a vi e não fui correndo abraçá-la.

— Tia queridaaa!!! Que surpresa! Você não me falou que vinha – eu disse, entre soluços.

— Eu tentei, mas você não atendeu os meus telefonemas.

— Ah, essa correria maluca... Sabe como é, né, tia queridíssima...

— Você tá bêbada?

— *Magiiiiiina!* Só um pouquinho alegre. Nada de mais. Tá preparando aulas?

— Tô repassando minha palestra. Fui convidada pra participar de um ciclo de seminários da federal.

— Ah, que legal! Já comeu? Não tem nada aqui em casa...

— Pedi comida. Vi mesmo que não tem nada. Você não cozinha mais? Você gostava tanto...

— Quase nunca. Tenho comido muito fora.

— Entendi... Nossa, Alice, você está tão, tão...

— Linda? Glamourosa? A coisa mais incrível que você viu na vida?

— Diferente...

Silêncio.

— Vai passar o fim de semana aqui?

— Não, volto no sábado de manhã.

— Vai voltar cedo pra ir no casamento da Valentina?

— Sim. Você ficou sabendo?

— Minha mãe mandou um e-mail contando. Eu não acredito que você vai!

— A Valentina também é minha sobrinha, e eu gosto muito dela.

— Agora você a trata como sobrinha?!

— Sempre tratei, assim como sua mãe sempre te tratou como filha, apesar de você dizer que não.

— Tia, você sabe com quem ela vai casar, né? Aquele miserável...

— Eu vou por ela, não por ele.

— Ah, que fofa! Que lindo! Muito gentil da sua parte.

— Alice...

— Eu sei, melhor a gente mudar de assunto.

Silêncio. Climão.

— Belo vestido. Sapatos também.

— Chiquérrimos, né, tia?!

— Sim, parecem caros.

— E são! Vem cá, deixa eu te mostrar os outros.

Fomos para o quarto. Mostrei as coisas lindas que tinha ganhado do Fernando para tentar melhorar o clima, mas não adiantou.

— Nossa, Alice, essas marcas são caríssimas. Como você conseguiu comprar tudo isso? Seu salário não dá pra bancar esse tipo de luxo.

— Comprei na promoção.

— Mentira.

— Ai, que saco, tia! Você também vai começar a pegar no meu pé agora?

— Não, só quero saber o que você anda fazendo pra conseguir andar tão bem vestida e pra frequentar os lugares que eu sei que você anda frequentando.

— Eu trabalho, tia! É assim que eu me banco.

— Alice, você tá pensando que eu nasci ontem? Eu ganho pelo menos dez vezes mais que você e não frequento esses locais. O que você ganha como assistente numa revista mal daria pra comprar um desses vestidos, mesmo em promoção!

— Não é da sua conta!

— É sim, se você tá fazendo coisas ilícitas na minha casa! Não foi pra isso que eu deixei você morar aqui.

— Tia! — Arregalei os olhos. — Não vai me dizer que você tá pensando que...

— O que você quer que eu pense? Você é uma moça linda e anda com a cabeça meio fora do lugar, daí chega em casa bêbada, carregando uma garrafa de champanhe, com esses vestidos, trincando de chique, e não quer contar como consegue pagar.

— Não é nada disso! — bufei. — Eu tenho um amante. Pronto! Tá satisfeita? Eu tenho um amante. Rico.

— Um amante...

Silêncio.

— Um amante... e você gosta dele? Mesmo?

Silêncio tenso. Ela falou alto e brava.

— Responde, Alice! Gosta?

— Eu gosto do que ele me dá, ué!

Agora tia Antônia estava desconcertada.

— Então você tá dormindo com um cara, de quem você nem gosta, só pra ganhar presentes... Não foi assim que eu te criei!

Ri sarcástica.

— Tem razão! Não foi! Foi com aquela ladainha de "nunca deixar que as coisas mudem quem eu sou". Como se isso adiantasse alguma coisa!

— Alice, sério mesmo que você não aprendeu nada com tudo o que passou?

— Aprendi! Ah, se aprendi! Aprendi que na vida vale a lei da selva. Ninguém tá nem aí pra ninguém, não. Todo mundo sempre vai tirar vantagem se puder! E se você for esperto, vai fazer isso com os outros antes que eles façam com você.

— Pelo amor de Deus! Como você pode falar uma coisa dessas? Ainda mais você que sempre teve tudo na mão!

— O que eu sempre tive na mão? O único cara de quem eu gostei de verdade me tratou que nem lixo e agora tá lá comendo a minha irmã! E agora os pombinhos vão se casar! Por causa dele eu fiz um aborto! Um aborto, tia! Você sabe o que é isso? Só eu sei o que eu senti naquele dia! Se isso é ter tudo na mão, tia, você francamente precisa rever os seus conceitos!

— Eu sei o que você sofreu, Alice! Mas isso não te dá o direito de sair usando as pessoas!

Senti o sangue ferver quando tia Antônia me falou aquilo. Perdi o controle e comecei a gritar:

— Você não sabe o que eu passei! Você não chega nem perto de saber! Se você já tivesse arrancado um filho das suas entranhas, você não vinha me falar esse monte de merda!

Mal terminei de falar e senti o tapa estalando com tudo na minha cara. Alto, ardido e dolorido.

— Eu te odeio! — retruquei, explodindo de raiva.

— Eu devia ter deixado você fazer o aborto numa clínica de fundo de quintal! Quem sabe se você tivesse sentido bastante dor, se tivesse tido uma hemorragia, se tivesse quase morrido, talvez tivesse aprendido a ser gente! A vida toda eu tentei te ajudar e agora vejo no que deu. Uma garota metida e mimada, sem a menor consideração pelos outros e nem um pingo de respeito próprio.

Como sempre, tia Antônia não gritava ao falar, mas mais do que a raiva que eu sentia na voz dela, eu via o desprezo estampado em seu rosto. Ela nunca, nunca tinha me olhado daquele jeito. E eu não sabia o que dizer

— Quem é você? O que você virou? Você passou por um episódio ruim na sua vida, Alice. Um episódio medonho, mas *um* único episódio ruim na sua vida! Milhares de pessoas passam por coisas ruins todos os dias e não são moldados por eles. É isso mesmo que você vai fazer? Você vai deixar que a experiência de um mês com esse cara que você mal conhecia defina sua trajetória para o resto da vida?

Ela começou a recolher os papéis e a guardar tudo na bolsa.

— Aonde você vai?

— Pro hotel que eu reservei.

— Mas aqui é a sua casa...

— Que bom que você ainda lembra disso. Mas eu já sabia que não ia ser bom te encontrar e pra mim já deu, Alice. Não quero ter o desprazer de cruzar mais com você.

Tia Antônia terminou de recolher tudo, foi para a porta. Antes de sair, olhou para trás e me falou:

— Sabe, a Valentina pode ser muitas coisas, mas ela nunca usou as pessoas como você usa, e essa não é a primeira vez que você faz isso.

E a porta se fechou, batida com força.

☾

— Miga, você foi a maior da vaca!

— Foi mesmo. Beeeeeeem vaca. A maior vaca do pasto.

Pronto! Carlos me chamou de vaca e o Maurício concorda.

— Sua tia é tão legal! Ela sempre foi minha diva master! Como você pôde falar desse jeito com ela?

— Ela me deu um tapa na cara!

— Merecido! E ainda foi pouco! Eu teria te arranhado inteira. Até desfigurar sua cara toda! E ainda rasgaria suas bolsas caras, pra você deixar de ser besta.

— Eu te amarraria, enfiaria uma meia suja na sua boca, rasparia sua cabeça e te abandonaria pelada num terreno baldio!

— Adorei, amor! Vamos fazer isso com ela!

Eles gargalharam, estreitaram os olhos e olharam para mim.

Arregalei os olhos. Começava a achar que não tinha sido boa ideia ir visitar os meninos para pedir conselhos.

— Brincadeiras à parte, miga. Você tem sido bem vaca com todo mundo. Brigou com sua tia, não fala mais com sua mãe, tá extorquindo aquele coroa gato, até da gente você se afastou e as poucas vezes que tentamos te ver, você foi fria e grossa. Só veio aqui hoje porque precisa de ajuda. Sabe, tenho pena do Miles, que é obrigado a viver com você.

Credo! Parecia que todos tinham se virado contra mim. Será que ninguém percebia que eu era a vítima ali?

— Gente, será que vocês não percebem que o vilão não sou eu? É o filho da puta do Gustavo! É a nojenta da Valentina!

— Vira o disco, Alice. Essa história já cansou... — dessa vez foi o Maurício que falou. — Eu nem convivo há tanto tempo com você quanto o Carlinhos e não aguento mais te ouvir remoendo essa história. Você sempre reclama de tudo por tanto tempo assim?

— Vem cá. — Carlos me puxou e me levou para a varanda do apartamento deles. — Tá vendo a lua?

— O que é que tem?

— Lua crescente, Alice!

— E...?

— Afff... Amor, me ajuda?

Maurício se juntou a nós.

— Toda lua cheia foi lua crescente antes. Porque pra alcançar a plenitude, é preciso amadurecer antes, entendeu?

— Todo mundo mira no sucesso e na felicidade sem lembrar que são as dificuldades e os sofrimentos que nos trazem a sabedoria para aproveitar ao máximo os bons momentos. Eles fazem parte do nosso caminho e não é à toa — Carlos continuou.

— E destruir a felicidade dos outros não vai curar a sua dor.

— Miga, tá na hora de crescer!

Voltei para casa pensando em tudo o que eles me disseram. Em tudo o que tia Antônia tinha me dito. Aquilo me partiu ao meio. Eles tinham razão. Todos eles. No que eu tinha me transformado? Eu era a maior da vaca!

Até que me dei conta que não sou assim... Nunca fui a favor da destruição, gosto de construção. Não sou uma mulher maluca que quer ferrar a vida das pessoas porque um cara a fez sofrer. Não sou essa. Não sou uma coitada. Não sou uma vítima. Opa, espera aí. Talvez eu seja vítima, sim. Não dele, mas de mim mesma. Porque ele agiu da forma (suja) que achava que devia. Mas eu não agi da maneira que deveria.

Sabe, olhando para trás, não me orgulho das minhas atitudes. Eu passei de todos os limites, perdi o respeito por mim e pelos outros. Me tornei uma pessoa feia, no sentido mais literal da palavra. Eu só estava usando as pessoas, usando como se fossem descartáveis. Fui atrás dos meus instintos que, pude constatar agora, não são nada confiáveis. Não dá para acreditar cegamente no coração. Um ser racional como eu era devia saber disso.

Olhei para o relógio. Eram 19 horas. Valentina e o Gustavo deviam estar se casando naquele momento. Fui para a janela e olhei a lua. Lua crescente. A mesma lua da noite em que conheci o Gustavo. Foi como uma epifania, de repente eu entendi. Ele era a minha lua crescente. Apareceu na minha vida para que eu pudesse aprender e crescer. Não dava para confiar cegamente no coração, mas também não dava para ser totalmente racional como eu (achava) que era. E o que a gente não aprende, a vida ensina. Gustavo apareceu na minha vida para me ensinar à força o caminho da ponderação. Comecei a chorar e senti que algo dentro de mim voltou ao lugar que lhe era devido.

Passei a noite em claro, pensando no que faria dali para a frente. Uma coisa era certa: não podia continuar vivendo daquele jeito. Entendi que às vezes passamos muito tempo perdidos, achando que estamos no caminho certo, arrasando, e na verdade só estamos fugindo de nós mesmos, negando a verdade do que nos traz dor e abraçando mentiras que nos fazem se sentir bem. Mas, enfim, percebi que não queria mais viver de fingimento, por mais bonito e agradável que fosse. Queria me encontrar de fato, me olhar no espelho e reconhecer aquele rosto como verdadeiro, com tudo de bom e ruim que houvesse estampado naquele reflexo.

No dia seguinte, bati à porta do Fernando. Devolvi todas as joias que ele tinha me dado e expliquei que não podia mais levar nosso caso adiante. Ele não entendeu nada. Tentei resumir minha história e explicar o que me levou a agir como agi, pedi perdão por tê-lo seduzido e falei que ia sumir da vida dele. Ele pediu para que eu mudasse de ideia, disse que gostava de mim. Mas eu falei que finalmente tinha achado meu caminho a seguir e não podia abrir mão disso. Ele era maduro e, no fundo, um homem bom. Entendeu minha posição. Afinal, sabia que todos cometemos erros.

— Aproveite essa chance para se acertar com a sua esposa. Se ainda tem amor, tente se acertar com ela. Faça por ela o esforço que fazia por mim; você vai ver como vai valer a pena.

Eu falei que ia mandar entregar depois as roupas, os sapatos e as bolsas que ele tinha me dado. Ele pediu que eu ficasse com elas, afinal, o que faria com aquilo tudo?

Organizei um bazar com as roupas e os acessórios. Foi um sucesso! As meninas da revista e da faculdade ficaram loucas, pois realmente tinha muita coisa boa à venda. Chamei o Carlos e o Maurício para me ajudarem no dia. Eu não merecia, mas eles foram mesmo assim. Levantei uma boa grana.

Com o dinheiro em mãos, peguei o carro no fim de semana e fui resolver outra questão.

Toc. Toc. Toc.

A porta se abriu e vi o rosto dela. Tive vontade de chorar, mas me segurei. Abri o dinheiro como se fosse um leque.

— Você tinha razão, aqueles vestidos eram caríssimos.
— E o que fez com eles?
— Vendi.
— Vendeu?
— E vim aqui te pedir pra me ajudar a escolher uma boa instituição de caridade pra doar.

Tia Antônia tentou se controlar, mas vi que ela estava surpresa.

— E o que seu amante achou disso?
— Eu terminei com ele quando finalmente descobri quem é o amor da minha vida.
— Ah, é? Mais um amor? Quem é o coitado da vez?
— Você!

Silêncio.

— Você é o meu amor, meu anjo da guarda, minha luz, minha inspiração.
— Achei que você tinha dito que me odiava...
— Por favor, me perdoa!

Tia Antônia suspirou e balançou a cabeça com um leve sorriso no rosto.

— Quer um pedaço de bolo? Tem calda.
— Deus, eu mataria por um pedaço!
— Entra.

Eu me joguei nos braços dela e a abracei bem apertado, com todas as minhas forças, como se minha vida dependesse daquele abraço.

— Me perdoa, por favor, me perdoa — pedi novamente, já em prantos.

— Eu sabia que mais cedo ou mais tarde você ia encontrar seu rumo.

Eu sabia que vender minhas roupas e doar o dinheiro não ia apagar meus erros, mas eu precisava começar por algum lugar. Entramos, comemos bolo, fizemos as pazes. Contei para a tia Antônia que tinha me inscrito para uma bolsa de pós-graduação na Itália e que o resultado sairia no fim do ano e que se desse certo, seria ótimo, porque eu já estaria formada na faculdade.

— Se você for pra lá, quero ver se não vai começar a gostar de ópera!
— Duvido muito!
— Não há quem volte da Itália imune à ópera!
— Bem, vamos ver se eu for aprovada. Meu Deus, esse bolo tá divino!
— Come mais. Acho que senti que você vinha, fiz uma forma enorme.

Peguei mais uma fatia bem gorducha e a alaguei de calda.
— Já passou na sua mãe?
— Ainda não...
— E vai passar?
— Acho que não. Ainda não tô pronta...
— Só não deixe passar tanto tempo que não seja mais possível voltar.
— Ok...

È strano! È strano!
— Ai, não! Desliga isso!
— Deixa de falar heresias. É a Callas cantando.

Tia Antônia pôs a ária de Violetta em *La Traviata* para tocar, na voz de Maria Callas, e começou a cantar junto.

— Desliiiiiiiiiga, por favor!
— A Itália te aguarda!

☾

De volta a São Paulo, faltava só mais uma coisa para fechar a primeira fase da minha "rehab".

— Aiiiiiiiiiiiiii, Jesus me abana!

Comecei a gargalhar!

— Mau, olha isso!!! São entradas pro show da Shakira na final da Copa! Da Shakira!!!
— Já vi que vocês gostaram — eu disse.
— E já vi que tem alguém tentando se redimir.
— Sim, mas não se empolguem muito... Os lugares não são muito bons.
— Quem se importa com os lugares, Alice? — Maurício falou — É A SHAKIRA!

— E um monte de deuses coxudos jogando bola! Jesus, acho que vou desmaiar! Eu te amo, amiga!

— Como você conseguiu isso, Alice? Os ingressos estavam esgotados há tempos!

— Minha chefe é uma mulher influente e consegue muitas cortesias de imprensa. Vendi minha alma pra ela me arranjar esse par.

— Olha, se esse for o seu jeito de pedir desculpas toda vez que agir como uma vaca, por favor, nunca deixe de ser a maior da vaca sempre!

Nós rimos. Acho que tinha conseguido me redimir com os meninos.

☾

Pela primeira vez na vida dormi demais. Usava o despertador do telefone e bem no meio da noite acabou a bateria. Esses smartphones são terríveis, a bateria não dura nada e deixa você na mão quando mais precisa. Eu, ingênua, esqueci de colocar para carregar e acreditei que a bateria ia durar a noite inteira. Ledo engano! Acordei atrasada, tomei banho rápido, nem pude secar o cabelo e fui me maquiando dentro do carro, no trânsito, quando o semáforo fechava. Tinha uma reunião de pauta logo no primeiro horário. Cheguei atrasada, louca de medo de levar um puxão de orelha da minha chefe, mas para minha surpresa ela também estava atrasada.

Peguei um café, meu caderno, uma caneta, fui para a sala de reuniões e fiquei aguardando. Vinte minutos depois ela chegou, de cabelo molhado, pedindo desculpas pelo atraso e colocando o iPhone para carregar. Ri internamente, pensando que a bateria também deixou ela na mão. Meu telefone começou a vibrar. Estranhei, pois era minha mãe. Não atendi. Só que ela ligou de novo. E isso ela nunca fazia durante meu horário de trabalho. Atendi. Devo ter ficado pálida, pois minha chefe pegou um copo de água. Devo ter enchido os olhos de lágrimas, pois a assistente da minha chefe trouxe lenço de papel. Na hora fiquei desnorteada. Minha querida tia Antônia tinha tido um ataque cardíaco. *Morreu na hora*, disse minha mãe. Não puderam fazer nada, absolutamente nada. Não pude fazer nada, absolutamente nada. Que vazio, que aperto no peito, que impotência.

As palavras da minha mãe batiam como um martelo no meio da minha testa. Minha tia havia morrido e eu nem pude me despedir, não pude olhar aquele rosto pela última vez, não pude dar o último beijo, fazer o último carinho, dar a última risada, trocar o último olhar cúmplice, dizer mais uma vez o quanto a amava, como ela era importante e fundamental na minha vida. Tia Antônia sempre foi a mãe que eu queria ter. Arrumei a mala e fui para o interior.

Cheguei no início da noite. Antes de ir para a casa da minha mãe, passei na casa da tia Antônia. Há tempos já tinha a chave de lá. Entrei, olhei ao redor, tudo do jeito que ela devia ter deixado na última vez em que esteve ali. A casa transbordava a personalidade dela. Parecia que ela ia chegar a qualquer momento do trabalho. Não podia acreditar que nunca mais entraria ali e ela viria me receber com um abraço apertado e me oferecer um pedaço de bolo com calda. Respirei fundo, as lágrimas simplesmente começaram a escorrer fragorosas pelo meu rosto, caí de joelhos e finalmente comecei a chorar pra valer a morte dela. Um choro doído, que despedaçava minha alma. Ali eu soube que aquela, sim, era a pior dor que eu já tinha sentido e que nada jamais ia doer tanto quanto a perda da tia Antônia. Ela sempre soube despertar o melhor de mim. Era meu anjo da guarda. O meu melhor sorriso morreu com ela aquele dia. Com o tempo, eu superaria o luto, mas nunca mais sorriria do mesmo jeito que só ela sabia me fazer sorrir. Um pedaço de mim tinha morrido com ela. Fiquei sentada ali no chão da sala por um bom tempo, resgatando várias lembranças de nossos momentos juntas.

Enfim me levantei e entrei na casa da minha tia, peguei um porta-retratos com uma foto nossa juntas, alguns livros, o vestido preferido dela, um quadro abstrato nas cores vermelho e preto que ficava na sala, um Buda de pedra, a caneca preferida dela e guardei em uma sacola de viagem. Essas coisas eu queria ter por perto, esses objetos me fariam acreditar que ela estaria comigo para sempre. Estava saindo quando vi a lombada de O Evangelho Segundo o Espiritismo na estante. Minha tia era espírita. Eu não tinha nenhuma religião, mas uma vez fui com tia Antônia num centro espírita. Tomei um passe, senti sono, me senti leve e bem. Mas não sei por qual motivo nunca mais voltei.

Instintivamente, fui até lá e peguei o livro e coloquei na bolsa. Quando o puxei, outros livros caíram e quando fui ajeitá-los percebi que tinha uma caixa de madeira ali. Aquela mesma caixa que me fez levar bronca da tia Antônia anos atrás. Não achei normal aquela caixa estar ali, tão acessível... Tia Antônia devia ter mexido nela há pouco tempo...

Meus dedos coçaram. Peguei a caixa, mas hesitei antes de abri-la. Será que seria muito desrespeitoso com a memória dela mexer naquela caixa que eu sabia que era tão particular? Pensei, pensei, pensei, mas a curiosidade falou mais alto. Abri a caixa e vi aqueles papéis e fotos amareladas pelo tempo. Tirei a bolsa do ombro e me sentei na poltrona preferida da minha tia.

Comecei a olhar as fotos. Eram imagens da juventude dela e da minha mãe. Elas pareciam ter sido bem próximas. Várias fotos delas sorrindo, abraçadas. Minha mãe era a irmã mais nova. Tinha uma foto linda da minha mãe sentadinha no chão, embaixo de uma árvore no quintal da casa onde elas moravam e tia Antônia ajoelhada atrás dela trançando seus cabelos. Atrás da foto estava escrito "Toninha, Joaninha e a laranjeira, nov. 1970". Sorri e uma lágrima escorreu. Guardei aquela foto na bolsa também.

Havia fotos mais recentes, quer dizer, menos antigas. De minha mãe deitada na cama do hospital e tia Antônia me segurando no colo com um sorriso até as orelhas. Fui olhando foto por foto, revirando e descobrindo detalhes das duas mulheres da minha vida, com os olhos marejados, sorrindo e fungando o nariz. No fundo da caixa, tinha um envelope lacrado. Tentei vislumbrar pelo papel o que tinha dentro dele, mas não consegui. Então abri.

Puxei uma foto lá de dentro. Era uma foto da tia Antônia e meu pai abraçados. E não era uma foto de cunhado e cunhada abraçados. Era muito mais que isso. Fiquei em choque quando me dei conta do que aquele envelope guardava. Era a verdade sobre a história da minha tia! Havia fotos, bilhetes e um diário. Com os olhos marejados, o coração em frangalhos e uma ansiedade violenta, devorei cada página daquele diário e descobri que tia Antônia foi apaixonada pelo meu pai. Eles tiveram um rápido *affair* antes de ele casar com minha mãe. Namoravam escondido, pois ela estava indo para a faculdade de Medicina e meu vô, o pai dela, não queria que a filha desistisse dos estudos por causa de uma paixonite. O que meu avô não sabia é que não era apenas uma paixonite... Meu pai foi o primeiro amor da minha tia. Só que ela engravidou. E ele, jovem e inconsequente, pediu para ela tirar a criança. Minha tia, jovem e imatura, fez um aborto clandestino numa clínica de fundo de quintal e teve o útero perfurado e uma hemorragia séria. Depois da complicação, ele teve que chamar a mãe dela, minha avó, para socorrê-la e foi obrigada a revelar a verdade, mas se recusou terminantemente a contar com quem tinha se envolvido. Meus avós, para evitar o escândalo e o falatório da vizinhança, inventaram uma doença qualquer e levaram minha tia para outra cidade. Ela ficou entre a vida e a morte.

Meu pai, ao invés de ir atrás, ficar ao lado dela, se preocupar, esperar ou coisa parecida, foi viver a vida dele e casou com minha mãe. Rápido assim, simples assim, ordinário assim.

Como minha mãe tinha cursado pedagogia lá no interior mesmo, não sofreu a mesma cobrança que tia Antônia sofreu ao passar na faculdade de Medicina. Quando minha tia se recuperou, levou outro baque. O primeiro amor tinha se revelado um tremendo cafajeste. Ela decidiu que não ia contar para ninguém, muito menos para a irmã, que o marido dela era o canalha que fez com que ela não pudesse mais ter filhos. Ela enterrou aquela história e sofreu, comeu o pão que o diabo amassou sozinha e em silêncio. Foi para a faculdade, focou na carreira, e se tornou a renomada dermatologista que era. E trancou o passado dentro daquela caixa. Meu Deus! Meu Deus! Meu Deus! Já era tarde da noite quando terminei de ler o diário. Eu estava quase sem fôlego. Que vida a da minha tia! Como deve ter sofrido toda vez que via meu pai ao lado da minha mãe, ver que eles tiveram filhos e construíram uma família, família que poderia ter sido dela... Mesmo assim, ela estava sempre sorrindo, sempre foi parceira da minha mãe, uma tia maravilhosa pra mim...

A última foto da caixa era uma da tia Antônia em frente ao prédio da faculdade de Medicina. Ela estava sorrindo. Atrás estava escrito com a letra dela:

Primeiro dia de aula. Hoje é o início de uma nova fase. A esperança mora em mim novamente. Vida nova para todos nós! Tenho certeza de que a Joana vai ficar bem. Jamais vou permitir que os episódios da vida mudem quem eu sou!

Finalmente entendi as palavras que minha tia tantas vezes repetiu para mim. E pensei em como sempre agi na minha vida e me senti tão mesquinha, tão pequena...

Aquela noite dormi na cama da minha tia, chorando abraçada ao seu travesseiro, tentando sentir seu cheiro pela última vez e pedindo, pedindo, pedindo perdão.

☾

— Oi, mãe!

Fazia tanto, tanto tempo que eu não falava com minha mãe. Quando cheguei de manhã na casa dela, dona Joana estava com os olhos inchados; assim que me viu veio correndo na minha direção e me abraçou forte. Começou a chorar muito no meu ombro, tentando falar entre soluços e lágrimas:

— Ela foi embora, Alice! Minha irmã... Meu Deus, você gostava tanto dela.

Não conseguia falar nada. Tentava me segurar para não começar a soluçar também. Nós estávamos na cozinha. Valentina apareceu na porta. Estava linda. Com um barrigão.

Desde aquele dia do almoço fatídico eu não vi mais minha irmã. Nos cumprimentamos com um aceno de cabeça. Era melhor não falar nada. Nada que disséssemos uma a outra quebraria a muralha que tinha se levantado entre a gente. Como duas pessoas podem ser tão próximas e tão distantes ao mesmo tempo?

Valentina silenciosamente se aproximou e se juntou ao abraço, enlaçando minha mãe por trás, com os braços sobre meus braços. Nossos olhares se cruzaram e todas nós começamos a chorar.

No velório, toda a parentada. Cumprimentei sem muita intimidade e sentei em um canto. Minha tia estava tão serena, vestida com sua cor preferida: vermelho. Fiquei um bom tempo ali, olhando para o rosto dela. Peguei uma rosa, tirei pétala por pétala, coloquei ao seu lado, fiz uma oração e me despedi. Não, não fiquei até o final, não gostava de enterros, velórios, todo aquele clima, aquelas mosquinhas, aquelas coroas, aquele cheiro do que já não é mais.

Lembrei de um livro que ela me deu, *Violetas na janela*. Senti vontade de ler. Senti uma vontade louca de ir para casa, achar aquele livro, comer sorvete de pistache que minha tia tanto gostava e ler o livro. E foi o que fiz. Minha família não entendeu nada, mas eu não queria dar explicações ou satisfação. Só me aproximei da minha mãe e lhe falei ao ouvido que iria embora.

— Mãe, eu já vou. Não consigo mais ficar aqui.

Ela pegou minhas mãos, olhou bem no fundo dos meus olhos e assentiu.

— Me desculpe por tudo, mãe.

Virei as costas e fui.

Dei uma passada no banheiro antes de pegar a estrada de volta. Ao sair da cabine, dei de cara com a Valentina lavando as mãos; parei instintivamente. Ela também. Então fui até a pia e também lavei as mãos.

— Quantos meses?

— Sete.

Silêncio.

— Parabéns. De verdade.

— Obrigada.

Me virei para sair. Tantas palavras a serem ditas, um mundo de explicações talvez não bastasse para reparar tudo o que havíamos dito e feito uma a outra ao longo de uma vida. Às vezes, palavras não bastam.

— Alice!
Parei. Minha irmã se aproximou e pegou minha mão.
— Eu sinto muito.
Então se virou e saiu de cabeça baixa.

Desde pequena, eu sempre soube que a Valentina era a filha preferida, porque tinha uma personalidade mais parecia com a da minha mãe. Minha mãe nunca me deixou faltar nada, nem nunca me desprezou, mas eu sempre me senti deslocada em casa, como se fosse uma peça sobressalente. E desde o aborto, eu sentia que havia perdido a pouca conexão que tinha com elas. Eu sempre dizia a mim mesma que elas não ligavam tanto para mim, mas começava a perceber que eu também não ligava muito para elas. Sempre olhei para elas com uma certa postura vitimista de quem é deixada de lado, mas também nunca tentei me aproximar, só confrontar. E fui eu, eu, que tinha rechaçado as poucas tentativas de aproximação que tivemos. Então era uma via de mão dupla. E só agora eu conseguia enxergar minha parcela de culpa.

☾

Passei no supermercado, comprei sorvete e fui para casa. Miles estava me esperando, dei um longo abraço nele. Lembrei das conversas com minha tia, dos segredos do passado, pensei na vida que ela teve, em tudo o que aconteceu. Será que ela era realmente feliz?

Coloquei o Buda de pedra na sala, o quadro no meu quarto, o porta-retratos ao lado da minha cama. Sentia uma dor profunda, intensa... Doía tanto que nem conseguia mais chorar.

Tia Antônia morreu poucos meses antes da minha formatura. Ela deixou o apartamento de São Paulo para mim e a casa do interior para a Valentina. As outras posses ficaram para minha mãe. Queria tanto que ela me visse com meu diploma. Também não pude contar para ela em primeira mão que eu tinha conseguido a bolsa de pós-graduação na Itália e que agora, por ela, eu ia aprender a gostar de ópera.

Pedi demissão da revista. Minha chefe ficou chateada, pois disse que tinha grandes planos para mim agora que eu estava formada, mas me deu todo o apoio. Disse que seria uma experiência incrível e que a gente certamente voltaria a se cruzar pelos editoriais da vida quando eu voltasse. Combinamos de manter contato; perdi mais uma chefe e ganhei mais uma amiga.

Liguei para minha mãe para contar a novidade. Ela ficou muito feliz. Conversamos um pouco sobre os preparativos; minha mãe pediu desculpas por não poder vir me ajudar, mas não tinha como sair da escola naquele momento, mesmo assim ela disse que viria no dia do embarque para me levar ao aeroporto.

— Não precisa, mãe.

— Isso não tá aberto à discussão.

No dia da viagem, Carlos e minha mãe me levaram ao aeroporto.

— Se cuida, miga!

— Pode deixar, você também!

— Aproveite muuuuuuito! Vai postando muitas fotos pra gente acompanhar!

— Tchau, mãe. — Peguei a mão dela.

— Tchau, filha. Vai com Deus! Aproveite bastante, estude muito e, por favor, não some.

— Pode deixar, dona Joana! Se ela não se comportar nem te mandar notícias, me fala, porque aí o gato dela vai sofrer as consequências!

— Ai de você se não cuidar direito do Miles! — Apontei o dedo para o Carlos fingindo estar brava.

— Vai depender de você! Antes de sumir e esquecer que a gente existe, lembre-se que seu gato vai ser meu refém enquanto você estiver fora!

Rimos e nos abraçamos.

— Eu te amo, seu besta!

— Eu também, sua vaca! Vou morrer de saudades.

Olhei para a minha mãe.

— Valentina desejou boa viagem.

— Como ela está?

— Ela precisa ficar de repouso nessa fase final da gravidez, mas está bem.

Assenti com a cabeça.

— Se cuidem, vocês duas! Obrigada por ter vindo hoje, mãe.

Minha mãe me puxou e me abraçou apertado.

— Eu te amo, filha! Sempre te amei, apesar do que quer que você possa ter pensado.

— Eu também te amo.

Ela me deu um beijo na testa.

Eu já estava passando pelo portão de embarque, quando Carlos me gritou, de braço dado com a minha mãe e com a outra mão sobre o peito e olhinhos lacrimejantes:

— Alice! Não esquece minha carteira *Dolce & Gabbana*.

Ri, acenei e passei pelo portão. Eu já tinha me despedido do Maurício. Os meninos cuidariam do apartamento e de Miles para mim. Eu vendi meu carro para levantar uma grana e fui, com a cara e a coragem.

No avião, pouco depois da decolagem, peguei minha agenda na bolsa, abri e achei a foto da tia Antônia sorrindo na frente da faculdade. Passei os dedos pelo rosto dela e disse:

— Hoje é o início de uma nova fase.

Depois peguei a outra foto: "Toninha, Joaninha e a laranjeira, nov. 1970". Fiquei olhando a imagem das duas por muito tempo e lembrei da última frase do e-mail que minha mãe tinha me mandado meses atrás: "Se você chegar a ler esta mensagem, saiba que eu te amo. E que estarei aqui quando você decidir voltar". Era hora de voltar.

Eu já tinha perdido uma das mulheres da minha vida e agora só dependia de mim não perder a outra. Dei um beijo na fotografia, aconcheguei-a junto ao peito e fiquei olhando meu país desaparecer pela janelinha, até adormecer.

☾

Durante o tempo que vivi na Itália, escrevi e liguei muito para minha mãe e fomos retomando o contato aos poucos. O bebê da Valentina nasceu e eu só o conhecia por fotos. Nós também estávamos ensaiando uma reaproximação; adicionei minha irmã no Facebook e muito esporadicamente trocávamos algumas mensagens curtas.

Da Itália, trouxe alguns vinhos e cafés. Também ganhei sete quilos nesse período. Os mais bem aproveitados da vida. Voltei com um monte de receitas novas, a cabeça cheia de ideias e uma paz que nunca havia sentido antes. Antes de voltar, resolvi cortar o cabelo. Renovar é sempre bom. Dei uma clareada também. Me senti mais bonita.

Os meninos foram me buscar no aeroporto, foi uma alegria só quando a gente se encontrou. Eles me abraçaram e beijaram minhas bochechas ao mesmo tempo. Se a gente tivesse combinado, não teria dado tão certo, mas nós três estávamos de branco: eu de saia lápis e uma blusa básica; Carlos de bermuda e camiseta polo; Maurício, sempre elegante, de camisa e calça esporte. Meus amigos estavam lindos! Que belos homens tinham se tornado.

— Que isso? Vai rolar um show da virada aqui? — Maurício riu e perguntou quando viu nosso look.

— Miga, como você tá linda! Tá a cara da sua tia! — Carlos me elogiou, enquanto tirava a echarpe do meu pescoço e enrolava no dele.

Eles me levaram para a casa e mandaram eu descansar, pois íamos sair à noite para comemorar meu retorno. Tentei dizer que preferia ficar em casa aquela noite, mas quando comecei a articular a frase, fui logo interrompida pelos olhares ofendidos dos dois e então não tive alternativa a não ser concordar. Como sempre, sair com os meninos foi pra lá de divertido. Só agora, ao lado deles, que percebi como senti falta de sair com aqueles dois. Os amigos que fiz na Itália eram ótimos, mas não eram Carlos e Maurício. Não parei de rir um minuto com eles.

Começamos a noite com um pub crawl, com muita tequila e caipirinhas, depois decidimos finalizar a noite num karaokê. Fomos a um dos mais badalados, que sabíamos que tinha uma seleção de músicas excelente. A gente tentou a sorte, pois não tínhamos feito reserva. Claro que quando chegamos a casa estava cheia, mas como nós estávamos só em três, a hostess falou que tinha uma sala com apenas um grupo e que ela tinha certeza que eles não se importariam de dividir a sala com a gente; ela conhecia o pessoal, pois eles batiam cartão lá toda semana. Ela nos levou até a sala e, de fato, fomos superbem recebidos.

Chegamos bem na hora que um casal estava subindo ao palco para cantar *Sorry*, do Justin Bieber. Eles eram dois fofos. A garota era mais tímida, mas o rapaz logo começou a arrasar dançando a coreografia do clipe, incendiando a plateia. Foi impossível não lembrar de quando o Gustavo dançou para mim na boate anos atrás. Só que dessa vez foi apenas uma lembrança, sem rancor, sem raiva, apenas uma lembrança.

— Gui!

Estava perdida em pensamentos e me assustei com o grito. A moça que estava cantando gritou o nome do namorado. Ele estava passando mal. Ajudamos os amigos dela a socorrer o rapaz, Maurício chamou a assistência médica do local, a namorada do rapaz agradeceu. Tadinha, ela estava a um passo do desespero.

— A gente leva vocês ao hospital — ofereci à namorada do rapaz desmaiado.

— Não precisa, obrigada. O pessoal já chamou uma ambulância.

— Tem certeza? Se a gente puder ajudar em alguma coisa...

Ela pegou minha mão e me olhou nos olhos com uma segurança admirável e uma tremenda força interior. Então sorriu de leve.

— Divirta-se bastante e canta a próxima canção por mim. Meu namorado adora ela. Faz isso por mim? Era isso o que a gente queria fazer hoje, mas nem sempre a vida sai como a gente planeja, né?

Tem razão, querida estranha. A vida nem sempre sai como a gente planeja. Todos eles saíram e nós ficamos sozinhos, com a sala só pra gente. A princípio, ficamos meio sem graça com o acontecido, mas a playlist que eles tinham escolhido continuou tocando...

— *At first I was afraid, I was petrified...*

Carlos pegou o microfone e começou a cantar em falsete aos primeiros acordes de *I Will Survive*. Aí não prestou, quase rachamos de cantar e de fazer performances.

☾

Profissionalmente, eu sabia que teria de recomeçar no Brasil, mas estava animada. Pouco depois que voltei, fui chamada para uma entrevista em uma das maiores revistas de moda do país. Quem me indicou para a vaga foi o Maurício, que se tornara um fotógrafo de sucesso. Na entrevista mesmo já fizeram uma proposta, que aceitei sem pensar duas vezes. Comemorei a contratação com os meninos. Brindamos com um Moët Chandon geladíssimo, acompanhado de sashimi.

Comemos, rimos, brindamos e depois fomos na casa de um amigo deles, pois estava rolando uma festinha por lá com o pessoal da revista. Chegando lá, conheci várias pessoas. Fotógrafos, modelos, jornalistas, editores. Conversei com muita gente, circulei bastante, reencontrei ex-colegas de trabalho, inclusive minhas ex-chefes e agora amigas.

Entre um gole e outro de espumante, agradeci a Deus por tudo, pela vida que eu tinha, por todas as pessoas e experiências que me fizeram chegar até ali. De repente, surgiu uma lágrima no canto direito do olho. Tentei impedir, mas ela veio e trouxe a irmã gêmea, que trouxe a prima, que trouxe a amiga, que trouxe a vizinha, que trouxe a avó. Como eu queria que a tia Antônia pudesse comemorar junto comigo, acompanhar meus passos, ver no que eu estava me transformando, ver que eu finalmente gostava de ópera e ouvia Maria Callas quase todos os dias antes de dormir. Ver que eu estava me tornando a mulher que ela me criou para ser.

— Escuta, quando você vem visitar o seu sobrinho que tá com 2 anos e ainda não conhece a tia?

Era Valentina. Era a primeira vez que ela me ligava desde que eu tinha saído de casa. E ela tinha razão, meu sobrinho já tinha 2 anos e eu ainda não o conhecia.

Decidi visitar minha mãe. Liguei para ela avisando que eu ia. Aluguei um carro, peguei a mala, o Miles e fui. Cheguei lá e minha mãe estava em casa fazendo canjica. Eu amo canjica. Logo na entrada fui envolvida pelo aroma de leite e coco que me lembrou tanto a minha infância, quando eu brincava no quintal, com o pé na terra e minha mãe vinha me trazer um potinho com a colherzinha de plástico, e depois de me entregar fazia um cafuné na minha cabeça.

— Mãe! — Bati na porta e chamei.

Ela abriu com um potinho de canjica na mão e um sorriso no rosto. Peguei o potinho, ela segurou meu rosto com as duas mãos e me deu um beijo na testa.

— Oi, filha! Bem-vinda de volta.

Eu sorri e uma lágrima escorreu pelo meu rosto.

— Obrigada...

Minha mãe enxugou minha lágrima com o dedo e me fez um cafuné.

— Vem, fiz um caldeirão de canjica pra você. E pro Dudu; ele também ama canjica.

Sentei na mesa e me empanturrei de canjica. Mostrei as fotos da viagem, minha mãe fez um monte de perguntas, falei das coisas que vi, das pessoas que conheci, das receitas que aprendi. Conversamos por horas. Éramos mãe e filha novamente.

Ouvi uma movimentação na porta da frente. Era Valentina que tinha chegado para jantar com o filho. Minha mãe foi recebê-los. Fiquei em pé, respirei fundo. Torci para que ela estivesse sem o marido, mas se não estivesse, paciência.

— Vó!!! — ouvi a vozinha do pequeno na sala.

Minha mãe veio para a cozinha com o menino no colo, sorrindo.

— Só vou dar um pouco de canjica pra ele e já trago o Dudu pra te conhecer.

Eu balancei a cabeça afirmativamente. Olhei para a porta e Valentina estava parada lá. Como ela tinha envelhecido. Continuava angelical, porém mais velha.

Olhamos uma para a outra, sem saber muito bem o que fazer. Ela deu o primeiro passo, eu dei o segundo, fomos nos aproximando até ficarmos bem perto, uma de frente para a outra. Ela esticou a mão para um lado para dar um aperto, eu projetei o rosto para o outro lado para dar um beijinho na bochecha, nos desencontramos, então eu estiquei a mão e ela projetou o rosto, nos desencontramos de novo. Começamos a rir. Então abrimos os braços e nos abraçamos. A princípio meio frouxo, mas então fomos nos estreitando, nos apertando até virar um abraço de verdade. Um abraço que encerrava muitos anos dentro de si.

— Filho, essa aqui é a sua tia!

— Tatônia!

— Não, não é a tia Antônia. É a tia Alice.

O filhinho dela, Eduardo, meu sobrinho, tinha 2 anos. Carinha de anjo, mas bem levado, como toda criança pequena. Ela me contou que ele era muito esperto, que já falava um monte e estava aprendendo os números, que estava quase tirando as fraldas, que gostava de purê de mandioquinha e de canjica. Ela também me falou que mostrou várias fotos minhas e da tia Antônia pra ele, mas que ele sempre achava que eu era ela. Valentina também me contou que às vezes via o filho sorrindo, cantando e brincando sozinho e que quando perguntava o que ele estava fazendo, ele respondia: "Bincando Tatônia!".

Eu sempre vou me lembrar daquele jantar como o melhor da minha vida. Senti que foi realmente nosso primeiro jantar em família. Valentina também me perguntou da viagem. Repeti algumas coisas que já tinha contado para minha mãe, contei algumas novas. Ela pareceu bem interessada e até animada. Disse que eu estava bonita e que o tempo só me fazia bem. Fiquei calada, pois não pensei o mesmo dela. Valentina, que antes se arrumava de forma impecável, estava largada. Vestia calça jeans surrada, blusa verde e sapatilha. Tinha olheiras e um resto de rímel do dia anterior. Ela estava mais gorda e com um ar cansado. Será que era a maternidade?

Na hora da sobremesa, finalmente consegui atrair Dudu para meu colo com um pedação de brownie com sorvete. Depois do jantar e de mais um pouco de conversa, minha mãe foi fazer um café com o pó que eu trouxe da Itália. Enquanto ela estava na cozinha, perguntei a Valentina:

—Você está mesmo bem?

Foi aí que ela começou a chorar.

Disse que não aguentava mais o marido, que desde que o Dudu tinha nascido, ele tinha se transformado. Não ligava mais para ela e não dava atenção para o menino. Ela tinha que trabalhar como uma louca para sustentar o filho e cuidava dele sozinha, pois o Gustavo não punha um centavo dentro de casa, só se preocupava com aquela banda que nunca ia para a frente. Ela também falou que tinha certeza de que o marido tinha uma amante, pois às vezes passava dias sem aparecer, refugiado na quitinete onde morava quando era solteiro.

Minha irmã que sempre foi tão vaidosa me falou que estava se sentindo feia e infeliz. Só consegui abraçá-la. Abraçar e lançar um olhar que dizia *eu te entendo*. E eu entendia. Da janela, alguém pode achar nossa vida perfeita. Mas da janela vemos tantas coisas! É só invadindo o outro que o descobrimos de verdade. E eu estava invadindo a minha irmã depois de muitos e muitos anos. Me cortou o coração vê-la tão contida e angelical, chorando daquele jeito.

— Você acredita, Alice, que ele até sugeriu que eu abortasse quando descobriu que eu tava grávida? Eu devia ter percebido quem ele era quando me disse isso, mas eu ainda tava muito apaixonada...

Não soube o que dizer.

— Eu devia ter te escutado quando você tentou me avisar... Me desculpa.

— Deixa isso pra lá. Pede uma licença no trabalho e vem passar uns dias em São Paulo comigo. Vai ser bom pra você mudar de ares um pouco. Traz o Dudu! Vou adorar poder passar mais tempo com ele.

— Vou pensar...

Ela secou as lágrimas com as costas da mão direita e foi ao banheiro lavar o rosto. Neste momento, minha mãe veio da cozinha com uma bandeja de xícaras e um bule de café fumegante. Nossa! Que cheiro maravilhoso!

— Cadê tua irmã?

— No banheiro.

— Sabe, tenho achado a Valentina meio estranha — ela disse em tom de confidência.

— Estranha como? — perguntei erguendo uma sobrancelha.

— Sei lá, como se estivesse escondendo a infelicidade.

Elas adoraram o café italiano. Tomamos tanto que ficamos elétricas depois. Ninguém ia dormir cedo naquela casa!

☾

No outro dia, antes de ir embora, insisti que minha irmã fosse para São Paulo. Para minha surpresa, ela apareceu dois dias depois com duas malas, o filho e o maltês de um ano chamado Ted. Pensei que o Miles e ele iriam se estranhar, mas se tornaram grandes amigos.

Carlos e Maurício quase caíram para trás quando liguei para convidá-los para jantar lá no apê para conhecer minha irmã e meu sobrinho. Carlos, na verdade, já conhecia Valentina, mas fazia tantos anos que eles não se viam, e todos nós havíamos amadurecido tanto, que eles iam praticamente se conhecer novamente.

— Alice, eu achei que você tava tirando sarro de mim quando falou que tinha feito as pazes com sua irmã — Carlos me falou, encostado na pia da cozinha enquanto eu mexia o molho.

— Eu sei! — Ri, olhando para Valentina que conversava animada com Maurício na sala, enquanto Dudu brincava no tapete. — Sabe, minha irmã é bem legal!

— Ai, estou tão orgulhoso da minha menina! — Carlos falou com a mão sobre o peito.

Preparei um *penne all'arrabbiata* maravilhoso e *tiramisù* de sobremesa. E purê de mandioquinha para o meu sobrinho.

— *Cheers!* — brindamos.

Foi um jantar delicioso, regado a muito vinho, conversas e risadas. Os meninos adoraram a Valentina e ela adorou os meninos. O saldo daquela noite foi: Eu ganhei uma irmã e um sobrinho, os meninos ganharam uma nova amiga, Valentina ganhou uma irmã e dois amigos, Miles ganhou um parceiro canino. E o Dudu ganhou o coração de todo mundo.

Minha irmã ia ficar somente um final de semana e acabou ficando mais de um mês. Como meu apartamento só tinha um quarto, nós dormíamos na mesma cama. Nós, que nunca nos demos bem, agora dormíamos na mesma cama. Peguei um colchão de solteiro emprestado com os meninos para o Dudu. Foi então que eu e minha irmã começamos a nos conhecer. Foi aí que eu comecei a gostar e entender o universo infantil. Eduardo enchia a minha casa de alegria e luz. E eu gostava disso. O pai dele não ligou nenhuma vez. Minha irmã entrou com o pedido de divórcio, que ele aceitou sem pestanejar. Sugeri que ela viesse morar em São Paulo já que não tinha mais nada que a prendesse àquela cidade.

Depois de muito pensar e analisar, ela topou. E disse que nossa mãe falou que também viria.

— Passei quase uma vida esperando minhas filhas se entenderem, agora que elas finalmente estão se dando bem, eu vou ficar de fora? De jeito nenhum!

Valentina vendeu a casa que tia Antônia deixou para ela e deu entrada num apartamento em um edifício na minha rua, assim ficaríamos sempre perto, e matriculou o Eduardo numa escolinha ali no nosso bairro. Minha mãe preferiu alugar a casa dela no interior e alugar um quarto-sala no mesmo edifício da Valentina. Ela disse que quando tivesse certeza de que ia querer ficar de vez na cidade grande, aí venderia a casa e compraria um apartamento na capital, o que aconteceu poucos meses depois, pois dona Joana adorou a vida em São Paulo! Ia ao cinema toda semana, logo começou a fazer trabalho voluntário com alfabetização de crianças, fez muitas amigas e não parava em casa!

Eu e os meninos ajudamos a Valentina a recuperar a autoestima. Em poucos meses, ela já era outra mulher, ou melhor, voltou a ser a mulher que sempre foi. Mais feliz, mais bonita, mais arrumada. E logo depois conseguiu um emprego na filial paulista de um banco internacional de investimentos. Ela levava o Dudu para a escola pela manhã e eu buscava o pequeno à tarde, já que ela saía mais tarde que eu do trabalho. Na saída, passava lá em casa e o Dudu já estava jantado e de banho tomado. Eu adorava cuidar do meu sobrinho e sentia que tínhamos uma conexão única e especial. Isso me fez um bem enorme, pois senti que minha irmã e eu finalmente tínhamos nos conhecido.

Quanto tempo a gente perde sem conhecer o outro!

A Lua não tem luz própria, só a vemos porque ela recebe a luminosidade do Sol. A minha tia era o meu Sol, e era difícil pensar de onde eu tiraria essa luz que vinha dela para continuar a brilhar. Bom... até conhecer o sorriso do Dudu.

☾

Numa noite em que o Dudu foi dormir na casa da avó, Valentina, eu e os meninos saímos para jantar e depois iríamos dançar. Enquanto esperávamos os drinques que tínhamos pedido de aperitivo, Valentina voltou do banheiro e disse:

— Acabei de cruzar com a esposa do meu chefe no banheiro.
— Quem é?
— Aquela ruiva, naquela mesa ali.

Nós olhamos discretamente. Quando eu vi quem era, comecei a rir. Era o Fernando e a esposa. Meu Deus, que mundo pequeno!

Eles também olharam para nossa mesa, a esposa dele deve ter se sentado e feito um comentário semelhante ao da Valentina. Quando ele me viu, também riu. Foi inevitável não nos cumprimentarmos. Levantamos nossas taças, e eles levantaram as taças deles. Muito discretamente, Fernando e eu trocamos um olhar amistoso de compreensão do passado. Depois, ele se voltou para a esposa e pegou a mão dela, olhando-a como um marido deve olhar para sua mulher. Fiquei feliz de ver que eles tinham se acertado. E me voltei para meus amigos.

Mas como não queria mais segredos entre mim e minha irmã, quando voltamos da boate e fomos para a casa dela, depois de algumas doses de tequila, contei para ela sobre o Fernando. Ela aproveitou e me perguntou o que realmente tinha acontecido entre mim e o Gustavo.

Não dava mais para evitar esse momento. Eu contei. Contei tudo, cada vírgula da minha história com Gustavo. Ela ficou chocada, quando falei do aborto e de como ele me afetou. Ela não conseguiu segurar as lágrimas e, quando vi, minha irmã estava chorando muito.

— Meu Deus, Alice, como você deve ter sofrido!

Ela se jogou no meu pescoço, me abraçou forte e me encheu de beijos.

Finalmente, não havia mais segredos entre a gente.

Tia, você é meu anjo da guarda.

Dizem que cada um de nós vem ao mundo com uma missão, e sei que parte da sua missão era me proteger e não deixar que eu afundasse como um barco que fica muito tempo perdido, à deriva. Mesmo quando errei, dei cabeçadas, espernei, fui estúpida, egoísta, você estava sempre lá guiando o meu caminho, reajustando a minha órbita. Mesmo quando estava distante. Você sempre me iluminou com sua luz e seu brilho, até que chegasse a hora de encontrar a minha própria centelha interior. Obrigada por me resgatar de mim mesma.

Lembrei de O *Evangelho Segundo o Espiritismo*, daquela página "O duelo". O duelo acontece entre duas pessoas, mas também pode acontecer dentro da gente um duelo entre razão e emoção, entre nosso anjinho e o nosso diabinho. Todo mundo tem esses dois personagens dentro de si. E eu tinha. Não sabia ao certo o que aquilo tudo queria me mostrar, só sabia o quanto estava me sentindo parecida com minha tia. Eu também tinha perdido um amor. Eu também tinha feito um aborto. Não, ainda não sabia se passaria uma vida toda sozinha. Mas se for para ser assim, então que eu seja como a minha tia, que sempre soube fazer a melhor limonada dos limões que a vida nos oferece.

Tia Antônia, que difícil a sua vida. Como você deve ter sofrido... Tia, você tinha tudo para ser amargurada, deprimida, envelhecida, reclamona, chata. Mas você era exatamente o oposto disso. Cheia de vida, bonita, alegre, animada, feliz. Obrigada, tia, por me ensinar que não importa o que a vida nos faz: o que importa é o que fazemos com ela.

No sábado seguinte, nós três resolvemos fazer um bate-volta na praia e levar o Dudu para conhecer o mar. No começo, ele teve medo, mas depois amou! Estava um dia lindo! Ele nadou (e a gente também) à beça, fez castelinhos de areia, nós tomamos muita água de coco e comemos peixe frito. Acabamos decidindo passar a noite por lá e pegamos um quarto numa pousada, assim o Dudu (e a gente também) poderia aproveitar o domingo de manhã.

À tarde, fomos caminhar na praia para ver o pôr do sol. O céu era uma visão magnífica de maravilhosos tons de laranja, rosa, amarelo e azul, com o Sol dourado-avermelhado no fundo, coroando o espetáculo. Quase perdemos o fôlego. Valentina pegou a mão da minha mãe, minha mãe pegou a minha, eu peguei a mão do Dudu, e ele estendeu o bracinho para o lado e fechou a mãozinha. Olhou a para a gente com um sorriso lindo e disse:

— Tatônia!

E lá fomos nós cinco, caminhando lado a lado com os olhos marejados e o coração aquecido.

LUA CHEIA

LILIANE PRATA

Algumas coisas que aprendi

Chego à escola faltando cinco minutos para a primeira aula. Passo pelo portão esbaforida, sem olhar para os lados, e sigo pelo corredor. Maldito ônibus! Logo hoje, que me esforcei para estar no ponto às 6h15, *dez* minutos antes do que de costume... Mas ele não chegava nunca. Passou superatrasado e, para piorar, lotado. Não vejo a hora de comprar meu carro. Nossa, estou até suada de tão rápido que andei as quatro quadras até aqui.

Ai, meu Deus! Será que deixei minha pasta no ônibus? Ufa, ela está aqui. Ufa! Calma, Lena. Hoje as suas aulas vão ser ótimas e daqui a pouquinho você estará saindo por aquele portão em que acabou de entrar. Daqui a pouquinho, você vai encontrar a Sabrina e passar a tarde no shopping com ela para esfriar um pouco a cabeça, que você anda precisando.

Ai, a quem estou enganando? Não é daqui a pouquinho. É daqui a *seis* horas dentro desta *maldita* escola. Credo, não são nem sete da manhã e já amaldiçoei as coisas duas vezes.

— Bom dia, professora! — ouço alguém dizer enquanto subo as escadas. É o Daniel, assistente da coordenadora.

— Bom dia! — respondo, sorrindo, apesar de ainda estranhar muito quando se referem a mim como "professora". Não sou professora, desculpa. Sim, dou aula aqui, mas não por vocação e sim por desespero.

— Bom dia, professora! — me diz Fabíola, a diretora, na porta da sala dos professores, onde entro tentando acalmar meus passos e respirar menos ofegante.

— Bom dia, Fabíola! Bom dia, gente! — falo, vendo todo mundo já de avental e pasta a postos, menos eu, claro, que ainda preciso abrir meu armário, pegar as aulas que vou dar, as canetas, os trabalhos que tenho que entregar para os 9º anos, o material que mandei imprimir para o 6º, além de fazer xixi e...

Toca o sinal assim que abro o armário. Que saco. Vou ser demitida semana que vem, estou sentindo. Antes das férias. Quando é assim, a gente recebe o dinheiro das férias? Saco!

— Você já pegou as provas, Lena? — me pergunta Vera, a chatíssima coordenadora, com seus óculos *chatos* e sua cara toda de *chata*.

— Hã? Um minuto, já tô indo — respondo, vestindo meu avental, colocando meu celular no bolso e guardando minha bolsa no armário. — Que provas? Me atrasei um pouco. Só vou pegar o material que está aqui... Cadê? Deve estar lá no fundo...

— Sua primeira aula hoje não é no 6º A?

— É...

— Hoje eles têm prova. Você só tem que aplicar a prova. Toma — ela me diz, com uma cara de reprovação, entregando um maço de papéis dentro de um plástico transparente.

— É verdade, já estou indo... — digo. — Vou só pegar os trabalhos que preciso entregar nos 9º anos, que meu segundo horário já é no 9º C e...

— Não! O 6º A vai passar *dois* horários fazendo a prova e aí você volta pra cá — ela diz, impaciente. — Mas será possível?! Você está desde o início do ano aqui e até agora não aprendeu a ver o calendário do dia com antecedência?

— Desculpa, eu...

— Você lembra que hoje à tarde tem reunião pedagógica, né?!

— Claro! Estarei lá! — respondo. Puxa, vou ter que desmarcar o shopping com a Sabrina, que droga...

— Os alunos adoram as atividades que você propõe, Lena, e respeitam você em sala de aula, mas, de resto, você precisa melhorar em *tudo*. Bom, vai logo, que eles já perderam dois minutos de prova por sua causa!

— Eu só preciso... — falo, sentindo meu rosto corar.

— O que agora, meu Deus?

— Fazer xixi.

Ela faz uma cara de "não estou acreditando nisso", e eu deixo as provas em cima da mesa e abro a porta ao lado da mesinha onde fica a cafeteira e a cesta de biscoitos. Quando volto, ela ainda está no mesmo lugar, de pé, me olhando com uma cara de "morra". Saio super sem graça da sala dos professores vazia e aperto o passo em direção à sala do 6º A. O pior de trabalhar em escola é isto: essa sensação de que, depois da faculdade, você voltou no tempo e está na escola de novo. Vira e mexe, ganho uma bronca da coordenadora, igualzinho a quando eu era aluna.

Passo reto por um menininho de uns 4 anos que está chorando. Sinto muito, mas não posso parar! Daqui a pouco a professora dele aparece, vê o que ele tem e... Viro os olhos e dou meia volta.

— O que aconteceu, querido? — pergunto, enxugando o nariz dele com um papelzinho que pego no meu bolso.

— Eu quero a minha mãe!

— Eu sei como é... Eu sou adulta, mas também vivo querendo a minha mãe, só que ela não mora aqui em São Paulo... Ei, sabe de uma coisa? Hoje não é dia do brinquedo?

— É... — ele responde um pouco mais calmo.

— E você quer a sua mãe bem no dia do brinquedo?

Ele dá um sorrisinho e Márcia, professora do jardim, chega apressada.

— Jonas, aí está você!

Aperto o passo, entro no prédio do Ensino Fundamental II e vejo que todas as salas já estão fechadas. Pela janelinha de cada porta, vejo os professores sérios e os alunos já escrevendo. Desço a escada tirando o celular do bolso do avental, para já colocá-lo no silencioso. Espera, o que é isso?...

Não acredito...

Ele acabou de curtir uma foto minha.

Não pode ser. Ele acabou de curtir outra foto.

Ele, mais uma vez, ressurgindo das cinzas. Logo agora que eu estava quase desencanando...

Maldição.

Estou sentada em uma carteira no fundo da sala, de onde dá para ver os alunos fazendo suas provas. Quietinhos, assim, eles parecem tão fofos, dá até dó da carinha de preocupados que alguns estão fazendo... Mas é só me lembrar de que entre eles há verdadeiras pestes para toda a minha piedade ir embora. Olho discretamente a tela do celular, no meu colo. Ufa, a Sabrina respondeu minha mensagem:

> *Sabrina:* Como assim não vai poder ir? Que pena... E como assim vc tinha esquecido sua reunião, sua loka...

> *Lena:* Ah, Sá, esta escola tem trinta milhões de reuniões... Nem parece que dou aula só duas vezes por semana, pq isso aqui ocupa meu mês inteiro. Mas ó, tem assunto mais importante: ele acabou de curtir duas fotos minhas.

> *Sabrina:* Não!!! Sério? Duas, assim, na sequência? Vc postou qdo? Depois de te ignorar um mês inteiro, meu Deus...

Olho para a janelinha da porta. Supostamente, não posso usar o celular em sala de aula. Se o Daniel passa e vê, fala para a Vera, e não quero nem pensar nisso... Mas ficar duas horas assistindo aos alunos fazendo prova é dureza, né? Não dá.

> *Lena:* Uma eu postei ontem, a outra semana passada. As duas são selfies! Nossa, meu coração saiu pela boca qdo vi. Toda hora tô entrando só pra ver o nome e a fotinha dele no meio das curtidas. Sou muito ridícula, né? Mas é que ele me ignora tão completamente que uma curtida é quase um beijo, juro. Duas curtidas seguidas, então, é praticamente sexo!

> *Sabrina:* Vamos analisar a situação...

Outra mensagem chega. É do Luca, o primeiro para quem eu contei sobre a curtida:

> *Luca:* Pelo amor de Deus, Lena, desencana desse cara. Vc gosta de sofrer, não é possível.

> *Lena:* Ele só dá sinal de vida quando quer voltar a falar comigo, daqui a pouco vai me chamar pra sair, vc vai ver...

> *Luca:* Tenho certeza que ele vai aparecer, sim. Vai te mandar uma msg assim: "e aí, sumida!" E vc vai ficar toda alegre. E vcs vão acabar se vendo de novo... E vc vai ficar na lama, pq ele vai sumir de novo.

> *Lena:* Mas e daí, Luca? Eu adoraria, nossa, eu adorariiiiia ficar com ele de novo. Vai ser ótimo. Eu não posso fazer sexo casual, como vc? Vc, no momento, anda saindo com TRÊS caras...

> *Luca:* Para com isso, é diferente, vc SABE que é diferente. Porque vc SABE que gosta dele. E que ele não tá nem aí pra vc. Ou seja, é pedir pra ficar DEVASTADA de novo. De. Novo. Faz mais de UM ANO que vc tá nessa. Tenho que ir. Vou estar perto daí logo mais. Quer almoçar?

> *Lena:* Tenho reunião às 14h30.

> *Luca:* Eu passo na escola meio-dia e a gente come aí perto. Bjo. E não seja TONTA. Eu te amo, Lena, e vc é ótima, mas qdo esse cara tá por perto vc vira uma BANANA. Bjo!

Meus olhos se enchem de lágrimas. O Luca tá certo. Eu sei que ele tá certo. Mas é que é *tão* bom quando o Du dá sinal de vida. E, se a gente ficar de novo... Ai, eu já tremo toda só de pensar nessa possibilidade... Se o Du aparecer me chamando para alguma coisa... Eu preciso resistir. Eu preciso ser *forte*.

> *Sabrina:* Amiga, tá aí?

Olho o celular. É a Sabrina. Olho a porta: ninguém passando.

> *Lena:* Tô.

> *Sabrina:* Leu a minha análise? Lê e vê se concorda.

Subo a barra e olho a porta de novo, antes de começar. O Pedro e a Isabella me entregam as provas deles e peço que fiquem esperando o sinal tocar antes de saírem da sala. Ufa, que bom que me lembrei dessa regra! Não esqueço o dia em que liberei, antes de o sinal tocar, dois alunos que tinham terminado a prova. A bronca da Vera, na frente de todos os professores e de dois alunos, foi *humilhante*. Espio a porta de novo e olho discretamente o celular no meu colo.

> *Sabrina:* Vcs foram apresentados numa festa. Isso foi quando? Um ano atrás, certo? Vc nem achou ele nada de mais. Bonitinho, mas não fazia seu coração pular, sua pressão baixar nem nada do tipo.

Suspiro, olhando a porta. Que saudade do tempo em que ele não fazia meu coração pular, minha pressão baixar nem nada do tipo. Que saudade eu sinto da vida que eu tinha antes de conhecer o Du.

> *Sabrina:* Então vcs se esbarraram em outra festa e ficaram. Vcs passaram, tipo, quatro horas juntos, se beijando, de mãos dadas etc.

E dançando. E conversando. E beijando de novo. Aquela noite foi tão sensacional, tão perfeita... Não posso nem lembrar que dá vontade de chorar. Ops, mais uma prova.

— Espera o sinal tocar antes de sair, Ju — digo, e volto os olhos para o celular.

> Sabrina: Aí ele já começou a mostrar a vocação de sumir, pq passou umas duas semanas sem dar notícia nem curtir foto sua, nem sequer visualizar seus snaps: nada. Era como se vc não existisse. Vc já ficou bem ALTERADA, mas ainda nada perto do estado de obsessão que viria depois. O que já mostrou duas coisas: de um lado, um cara que some, do outro, uma mulher ansiosa. É tipo água e óleo, não combina. Mas continuando...

Confiro a porta de novo.

> Sabrina: Um dia, do nada, ele te chama pra uma festinha na casa dele. Você topa, e sem querer ser ressentida — mas sendo —, estamos falando da noite do meu aniversário...

Ai, de novo não... Já pedi desculpas para ela mil vezes...

> Sabrina: Até entenderia ter sido trocada, mas vc sabia que eu não tava nada bem, tinha brigado com a minha mãe... E vc só me mandou uma msg assim: "Não vai rolar hoje". Perguntei o que tinha acontecido e vc nem se deu ao trabalho de responder, só deu as caras no outro dia!

Aaai, desculpa, amiga, eu sei que pisei na bola.

> Sabrina: Bom, vc foi na tal festinha dele. E no fim da festa... Qdo todo mundo já tinha ido embora... Vc sabe.

Ô se sei. Na verdade, ainda tinha um cara bêbado dormindo no sofá quando a gente foi para o quarto e transou. Muito. Em milhões de posições. Foram tipo três horas fazendo sexo. Uma verdadeira maratona. Eu nunca tinha feito nada parecido. Foi com certeza o melhor sexo da minha vida.

Depois, exausta, virei para o lado, mas ele me abraçou e a gente dormiu de conchinha, total namorados. Achei isso tão incrível, ele é tão carinhoso! Lembrei de um carinha com quem a Sabrina ficava que, mal acabava o sexo, já ia se vestindo, uma coisa horrorosa. O Du, não... No outro dia, de manhã, a gente se despediu meio rápido, porque ele tinha uma reunião não sei onde, mas tudo bem, entrei no ônibus flutuando de felicidade, de alegria, de bem-estar. Mas aí...

> *Sabrina:* Mas aí ele desapareceu por um mês. E vc ficou como, vc se lembra? MALUCA. Ainda não sei se maluca por ele ou só maluca, mesmo.

Ela tem razão. Nesse mês, eu entrava no Facebook, no Instagram e no Snapchat de cinco em cinco minutos, vasculhando o que ele tinha postado. Às vezes, me dava uma loucura e eu curtia e comentava as fotos dele, mas ele continuava me ignorando. No máximo curtia um comentário meu num post dele. Então criei coragem e mandei uma mensagem bem de boa, só falando que tinha gostado muito daquele dia na casa dele e que ia ser legal se a gente se visse de novo. Ele respondeu com um "Foi demais! Com certeza precisamos repetir!". E sumiu.

> *Sabrina:* Vc ficou péssima, amiga. Triste e obcecada. Parou de desenhar...

Ah, não. Não fala essa parte que eu fico muito triste.

> *Sabrina:* Vc que, na boa, sempre foi a artista da turma, vc que é supertalentosa e criativa... Vc resumiu a sua vida a ficar olhando os posts dele e sonhando acordada com ele, pensando em qdo vcs ficariam de novo.

Verdade. Verdade. Estou envergonhada. Ops, mais uma prova.
— Precisa esperar o sinal, querida.
— Você tá bem, professora?
— Tô sim! Vai para o seu lugar, tá?

> *Sabrina:* Um belo dia, do nada, ele aparece com um "Oi!". Vc aproveita e chama ele pra um bar, mas ele fala q não pode. Semanas depois, qdo ele finalmente te procura pra marcar aquele bar, vc diz que topa e ele fica de te mandar msg confirmando. Aí ele não dá notícias. Vc manda msg perguntando do bar e ele nem responde...

Tudo verdade. Ele visualizou minha mensagem e não respondeu.

> *Sabrina:* Um tempão depois, qdo vc já tinha desistido e tava aceitando q vcs não ficariam nunca mais, vcs finalmente saem de novo. Nem vou mencionar q vc desmarcou uma VIAGEM com o Luca pra sair com ele, e o Luca viajou sozinho e ficou tipo semanas brigado com vc.

Eu sei, eu sei. Mas o que eu ia falar? "Desculpa, não posso sair com você, Du, porque estou indo passar o fim de semana na praia..." Bom, pensando bem, eu devia ter falado isso. Ele sempre desmarcou comigo sem o menor problema. Mas não fui forte o suficiente.

> Sabrina: Vcs vão ao cinema e depois vão pra casa dele.

E aí fazemos o melhor sexo. Eu, que tinha dificuldade para me concentrar com meu ex-namorado, para me entregar, para relaxar... Fiquei ali, aproveitando cada segundo daquele universo paralelo maravilhoso, que durou de novo umas três horas e me deu orgasmos que eu nem sabia que eram possíveis até então. Mas não era só uma questão de orgasmo. Era muito mais que isso. Era tudo. Era o cheiro dele, o cabelo dele, a barba por fazer, o olhar, o corpo, o beijo... Ah, meu Deus, o *beijo* daquele homem... Quando a gente vai se beijar de novo? Eu *preciso*...

> Sabrina: E aí ele some de novo, e vc coloca sua vida em modo de espera de novo, vc se forma e passa o dia pensando nele e sofrendo por ele, vc não tem o menor empenho em correr atrás dos seus projetos...

Ouch. Mas ela está certa.

> Sabrina: (...) Consegue um emprego numa área que não tava nos seus planos, dar aula de arte numa escola graças à dona, diretora, sei lá, que é amiga da sua mãe... Lembra o que vc falou qdo foi contratada? "Nossa, foi mta sorte conseguir esse emprego, vai ser perfeito, vou ter um salário e benefícios pra dar aula só duas vezes por semana e aproveitar o resto do tempo pra montar um portfólio legal e frilar como designer e ilustradora". Mas vc fez isso? Não. Vc usa as horas vagas pra ficar choramingando e stalkeando. Ah, e só reclama do seu emprego "perfeito". Não leva o trabalho a sério. Vc chegou a cabular uma reunião à tarde pq era a *única* hora que ele podia te ver...

É verdade. Ele tinha puxado papo comigo no Snapchat, ficamos um tempão papeando, daí ele comentou que ainda não tinha almoçado, eu menti que também não, sendo que eu tinha comido um pratão, e aí almoçamos num boteco perto da casa dele. E depois foi nossa quarta ficada — e terceira, maravilhosa e última transa.

> Sabrina: E aí, claro, ele sumiu... E vc voltou a ficar *stalkeando* ele q nem uma louca... E agora, finalmente, parece q vc deu uma acalmada...

Eu dei, mesmo. Quer dizer, meu coração pulou hoje quando vi as curtidas dele, mas já estou em abstinência há umas duas semanas. É horrível quando vejo que ele está online e não fala comigo, é horrível quando qualquer coisa dele aparece no meu *feed*, mas, pelo menos, parei de entrar no perfil dele para conferir tudo o que ele andou postando.

> *Sabrina:* Ou seja, amiga, você devia aproveitar essa acalmada pra sair dessa. Mesmo!

> *Lena:* Eu já saí! Não estou correndo atrás dele nem nada.

> *Sabrina:* Mas essas curtidas dele... A gente sabe que logo, logo ele vai puxar papo com você.

> *Lena:* Mas eu vou dizer não. Eu acho.

> *Sabrina:* Você tem que ser firme... Você vai ser? Jura? Tá na cara que ele não quer nada mais sério. E você quer. Talvez ele não seja o tipo de cara que namora, simplesmente. Me falaram que até hoje ele teve uma ÚNICA namorada... Séculos atrás... Sabia?

> *Lena:* Claro que sabia, já entrei mil vezes no Instagram dela. Graças a Deus ela tá namorando.

> *Sabrina:* Ele gosta dessa vida bandida e não há nada que você possa fazer.

> *Lena:* O difícil é que, quando a gente tá junto, eu sinto uma conexão com ele, sabe...

> *Sabrina:* Amiga, se liga, ele tá conectado com você e com no mínimo mais umas três ou quatro mulheres...

> *Lena:* Não é verdade. Eu sei que não é verdade. Ele é na dele, está sempre trabalhando, dá a maior atenção para os pais no fim de semana. Ele não é esse cafa, eu sei que não é. Mas você tá certa, eu preciso resistir...

O sinal toca e os alunos que me entregaram as provas começam a sair da sala. De repente, o Daniel passa pelo corredor e me olha com o celular na mão.

— Tudo bem por aqui, viu, Daniel! — falo, guardando o celular. Estava só vendo as horas, ué. Ele não pode provar que fui além disso.

Ele sai, com cara de desconfiado, e pego o celular só para fazer meu juramento para a Sabrina. Mas aí vejo uma mensagem dele no meu WhatsApp. Meu. Deus. Uma mensagem que ele mandou agorinha.

> *Eduardo:* E aí, sumida? O que vai fazer hoje?

PQP!

— Que cheiro gostoso — digo, entrando no apartamento dele. A gente se cumprimenta com um selinho e putz, ele está mais lindo do que nunca, com essa barba eternamente por fazer, com esse olhar matador que só ele tem... Deus do céu, como eu amo esses olhos amendoados dele. — Quem diria, você cozinhando?

Ele ri.

— Não tô cozinhando, deve ser no vizinho. Quer uma cerveja?

— Quero — digo, botando a bolsa na cadeira e me sentindo muito, *muito* feliz por estar aqui. Na verdade, ainda no elevador eu estava pensando que não era verdade. Que não ia rolar, que ele não estaria em casa, sei lá. Precisei vê-lo na minha frente para ter certeza: estou aqui.

Olho as costas dele: ele está descalço, de calça jeans e camiseta cinza, nem larga nem colada, com uma faixinha da cueca branca aparecendo.

Não, eu não fui forte. Eu não consegui resistir. Mas é que foi tudo tão rápido e simples... Sem enrolação. Sem "te aviso" e sumiço em seguida. Ele perguntou o que eu ia fazer à noite, eu disse que não tinha planos, ele me chamou para ver um filme na casa dele, eu disse sim... Dei um jeito de sair antes do fim da reunião pedagógica, voei para casa para tomar um banho e aqui estou.

— A gente pode marcar lá na minha casa da próxima vez — digo, quando ele me dá a latinha de cerveja.

— Pra quê? Você mora com *quatro* meninas... Aqui a gente fica só nós dois, né?

— Deve ser legal morar sozinho...

— Eu gosto... Quem sabe quando você tiver a minha idade...

— Ai, engraçadinho — comento, rindo. — Você é só quatro anos mais velho que eu... O que a gente vai assistir?

— Dá uma olhada no que eu tenho aqui — ele fala, pegando o computador. — Esse aqui meu pai falou que eu vou gostar, você já viu?

— Que *fofo*, seu pai te indicando filmes — digo, e tento imediatamente corrigir meu tom de apaixonada. — Deve ser bem legal isso, ver coisas que o pai indicou. Minha mãe e eu temos um gosto totalmente diferente pra filmes.

— E seu pai?

— Ah, ele já morreu.

— Não sabia! Putz, que foda...

— Tudo bem, eu era pequena, nem penso muito nisso — minto, tentando afastar a nuvenzinha cinza que quis pairar no meu peito. — Esse aqui eu estava a fim de ver, ó. — Aponto na lista.

— Deixa eu ver se tá legendado... Mas me conta, como você tá? Como estão as coisas na escola?

A gente senta no sofá com o computador no colo dele. Além de lindo, ele é sempre tão legal, fofo e atencioso quando a gente tá junto... Presta atenção nas coisas que eu conto, pergunta da escola, fala olhando no meu olho, nunca fica mexendo no celular quando a gente tá junto. Impossível não sentir uma *conexão* especial entre a gente.

— E você? — pergunto, na minha segunda latinha de cerveja. — Como tá o trabalho?

— Tá tudo certo... — ele fala, passando a mão na minha barriga, embaixo da minha blusa. Sinto um arrepio percorrendo minha espinha. — Ontem e hoje consegui dar uma descansada, mas estava até dormindo menos por conta de um cliente novo...

— Muito site pra fazer? — pergunto, já perdendo a concentração quando ele começa a acariciar a minha perna, perto da virilha. — Tenho vontade de trabalhar em casa...

— Trabalhar em casa é o melhor dos mundos. Você poderia fazer isso, se quisesse... Mas resolveu ser professora e passar o dia cercada de adolescente... Sua maluca... — ele fala, enquanto tira a minha calça. Estou sem ar.

— A gente não ia ver um filme? — pergunto, com uma mão acariciando um braço dele e a outra a nuca.

— Você quer ver o filme? A gente pode ver, claro... — ele diz, agora beijando meu pescoço e acariciando meu pé.

Boto o computador no chão, me sento no sofá, de frente para ele, e a gente se beija com vontade, mas sem nenhuma pressa.

Aqui estou eu. Em um sábado. Na casa do Luca, onde passei a noite. Um mês e meio depois daquele dia em que eu *não* vi o filme na casa do Du.

— É impressionante como uma vez consegue ser melhor do que a outra — comento, de repente.

— Humm? — Luca, mexendo no celular, responde. Estamos deitados na cama, depois de tomar café, e eu tenho que ir embora logo mais, porque hoje, em pleno fim de semana, preciso ir para a escola.

— Ficar com o Du — digo. — Depois daquela última vez, fiquei uma semana flutuando. Tão feliz, achando a vida uma coisa tão boa...

— Eu lembro. Mas a gente já sabia no que ia dar.

— Fiquei pensando: "Putz, é tão bom, o que é que tem se a gente se encontrar só três ou quatro vezes por ano, né? Não temos compromisso, posso ficar com outros caras se eu quiser, está uma delícia assim...". Mas aí... Fui ficando tensa... Fui sendo tomada por uma espécie de, digamos, *agitação crescente*!...

— Agitação crescente... Caramba...

— Uma ansiedade generalizada, sabe?... E agora estou revoltada. Ontem chorei tanto, Luca! É sério, me responde: por que ele some?????

— De novo: a gente já sabia no que ia dar!

— Olha aqui, Luca! Ele acabou de postar uma foto dele com os amigos... Jogando futebol! Olha como ele tá maravilhoso nessa foto...

— Meu Deeeus, quem é você e o que você fez com a minha amiga? Você esquece os seus amigos e a sua vida por conta desse cara. Sai dessa, Lena! Chega disso! Já passou dos limites, é sério!

— Por que ele tem tempo para ver os amigos e não tem tempo para me ver? Não entendo!!! — reclamo, com os olhos marejados.

— Porque ele *não gosta* de você do jeito que *você gosta dele*.

— *Ouch*.

Ficamos um tempo em silêncio. Estou tão cansada. Um cansaço misturado com ansiedade *suga* a minha energia.

— Sabe o que é pior? — Luca fala. — Ele sabe que você é maluca por ele e fica brincando com você. Ele faz toda uma *tortura psicológica* e você cai direitinho!...

— Ai, não viaja! Ele some não pra me deixar mal, mas porque é desencanado. Cada um tem um jeito de gostar. Você não conhece ele...

— Esse cara faz o que quiser com você e você fica defendendo ele, é incrível! Tá certo, faz de conta que é isso mesmo, que ele age assim só porque é o jeito dele. Tanto faz! Porque o que importa não é *por que* ele age assim ou assado. O que importa é que o jeito como ele age *te faz mal*. É nisso que você tem que se focar.

— Mas é que... Nossa, acabou de chegar uma mensagem da Giulia.

— Quem é Giulia, meu Deus?

— Minha melhor amiga da época da escola... Ela sempre foi quietinha, sabe? Super CDF, responsável...

— Mas vocês eram melhores amigas.

— Pois é. Mas o pai dela é italiano e ela se mudou para a Itália com a família quando a gente estava no nono ano. Foi o maior chororô, e a gente continuou se falando por um tempo, mas aí perdeu o contato.

— Deixa eu ver a foto dela. O que ela escreveu?

— Só "Oi, Lena, quanto tempo! Como andam as coisas?". Ai, que preguiça de começar uma conversa assim, perguntando como andam as coisas.

— Se fosse o Du começando uma conversa assim, tava ótimo, né?

— Nem me fale... Queria que o Du falasse qualquer coisa comigo. Um "oi" seria incrível. Eu me contentaria com uma letra, na verdade. "O" em vez de "oi", aceito. Qualquer sinal de vida.

Respondo a mensagem da Giulia:

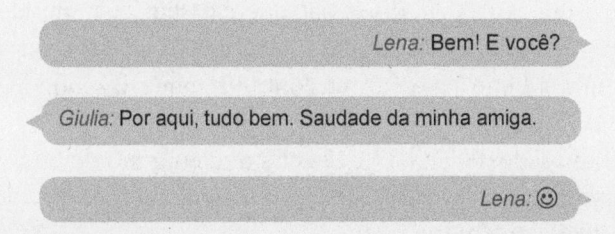

> *Lena:* Bem! E você?

> *Giulia:* Por aqui, tudo bem. Saudade da minha amiga.

> *Lena:* ☺

Que coisa triste é a perda de intimidade... Um dia, ela foi minha melhor amiga, a pessoa para quem eu contava tudo, todos os meus problemas, dúvidas e alegrias. Agora, nossa conversa se resume ao patético diálogo: "Oi, como vai?", "Bem, e você?". Mas fazer o quê, a vida é assim.

Por falta do que fazer, acabo entrando no perfil dela. Ela não posta quase nunca. Queria tanto que o Du fosse mais *offline*, facilitaria muito a minha vida. Se, por um milagre, estou mais tranquila, sem pensar tanto nele... Lá vem um post dele dando comidinha à minha obsessão de estimação. Que fofa, a Giulia está igual na época do colégio. Bochechuda, o mesmo olhar meigo, mas meio sério, compenetrado. Ei, o que é isso?

— O pai dela morreu — digo, engolindo em seco. — O post mais recente é falando do velório.

— Que triste... Dá os pêsames pra ela.

— Puxa vida. Ela era tão apegada a ele.

Fico alguns segundos olhando para o teto, sentindo meu coração murchar. Suspiro e abro o Snapchat para me distrair.

— Semana que vem você entra de férias — diz o Luca. — Por que não aproveita pra viajar?

— Pra onde? Com quem? Você tá trabalhando, a Sabrina vai viajar com a família dela...

— Mas pelo menos pra Bauru você vai, né?

— Vou, claro... Vou todo mês... Mas ir pra sua cidade natal não é uma viagem, viaaagem, Luca. É ficar na casa da minha mãe e visitar as minhas tias... Não vou espairecer nada.

— Tem razão. Algo me diz que você vai ficar fazendo lá o mesmo que fica fazendo aqui em São Paulo: pensando nesse cara o dia todo. E grudada no celular.

— Você também vive grudado no celular.

— Me divertindo, fazendo coisas legais, conversando com gente interessante, e não sofrendo, obcecado e *stalkeando*... E se você fosse pra praia? Vai sozinha!

— Sozinha? Aff! Além disso, não quero gastar. Tô juntando dinheiro pra comprar um carro, lembra? Janto Miojo todo dia pra comprar esse carro.

— Bom, então o jeito vai ser continuar aqui, fazendo as coisas de sempre, mas sem pensar nele.

— Como se fosse fácil... Você acha que eu gosto de estar obcecada assim? E que é fácil sair dessa? — falo, sem tirar os olhos do celular. — É um saco, tudo isso. Um saco.

Ele liga o videogame. E eu nem sei mais na página de quem estou. Comecei vendo os últimos snaps do Du e agora estou nos perfis das meninas que comentaram nos últimos posts dele no Insta e no Face.

— Lena! Chega disso, vai. Vem jogar comigo.

— Já vou...

— Sabe, ainda bem que te conheci quando você não estava a fim dele, senão a gente nunca teria ficado amigo. Eu ia pensar "até parece que essa menina IDIOTA é legal..."

— Para, Luca... Eu tô sofrendo de verdade... Eu...

E então tudo para ao meu redor.

O que é isso? Não pode ser verdade.

Não. Pode. Ser. Verdade.

Sinto que meu coração vai pular do meu peito.

— Lena? Você tá pálida. O que foi?

— Ele...
— O que foi, mulher?
— Ele... O Du... — eu falo, mas a voz não sai. As lágrimas, no entanto, já estão molhando meu rosto inteiro.
— É sério, eu tô ficando preocupado. O que aconteceu?!
— O Du tá namorando.

— E ele conversa muito? Ele nunca gostou muito de arte — a mulher me fala.
— Ah, ele se comporta, está tudo bem — respondo.
— E meu outro filho? Você dá aula para ele também, não dá?
— Quem é o seu outro filho?
— O Pedro. Este aqui — ela fala, apontando a foto no papel que está na minha frente.
— Ah, tudo bem com o Pedro — falo, com a voz vaga.
— Você está bem? Você parece meio... aérea.
— Estou bem, sim. Obrigada.

Ela sorri e sai. São quase 15h e estou aqui, de plantão numa sala de aula, porque hoje os pais vêm falar com os professores sobre seus filhos. Preciso ficar aqui por mais duas horas, à disposição das famílias que querem conversar comigo. E com essa cara de quem não está nada bem. Estou tentando me manter longe do Facebook, do Instagram, do Snap e de qualquer lugar que me atualize quanto à vida do Du, e estou evitando qualquer pensamento sobre ele, qualquer lembrança do nosso beijo, qualquer imaginação mirabolante e diálogos mentais, do tipo ele aparecendo lá em casa falando que me ama...
Mas está impossível.
O nome dela é Bruna. Ela é fisioterapeuta. Não consigo imaginar o Du com uma fisioterapeuta. Não consigo imaginar o Du com ninguém que não seja eu, na verdade. Não consigo nem pensar nesse nome, Bruna, sem ficar trêmula. Ela marcou ele em uma foto em que os dois estão abraçados e a imagem não sai da minha cabeça. A legenda dela: "Oficializamos, gente! <3".
E os comentários: "Até que enfim!", "Melhor casal!"... Um amigo que estava na festinha da casa dele, na primeira vez que fui lá, escreveu: "Dia histórico, Eduardo namorando". Ler cada comentário desse foi tipo um soco no estômago. Como eles se conheceram? E, principalmente, por que ela? Por que não eu? Não consigo entender. Ele gostava de ficar comigo, a gente percebe essas coisas. Ele gostava muito de ficar comigo. A gente tem uma conexão.
Pego o celular e mando para a Sabrina:

> *Lena:* Deus do céu, estou sofrendo demais.

> *Sabrina:* **Força! Vai ser melhor assim, amiga. Vai ser melhor.**

— Olá — uma mulher diz, se aproximando de mim.
— Oi.
— Você é a professora de artes, não é? — pergunta o homem que está com ela.
— Sou.
— Somos os pais do Caio do 7º C.
Quem é Caio, mesmo?, penso, olhando os papéis à minha frente.
— Queria tanto que ele se interessasse por arte... — diz o pai. — Filho de mãe artista, acho tão bonito.
— Ah, você é artista? Você faz o quê, exatamente? — pergunto, tentando mostrar algum interesse, quando finalmente acho a foto do menino. Ah, tá, o Caio. Também, ele não fala uma palavra, como vou me lembrar dele?
— Sou ilustradora. Ilustro livros infantis, principalmente.
— Ela já ganhou vários prêmios — o marido diz, dando um beijo no rosto dela.
Ótimo, uma ilustradora bem-sucedida e com um casamento feliz. Tudo o que eu precisava neste momento.
Mostro para eles um trabalho do Caio que se destacou e suspiro enquanto eles folheiam as páginas. Pela primeira vez na vida, em vez de ficar feliz com as férias se aproximando, estou com *medo* delas. Porque, se eu já estou mal assim cheia de obrigações aqui na escola, provas de recuperação para fazer, provas para corrigir, reuniões com professores, reuniões com os pais... Imagina quando eu estiver à toa na minha casa ou na casa da minha mãe. Vou ficar só chorando, tenho certeza.
Parece que algo *se quebrou* dentro de mim.
PQP, Du, a gente tem tudo a ver um com o outro. A gente se gosta. Não aceito que eu esteja sozinha num sentimento assim tão forte. Como isso é possível? Me beijar daquele jeito sem sentir nada por mim... É injusto. Um cara que sabe como te beijar tinha que saber como te amar.
Minha vontade era desaparecer deste mundo.

São duas da manhã e não consigo dormir. Está rolando uma festinha na sala da minha própria casa, com a Lívia e a Camila, que moram comigo, e alguns amigos delas, mas eu quis vir para o meu quarto. Não sou muito próxima de nenhuma delas, só da Luiza, minha amiga da faculdade que está viajando. As duas devem ter uma péssima impressão de mim, porque, afinal, não me conheceram na melhor fase da minha vida.

Acendo a luz, abro a gaveta do criado-mudo e começo a folhear meus diários antigos. Isso sempre me acalma, sei lá por quê. Acho que é por essa sensação de ver que o tempo passa. Que, um dia, eu já tive problemas como "Será que vou passar no vestibular?", e agora já passei, já me formei na faculdade... Um dia, essa dor que estou sentindo por causa do Du vai ser só uma lembrança nestas páginas, como todas as outras, penso, folheando os diários.

É *tão* difícil imaginar esse dia. É impossível, na verdade.

Pego o diário de quando eu estava no sétimo ano. Fazia tempo que eu não lia esse. Nossa, eu só sabia falar sobre o Théo, nem lembrava mais que esse menino existia. Ah, e eu detestava a aula da Teresa... Ô professora chata. Ah, olha aqui a Giulia.

Hoje eu estava tão mal por causa do Théo. Ainda bem que tenho a Giulia como amiga. Nossa, nem sei o que eu seria se não tivesse ela. A Giulia é tipo a melhor pessoa do mundo. E nossa amizade é tão verdadeira, tão pura, sem sentimentos ruins... Uma só traz coisas boas para a outra, uma faz questão de ver a outra bem.

Procuro meu diário de quando eu tinha 14 anos. Quero ler como foi a despedida com a Giulia. Lembro que foi o maior drama... Cadê, hein? Ah, é por isso que eu não leio esse diário nunca: ele está guardado lá na caixa junto com os outros. É muito diário, não dá para guardar todos no criado-mudo.

Subo na cama e abro o maleiro. Pego o diário, um belo caderno azul com a lua cheia na capa. É lindo esse caderno, tinha esquecido dele. Desço e, antes de abrir, dou uma checada no celular. Vejo que tem post novo do Du e já fico mal sem nem ler o que é. Boto o celular no criado-mudo. Ah, mas eu quero ver... Pego o celular de novo e vejo o que ele postou. Ah, tá. Ele está num show.

E marcou a Bruna.

Meus olhos ficam marejados imediatamente.

Como eu vou, um dia, transformar o que eu sinto pelo Du em uma lembrança, se vejo tudo o que ele está fazendo ou deixando de fazer? Mas, ao mesmo tempo, tem uma parte dentro de mim que *não quer* abrir mão de ver essas postagens... Que inferno!

Jogo o celular na cama e abro o diário. Meu aniversário... Carnaval... Aqui está! Julho.

Eu ainda não posso acreditar que minha amiga querida, de todas as horas, a pessoa que mais me entende e me conhece mais do que eu própria, vai se mudar de país. É simplesmente inacreditável.

Pronto, eu não disse? Páginas e páginas me lamentando por uma amizade que não faz a menor diferença na minha vida hoje... Nossa, isso soou meio frio, mas enfim.

Amanhã a Giu vai embora. Amanhã! Nossa despedida vai ser hoje. Depois da aula, vamos ao shopping de sempre, depois vamos comer hambúrguer no lugar de sempre, tudo como sempre foi — e deveria continuar sendo. Desta vez, porém, a diferença vai ser a última vez com nós duas morando no mesmo país. A única coisa que me acalma agora é o pacto que a gente fez.

Hã? O pacto? Que pacto é esse? Eu, hein... Como a nossa memória é esquisita, um dia fiz um pacto que era a única coisa que me acalmava e agora esse pacto me é tão desconhecido quanto o que almocei numa terça do ano passado.

Se um dia ela estiver triste, eu vou dar um jeito de ir lá para a Itália. E, se eu estiver triste, ela vai dar um jeito de vir pra cá. Porque, até hoje, sempre que eu estava triste, ela me amparou. E eu a amparei. E um oceano entre nós não é NADA para impedir o que realmente importa nesta vida, o que devemos valorizar acima de tudo: a amizade.

Uau! Quanta intensidade. Como eu era dramática naquela época! Não que eu seja exatamente um poço de serenidade agora, mas...

Ponho o diário de volta na caixa, apago a luz e me deito. Lá da sala, escuto a porta se fechando. O pessoal já deve ter ido embora e as meninas já devem estar indo dormir.

Fecho os olhos para ver se o sono vem e fico um tempo pensando.
Peraí. O *pacto*.
Será que foi por causa do pacto que a Giulia puxou conversa comigo?
Não, ela não deve se lembrar disso. Ela não é louca que nem eu, que gosta de ficar lendo diários antigos. Com certeza, ela já esqueceu isso.
Mas o pai dela morreu...
Nossa... Mas... Será?
Entro no Facebook e mando uma mensagem para ela.

> Giulia... Você vai achar isso bobagem, mas...
> Você se lembra do nosso pacto?
> Eu tinha esquecido completamente...
> Bom, bobagem minha. Beijos.

Opa, ela está online. E digitando.

> É claro que lembro do pacto. ☺

Respondo com uma carinha feliz e falo que preciso ir, que depois a gente se fala.

É impressão minha ou passou pela cabeça doida dela que eu vá para a Itália por causa do pacto?

Bom, deve ser impressão minha. Vou dormir.

Afinal, nós não temos mais 14 anos, nem somos mais amigas. Até gostaria que ainda fôssemos, mas o tempo passou.

Ainda estou na cama quando acordo com o barulho do aspirador de pó. A Camila é a louca do aspirador de pó, impressionante! Qualquer dia, jogo fora essa porcaria.

Pego o celular para ver as horas. Nove e meia da manhã. Não sei se durmo mais, se levanto... Navego um pouco pelo celular e vejo que tem mensagem nova. Ai, ai. Será que é do...

Ah, é da Giulia.

> Você vem?

Uau, ela não estava brincando.

> Desculpa, não quero insistir, você tem todo o direito de achar isso uma bobagem, e talvez seja mesmo. Eu não pensaria em invocar nosso pacto se não estivesse precisando, mas...
> Eu estou muito mal, Lena.
> Bem, desculpa de novo, eu não devia ter mandado nada disso.

Não respondo e fecho os olhos.

Eu não lembrava que a Giulia era sem noção assim. Como pode a pessoa "invocar" um pacto de *nove* anos atrás? Ano que vem faz uma *década*! Nossa, me sinto meio velha pensando isso.

Quando você tem 14 anos, é muito fácil combinar: ah, amiga, quando eu estiver mal vem pra Itália, quando você estiver mal eu vou para o Brasil. Quando você tem 14 anos, você acha que quando for adulta será muito simples fazer esse tipo de coisa. Mas, quando você é adulta, você entende que, por mais triste que seja, os amigos se distanciam. Ah, sim, e que passagens internacionais custam dinheiro. *Muito* dinheiro. Sem contar que: Giulia, eu não estou exatamente bem, a ponto de ajudar alguém. Coração partido, falta de motivação generalizada. Ir à Itália assim, de repente, não faz o menor sentido e não me ajudaria em nada.

Bom, vou tomar café. Que coisa mais nada a ver esse negócio de pacto.

— Não tem o menor sentido, mesmo — a Lívia me fala, passando requeijão na torrada.

Contei a ela essa história da Giulia e do pacto só para quebrar nosso silêncio constrangedor, já que estamos as duas sozinhas na mesa. Ah, e contei também porque não estou conseguindo pensar em outra coisa. Eu tenho uma personalidade naturalmente obcecada, credo.

— Fico triste por ela estar triste, mas eu não tenho nada a ver com isso, certo? E esse pacto devia ser ao contrário: a pessoa que tá mal pega o avião. Ela poderia vir aqui pra casa. Será que dou essa ideia?

— Você não tem que dar ideia nenhuma. Desencana, Lena — ela fala, bocejando. — Para te procurar, assim, do nada, ela deve ser uma neurótica, sem amigos, carente, que não consegue se virar sozinha.

— Bom, também não é assim, né... O pai dela morreu.

— As pessoas morrem, ué. Ela que lide com isso.

— Não é assim tão simples, Lívia — falo.

— E o trabalho, como fica? Quando vocês fizeram esse pacto nenhuma trabalhava.

— Bom, eu vou entrar de férias agora.

— Além do mais, é bobagem gastar seu dinheiro por alguém que, você mesma disse, ficou lá no passado e nem é mais sua amiga. Compra seu carro que você ganha mais.

Termino meu café com leite em silêncio. Deve ser fácil tomar suas decisões quando você tem um olhar de economista, a profissão da Lívia.

— Mas compra um seminovo — ela continua. — O zero, você sabe, se desvaloriza no minuto em que você sai com ele da concessionária. E tenta arranjar uma carona até Bauru, que você não gasta nada. Tenho uma colega que vai pra lá, se quiser te passo o contato. Tenho que ir!

Ela se levanta e sai. Bem, ela foi meio *fria*, mas acho que ela está certa.

Fico um pouco na mesa, à toa, navegando no celular, resolvo mandar uma mensagem para a Sabrina...

...E acabo mandando uma mensagem para o Du.

> *Lena:* **Pensando em você. Saudade, lindo.**

Nossa, por que eu fiz isso?! Eu nunca tinha chamado ele de lindo, antes. E eu *sei* que ele tá namorando. Ai, ele visualizou a mensagem...

E não respondeu.

Olhos marejados.

Por que ele não se dá ao trabalho de me responder? Vai cair um dedo da mão dele se ele digitar alguma coisa, por acaso?!

Ai, por que eu fiz isso? Saco!!!

— Você vai — o Luca me fala, logo depois de a Sabrina ter me falado o mesmo pelo WhatsApp. Estamos nós dois num bar perto de casa, aproveitando o restinho de domingo. — Que dia você sai de férias, mesmo?

— Só tive um aluno de recuperação... Amanhã pego e corrijo a prova dele, lanço a nota, depois tem reunião sobre o ano que vem. Preciso fazer umas tarefas burocráticas lá mesmo, depois da reunião, e aí acabou, só ano que vem.

— Isso significa que dia 15 de dezembro, ou seja, depois de amanhã, você está livre.

— Estou, Luca, mas você ouviu direito? Eu e ela nem somos mais amigas... E sério, ela deve ter outros amigos lá...

— Mas foi atrás de você.
Dou um gole no meu refrigerante e fico em silêncio.
— O que o seu coração tá dizendo? — ele pergunta.
— Aff, sei lá o que o meu coração tá dizendo! Mas a minha cabeça com certeza tá dizendo que essa viagem é tão nada a ver.
— Lena, me escuta — ele fala. — Sua vida profissional tá totalmente estagnada numa fase da vida em que você deveria estar fazendo de tudo para dar rumo a ela...
— Você também está meio perdido nesse departamento.
— Eu estou tentando as coisas, batendo nas portas, quarta tenho uma reunião incrível numa agência! A gente se formou há um ano, temos todas as possibilidades à nossa frente e você tá acomodada num emprego que odeia, gastando sua vida pensando num cara que não está nem aí pra você...
— Acabei mandando mensagem pra ele hoje e ele não respondeu — digo, pegando meu celular.
— Não creio que você fez isso! Tá vendo?
— Isso é uma intervenção? Tipo aquelas que a gente vê nos seriados?
— Sim, isso é uma intervenção. Eu devia ter trazido uma faixa na minha mochila, escrito: *Lena, vai pra Itália*. Vai espairecer a cabeça e começar o ano que vem renovada. Vai viver!
— E meu carro? Odeio andar de ônibus!
— Gente, que coisa mais inútil comprar carro! Você cismou com isso! Vai de ônibus, de metrô, de bicicleta, gasta o dinheiro do carro em táxi, em Uber...
— Ai, Luca... Na cabeça, tudo é lindo, mas na vida real não é assim que funciona.
— Ai, Lena... Você *não* se ajuda, é impressionante.
Duas horas depois, volto para casa decidida a mandar uma mensagem para a Giu pedindo desculpa e falando que não, não posso ir para a Itália e ela que tire isso da cabeça dela.
Me deito na cama e acabo desligando o celular. Tô caindo de sono, amanhã respondo. Queria tanto descansar. O melhor método para espairecer nesta vida é gratuito: dormir. Dormir uma noite toda seria tão bom...

Acordo superassustada. Que horas são? Nossa, três da manhã! Que pesadelo horrível eu tive.
Vou à cozinha pegar um copo d'água e encontro a Luiza no corredor.

— Que cara é essa, Lena? O que foi?

— Tive um pesadelo horrível... Quando você voltou? Nossa, que sonho horrível...

— Se acalma, você tá pálida. Vem cá — ela diz, pegando a minha mão, e nos sentamos no sofá.

— Sonhei que estava dirigindo meu carro... — falo.

— E aí?

— E aí... O carro parou de repente no meio da Rebouças. Eu tentava dar a partida e não conseguia. Todo mundo começou a buzinar e eu não sabia o que fazer. Peguei o celular pra ligar pra alguém e vi que o Du tinha me mandando uma mensagem. Fiquei tentando ler a mensagem dele, mas ela ficava sumindo da minha tela. Então veio um carro descontrolado na contramão, na minha direção...

— Nossa!

— Foi tão assustador!

— Calma, amiga, foi um sonho.

— Lu — eu falo, de repente, olhando nos olhos dela.

— O quê?

— Eu vou pra Itália.

— Hã?

— Vou comprar a passagem amanhã. Nem sei como compra passagem pra Itália! Me ajuda?

Antes de voltar para a cama, escrevo para a Giulia:

> Passa seu endereço que estou indo praí.

Fecho os olhos sentindo que tirei um peso enorme das costas. Ir para a Itália... talvez seja isso, afinal, o que meu coração está dizendo.

Olho meu passaporte que o italiano nervoso acaba de carimbar. Caramba, eu estou em Roma. Quer dizer, no aeroporto de Roma, o que significa que, à minha volta, está tudo mais ou menos normal: esteiras de bagagem, guichês, pessoas com aquela cara amassada de quem passou muito tempo no avião — eu, inclusive... Enfim, aeroporto com cara de aeroporto, mas, caramba, eu estou em Roma! Nem me lembro da última vez que me senti *tão* empolgada. E olha que foram onze horas de voo e...

— *Permesso, signorina?* — Um tiozinho gentil sorri para mim, e saio da frente dele.

Estou parada que nem uma boba em frente ao desembarque, com minha enorme mala de rodinhas e minha mochila, ainda envergonhada por causa do meu inglês gaguejado na imigração. Tudo o que eu precisava fazer era falar o que vim fazer em Roma e onde vou me hospedar, mas fiquei nervosa, sei lá, o moço parecia meio bravo. E é a primeira vez que saio do Brasil, tô achando tudo tão surreal! Ainda nem acredito que tudo deu certo e estou aqui. Não dormi *nada* na véspera da viagem, sonhei com a mulher do check-in me falando que minha passagem estava errada...

Enfim, deu certo, vou só tomar uma água e vou... Espera, vou o quê, mesmo? Pego o celular para ver as indicações que a Giu me passou. Bom, tem mil opções de transporte até a estação Termini, onde preciso descer para pegar o trem para a cidade da Giu, uma cidadezinha a menos de duas horas de Roma chamada San Chiaro.

Compro uma água achando tudo muito diferente, de abrir a carteira e pegar a nota de euro até receber as moedinhas de troco. Entre decidir vir para cá e estar aqui neste aeroporto se passaram míseros dias. Não quero nem me lembrar do preço da passagem comprada às pressas.

— Stazione Termini, per favore? — pergunto no balcão de informações, me sentindo uma autêntica italiana. Mas aí o funcionário me responde em italiano, não entendo nada e pergunto em inglês.

Resolvo ir de ônibus, a opção mais barata, e me acomodo me sentindo a pessoa mais independente do mundo, apesar de ainda estar achando meio maluca essa minha decisão repentina de vir para cá. Minha mãe e meus irmãos me acharam uma louca completa quando avisei que estava vindo. "Quem é Giulia, mesmo?", ela me perguntou.

Mando uma mensagem para ela avisando que cheguei bem, mando áudio para o Luca e a Sabrina e, quando vejo, estou navegando no Face e no Insta em vez de olhar a paisagem lá fora.

Infelizmente, pula no meu *feed* uma foto em que o Du foi marcado. É uma turma enorme e, em um canto, lá estão ele e a Bruna abraçados. Meu coração murcha na mesma hora. Lembro da mensagem nada a ver que mandei e ele ignorou, e pronto, não estou mais em Roma, mas na angústia que tomou conta do meu peito desde que conheci o Du. Suspiro, mando uma mensagem para a Giulia falando que estou indo para a estação e boto o celular na mochila. Olho lá para fora e procuro retomar o estado de espírito com que cheguei aqui. Quando desço do ônibus e entro na linda estação Termini, onde vou pegar o trem para a cidade da Giulia, me sinto melhor. Minha temporada na Itália está só começando.

Aqui estou eu, descendo do trem depois de quase duas horas de uma viagem supergostosa. Nem lembrava da última vez que tinha lido um livro na vida, e foi tão bom vir lendo, ouvindo música e vendo a paisagem. Desembarco me sentindo num filme. É uma estação bem charmosa, com cara de bem antiguinha. Só estou com muuuito frio — o céu está bem azul, mas deve estar fazendo uns dez graus, no máximo.

— Lena!!! — escuto uma voz me chamando.

Me viro para trás e é a Giulia, que está com um casaco acolchoado azul e o maior sorriso do mundo.

— Nem acredito que você tá aqui! — ela fala, com os olhos úmidos.

— Tô bem feliz de estar aqui, amiga — falo, com sinceridade.

— Eu juro que pensava que você nem iria se lembrar do pacto, que só eu me lembrava. Mas você tá aqui, você veio, isso é maravilhoso. Obrigada. Eu devia saber que sempre podia contar com você.

— Claro... Você sempre pode contar comigo — digo, quase me sentindo mal. Se bem que a palavra "amiga" pulou da minha boca quando dei de cara com o rosto dela, que me pareceu tão familiar. — Você está igualzinha — falo, observando o rosto redondo e amigável dela e o cabelo preso num coque alto, igualzinho ela usava na escola. Na época, todo mundo achava esse penteado meio *excêntrico*, mas agora ele parece bem estiloso.

Caminhando até a saída da estação, percebo que ela está mancando.

— Moro bem pertinho daqui, vim a pé — ela comenta. — E a mala é de rodinhas... Acho que não precisamos pegar táxi, né?

— Mas você machucou o pé, parece, né...

— Ah, não se preocupa. Ó, deixa eu levar a sua mochila — ela diz, e nem adianta eu falar que não precisa, porque ela já vai pegando.

— Esse lugar é lindo — falo, olhando ao meu redor. As casas são coloridas, parecem de boneca, e, ao fundo, um cenário de tirar o fôlego, com montanhas e muito verde. Tem uma discreta decoração natalina em algumas casas, com enfeites e luzinhas.

— O número de habitantes daqui não chega a 20 mil. Meu pai não entendia por que eu não me mudava para Roma, onde fiz faculdade e onde a família dele mora, mas gosto muito daqui. É tipo Roma, com tudo antiguinho e com cheiro de história, mas tudo em menor escala. Acho bem acolhedor.

— Nossa, acolhedor é a palavra. Olha aquela casa! Olha aquele portão rosa! Vamos parar pra tirar uma foto?

Giulia ri com a minha empolgação.

— Calma, você nem chegou direito. Vai ter tempo pra tirar foto, não falta lugar lindo aqui.

— Só uma *selfie* aqui na estação, vai. Aliás, nem te sigo no Instagram, qual é o seu *user* lá?

— Não tô no Instagram... E tô horrível, me dá seu celular, deixa que eu tiro uma foto sua.

— Giu — falo, dando meu celular pra ela. — É muito bom ver você. Parece que a gente se despediu nove dias atrás, e não nove anos atrás.

Ela sorri, tira a foto e continuamos andando. Estou me sentindo bem à vontade com ela, embora eu não saiba absolutamente nada da vida atual dela, é claro.

— É aqui — ela fala, diante de uma casinha amarela, depois de andarmos uns dez ou quinze minutos. — Bem-vinda ao meu lar.

Mesmo monocromática e meio bagunçada, a sala é bem simpática. Por uma grande janela, entra muita luz, e isso faz toda a diferença. É muito bem iluminada. Tem um sofá cinza, uma cadeira de balanço, uma mesa de centro de madeira de demolição. Ela deixa a mochila em uma cadeira e vai me mostrando os cômodos. Na cozinha, poucos armários e várias panelas e frigideiras penduradas em ganchinhos nos azulejos. Atrás do balcão de frente para o fogão, uma janela com vista para uma montanha. O banheiro é apertado, mas arrumadinho, e o quarto dela é delicioso: amplo, com um guarda-roupa bem *vintage* e um papel de parede de pássaros em cima da cabeceira.

— Foi meu pai que fez questão de botar esse papel — ela fala. — Ele gostava mais de enfeitar a casa do que eu e minha mãe juntas. Você pode ficar aqui — ela fala, quando me mostra o quarto do pai dela.

É um quarto com uma cama de casal, uma poltrona verde, um guarda-roupa parecido com o dela e vários quadros na parede. Da janela, dá para ver árvores e ouvir pássaros cantando.

— Você quer descansar um pouco antes de a gente fazer alguma coisa? — ela pergunta. — Tá com fome?

— Até que não... O que você quer fazer?

— Bom, a gente ainda tem umas três horas até escurecer. O que você acha de a gente dar uma volta até o lago? Daí vou te contando tudo...

— Não sei que lago é esse, mas «volta até o lago» me parece uma coisa linda e muito poética.

—Só você mesmo, Lena! — ela diz, rindo. — Então vamos, e na volta a gente janta. Você quer um casaco emprestado? Vai esfriar mais até a gente voltar.

— Eu tenho na minha mala. Será que ele está bom para o frio daqui?

Pego um casaco e ela fala que está ótimo, e saímos em direção ao tal lago.

— Foi tudo muito rápido — ela me fala, e seus olhos ficam marejados instantaneamente.

Estamos sentadas em um gramado, sobre um forro que ela trouxe, em frente ao lago chamado La Mattina. Ao fundo, há vários montes, e reina uma paz completa. Fizemos nossa caminhada até aqui conversando sobre a Itália — ou melhor, ela falando e eu adorando ouvir — e, depois de um tempo olhando o lago, ela disse que ia me contar o que tinha acontecido.

— Olha, Giu, se você não quiser, não precisa me contar...

— Eu preciso falar. Eu... Preciso me abrir com alguém sobre isso. Não aguento mais levar isso dentro de mim sozinha.

Suas lágrimas caem e sinto que eu deveria fazer alguma coisa por ela, mas não sei o quê. Então eu a abraço e ela chora um choro profundo, doído.

— Eu sempre dirigi bem — ela fala, quando se acalma um pouco. — Não era algo que eu costumava fazer, porque acabo indo de trem ou metrô para os lugares, ou a pé. Mas, quando o meu pai se encantou por um carro antigo e resolveu comprá-lo, fui atualizar minha carteira de motorista.

— Seu pai gostava de carros? — pergunto, nem sei por quê.

— Na verdade, não... Nem precisávamos de um. Mas, um dia, o carro estava na garagem. Parece que foi adquirido com essa função, com este propósito. Enfim... Dizem que é mais fácil quando a pessoa fica doente. Para avisar, para os outros poderem se despedir. Você sabe o que é isso, né, não se despedir de quem você ama. O seu pai ficou doente, mas ninguém te avisou, e um dia você chegou em casa, quando tinha 5 anos, e ele não estava mais lá.

Engulo em seco. Foi exatamente assim.

— Mas o maior problema, no meu caso, não foi nem eu não poder me despedir. Foi que... Bom, nós temos uns amigos que moram em uma cidade vizinha, a uns cinquenta quilômetros daqui. Eles moram no campo, rodeados por bichos, é um lugar muito bonito. Eles resolveram fazer um grande almoço de aniversário, em um sábado. Passamos o dia todo lá. Foi uma delícia. É tão estranho, Lena... É tão esquisito olhar para aquele sábado e me lembrar de uma versão inocente de mim, despreocupada, quase leviana: eu estava feliz, ali, mas era como se aquela felicidade me pertencesse. Como se as horas seguintes, como se os dias seguintes não fossem capazes de arranhá-la. Como se ela estivesse garantida e eu pudesse fazer tudo, que ela estaria a salvo. Mas não estava. Pelo menos, eu dei valor àquela tarde. Isso, eu consegui. Desfrutei cada momento do almoço, ouvi as músicas, bati palmas enquanto três senhores começaram a tocar violão e cantar, brinquei com as crianças que estavam correndo, comi tanta coisa gostosa e cheguei a cochilar um pouco na varanda, tamanha era a serenidade dentro de mim. Eu me sentia feliz e em paz. Mas eu não era grata. De novo, era como se aquilo tudo fosse meu por direito. Se eu pudesse voltar para aquele dia, eu diria: seja grata. Agradeça aos céus, reze uma Ave-Maria, entre numa igreja e agradeça! Por sua família, por sua vida, por cada pedacinho, cada órgão do seu corpo. Tudo isso está com você não foi dado, mas emprestado. Desfrute o uso e cuide bem, mas lembre-se que de uma hora para a outra, você pode perder aquilo que, na verdade, nunca foi realmente seu.

Ela faz uma pausa e eu penso que, no lugar dela, provavelmente estaria achando a festa uma chatice só. Festa com minha mãe, tios tocando violão, os pestinhas dos meus primos, imagina!

— Eu acho que desfrutar é uma forma de agradecer — digo. — Estar com a cabeça no presente, ligada de verdade ao que está acontecendo. Isso é uma forma de prece, não?

Ela sorri e fica pensativa.

Eu adoraria fazer essa prece mais vezes.

— É curioso como os momentos que separam a nossa versão da anterior podem ser rápidos, muito rápidos. Nesse caso, poucos segundos.

Ela toma um pouco do suco de uva que trouxe e pergunta se eu quero mais. Aceito: estou começando a ficar com fome. E está começando a esfriar, também. Mas olho para os montes à minha frente e a coloração amarela e branca no céu é tão linda que sinto que, mesmo se continuar esfriando, a temperatura nem vai me incomodar.

— Estávamos nos despedindo do pessoal quando começou a chover — ela conta. — Meu pai tinha bebido um pouco demais e perguntou se podia ir cochilando. Quando ele se sentou no banco do passageiro, minha mãe riu e ainda brincou, dizendo: "Três taças de vinho te derrubam!". Minha mãe estava animada, quase alegre naquele dia. Era bom vê-la assim, bom e raro. Foi legal você me falar sobre desfrutar as coisas: me dei conta agora de que eu estava, sim, desfrutando cada momento daquele estado de espírito raro dela. Você lembra, né, minha mãe sempre foi complicada, sempre precisou tomar remédios pra ficar com o humor mais ou menos estável...

— Leeembro, você sempre falava disso na escola...

Eu não lembrava.

— Pois é, antigamente eu ficava muito mal por vê-la sempre tão fragilizada, tudo sempre tão difícil pra ela, mas com o tempo fui me acostumando. A sorte dela é que ela tinha encontrado meu pai. O casamento deles era assim: ela tinha crises, chorava, se descontrolava, e ele cuidava dela. Ela gostava de ser cuidada, e ele de cuidar. Ela sempre foi muito dependente dele. Lembro de ela contando as horas para que ele voltasse do trabalho e ficasse com ela, e era comum vê-la chorando e ele fazendo cafuné nela, como se ele estivesse acalmando um bebê, sabe?

Ela faz uma pausa, como se tivesse sido transportada de novo para aqueles momentos entre o pai e a mãe. De repente, olha para baixo.

— Ela se sentou na direção e eu, no banco de trás — ela fala, mexendo na toalha. — Quando deu a partida, não viu que a marcha estava engatada e o carro fez aquele movimento brusco. Então perguntei: "Mãe, quer que eu dirija?". Ela respondeu que não precisava. Insisti. Ela foi para o banco de trás. Uns dez minutos depois, eles dormiram. E eu fui dirigindo meio tensa, porque nunca tinha dirigido na estrada, mas pensei: *Puxa, qual é a dificuldade?* É só ler as placas... Eu não queria acordar os dois. Meu pai morreu porque eu não quis acordá-lo.

A voz dela fica embargada e ela enxuga os olhos com a ponta da toalha.

— Eu vi a placa "San Chiaro" bem numa bifurcação e fiquei na dúvida se era para entrar à direita ou à esquerda. Levei o maior susto quando um carro passou correndo e buzinou para mim, fiquei achando que a gente ia bater e virei bruscamente para a direita, e aí, sinceramente, não sei o que aconteceu. Disseram que eu perdi o controle do carro, que capotou duas vezes. Eu só lembro da cara que minha mãe fez pra mim no hospital. Deitada, depois da cirurgia, ela me disse que estava tudo bem. Mas os olhos dela diziam: *Foi culpa sua.*

— Imagina, Giu, ela não diria isso...

— Ela não só diria como disse, Lena. No velório. E, se eu sei desfrutar a alegria, pode ter certeza de que sei sentir cada centímetro de dor. Eu nem sabia o que me doía mais, meu pai no caixão ou o medo de minha mãe perder uma perna...

— Ela perdeu uma perna?

— Não. Ela precisou fazer duas cirurgias na perna esquerda e está mancando. É bem provável que manque para sempre, mas conservou a perna. Meu pai já chegou ao hospital sem vida. E eu... Eu não tive um arranhão.

— Você está mancando...

— Eu cortei minhas unhas ontem e uma delas está encravada — ela diz, começando a rir, um riso amargo, duro. — Desde o acidente, toda hora machuco as minhas pernas. Já sonhei duas vezes que perdi minhas pernas e, juro, nesses sonhos, eu me senti tão, mas *tão* aliviada.

— Meu Deus, Giu, não, não foi culpa sua, foi um acidente!

— Tem uma parte minha que concorda com você e fica repetindo, principalmente de dia, que foi um acidente. Mas chega à noite, eu sozinha naquela casa, e aí todas as partes dizem que foi culpa minha, e aí nem consigo ouvir essa parte do acidente, de tão sem força que ela fica.

— Onde está a sua mãe?

— Em Roma. Ela se mudou para a casa de uma irmã do meu pai.

— Quando vocês se veem?

— A gente não se vê desde o velório. Quando eu telefono, escuto minha mãe dizendo para a minha tia: "Fala que eu não estou". E quer saber? Ela está certa. Meu corpo está inteiro, mas uma parte minha, uma parte enorme de mim, se partiu e não está aqui.

Na volta, pouco antes de escurecer por completo, caminhamos em silêncio. Minha vontade é arranjar o número de telefone da mãe da Giu e dizer: *aceite*, foi um acidente! Mas digo a mim mesma que nem o nome dela eu sei, quanto mais o que se passa na sua cabeça nesse momento... Mas está difícil controlar minha raiva — puxa, essa mulher não pode abandonar a própria filha!

— Você está com raiva da minha mãe, né? — a Giu fala, cortando o silêncio quando entramos na sala. — Não fica. Agora, pela primeira vez, ela precisa de remédios não por causa de uma dor que não sabe de onde vem, mas porque a filha dela é uma idiota.

— Giu... — falo. — Não se humilhe, por favor. Se culpar você é tudo o que a sua mãe está conseguindo fazer no momento para seguir em frente, essa é a vida dela agora. Mas a sua vida não pode ser ficar se xingando.

— Vou preparar alguma coisa para a gente comer — ela fala, suspirando e abrindo a geladeira.

— *Psiu* — escuto. Hã? O quê? Ah, tá, é a Giu me acordando.

— Que horas são? — pergunto.

— Oito horas, bom dia! Dormiu bem? Desculpa te acordar, mas preciso sair daqui a pouco e tenho que te falar algumas coisas antes... Acabei de botar a mesa, vamos tomar café?

Levanto ainda meio que me localizando. Não é todo dia que acordo em uma cidadezinha italiana. Dou uma espreguiçada e vou ao banheiro. Nossa, dormi muito bem. Com exceção do sonho em que me senti uma idiota, claro... Eu estava chorando, tentando mandar uma mensagem para o Du e não conseguindo, e a Giu me sacudia e me chamava de idiota! *Eu aqui com problemas sérios e você chorando por causa desse cara!*, ela dizia no sonho.

— Você precisa provar esses croissants de chocolate — ela fala, na mesa. Está com os olhos meio inchados, provavelmente chorou na cama mais um pouco antes de dormir, mas a voz está mais animada. — E fiz café com leite. Esse pãozinho aqui também é uma delícia. E esse iogurte.

— Nossa, que café dos sonhos — falo, mordendo o croissant. — Você sempre bota a mesa assim?

— Claro que não, até porque esse é meu primeiro café da manhã em semanas. Mas é que estou com uma hóspede do Brasil, sabe?

— Sei... Nossaaa que delicioso, isso! E aí, tá se sentindo um pouco melhor?

— Tô. Foi ótimo conversar com você ontem. Me fez muito bem.

— Que bom ouvir isso, Giu. Tô me sentindo útil. Bem melhor do que me senti no sonho, quando você me chamou de idiota!

Ela franze as sobrancelhas e conto o sonho. E o ambiente fica três quilos mais leve quando ela começa a gargalhar.

— Mas sabe o que eu acho? Você estava certa no sonho — falo, servindo café com leite. — Antes de vir para cá, eu estava obcecada por um cara. Quer dizer, ainda estou obcecada, eu acho. Porque é só minha mente ficar quieta que meus pensamentos vão pra ele, e eu durmo e sonho com ele. Olha o nível da amiga que você foi convidar para vir aqui...

— Ah, para com isso! Todo mundo já ficou muito a fim de alguém. Ano passado eu estava meio que gostando de um cara, mas a gente só ficou duas vezes e ele foi pra Barcelona. Até hoje, vira e mexe, penso nele.

— Não, você não tá entendendo, meu caso é fora do normal. Tem um limite, né? Para o sofrimento... Minha vida tipo virou isso. E você tá aqui, me mostrando que existem coisas mais importantes.

Ela fica séria, de repente.

— Não sei se concordo com isso — ela fala. — Acho que tudo depende da nossa cabeça, ou do nosso coração, enfim, de como a gente processa a coisa toda. Tem gente que tem o espírito mais delicado, parece. Se machuca com qualquer coisinha. Tem gente que aguenta os maiores dramas e continua firme.

— É, mas...

— Tanto que tem gente que é linda, rica e famosa e se mata. E tem gente que sobreviveu a uma guerra, viu a família morrendo e consegue se casar de novo e formar uma nova família. O que todo mundo tem que fazer, acho, é tentar fortalecer o espírito. Olhar menos para a situação e mais para a própria força.

— Tudo bem, Giu. Mas tem limites. Eu não aceito que alguém sofra por, digamos, sapatos, mais do que alguém que teve um bebê, sei lá, levado por um bando de elefantes na Índia!

De novo, ela ri. E eu também rio.

— Bom, tenho que ir — ela fala.

— Aonde você vai, meu Deus?

— Trabalhar! No fim da tarde tô de volta. Logo mais eu tiro férias e ficamos o tempo todo juntas. Estou deixando a chave com você. Você pode passear, anotei aqui o nome de uns restaurantes gostosinhos, tem um museu bem legal que dá para ir andando...

Agora que me dei conta de que nem sei onde minha amiga trabalha! Enquanto a gente tira a mesa, ela conta que se formou em letras modernas e trabalha em uma biblioteca pública. Não ganha muito, mas não tem muitos gastos aqui. Uma parte minha gosta tanto dessa simplicidade. A cidade é linda, mas a casa é simples, o guarda-roupa dela é simples, a vida dela me parece simples... Quer dizer, a vida dos outros sempre parece mais simples do que a nossa, né. Ah, sei lá.

— Só uma coisa — ela fala, antes de sair. — Às quatro, a Ornella e o Antonio vêm aqui, posso te pedir para voltar nesse horário? Desculpa, eu tinha marcado com eles quando pensei que fosse estar aqui, mas hoje chego às cinco!

— Sem problemas! O que eu tenho que fazer?

— Eles são irmãos, são amigos da família, a gente se conhece desde pequeno. Os pais deles são meus padrinhos. Eles vêm trazer uma papelada sobre o inventário do meu pai, estão ajudando a gente com isso e não quiseram mandar pelo correio. É só pegar! Cinco, no máximo cinco e meia, tô de volta.

— Fica tranquila. Bom trabalho, amiga.

— Lena — ela fala, antes de fechar a porta. — Nem tenho palavras pra agradecer por você atender o nosso pacto. Nem sei explicar a segurança que isso me deu, você aqui, me ouvindo, e, mesmo em silêncio, a sua simples presença aqui. Obrigada, amiga.

Ela sai e fico um tempo parada na sala, pensando, *que bom que estou ajudando. Queria fazer mais do que simplesmente estar aqui, mas que bom que estou ajudando.*

Abro a janela do meu quarto. Está um dia lindo. Frio, mas com céu azul, como ontem. Bem gostoso para caminhar. Me troco e dou um *Google* para ler mais sobre o museu que ela falou, que tem bastante coisa da Renascença, parece bem legal. Nossa, está tendo uma exposição da Carol Rama! Vi alguma coisa dessa pintora italiana quando estava na faculdade e adorei. *Vou lá agora*, decido. Vou só mandar um sinal de vida para o Luca, outro para a Sabrina, responder aqui o grupo da minha família e o dos amigos da época da escola e...

Mensagem do Du.

Maldição.

> *Eduardo:* Oi, linda. Saudade também. Vamos nos falando...

Sinto meu corpo tremer da cabeça aos pés. O que eu respondo? Leio e releio ele me chamando de "linda". Como sou idiota... Além do mais, o que ele quer dizer com esse "vamos nos falando?" Ele tá ou não tá namorando? Ele me quer ou não? Por que ele me respondeu *anos* depois? Então é isso, eu vou sofrer com esse cara pra sempre, vou ficar sempre querendo que ele me queira? Que inferno!

Mas... Será que eles terminaram? Será que aproveito que ele está nesse modo fofo e marco alguma coisa? Ou começo uma DR? Começo a digitar:

> *Lena:* Na boa, não entendo você. Por que você some? Fiquei mal quando vi que você tá namorando. Eu gosto tanto de você...

O que é isso, Lena?, digo para mim mesma. Isso não vai levar a lugar nenhum. Se eu mandar essa mensagem, vou ficar tensa, pensando nisso o dia todo e, o pior, com certeza a resposta dele vai ser vaga ou insatisfatória. Apago e mando:

> *Lena:* Estou na Itália, acredita? É tudo tão lindo aqui. Depois a gente se fala, tá? Beijo.

Então suspiro e deixo o celular no modo avião. Eu estava me sentindo tão melhor antes de ler a mensagem dele, não quero ficar me preocupando agora se ele visualizou e não respondeu. Respiro fundo, na tentativa de recuperar meu estado de espírito de manhã, e saio.

É uma bela caminhada até o museu, mas está uma delícia andar com esse tempo frio, que vai ficando fresco à medida que caminho. À minha volta, gente andando de moto, bicicleta... Fico vermelha quando um senhor fala comigo:

— *Bellissima!*

Mais adiante, um cara me olha da cabeça aos pés e me manda um beijo. Gente, esses italianos são piores que os brasileiros! Me deixem andar em paz, eu, hein! Se bem que esse do beijo é bem bonitinho. Enfim...

Estou quase chegando quando sinto a fome bater e decido comer alguma coisinha, afinal não quero uma barriga roncando bem sonora no silêncio do museu. Começo a procurar algum lugar simples mas simpático pra tomar um café da manhã rápido, quando esbarro numa moça que estava carregando uma sacola de papel enorme com garrafas de vinho e café.

Nossa! Que italiana linda!, penso. E no susto acabo deixando escapar um "desculpa" em português.

— Não foi nada.

Sorrimos uma para a outra e aproveito o encontro com outra brasileira para pedir uma dica de algum lugar para comer. Ela não só me indica um lugar que é uma delicinha como também me explica que uma autêntica *colazione* italiana tem que ter os três Cs: *cornetto*, *cappuccino* e o jornal *Corriere*.

No impulso, pergunto se ela não quer tomar café comigo e, para minha surpresa, ela aceita. Seguimos a tradição e pedimos *cappuccino* com *cornetto*. Meu Deus, o que é esse pãozinho?! Que coisa maravilhosa! E o *cappuccino* também está divino. Só dispenso o *Corriere della Sera*, afinal meu italiano não vai muito além de *panettone* e *espresso*.

Comemos e conversamos, ela me conta que está terminando uma pós-graduação e se preparando para voltar ao Brasil, eu conto que estou visitando minha amiga e falo do quanto amo o fato de que esse lugar respira arte. É quando ela me diz, quase profética:

— Vai por mim, esse lugar aqui vai te transformar. Vai mudar a sua vida!

Fico pensando naquelas palavras tão profundas, desejando de coração que aquela querida estranha tenha razão. Nos despedimos, amistosas, daquele jeito que só brasileiro é, e cada uma segue seu caminho. Fico ainda mais animada depois desse encontro.

Me perco olhando as aquarelas da artista e, quando vejo, faz quase *três* horas que estou no museu. Caramba! É impressionante como perdi a noção do tempo aqui dentro.

Passo na lojinha do museu e lembro que na faculdade, visitei tantas vezes o MASP, o MAM, a Pinacoteca, e tantas exposições em São Paulo... Nossa, como eu era mais ligada à arte quando cursava design. Além disso, eu desenhava todos os dias. *Todos* os dias! Eu queria ganhar dinheiro com minhas ilustras, um dia, mas não era só isso, era algo tão relaxante, me fazia tão bem.

Na lojinha, vejo uns blocos grandes de papel e quase compro, mas acho tudo muito caro. Credo, até o lápis custa uma fortuna. Tá certo que parecem supermacios, mas... Não dá. Saio do museu me sentindo leve como uma pluma e caminho a esmo, procurando um restaurante bonitinho para almoçar. Como uma pizza ótima num lugar bem fofo e, quando vejo, já são três e quinze. E o pior é que estou bem longe da casa da Giu... Aperto o passo, me perco duas vezes no caminho e, quando finalmente chego à casa dela, vejo duas pessoas paradas na porta.

— Ornella! Antonio! Desculpem! Sou amiga da Giu, estou aqui na casa dela — falo em inglês.

Eles sorriem e me cumprimentam, bem simpáticos, e abro a porta. Ornella pede um copo d'água e Antonio coloca um envelope em cima da mesa.

— Como ela está? — me pergunta Ornella.

— Olha, não sei dizer se ela piorou, porque cheguei ontem, mas ela não está muito bem, não.

— Mas ela conseguiu conversar com você? Puxa, eu queria tanto que ela conversasse com alguém. Acho que ela iria se sentir bem melhor.

— Ela não fala nada com a gente — diz Antonio, e só então olho para o rosto dele e vejo que ele é bem bonitinho. Nossa, esses italianos, viu... — Ela sempre foi muito reservada.

— Nunca a vi chorando, nem no velório — fala Ornella. — E ela não desabafa, não fala sobre o assunto, só fala que está tudo bem quando eu pergunto. É uma pena ela ser tão fechada.

— Qual é o seu nome? — pergunta Antonio.

— Ah, é Lena — respondo.

— Elena?

— Não, só Lena, meus pais esqueceram o «E» — eu falo, e eles riem.

— Eu gosto de Lena — ele me fala, olhando nos meus olhos. Definitivamente, ele é bem charmoso. Tem os olhos verdes, a pele linda... Só esse cabelo penteado pra trás, meio molhado, que não está dando certo. Parece que é um pouco mais velho que eu, uns 26, talvez 27. Ou talvez seja culpa dessa roupa séria, camisa e calça social.

— *Allora*, a gente tem que ir — ele fala. — Volto para o escritório hoje.

— O que vocês fazem?

— Eu sou advogado, ela não faz nada.

— Estudo filosofia — ela fala, dando uma cotovelada no irmão. — Por que vocês não jantam com a gente hoje? Fala para a Giu quando ela chegar.

— Pode ser na minha casa — o Antonio diz. — Fala com ela.

— Mas aposto que ela não vai — diz Ornella. — Ela *nunca* vai...

Digo que vou falar com ela e a gente se despede. Pra falar a verdade, nem eu tô muito animada para sair, tô tão cansada de andar! E esse Antonio é fofo, mas *advogado*? Sério? Podia ser o contrário, ela ser advogada e ele fazer filosofia. Bem mais interessante. Uma vez, conheci um advogado numa balada e ele só sabia conversar sobre leis, processos, etc.

Quando a Giu chega, logo diz, sorrindo, que vamos jantar fora — no fim das contas a Ornella falou com ela. Mas é só tomar um banho que fico superanimada para sair. Estou terminando de me vestir quando lembro que o celular está no modo avião. Coloco no modo normal e vejo a mensagem do Du:

> *Eduardo:* Itália? Sério? Que legal! Conta mais!

Hum. Simpático, mas esse é o tipo de conversa que não vai dar em nada. E é ridículo constatar que, mesmo assim, só de ver a mensagem dele meu coração já bate forte.

Não respondo e boto de novo o celular no modo avião. Depois falo com ele.

Quem diria, eu também sou capaz de visualizar e não responder.

Quase não reconheço Antonio quando ele abre a porta. Está de camiseta e o cabelo bagunçadinho, com mais cara de surfista do que de advogado. Preciso fazer uma correção mental, *ele não é bonitinho, é lindo*. Principalmente com esse sorriso que acabou de abrir, olhando nos meus olhos.

— *Benvenute, ragazze!* Preparem-se para saborear a melhor pasta que vocês já comeram na vida! — ele fala.

— Ah, a autoestima masculina — Ornella comenta, rindo, sentada no sofá.

— A gente trouxe vinho — diz Giu.

Na cozinha americana, ele bota um avental com um desenho de caveira e começa a preparar o molho. Ao fundo, toca uma *playlist* — são músicas que não conheço, em italiano, mas que têm um ritmo bem gostosinho. Dou uma olhada no apartamento fofíssimo dele. É pequeno e meio bagunçado, mas tem uns objetos cheios de estilo, como pôsteres de filmes nas paredes e um vaso bem colorido de mosaico com pastilhas de vidro na mesinha de canto.

— Sua casa é uma graça — comento, depois de oferecer ajuda.

— Eu adoro trazer objetos dos lugares para onde viajo — ele fala, me dando um queijo e um ralador.

— Você viaja muito?

— Sempre! É para onde vai o meu dinheiro. Quero muito conhecer o *Brasile*!

Ele conta da última viagem que fez, para a Tailândia, enquanto ralo o queijo. Depois, com a ajuda da Ornella, boto a mesa. Giu abre um vinho, bebida que não costumo tomar, mas esse está bem bom. Melhor ainda é o cheiro do molho que Antonio está preparando, com tomates frescos, manjericão e outros temperos. Antes de começar a comer, a gente faz uma *selfie* com a mesa posta e a massa servida, saindo fumaça. Estou me sentindo muito bem aqui.

São umas onze da noite, a Ornella está cochilando no sofá e a Giu já me perguntou uma vez se quero ir embora, mas está simplesmente delicioso ficar sentada aqui no sofá ouvindo o Antonio tocar violão.

— Você toca muito bem — elogio, depois de a gente cantar junto a terceira música do *Red Hot Chili Peppers*.

— E você canta muito mal — ele comenta, rindo.

— Só porque eu desafinei aquela vez! Você estava me elogiando antes... Você é muito rancoroso, Antonio!

— Foi inesquecível aquela sua desafinada!

A gente se acaba de dar risada. Quer dizer, a gente, que eu digo, somos nós dois, porque a Giu dá um sonoro bocejo.

— Vamos indo, Lena? — ela me pergunta.

— Vamos — respondo. Fazer o quê, né.

— Eu levo vocês — ele fala.

— Não precisa — diz Giu.

— Não tem problema nenhum, vou levar a minha irmã. *Ehi, svegliati, Ornella!* Acorda.

Quando ele deixa a gente na casa da Giu, me dá um abraço bem forte e eu estremeço um pouco.

— Adorei tudo, Antonio, obrigada — falo, meio sem graça.

— Quando eu vou te ouvir desafinando de novo?

Do lado de fora do carro, a Giu pede a chave, que está na minha bolsa, e eu apenas sorrio e saio.

Os dias seguintes são deliciosos. Converso com a Giu no café da manhã, caminho pela cidade toda... Ontem peguei um trem e passei uma tarde em Nápoles, onde acho que comi as coisas mais gostosas da minha vida. Depois, quero fazer um tour especial em Roma, que sou louca para conhecer. Estou me sentindo tão leve e, sei lá, inspirada! De manhã, antes de sair, tive um leve momento de irritação, mas já passou. É que o Du me mandou a seguinte mensagem:

> *Eduardo:* Vai para a Itália e não responde mais os amigos... Tsc, tsc...

É muita cara de pau, né?! Reclama que estou na Itália e não respondo, sendo que *no Brasil* ele não me responde! Falei que estou o dia todo pra lá e pra cá e depois nos falamos.

Entro no museu com a exposição da Carol Rama, que decidi rever. Gosto de tudo, dos seus trabalhos mais excêntricos e também dos mais tranquilos e ternos. Acho legal como ela lida tanto com o escatológico como com o delicado. Gosto desses dualismos, sabe? O belo e o feio, o assustador e o encantador... Tem tudo isso dentro de nós, em proporções diferentes — e sempre em movimento. Entro na lojinha do museu pensando nisso e, num impulso, acabo comprando não um, mas dois blocos de papel, lápis e apontador. Saio tão feliz com minha sacolinha que decido não almoçar num restaurante fofo, como estava planejando, mas comer um sanduíche e caminhar até um lago distante que vi no *Google Maps* e ainda não visitei.

Chego ao lago depois de andar quase dez quilômetros e só consigo pensar, *uau, que lugar incrível!*

Ao meu redor, o lago de água cristalina, árvores de verdes variados e montanhas ao fundo. Tiro algumas fotos e posto uma maravilhosa. Então tiro meu casaco, sento embaixo de uma árvore, tomo água e como o chocolate que trouxe na mochila. Depois de descansar um pouco, pego um dos blocos e começo a desenhar, bem despretensiosamente, o meu entorno. Puxa, que sensação boa. Eu tinha esquecido como isso requer concentração e, ao mesmo tempo, é relaxante, esvazia minha cabeça.

— Dai! Ora, ora — escuto alguém dizendo. Viro a cabeça e vejo o Antonio descendo de uma lambreta. — Olha quem está aqui!

Adoro vê-lo.

— Caramba, que coincidência — falo, fechando o bloco.

— Nem tanto, vi a foto que você postou no Instagram, estava por perto e vim — ele fala, se deitando na grama, ao meu lado. — Pode desenhar, vou descansar aqui.

Rio, abro o bloco e passamos um tempo assim, ele deitado com os olhos fechados, eu desenhando.

— *Ehi*, você sabe mesmo desenhar — ele fala, depois de um tempo, espiando.

— Ah, isso é só uma brincadeira. Deu vontade — falo, dando minha "grande obra" por terminada.

— Muito bom. Quer caminhar um pouco? Onde tá sua bicicleta?

— Não vim de bicicleta, vim andando.

— Você veio andando da casa da Giu até aqui?! Nossa, você não pode caminhar mais, menina. Vem cá.

De repente, estou na garupa da lambreta dele.

— Você vai adorar esse lugar — ele fala, antes de dar a partida.

Sentindo o vento no meu rosto, tenho vontade de congelar este momento. Nem me lembrava de quando me senti tão livre. Não planejei este passeio e, no entanto, aqui estou. Nem acredito que eu estava desenhando em um lago e agora estou na garupa de um cara que conheci essa semana. Mesmo se não rolar nada com ele, está valendo cada segundo.

— E então? — ele pergunta, depois de pararmos no alto de uma montanha.

Olho lá para baixo, sem fala. Dá para ver toda a cidade daqui de cima. As casas, as vielas, as montanhas, os lagos...

— Uau — me limito a dizer, sem fôlego.

— Adoro vir para cá quando preciso espairecer.

— E você tá precisando espairecer agora?

— No, no, agora eu só quis te impressionar, mesmo.

Eu rio e a gente fica em silêncio, olhando a cidade toda lá embaixo. Mas confesso que, agora, estou pensando não na vista, mas em coisas como, *será que ele tem namorada? O que ele tá achando de mim? Ele vai me beijar?*

— Onde você vai passar o Natal? — ele me pergunta.

— Com a família do pai da Giu — ela diz. — Ela está muito tensa, porque a mãe dela vai estar lá e elas não estão se falando.

— E quando você volta para o Brasil?

— Só dia 7 de janeiro.

— Como assim *só*? Se fosse 7 de março, ainda seria pouco.

Sorrio *super* sem graça. Esses italianos são tão galantes, gente! Será que ele é assim com todo mundo ou tá a fim de mim? Bom, ele deve ser assim com todo mundo. A Giu não soube me dizer nada da vida amorosa atual dele, só que o último namoro terminou há mais de um ano. Mas essa informação não foi muito útil, só confirmou o que eu já tinha vasculhado no Facebook dele.

— *Andiamo?* — ele fala, e disfarço minha decepção. — Combinei de jantar com os meus pais hoje.

— Vamos, claro.

No caminho de volta, tento diminuir minha decepção por estar indo embora e admiro a paisagem lá fora. O vento está muito frio, mas está tão maravilhoso esse meu passeio inesperado de lambreta que nem me importo. Queria que o Antonio me levasse para passear todos os meus dias aqui, sério. Queria que a gente se visse mais. Queria que a gente tivesse se beijado.

Ok, Lena, digo a mim mesma, *menos*. Mas será possível que me envolvo assim tão facilmente? Não é como se eu estivesse louca por esse cara há meses, né? A gente se conheceu *essa semana*!

— Está entregue — ele fala assim que a gente chega, e eu desço da garupa. — Ah, só mais uma coisa — ele completa.

— O quê? — pergunto, tentando arrumar meu cabelo, que deve estar uma coisa horrorosa.

E então ele se aproxima, afasta uma mecha de cabelo do meu rosto e me beija.

Uau! Beijo totalmente encaixado. Alma gêmea de beijo. Meu Deus do céu, que beijo bom!

Abro os olhos ainda meio zonza.

— A gente se vê — ele diz, com um sorriso lindo.

— A gente se vê — repito.

Entro em casa saboreando a sensação maravilhosa do beijo, o sorriso dele na minha memória e, infelizmente, a triste despedida — "a gente se vê" está entre as dez piores frases do mundo para se dizer depois de um beijo, com certeza.

Bom, mas pelo charme dele e por esse hábito de ficar me dando cantadas que me deixam corada, tá na cara que é um cafa, então a frase foi perfeita para coroar a despedida.

Tomo banho, pego uma maçã na cozinha e me sento no sofá com o celular na mão.

Hum, ele pediu para ser meu amigo no Facebook. Aceito, claro. Vamos ver que modalidade de cafa ele é, o carinhoso, que vira e mexe curte uma postagem minha e elogia minhas fotos por *inbox*, ou o torturador psicológico, que não interage nunca, apesar de estar sempre online.

> Buonasera, Lena! Come stai?

Leio a mensagem privada que acaba de aparecer na tela. Ai, é ele!

> Talvez você me ache meio louco, mas... No dia 26 vou pra Veneza, é uma tradição que tenho com um grupo de amigos. Todos os anos a gente almoça no dia 26 de dezembro na casa do Luigi, e volta no outro dia. Você quer ir comigo? A gente tem pouco tempo pra ficar juntos. O que acha?

Espera aí, eu beijei esse menino não faz nem quarenta minutos e ele já está me chamando para sair? Não estou acostumada com tanta receptividade! E — "sair", no caso, é ir para Veneza? *Claro* que topo! Mas primeiro vou dar uma enroladinha nele, né.

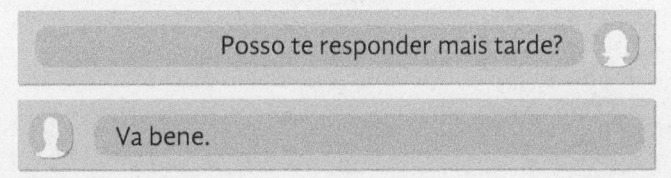

> Posso te responder mais tarde?

> Va bene.

E aí ele fica offline. Ai, fiquei com dó agora. Eu devia ter aceitado logo de uma vez. Ele foi tão sem rodeios comigo, eu deveria ter sido assim com ele também. Será que respondo que já pensei? Bom, já falei que respondo mais tarde, agora deixa.

— Giu, o Antonio me chamou para ir pra Veneza com ele dia 26, almoçar com os amigos dele — falo assim que a Giu chega em casa.

— Sério? — ela pergunta, franzindo o cenho.

— Por que você achou estranho?

— Nossa, porque o Antonio sempre foi super reservado. Convidar você assim, do nada, e sabendo que vai te apresentar para os amigos dele... Ele deve ter mesmo gostado de você. E conheço os amigos dele que moram lá, é um pessoal superlegal!

— Então... A gente se beijou.

— Sério? — ela fala, e seu rosto se ilumina de repente. — Nossa! Você e o Antonio. Isso ia ser *tão* legal. Você vai, né?

— Vou!

— Você e o Antonio... Tipo, as duas pessoas mais legais do mundo, se beijaram! Vamos abrir um vinho!

— Ele é legal, mesmo, jura? Ele parece ser meio cafa.

— Cafa, o Antonio? Por que você acha isso? Ele é o oposto disso! Um cara legal, família, carinhoso, cheio de amigos...

— E por que vocês nunca ficaram? Ai, meu Deus, você gosta dele e eu tô estragando tudo?

— Lena, relaxa! E só para você saber, a gente sempre foi amigo tipo irmão, inclusive o cara com quem eu fiquei e foi pra Barcelona é o melhor amigo dele. Para de se preocupar, tá?

Lá pelas nove, mando uma mensagem para ele.

> Eu vou, ok? ☺

Me preparo para sofrer por algumas horas, porque ele está offline e aposto que, mesmo quando entrar, vai ficar me enrolando e...

> Bravo!

Nossa. Adorei a rapidez desse cara. Será que tem alguma coisa errada com ele?

Bom, vai ver ele age normalmente, como um ser humano que está a fim de outro. Acho que a convivência com o Du me transformou nesta mulher que está sempre esperando o pior dos caras. Pensando bem, acho que eu já era assim antes do Du. Lembro que, no primeiro ano do ensino médio, parei minha vida por causa de um cara com quem eu tinha ficado... A Giu está certa, preciso relaxar. É só ficar muito a fim de alguém que viro essa mistura de ansiosa com tensa e preocupada. Ou simplesmente *idiota*, como o Luca prefere.

Mas, puxa vida, esse italiano é lindo demais, penso, agora dando uma bisbilhotada no Facebook dele. E que beijo foi aquele... Veneza, aí vou eu!

— Pelo visto, ela voltou a trabalhar — Giu comenta, entrando na cozinha da casa da tia dela.

É dia 25 de dezembro e viemos almoçar com a família do pai dela, como o combinado. Ontem todos foram assistir à Missa do Galo, no Vaticano, mas eu e a Giu jantamos na casa dela, mesmo, em San Chiaro, só nós duas.

Achei meio estranho passar o Natal assim, sem nada de especial e longe da minha família, então mandei mensagem para Deus e todo povo brasileiro. Também dei muita atenção para a Giu, que estava meio cabisbaixa — compreensível, o primeiro Natal sem o pai... Já hoje, o dia foi bem legal, pois chegamos a Roma cedo e caminhamos por horas pela cidade, e agora chegamos aqui.

Num canto, no chão da cozinha, estão duas caixas cheias de embrulhos coloridos com papéis de celofane, de tamanhos variados. De perto, vejo uma etiqueta em cada embrulho: "Silvia Dolci". Francesca, que acabei de conhecer, uma senhorinha supersimpática que é a cara do pai da Giu, pelo que me lembro, conversa em italiano com a sobrinha e não entendo nada.

— Ela estava parada, mas semana passada aceitou duas encomendas — a Giu fala comigo, se aproximando das caixas. — E então se animou e fez os bombons que vende em uma padaria aqui em Roma, e em uma vendinha e uma *delicatessen* lá em San Chiaro. São essas aqui, ó — ela fala, me mostrando os bombons embrulhados. — São bem gostosos, vendem bem. Ela também faz bolos e docinhos de vários tipos.

— Sua mãe não era dentista? — pergunto, feliz por ter me lembrado. Minha mãe é médica, a da Giu é dentista, e a gente sempre comentava que não ia trabalhar com uma coisa nem outra.

— Em outra encarnação — ela responde, olhando para os lados. — Ela foi demitida de dois consultórios porque, nas crises de depressão, não aparecia, não avisava... Resolveu abrir o próprio consultório, depois desistiu e largou de vez.

— E cadê ela?

— Pois é. Cadê ela... — ela responde, com o olhar apreensivo que está desde que chegamos aqui na sua tia. Tadinha, estava tão felizinha no nosso passeio por Roma. — Eu nem sei se deveria ter vindo, sinceramente.

— Uma hora vocês iam se ver.

— É... — ela fala, e voltamos para a sala para receber mais um tio, que está acompanhado da mulher e dos filhos, duas crianças fofíssimas.

Sinto um cheirinho bom de peixe e frutos do mar e ajudo Francesca a por a mesa. Meu coração quase pula da boca quando vejo no celular que chegou uma mensagem do Antonio:

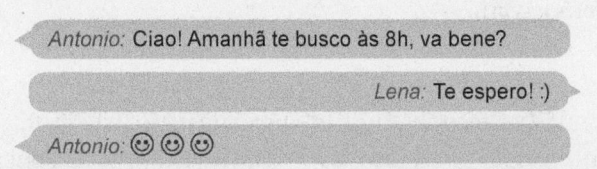

> *Antonio:* Ciao! Amanhã te busco às 8h, va bene?

> *Lena:* Te espero! :)

> *Antonio:* ☺ ☺ ☺

Leio e releio as mensagens umas três vezes. Eu tinha passado o dia todo esperando ele me mandar alguma mensagem e sem coragem de mandar para ele. Que bom que amanhã está confirmado, que bom, que bom!

Quando estou botando os guardanapos na mesa, surge uma mulher na sala com cara de sono. Nossa, é a mãe da Giu, mesmo? Ela está tão diferente. Engordou, está com a cara meio inchada, sei lá... E uma expressão nada amigável.

Giu dá um abraço nela meio desajeitado e beija sua bochecha, mas ela reage com a maior frieza, indo logo cumprimentar os outros.

— Ela está mancando bem menos — ela me fala, sussurrando. — E ver que ela fez os doces... Esses foram dois grandes presentes de Natal para mim. Acho que vou lá comentar isso com ela — ela fala, e se aproxima da mãe, quando terminam os cumprimentos e todos caminham para a mesa.

Mas eu mal me sento e ela se aproxima de mim com os olhos marejados.

— Você disse que está feliz porque ela melhorou? — pergunto.

— Disse. E ela respondeu: "Que pena que não se pode dizer o mesmo do seu pai, né?".

Gaguejo, mas não consigo dizer nada. Do outro lado da mesa, a mãe dela, que mal me cumprimentou, está com um olhar opaco e sem vida. E assim fica o olhar da Giu também, durante todo o almoço. Na sobremesa, quando uma tia serve uma enorme fatia de *panettone* para ela, ela mal toca no prato. Assim que termino meu pedaço de *tiramisù*, ela me pergunta se tudo bem irmos embora. A tia insiste para dormirmos lá, mas não são nem três da tarde quando nos despedimos de todos e caminhamos para a estação de trem.

Quando chegamos, Giu parece destruída por dentro.

— Eu queria tanto te ajudar a se sentir melhor — falo. — Você não falou praticamente uma palavra no caminho todo.

— Acho que não tem por que eu me sentir melhor — ela responde, tirando o cachecol e se sentando no sofá. — Está tudo certo, tudo como tem de ser.

— Como assim?

— Eu preciso me sentir horrível, afinal, o que eu fiz foi horrível. É justo eu me sentir melhor, quando meu pai tá morto e minha mãe arrasada? É claro que não — ela fala, rindo de novo daquele jeito duro. Aquele riso novo para mim, que nunca tinha aparecido no seu rosto na época da escola.

— Giu, não fala assim — digo, sem saber o que dizer. — A sua mãe... Ela precisa superar isso. E se ela não superar, então fazer o quê, você vai ter que seguir sua vida.

— Superar — ela murmura e se levanta. — Desculpa. Não quero conversar. Quero ficar sozinha. Desculpa.

Ouço a porta do quarto dela se fechar e fico parada na sala, sem saber o que fazer. Puxa, me sinto uma boba por ter falado em superação, mas o que eu vou dizer? Não acho nem um pouco justo ela sofrer até o fim da vida dela por algo que foi terrível, mas não foi culpa dela.

— Giu — chamo, girando a maçaneta, mas a porta está trancada. — Giu, conversa comigo.

Ela não responde e me sento no chão, totalmente perdida.

— Vai pra Veneza com a gente amanhã de manhã. Vai te fazer bem.

— Vão vocês — ela fala, chorando. — Meu Deus, Lena, você não entende, eu não posso me sentir bem, eu nunca vou poder.

— Isso, chora. Chorar faz bem. E você pode se sentir bem sim, Giu. Você não fez de propósito. E, se sua mãe não consegue te perdoar, não é por isso que você precisa fazer como ela. Você tem que se perdoar. Porque você se ama e é isso que as pessoas que se amam fazem, se perdoam quando erram.

Nenhuma resposta do outro lado.

Continuo sentada no chão, ouvindo-a chorar baixinho, quando as lágrimas cessam e baixa entre nós um silêncio sem fim, começo a ficar preocupada, pensando no que ela está fazendo lá dentro. Será que dormiu?

— Giu? — eu chamo.

Suspiro e vou ao banheiro, de onde escuto uma porta se abrindo e menos de um minuto depois se fechando. Dou a descarga e vejo que ela saiu e se fechou de novo no quarto. Giro a maçaneta, dessa vez está aberta. Dou de cara com minha amiga no chão, bebendo vinho a goles grandes, na própria garrafa.

— O que tem de mais? — ela pergunta, diante do meu olhar assustado. — Você não gosta de vinho?

— Pode parar — falo, pegando a garrafa. — Uma coisa é tomar vinho feliz, numa festa, outra é estar mal e resolver se embebedar. E o que vai adiantar? Amanhã você iria acordar se sentindo terrível. Comigo aqui, não. Eu não vou deixar — falo, pegando a garrafa.

— Deixa de ser careta, Lena, eu só ia relaxar um pouco, esvaziar a cabeça.

— Giu — falo, muito séria. Agora estamos nós duas na cozinha. — Não quer conversar? Quer esvaziar a cabeça? Então vamos fazer pipoca e ver só filmes e seriados de comédia. Agora. Vem.

Ela vira os olhos, mas se senta no sofá. Faço a pipoca e escolho um filme divertido na Netflix. Quando ela deixa escapar uma risada, me sinto um pouco melhor. Mas aí, quando vou passar o balde de pipoca para ela...

— O que é isso no seu pulso? — pergunto.

— Hã? Nada. Me cortei.
— Isso não estava aqui antes.
Ela suspira e dá um pause no filme.
— Foi bobo, eu sei. Fiz isso lá no quarto, com uma lâmina. Eu costumava fazer isso há alguns anos. Na hora eu me sinto melhor. Depois me sinto boba. Quando fiquei me sentindo boba, lembrei do vinho.

Minha vontade é gritar, "Como você se machuca de propósito, amiga?!". Mas só dou um abraço nela e voltamos a ver o filme.

Pouco antes de meia-noite, ela está adormecida no sofá e eu a cubro. Desligo a TV e passo um tempo olhando para ela, que está com uma expressão tão calminha, de quem está dormindo profundamente. Puxa, queria tanto saber como ajudá-la. Eu realmente não sei. Sinto que seu sofrimento está se aproximando de uma linha, e que se passar dessa linha, vai ser muito difícil e doloroso fazer o caminho de volta. Preciso mantê-la do lado de cá desta linha. Não sei como, mas preciso. Amanhã vou tentar ler alguma coisa, pesquisar, sei lá.

Apago a luz da sala, vou para o meu quarto, pego o celular e solto um longo suspiro quando leio uma mensagem nova do Antonio:

> *Antonio:* Mal posso esperar pra te beijar de novo. Boa noite.

Eu queria demais te beijar de novo, Antonio, penso, sentada na cama. Na verdade, é só pensar em te beijar que toda a tristeza e compaixão que estou sentindo pela Giu neste momento parece que se aloja num canto dentro de mim e sobra uma vontade imensa de te ver, de te beijar, de ficar nos seus braços de novo. Nossa, como eu queria conhecer Veneza com você... Mas é melhor parar de pensar nisso, porque não vai dar.

> *Lena:* Antonio, a Giulia está muito mal. A mãe foi bem fria com ela no almoço e ela está péssima. Não posso viajar e deixá-la aqui neste estado. Então, vou ficar aqui com ela. Desculpa desmarcar assim... Espero que você entenda.

Desligo o celular, me jogo na cama e fecho os olhos.
Não sei o que fazer para ajudar minha amiga, mas de uma coisa eu sei: preciso ficar aqui com ela.

Acordo e olho o relógio, nove horas. Ligo o celular e tem uma chamada não atendida do Antonio. Sem pensar muito, escrevo:

> *Lena:* Espero que você se divirta bastante aí! Acabei de acordar. Espero te ver na volta. E também mal posso esperar para te beijar de novo...

Na sala, a Giu ainda está dormindo. Pela janela, olho as montanhas lá no fundo e a decoração natalina na rua e me dá um pouco de tristeza. Essa situação familiar da Giu é tão deprimente, e o jeito com que ela está lidando com tudo isso me preocupa. E quando eu for embora? Como vai ser? Ela aqui sozinha nesta casa, morrendo de culpa...

Volto para o quarto para ver se o Antonio respondeu minha mensagem, mas ainda não. Quando boto o celular para carregar, vejo meu bloco em cima do criado-mudo e dou uma olhada nos desenhos que fiz aquele dia, no lago. Acho tudo horrível, torto, mal feito, e suspiro. Desenhei aquele dia porque senti vontade, mas acho que foi mais vontade de retomar o hábito do que de fazer este desenho. Queria que o desenho me chamasse, de novo, em vez de ficar tentando, meio sem vontade, chamar por ele. Queria me sentir inspirada. Olhar esse desenho sem vida me deu uma tristeza danada.

— Ué, você tá aqui? — a Giu pergunta, da porta do quarto.

— Você tá melhor? — pergunto.

— Até que estou, sim. Dormi bem pesado. Você não foi pra Veneza?

— Quis ficar aqui com você.

Ela sorri e vamos para a cozinha.

— Só você mesmo pra deixar de ir para uma cidade linda daquelas, com um cara que está super a fim de você, para ficar aqui comigo. Não precisava, Lena.

— Vamos dar uma volta?

— Vai você. Acho que eu vou ficar e dormir mais um pouco.

— Dormir mais um pouco?! Não, não! Vamos lá, pensa em um roteiro aí pra gente.

— Ai, Lena, desculpa... Mas tô com preguiça de sair, tá frio... É você que está *turistando* aqui.

— Ué, mas por que você se lembrou do pacto, então, se é pra eu ficar passeando e você aqui dentro? E por que eu fiquei aqui em vez de ir pra Veneza?

— Você não foi pra Veneza porque não quis.

— E você acordou muito malcriada. Vai se arrumar, anda. A gente toma café da manhã na rua.

Ela entra no quarto a contragosto e aparece cinco minutos depois no meu quarto, vestida, mas descabelada.

— Giu, sério, arruma esse cabelo — falo.

— Aí já é demais — ela fala. — Que diferença faz arrumar o cabelo?

— Parece bobagem, mas a minha mãe sempre me falou que, se a gente quer se sentir melhor, tem que se arrumar pelo menos um pouco. Não precisa passar batonzão se não quiser, nada disso, mas não dá pra sair sem pentear o cabelo e botar um brinco, vai.

Ela sai e volta com um aspecto melhor. Também já estou vestida e saímos. Depois de comermos em silêncio em um café, pegamos um ônibus em direção à trilha que decidimos fazer, em um parque ecológico a uma hora e meia daqui, que a Giu nunca visitou.

Na caminhada até o terminal, reparo em uma casa verde, com a seguinte placa metalizada:

Laura Benini
Psicóloga, psicoterapeuta

Não ia ser nada mal se a Giu desse uma passadinha nessa Laura ou em outra psicóloga, penso, contemplando o olhar sério da minha amiga, comedido, mas instável, como se uma lágrima só precisasse de um mínimo movimento para cair.

— Uau, esse lugar é lindo — comento, quando chegamos ao parque.

Pagamos o ingresso, que custa o olho da cara, mas dá direito a uma trilha acompanhada por um guia e um passeio de barco, e passamos pela entrada, onde curtimos o visual de cair o queixo. O sol forte está amenizando o ar gelado e, à nossa volta, uma paisagem repleta de árvores e trilhas, com dois flamingos rosados ao fundo, elegantes.

— São cerca de duzentas espécies de pássaros que vivem aqui ou estão de passagem — avisa a guia, em italiano e depois em inglês. — Vamos só esperar o resto do grupo e saímos daqui em no máximo cinco minutos, pois a previsão para o fim de tarde é de chuva.

Acho a guia bem louca, porque há poucas e claras nuvens no céu, mas acho ótimo sairmos para caminhar logo mais.

— Estou descobrindo aqui como a natureza me faz bem, sabia? — falo para a Giu. — Em São Paulo, quase não vou aos parques, fico com um teto em cima da minha cabeça o tempo todo, e isso não faz bem.

— Eu também devia aproveitar mais essa coisa de ficar ao ar livre — ela fala. — Minha tendência é me isolar. Se não tenho que trabalhar, fico em casa e não falo com ninguém.

— Falando em falar, Giu... Você já fez terapia?

— Hã? Não. Não tenho a menor vontade.

— Acho que você deveria experimentar. Ia te fazer bem.

— Nossa, não tenho nada contra quem faça, mas não tenho a menor vontade de falar da minha vida com um desconhecido. E falar da minha infância, da minha mãe, de jeito nenhum, não. O que está me ajudando mesmo é ter você aqui. Eu estava a ponto de explodir, juro. Mais uma vez, obrigada por levar nosso pacto a sério, como eu sempre levei. Se você me chamasse, eu daria um jeito de ir ao Brasil sem pestanejar.

Ela me abraça e começamos a andar, seguindo a guia.

O parque impressiona pela beleza e por ser tão bem cuidado. A caminhada em si já é uma delícia, e, enquanto descemos pela mata, vemos bichinhos silvestres fofos e patos e cisnes nadando no lago. Chegamos a um museu arqueológico, uma casa antiga e muito bonita, onde ouvimos a guia explicando sobre diversos objetos etruscos. Nunca estive em um museu parecido e acho o máximo como cada colar ou vaso vira uma aula de história na boca da guia. Giu também adora e torcemos para dar tempo de ir a outro museu aqui do parque, maior que esse, depois do fim desse passeio. Saímos do museu e vamos de barco ao outro lado do lago, onde paramos para almoçar em um restaurante bem charmoso.

— É melhor voltarmos às três da tarde, para chegarmos antes do temporal — avisa a guia, e agora acredito nela, pois as nuvens no céu estão aumentando e ficando mais pesadas. Também está mais frio, ainda bem que trouxemos dois suéteres extras na mochila.

Comemos uma massa caprichada e, quando chegamos de novo à entrada, alguns pingos já estão caindo. A chuva engrossa rapidamente e a gente fica em pé embaixo da marquise.

— Não vai parar tão cedo — fala a Giu. — E aí? A gente compra capa de chuva?

— Nossa, olha como está lá fora — falo, olhando a terra da entrada, que virou um monte de lama.

— O pior é que a gente nem fez a outra trilha e visitou o outro museu — ela fala, dando uma olhada no panfleto que pegamos no museu.

Entramos na lojinha que fica na portaria para passar o tempo e nos protegermos enquanto a chuva cai com toda a força e começa a soprar um vento gelado. Ali dentro, também em um panfleto, descobrimos que tem como se hospedar aqui no parque.

— Ideia maluca da turista aqui — falo. — Vamos ver quanto é para passar a noite? Aí fazemos o outro passeio amanhã.

— Adorei — ela responde. — Vai ser caro. Mas é só pensar em voltar pra casa que já me dá um desânimo. Tá tão legal aqui...

— Como é a vida, né? Eu adoraria se "voltar pra casa", no meu caso, significasse morar sozinha em uma adorável casinha na Itália. Acho que não enjoaria nunca.

— Bom, em todo lugar do mundo, a gente está sempre preso no nosso corpo e na nossa vida, certo?

— A gente está sempre no nosso corpo e na nossa vida. Não diria "preso", mas que a gente tem que se reinventar.

— Eu adoro esse seu otimismo, Lena!

— Sabe que eu nem lembrava que eu era otimista...

A diária do quarto mais barato é bem cara, mas resolvemos ficar mesmo assim. É nosso presente de Natal. E a melhor parte é que um *transfer* nos leva da portaria ao hotel, do outro lado do parque, e fazemos o *check-in* sequinhas. Mas, como estamos cansadas de caminhar e geladas por conta do frio, tomamos um banho bem quentinho e cochilamos antes de descer para jantar.

Depois de comer, resolvemos tomar um vinho na varanda do hotel — *sem exagerar*, deixo claro para a Giu, no meu melhor momento mãe. É um lugar simples e bonito, de onde temos uma bela vista do parque. A chuva já passou e, no céu escuro e estrelado, aparece por trás das nuvens uma enorme lua cheia.

— Uau! — digo. — Pega a sua taça. Vamos dar uma volta lá fora.

— Está gelado lá fora!

— Não pode estar muito mais gelado que aqui na varanda. E nós estamos superagasalhadas! Só vamos molhar o tênis, mas lá em cima a gente seca com o secador de cabelo.

— Ai, esse ânimo infinito dos turistas... — ela diz, rindo.

Cada uma com sua taça na mão, caminhamos pela grama molhada e nos afastamos, aos poucos, do som dos pratos, talheres e pessoas conversando no restaurante. Quando nos aproximamos do lago, vemos uma mulher sozinha, falando baixinho algumas coisas. A gente se entreolha franzindo o cenho, como quem diz: "Xi, uma pessoa louca, será que é melhor voltar?". Mas a mulher parece inofensiva, apesar de falar sozinha. Está vestida com um sobretudo vermelho, tem cara de ter cerca de trinta e poucos anos e, quando se vira para a gente, nos olha com um olhar extremamente tranquilo. É um semblante que transmite paz total.

— Desculpa, a gente não quis incomodar — falo, em inglês.

— Não incomodaram, imagine — ela responde. — Esse lago merece ser apreciado, ainda mais numa noite tão bela como esta. Eu que peço desculpas, fiquei falando sozinha, devo ter assustado vocês.

— Não, não — diz Giu. — Supernormal falar sozinha — ela fala, exagerando para ser simpática, e nós três acabamos rindo.

Como a primeira impressão pode ser enganadora, né! Eu estava achando essa mulher louca, e agora ela me parece simpática.

— Sabe o que é — diz a moça. — Eu gosto de aproveitar a primeira noite de lua cheia do ciclo para fazer um ritual pessoal. Não é um ritual religioso nem nada, é só uma espécie de meditação de que gosto bastante, e que faz muito efeito na minha vida. Eu adoro meditar, é algo de que gosto bastante. E a lua cheia, vocês sabem, possui propriedades curativas. Ela é perfeita para trabalhar nossas emoções, pois aumenta a frequência vibratória do nosso corpo sutil. Quando a lua está na fase cheia, ela abre um verdadeiro portal entre o plano físico e o plano espiritual, deixando a comunicação muito mais fácil a quem é sensível. E todos nós temos essa sensibilidade, só precisamos abraçá-la.

Concordo com a cabeça, pensando, *ih, que pena, ela ficou louca de novo*.

— Como é isso? — pergunta Giu, interessada.

— Bom, eu acredito que nós não somos só corpo. Na verdade, somos muito mais do que apenas o que vemos, somos energia, ocupamos um cômodo inteiro de luz. Atraímos não aquilo que queremos, como muitos pensam. Mas a verdade é tão simples quanto isso, você não atrai aquilo que você quer, mas aquilo que você é. Precisamos elevar nossa frequência pessoal para atrair coisas que atuem nessa mesma frequência. Se você vibra em uma frequência alta, cheia de alegria e amor, você atrai coisas que estão nessa frequência. Se você vibra numa baixa frequência, com muita tristeza e angústia... É mais tristeza e angústia que atrai para si.

— O duro é parar de sofrer e se angustiar, né — a Giu fala. — Elevar nossa frequência.

— É um aprendizado, um exercício — ela diz. — Comece aprendendo a se amar. E agradecendo por tudo. Todos os dias, agradeço. Na primeira noite de lua cheia, aproveitando essa abertura maior do canal entre o mundo denso e o sutil, reafirmo este compromisso comigo e com o universo de elevar minha frequência, fazendo de mim uma pessoa melhor e deste planeta, um planeta melhor, com menos sofrimento e mais paz.

— Como é esse ritual? — pergunto, por curiosidade.

— Ah, é muito descomplicado e espontâneo — ela fala. — Vou para o ar livre, como estamos agora. Contemplo a lua cheia, prestando atenção nela, e não nos pensamentos que vão e voltam pela minha cabeça. Então, fecho os olhos e me concentro na minha respiração, por vários minutos, até sentir que estou realmente calma. Em seguida, agradeço as coisas que me aconteceram da última vez que fiz o ritual para cá, tanto as coisas boas como as ruins: as ruins são um aprendizado de que precisei naquele momento, para evoluir. Em seguida, visualizo saindo da minha boca uma poeira suja, e inalando uma fumaça luminosa, vindo da lua para mim. Inspiro fumaça luminosa, expiro poeira suja, inspiro, expiro... Quantas vezes quiser, até me sentir limpa e renovada. Termino com frases de afirmação: eu confio, eu aceito, eu entrego, eu agradeço. Eu me amo. Eu amo o universo. Eu quero o meu bem. Eu quero o meu bem. Eu quero meu bem. Acho que essa é a minha frase preferida.

Estou achando a mulher louca novamente, mas, quando olho para o lado, vejo que a Giu está com os olhos marejados e anotando as frases no celular. Então a mulher misteriosa sorri, se despede e vai embora. E eu e a Giu ficamos algum tempo em silêncio, terminando de tomar o vinho.

— Giu — falo de repente, sem nem saber por quê. — Eu preciso confessar uma coisa.

— O que foi?

— Eu... É tão bizarro quando a gente não está planejando falar alguma coisa e resolve falar, do nada. Mas isso tem me incomodado.

— Fala logo...

— Tá bom, aí vai: eu não me lembrava do nosso pacto. Na verdade, eu não fazia ideia do que se tratava, até ler em um dos meus diários antigos. Eu me sinto péssima dizendo isso, mas o que me motivou a vir aqui, mesmo, foi *me* ajudar. Eu estava obcecada por aquele cara que te falei e achei que fosse me fazer bem viajar pra cá e espairecer um pouco.

— Uau — ela se limita a dizer, me olhando meio triste, meio surpresa. — Eu *nunca*, nunca esqueci do pacto. A nossa amizade sempre foi...

— Eu sei. Sempre foi muito importante para você. Mas, para mim, não foi assim. Eu acabei me distanciando, esquecendo um pouco de você. Claro que, quando te vi aqui, logo no primeiro dia, pareceu que a gente nunca tinha deixado de ser amiga. Mas é isso.

Tomo um gole da minha taça, sentindo como se tivesse tirado uma tonelada das costas. Ficamos um tempo em silêncio, olhando a lua. Agora totalmente livre das nuvens ao redor, ela está brilhante, enorme e poderosa, com uma beleza quase hipnótica. E pensar que essa lua que contemplo daqui é a mesma que eu poderia contemplar no Brasil, da janela da minha casa, mas que passa despercebida em meio à minha rotina atribulada — dentro e fora de mim.

— Sabe — ela fala, sem tirar os olhos do céu. — Daqui de baixo, a gente vê só uma face da lua, dependendo da posição que ela está em relação à Terra, certo? Sabemos que as outras partes dela estão lá, mas vemos apenas uma dessas partes, um desses ângulos. Isso que você me falou... Eu poderia ver de outras maneiras. Olhar para outros lados. Mas prefiro olhar para este, o fato de você ter vindo. E de estar aqui comigo agora.

— Você está olhando de um jeito generoso pra mim — digo, depois de um tempo. — Você podia só me achar uma insensível, sem coração.

— Não é o ângulo em que quero me focar.

— Giu — falo. — Por que você não tenta cultivar esse olhar generoso com você também? Com sua vida. E com tudo o que te aconteceu.

— É diferente...

— Não é diferente. Aconteceu uma coisa. O acidente. E você pode olhar para as piores partes e consequências até o fim da sua vida, e ficar presa nisso. Ou pode olhar para como vai ser a partir de agora.

— Não é simples assim.

— Não é. E talvez não seja só uma questão de escolha. Mas *precisa* começar com essa escolha. Porque, sem ela, sem esse ajuste de foco... Aí vai ser impossível parar de ser levada para o pior lado. E é isso que você está fazendo: sendo levada pela correnteza, sabe, sem ao menos bater os braços para tentar ir devagar para o outro lado.

— E como eu bato os braços, Lena? Como?

— Não sei. Mas fazer a opção por tentar já pode ser um começo. Se comprometer a melhorar, entende? Apesar de seu pai não voltar mais. Apesar de sua mãe não estar ajudando. Apesar de tudo.

Quando me dou conta, estou deixando cair uma lágrima. Até que ponto eu sou comprometida com as escolhas que me fazem bem?

— Você vê como falar deixa a gente melhor? — pergunto, me focando de novo na amiga à minha frente.

— É muito verdade. Eu sinto que consigo organizar essa bagunça aqui de dentro muito melhor quando eu falo. Mas acho difícil.

— É por isso que você deveria pensar em fazer terapia, sabia?
— Ah, Lena... Falar com um estranho...
— Já que você tem dificuldade para se abrir com as pessoas com quem convive, pode até ser mais fácil falar com um estranho, pensa bem!
— Não dá.
— Pelo menos me promete que pensa no assunto?
— Tá bom. Prometo.
Ficamos mais um tempo em silêncio, quando ela fala:
— Você vai me achar louca se... Eu te falar que estou pensando em fazer o ritual da lua cheia que a mulher falou?
— Sério?! Nem lembro mais como era.
— Eu anotei. É fácil. Você topa?
Concordo e ela lê os passos. Na parte de olhar a lua cheia, ok. Na parte de respirar, começo a me desconcentrar, pensando em mil coisas, mas paro de prestar atenção aos pensamentos e toda hora preciso "puxar" minha atenção para a respiração de novo. Nos agradecimentos, me surpreendo em como me sinto plena. Estou sempre desejando, querendo, e poucas vezes desfrutando, quanto mais agradecendo. Então agradeço pela minha viagem ter dado certo, por ter me reaproximado da minha amiga, por ter ficado com o Antonio, independentemente de como a coisa toda se desenrole — foi bom e sou grata. Agradeço por ter meu corpo, por estar respirando e, estranhamente, agradeço até pelo Du ter aparecido na minha vida. Quando me dou conta, estou agradecendo pela minha vida toda. Começo a falar as frases de autoafirmação e me sinto invadida por uma calma infinita.
— Nossa — a Giu me fala, quando caminhamos de volta para o hotel. — Teve um efeito forte sobre mim, sabia.
— Em mim também — falo. — Na primeira noite de lua cheia do próximo ciclo, vamos fazer de novo? Você aqui, eu no parque do Ibirapuera, em São Paulo.
— Vamos! Depois a gente olha na internet a data. Adorei! Me fez superbem. Mais uma vez, obrigada por estar aqui, amiga.
— Ué, mas eu não tive nada com isso, quem ensinou o ritual foi a mulher lá.
— Mas só estou aqui neste hotel por sua causa. Se não fosse você, eu não estaria aqui para a mulher conversar comigo. Obrigada.
Voltamos para o nosso quarto no hotel, as duas pensativas, e reparo que não olho meu celular há horas, nem lembrava que ele existia. Pego o aparelho e tem mensagem do Antonio.

> *Antonio:* Ciao! Amanhã já tô de volta. E a gente pode dar esse beijo em Roma. Tem várias coisas lá que eu adoraria te mostrar.

> *Lena:* Ou pode ser em San Chiaro mesmo, que tal? Não quero deixar a Giu sozinha, vim pra Itália pra ficar com ela e quero aproveitar ao máximo meu tempo com minha amiga...

> *Antonio:* Va bene! Festinha lá em casa amanhã, então. Vai ter a Ornella e um monte de gente pra ficar com a sua amiga, pode ser assim? Como as brasileiras são difíceis, Dio mio!

> *Lena:* Hahaha! Combinado. Vou te recompensar com vários beijos, você vai ver. ☺

> *Antonio:* Vou cobrar! ☺

Devolvo o celular para o criado-mudo me sentindo deliciosamente leve. E, antes de dormir, falo, como quem não quer nada:

— Sabe, Giu, vai rolar uma festinha lá no Antonio amanhã.
— Ah, é? E o que é que tem?
— A gente vai, né? Nem que seja para dar uma passadinha!
— Ai, que preguiça. Vamos ficar em casa, vai...
— Mas amiga, sair um pouco te fez tão bem. Olha como você está se sentindo aqui. E você não pode se isolar e...
— Hahaha! Tô brincando, Lena, fica tranquila, a gente vai!

Ufa!

Apago a luz, sorrindo, e conversamos sobre o nosso dia até pegar no sono.

Entro no apartamento de Antonio e o encontro na cozinha, mais lindo do que nunca, mexendo uma enorme panela, de onde sai um cheiro delicioso de frutos do mar.

— Espero que você goste de lula e camarão — ele fala, me abrindo um lindo sorriso e me olhando com aqueles olhos verdes. — Tô feliz que você veio — ele sussurra, pertinho de mim, me cumprimentando com um beijo no rosto, e esse mínimo toque já faz meu coração acelerar.

Além da Giu e da Ornella, estão no apartamento uma italiana loira linda, que abriu a porta para a gente e se apresentou como Diana, um cara chamado Marcelo, aparentemente namorado dessa Diana (ufa!), o Pietro e o Leonardo, todos amigos do Antonio de longa data, ao que parece. Na mesinha da sala estão vários petiscos: cenoura crua e pãezinhos com patês, batatas chips e embutidos cortadinhos. Ao fundo, toca uma música gostosa. Sento no sofá e converso com o pessoal, achando todo mundo muito simpático, mas desejando que não tivesse ninguém aqui além de nós dois — é impressionante como ele está lindo, ali na cozinha, de costas para mim, com seu avental de caveira, camiseta branca, calça jeans, cabelo cheiroso e barba feita. Quando todos riem de uma piada em italiano que não entendo, levanto, vou até a cozinha e ofereço ajuda a ele. Ele me pede para tirar a pele dos tomates, enquanto me serve uma taça de vinho.

— Antonio... — falo, depois de examinar os tomates por alguns instantes.

— O que foi? — ele pergunta, com cara de preocupado.

— Acho que não existe isso... tirar pele de tomate. Olha, a casca é tão grudada.

Ele cai na risada e mostra como ele tira. Primeiro, corta a pele em X, daí mergulha por um tempo os tomates na água quente que estava na minha frente e eu nem tinha visto, e depois enfia na água fria. A casca meio que se solta e aí ele tira com a mão.

— Tenta você — ele fala.

Quando começo a descascar o tomate, ele conduz a minha mão.

— *Ecco!* — ele fala, do meu lado, bem pertinho de mim. Sinto seu cheiro de sabonete e preciso me controlar para prestar atenção ao tomate.

— Você é ainda mais linda do que eu me lembrava — ele fala, e trocamos um beijinho breve, mas suficiente para eu me sentir a mulher mais feliz do mundo.

— Eu pensei nisso quando te vi — falo, quando ele volta a mexer a panela. — Em como você é ainda mais lindo do que eu me lembrava.

Ele sorri e pergunto como foi a viagem para Veneza. É incrível como nossa conversa flui com naturalidade, apesar de nem eu, nem ele estarmos conversando na nossa língua-mãe. Quando colocamos a mesa e me junto de novo aos amigos dele, parece que saí de uma dimensão distante e especial — a dimensão em que estávamos só nós dois, isolados de todo mundo.

Quando a gente se senta e eu o observo servindo o pessoal, me dou conta: é impressionante como eu estou a fim desse cara. Tomara que ele esteja *tão* a fim de mim como eu estou dele.

Jantamos conversando sobre viagens e as diferenças do Brasil e da Itália. O namorado de Diana já morou no Rio e eu e Giu nos divertimos comentando com ele as diferenças de estilo de vida em São Paulo e no Rio, porque metade dos hábitos que ele classifica como brasileiros são, na verdade, cariocas. Depois da sobremesa, eles comentam sobre as diferenças culturais entre as regiões da Itália e morro de vontade de, um dia, conhecer a Sicília.

— Tem um filme antigo com umas imagens lindas de lá — alguém comenta, no sofá, mas nem consigo prestar muita atenção, porque nesse momento ele pega a minha mão e não solta mais.

Todo mundo decide ver o filme, um tal de *Imensidão azul*, descubro agora. Mas eu e o Antonio já rumamos para o nosso mundinho paralelo, conversando sobre os nossos trabalhos, de mãos dadas. Esqueço totalmente do que eu estava falando quando ele beija minha mão, olhando nos meus olhos.

— Amo esse filme — a Giu fala, logo que o nome aparece na tela.

— É sério que a gente vai ver filme? Vamos conversar! — protesta Ornella.

— Shhh! — fala Diana. — É baseado na história real de um mergulhador que tinha o fôlego comparado ao de um *golfinho*. O que pode ser mais importante do que isso?

— Mais vinho! — diz Pietro, aparecendo com uma garrafa.

Todo mundo se acomoda nas almofadas no chão e no sofá e, quando alguém apaga a luz, eu e o Antonio começamos a nos beijar. Ele passa a mão na minha barriga e eu no cabelo dele, e ficamos assim por um tempo, até resolvermos "fugir" para o quarto dele.

— Eu não te contei tudo sobre a minha viagem a Veneza — ele fala, quando entramos no quarto.

— Ai, meu Deus — falo, rindo na cama dele, sentindo aquela moleza gostosa do vinho. — Não me diga que você viu uma ex-namorada. Acho que é muito cedo pra cobranças, mas não precisa jogar na minha cara!

Ele ri.

— Não... O que eu ia falar é que eu dormi lá pensando em você — ele fala, sentando do meu lado e começando a encher meu pescoço de beijos.

— Ah... Mas você entendeu que eu não pude ir, né — falo, passando a mão no cabelo macio dele.

— *Si, si, ho capito...* Mas agora quero tirar o atraso.

— Claro... Eu estou te devendo um monte de beijos e sou uma boa pagadora.

E então a gente dá de novo nosso beijo mágico, aquele encaixe perfeito, aquela sintonia total de lábios, língua e respiração acelerada. Fico semideitada na cama, ele se deita ao meu lado e me sinto longe não só de todos da sala, mas de todos do mundo.

O dia seguinte é tão mágico como o beijo. Giu está de férias, assim como Antonio, e passeamos pela cidade toda nós três, bem daquele jeito turista — tomando sorvete, almoçando em restaurantes bonitinhos, indo a museus e tirando fotos. No outro, passamos um dia inteiro em Roma, onde marcamos de sair com dois amigos do Antonio. Caminhamos o dia todo, visitamos o Coliseu, tomamos o melhor sorvete do mundo, almoçamos pizza... Eu e o Antonio estamos no maior estilo namorados, andando de mãos dadas e trocando selinhos a todo momento. E está uma delícia ver a Giu mais relaxada, se divertindo. Não sei como vai ser quando eu for embora, mas estou muito feliz de vê-la assim.

— Estica suas férias — Antonio me fala, pela terceira vez, me enchendo de beijos na fila do museu que resolvemos visitar. — Ou, melhor ainda, se muda pra cá.

— Você vai enjoar de mim — falo, rindo.

— Nunca — ele fala.

— Você só me achou bonita porque está frio. No calor, meu cabelo fica horrível — eu falo, e a gente cai na risada.

— Dorme lá em casa hoje — ele pede.

— Um plano mais possível... Mas não queria deixar a Giu sozinha, ela está tão frágil.

— Ela não está parecendo exatamente mal — ele fala, me apontando a Giu, que, no momento, está com os amigos dele com um saco de pipoca na mão, morrendo de rir e tentando acertar as pipocas na boca um do outro.

— Vou pensar.

— Ontem você me enrolou e não dormiu. E no dia da festa lá em casa também não... Quer saber, hoje você não escapa.

Só rio, mas fico numa pilha entre feliz, nervosa e ansiosa. Afinal, a gente ainda não transou — e é claro que, se eu dormir na casa dele, a gente vai acabar transando. Tô achando tudo meio rápido. Primeiro, não existe Antonio na minha vida, e agora está tudo acontecendo rápido demais, afinal, a gente está o dia inteiro junto. É tão estranho pensar que, semana que vem, vamos estar em países diferentes... Mas não quero pensar nisso agora.

De volta a San Chiaro, estamos os três tão cansados de andar que capotamos assim que chegamos à casa da Giu: ela no quarto dela, nós dois na sala. Acordo assustada, de madrugada, com frio, e vou para o meu quarto pegar mais um cobertor. Quando estou voltando com o cobertor para a sala, dou de cara com ele no corredor, vindo em minha direção. Ele me pega pela cintura e a gente vai andando no escuro até o meu quarto, eu de costas, os dois tomando cuidado para não fazer barulho. Devagarzinho, ele fecha a porta do quarto.

— Eu não tenho camisinha — sussurro.

— Shhh. Já tá no meu bolso. *Viene qui!* — ele fala, me jogando suavemente na cama e tirando a minha calça.

Olho o Antonio ao meu lado, ainda dormindo. Que noite, meu Deus. Foi tudo tão perfeito, ele é tão gentil e, ao mesmo tempo, tão tarado. E que vontade de acordar assim todos os dias... Faço carinho bem de leve no cabelo dele, mas ele acorda.

— Ai, desculpa. Bom dia — falo. — Dormiu bem?

Ele não fala nada, só me agarra, me beija e tira a minha roupa, que eu tinha vestido de novo por causa do frio. Esses italianos, viu! *Mamma mia!*

Chegamos a Florença na manhã do dia 31 e seguimos para a casa do amigo do Antonio, onde vamos passar o réveillon. No táxi, a Giu está tão sorridente e leve, que me sinto ainda mais feliz do que já estou. E olha que é bem difícil estar mais feliz do que já estou. Cada dia com o Antonio parece melhor do que o anterior. Ele é carinhoso, divertido, tranquilo e, importante, tem essa pegada maravilhosa. Do beijo ao cafuné, das mãos entrelaçadas ao sexo, nossos corpos simplesmente se gostam, se encaixam, funcionam juntos. O cheiro dele é o cheiro mais delicioso que já senti na vida.

— Eu não posso acreditar que vou embora dia sete — sussurro no ouvido dele. — Não posso acreditar que isso aqui vai acabar.

— Não pensa nisso agora — ele fala. — Pensa na alegria da gente ter se conhecido. E que a gente vai passar o ano-novo junto. Ah, e que esse meu amigo faz um peixe inacreditável de bom.

Sorrio, mas me conheço, estou sendo invadida por uma tristezinha que veio pra ficar. Chego meio cabisbaixa na casa do amigo dele, destoando do Antonio e da Giu e também da turma que já está lá, todos superempolgados. Queria estar assim, mas, no momento, não estou conseguindo parar de pensar que vai acabar. Isso aqui, com o Antonio, essa coisa linda que a gente tá vivendo... Não é um relacionamento *de verdade*, é só um romance de férias. E as minhas férias vão durar só mais uma semana.

Mais tarde, quando a gente vai botando a mesa para a ceia lá na varanda, aproveito que o Antonio está na cozinha ajudando o amigo dele a limpar o peixe para conversar com a Giu.

— Amiga, acho que acabei de ter uma ideia maluca — falo.

— Sério? Tô te achando tão estranha desde que a gente chegou aqui, meio desanimadinha.

— Eu estava, sim, mas aí pensei nisso... E tô me sentindo *tão* melhor agora!

— Então me conta! O que foi?

— Eu não vou voltar para o Brasil.

Ela fica parada, me olhando.

— Como assim? — ela pergunta, finalmente.

— Você tá vendo como eu e o Antonio estamos superbem um com o outro? Sério, parece que a gente tá junto há mais de um ano! E pra que eu vou voltar, se estou num emprego que eu nem gosto... Se sou designer e, sério, este país tipo *respira* arte.

— Uau. Mas você resolveu assim, do nada? Mas e o visto? Você tem cidadania italiana?

— Ai, não pensei nisso. E se eu estudar aqui? É mais fácil conseguir visto de estudante?

— Lena... Pra que tomar essa decisão assim, na correria? Por que você não volta para o Brasil, vocês vão namorando à distância, você planeja sua vida melhor e...

— Eu poderia morar com você? Fala a verdade!

— Claro que poderia! Na verdade, eu adoraria. Só acho que você está resolvendo isso muito de repente!

— Já sei. Eu vou mudar minha passagem pro finalzinho de janeiro, daí fico mais uns vinte dias aqui. Enquanto isso, vou pesquisando faculdades, olhar isso do visto, quem sabe procurar um emprego... São tantas possibilidades, né! Mas voltar para o Brasil, eu não volto. Posso ficar na sua casa mais vinte dias?

— Lógico, eu tinha acabado de aceitar você lá em casa pra sempre, por que não toparia vinte dias?

Dou um abraço nela e volto a arrumar a mesa, agora com outro estado de espírito.

— Que sorriso *bellissimo*! — o Antonio fala, me dando um beijo. — Que gostoso te ver assim.

— Resolvi ficar aqui até o fim do mês — falo. — O que você acha?

— *Macchè!* Você tá brincando? Você tá me perguntando o que eu acho? Essa é a melhor notícia de todas! — ele fala, me beijando de novo.

Deixo todo mundo terminando de arrumar as coisas e ligo para a companhia aérea, torcendo para que não tenha multa nem nada. Bom, mas se tiver, eu pago. O que importa é que estou me sentindo tão mais leve depois dessa decisão! Vou ficar mais três semanas aqui e, depois de amanhã, quando o Antonio e Giu voltarem a trabalhar, aproveito e vejo com mais calma essa questão do visto e analiso as minhas possibilidades aqui. E converso com a minha mãe, coitada, né!

Acordo com Antonio beijando meu pescoço.
— Desculpa te acordar, mas me segurei, viu — ele fala. — Já acordei há uma hora, estava aqui só te olhando dormir.
— Hmmm que gostoso. Feliz ano-novo de novo...
— Feliz ano-novo! Adorei passar a virada com você. Adorei mais ainda que você vai ficar aqui até o fim do mês.
— Talvez eu *me mude* pra cá — eu falo. — E aí eu fico na casa da Giu.
— Dessa parte eu não gostei — ele fala, parando de me beijar e me olhando sério. — Você tem que se mudar pra *minha* casa.
— Sério, você é o cara mais perfeito da face da Terra. Até agora não acredito que te conheci — eu falo, dando um beijo nele.
Quando voltamos para San Chiaro, no fim do dia, ficamos meia hora nos despedindo antes de ele ir para a casa dele. Eu tinha combinado que ajudaria a Giu a organizar a casa dela, que está bem bagunçada — para ser ter uma ideia, a garrafa de vinho daquele fatídico dia em que ela quis beber demais ainda está jogada no chão da área de serviço — e ele disse que vai aproveitar para arrumar as coisas dele também, inclusive passar camisas. Amanhã, assim como a Giu, ele volta ao trabalho.

Animadas, eu e a Giu arrumamos bastante coisa à noite: tiramos o lixo, varremos a casa toda, passamos pano no chão, trocamos a roupa de cama, botamos um monte de roupa para lavar. Já é quase meia-noite quando a gente se deita, exausta, depois de pendurar as roupas no varal, e eu aproveito para fazer propaganda da minha versão dona de casa, falando: tá vendo como vai ser mais fácil cuidar da casa quando eu me mudar pra cá?

Deitada, mando uma mensagem de boa noite para o Antonio, ele responde na mesma hora e a gente marca de almoçar junto amanhã.

> *Antonio:* Vou te levar num restaurante delicioso, o meu preferido aqui em San Chiaro.

> *Lena:* Tá bom! E à noite eu durmo aí, que tal?

> *Antonio:* Bravissima! Melhor impossível! ☺ Lá pelas onze da manhã eu te mando mensagem falando a hora que eu consigo chegar no restaurante. A domani!

> *Lena:* Até! Beijosss

Apago a luz e fecho os olhos feliz da vida.

Na manhã do dia seguinte, tomo um café da manhã demorado com a Giu.

— O que você vai fazer hoje? — ela pergunta.

— Vou almoçar com o Antonio. E à noite eu durmo lá na casa dele, tudo bem?

— Tudo bem, claro! E à tarde, o que você vai fazer?

— Não sei. Acho que vou ficar aqui mesmo. Dar uma pesquisada na internet naquela questão do visto, falar com minha mãe etc.

— Por que você não aproveita pra passear? Pega a minha bicicleta! Hoje o tempo vai ficar firme, parece.

— Pode ser... Depois eu vejo.

Ela sai e até penso em dar uma volta, mas resolvo ficar em casa até o Antonio mandar mensagem falando que hora a gente vai se encontrar. Tomo banho, lavo o cabelo, me arrumo, pego uma xícara de café, fico navegando e vendo TV, entro no site do consulado italiano, vejo mais TV e olho as horas: 11h15. Que estranho, ele ainda não me mandou mensagem. Bom, deve ter ficado enrolado lá no trabalho. Mando mensagem pra ele perguntando se está tudo bem e volto a ver TV.

Dá meio-dia e ele ainda não deu sinal de vida. Meio-dia e meia e nada. Vou ficando nervosa. Quando dá 12h40, quase tenho um treco quando escuto o barulhinho de mensagem.

> *Antonio:* Lena, desculpa, entrei numa reunião que não acabava nunca! Vou almoçar correndo. A gente se encontra à noite, va bene?

> *Lena:* Sem problemas!

Suspiro e vou para a cozinha, ver o que tem para comer. Puxa, eu estava tão empolgada para almoçar com ele. Que saco. Bom, mas trabalho é assim, né.

Pego dois ovos, faço uma omelete e como em frente à TV com um arroz que estava na geladeira há alguns dias. Lavo a louça e fico pesquisando cursos na universidade daqui e de Roma. Eu poderia fazer uma pós-graduação, de repente... O problema é que não encontro nenhum curso que começa agora, só no segundo semestre. Puxa vida. E se eu tivesse um trabalho nada a ver aqui, tipo vendedora de loja? Sei lá, *florista*? É... Pode ser. A ideia não me empolga, mas é uma possibilidade.

Quando a Giu chega, lá pelas cinco da tarde, percebo que não saí do sofá nas últimas quatro horas.

— E aí, onde você almoçou com o Antonio? — ela pergunta, botando a bolsa na mesa.

— Acabou que não almoçamos, ele ficou preso em uma reunião.

— Ah! E o que você fez de bom?

— Nada, fiquei aqui.

— Ué, por que você não foi almoçar comigo? Ou então passear? Cadê aquela turista animada do parque? — ela ri.

— É, né? Credo, nem vi o dia passar.

— Vem, vou fazer um bolo pra gente — ela fala, lavando as mãos na pia da cozinha. — Você não sabe o que aconteceu hoje no trabalho.

— O quê? — pergunto, olhando o celular para ver se tem mensagem. Ele também deve estar chegando na casa dele.

— Hein?

— Hein o quê?

— Te perguntei se você gosta de bolo com sorvete.

— Gosto! Pode ser!

— Então tem que comprar sorvete. Vamos lá comigo?

— Ah, não tem sorvete? Então vai sem sorvete mesmo.

— Lena, você tá bem? Você tá tão distante, amiga!

— Tô bem, desculpa. É que o Antonio ia mandar mensagem quando chegasse do trabalho e ainda não mandou, e eu tô meio sem saber que hora vou pra casa dele.

— Ah, tem tempo! Lá pelas oito você vai... Vem, pega o seu casaco, vamos comprar sorvete lá no mercado. Lá tem um de baunilha de uma marca que eu adoro, você precisa conhecer.

— Deixa só eu mandar mensagem pra ele... Pronto. Vamos.

Fomos ao mercado e, quando voltamos, olho meu celular mais uma vez... nada de mensagem do Antonio. Que saco! Olhei o celular de cinco em cinco minutos no caminho até o mercado e tinha certeza de que teria mensagem depois que eu ficasse uns dez minutos sem tirar o celular do bolso, mas não. O pior é que ele viu minha mensagem e não respondeu. Estou começando a ficar meio *tensa*.

— ... aí eu pensei: se ela quiser, ela que faça! Você não acha? — a Giu me pergunta, guardando o sorvete no freezer.

— Hã? Ai, desculpa, amiga...

— Deixa eu adivinhar, você tá pensando no Antonio.

— Sim. Confesso. Foi mal. É que ele não respondeu a minha mensagem até agora, sendo que ele visualizou, tô achando esquisito.

— Que bobagem! Ele deve estar ocupado, fazendo outra coisa, e já te responde. Aliás, *você também tá ocupada*, ajudando sua amiga a fazer o bolo. Quebra esses ovos e bota a clara aqui, vai. Vou pré-aquecendo o forno. Esse bolo é simples, mas tão gostoso! Você vai ver.

Quebro um ovo sem nenhuma vontade. Finalmente, ouço o barulhinho de mensagem e pego o celular com a mão toda melada de ovo.

— Lena, era pra separar a claraaaa — a Giu fala.

— Desculpa! Ele falou que está saindo do trabalho e perguntando se pode me pegar agora. Falei que sim, tá?

— Vai mais tarde! Eu vou caminhando até lá com você. Você aproveita e leva bolo pra ele.

— Ah, acho que vou agora, mais prático. Não fica triste, amanhã eu volto pra cá, tá? Guarda um pedaço pra mim!

Ela concorda e eu vou para o quarto separar as coisas que vou levar para a casa dele.

— Amanhã tenho que ir pra Roma — o Antonio fala.

Estamos deitadinhos na cama, depois de termos jantado e, digamos, namorado bastante, e ele está fazendo cafuné em mim.

— Como assim? Pra quê?

— Ah, eu sempre tenho que ir lá a trabalho.

— Mas você volta amanhã mesmo?

— Vou dormir lá e volto depois de amanhã.

— Por que você não dorme aqui, é tão perto...

— Assim aproveito e vejo um amigo meu, que eu não vejo nunca e está lá na casa do meu primo. Mas depois de amanhã eu tô de volta — ele fala, beijando minha cabeça.

Suspiro, pensando, *calma, Lena, não é nada de mais*. Ele só vai ver o amigo dele, está com saudade, o que é que tem? Amanhã você dorme sozinha e depois de amanhã vocês se veem, sem drama.

— Por que você não vê seu amigo depois que eu for embora? — acabo perguntando.

— Mas é que eu já vou estar lá... Ele me chamou... Puxa, Lena, é só uma noite longe.

— Tá certo, mas é que... Putz, eu tô pensando em *me mudar* pra cá, já você... Nem deixar para ver seu amigo depois que eu tiver ido embora você pode.

Ele se afasta de mim e um silêncio pesado cai sobre o quarto.

— Eu não tô entendendo essa cobrança toda. Eu preciso ir pra Roma, e em vez de voltar para cá à noite eu vou aproveitar e...

— Eu já entendi isso! Eu só não entendo por que você prefere ficar com seu amigo a ficar uma noite a mais comigo, só isso.

— Mas aí você aproveita e fica com a Giu, ué... Pensei que você fosse até gostar, ter uma noite só para vocês, daí vocês vão ao cinema, sei lá. E no outro dia a gente se vê.

— Eu tô com a sensação de que só eu estou me esforçando — eu falo. — Acho que é isso que está me deixando meio incomodada.

— Como assim, só você está se esforçando?

— Tipo, eu vou mudar minha vida inteira pra vir pra cá. E eu nem sei o que eu vou fazer aqui... trabalho, essas coisas! Já a sua vida vai continuar igual, a sua casa, o seu trabalho e nem a visita lá no seu amigo, primo, sei lá quem você muda.

— Espera aí, Lena. A ideia de se mudar pra cá foi *sua*. E, se é um esforço, se tá te incomodando, eu acho que você nem deve fazer isso, mesmo.

— Uau! Que questão você tá fazendo que eu me mude pra cá, hein!

— Não é isso. É claro que eu gostaria que você se mudasse pra cá. Mas é uma decisão grande e, se você fizer isso, tem que ter certeza. Eu não me sentiria confortável com a decisão de me mudar para o Brasil hoje.

— Mas por que não? Você não gosta de mim?

— *Ma Dio Santo!* Lena, é claro que eu gosto de você. Mas por que a gente tem que ficar nesse ritmo maluco, de repente eu não posso visitar meu amigo, de repente ou você se muda pra cá ou eu me mudo pro Brasil? O mundo vai acabar amanhã e eu não tô sabendo?

Não respondo nada. Ele se vira e, quando me dou conta, ele está dormindo. Nossa, nem sei o que está se passando dentro de mim, porque eu falei essas coisas do nada... É horrível me sentir angustiada assim, sem nem saber direito por quê! Fiquei nervosa de repente, sei lá. Maldição!

A gente toma café da manhã ainda meio estranho um com o outro, meio sério. Ele me deixa na casa da Giu e minha vontade é falar que eu queria ir à Roma com ele, mas acabo não falando nada.

— Amanhã, a gente se vê, *va bene*? Aproveita a cidade. Aproveita a Itália! — ele fala, me dando um beijo, e não gosto do jeito como a frase dele soa. Tipo, ele vai aproveitar Roma, eu aproveito aqui. E é assim, cada um para o seu lado.

Entro na casa da Giu e vejo em cima da mesa o bolo que ela fez ontem. Do lado, tem um bilhetinho:

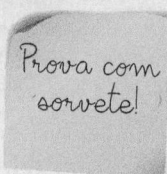

Prova com sorvete!

Quase choro quando vejo a letra dela. Putz, não fui uma boa amiga ontem. Mas o que eu ia fazer? Eu queria ficar com o Antonio, é um crime, isso, quando se começa a namorar? Não é que ela estava mal, precisando de mim, como naquela outra vez, a vez do vinho, que eu deixei de ir a Veneza com ele. Agora, ela está bem.

E eu estou *muito* mais envolvida com o Antonio do que estava naquela vez. Fato.

Deito no sofá e, em vez de ligar a TV, fico olhando para o teto, pensando. Putz, por que eu sou assim? Eu queria... Eu *queria querer* fazer coisas longe dele, mesmo apaixonada por ele. Mesmo apaixonado por mim, ele quer fazer outras coisas como visitar o amigo dele. E ele estava todo concentrado na reunião, no trabalho. Estava superfocado, aposto, tanto que nem respondeu minha mensagem na hora. Se eu estivesse em uma reunião, com certeza estaria pensando nele, dando um jeito de checar meu celular.

Putz, que saco tudo isso. A sensação que estou tendo agora é que, desse jeito obsessivo, eu consigo transformar em difíceis, complicadas mesmo coisas boas, *coisas lindas*, como é ficar com o Antonio.

Que droga... Tenho todo o dia todo pela frente, estou de férias, estou na Europa e não sinto vontade de fazer *nada*!

Caramba, esta cidade é a mais incrível que já vi em toda a minha vida. É diferente de tudo! Olho ao meu redor e me sinto tão bem por ter vindo!

Estou em Veneza, mais precisamente em um *vaporetto*, um transporte aquático. Mal posso acreditar que estou aqui. Vim para cá completamente sem planejamento: fiquei meia hora deitada no sofá da casa da Giu, amaldiçoando a vida e o meu jeito de ser, quando me levantei para almoçar fora, para espairecer, mas, em vez disso, acabei fazendo minha mochila e indo para a estação de trem decidida a conhecer esta cidade, aproveitando ao máximo minha estada aqui na Itália. Bem louca! Mas fiquei pensando, *putz, vou ficar aqui reclamando do meu jeito de ser?* Não quero agir como se eu fosse uma escrava dos meus defeitos. Além disso, eu tenho qualidades. Poxa... Eu sei que tenho!

Já no trem, pelo celular, fiz minha reserva num hotel bem vagabundo, porque não podia gastar todo o meu dinheiro com hospedagem. Cheguei lá, fiz o check-in e fui passear sem muito planejamento. Fiquei totalmente encantada pelos canais, e daí vim parar nesse vaporetto para admirar a paisagem de dentro de um barco.

Tirei muitas fotos e também passei alguns instantes sem fotografar, só admirando a paisagem e pensando que eu não poderia ir embora daqui sem desenhar. Está um frio danado, mas não me importo.

Quando o passeio termina, caminho até a piazza San Marco ainda em estado de êxtase.

Eu estava precisando desse estado de encantamento? Não sei. Só sei que respirar essa beleza toda está acalmando a minha alma. É por isso que eu resolvi estudar design gráfico, aliás, porque sou um ser apaixonado pela beleza, e pela beleza no sentido mais vasto possível, não a dos padrões engessados, e não necessariamente a da perfeição, mas aquela que se esconde em cada canto, se a gente tiver um olhar aberto, disposto a percebê-la.

Eu precisei vir até Veneza, onde a beleza está escancarada em cada canto que se olhe, para me lembrar disso. E talvez eu esteja precisando desse tempo sozinha para olhar para mim e ver minha própria beleza. A beleza das minhas qualidades, da minha companhia, da minha autoestima... Tá me fazendo muito bem estar aqui.

Caminho até o hotel, a poucas quadras da praça. Sorrio para o recepcionista, um senhorzinho, e subo os três lances de escada feliz da vida. Abro a porta e vejo o quarto antigo, mas adorável, e minha cama só para mim. E não me sinto solitária, mas livre.

Olho o celular e tem mensagem do Antonio. Eu tinha mandado mensagem para ele assim que me instalei aqui e deixei o celular carregando, antes de sair para passear.

Antonio: Ma che bella sorpresa! Você está em Veneza!

> *Lena:* Estou amando aqui! Acabei de fazer um passeio lindo num tal de vaporetto. Nossa, Antonio, que lugar inspirador... Sinto que cada poro da minha pele está inalando arte. E nem precisei ir a um museu pra isso.

> *Antonio:* Estou feliz de te ver animada, assim. Esta cidade é para ser apreciada, mesmo. E você deu sorte que ela não está alagada, em novembro você teria ficado molhada até a cintura. Aproveita!

> *Lena:* Estou saindo para jantar. Quero muito comer em um restaurante bonitinho que vi aqui perto do hotel!

> *Antonio:* Não vai convidar nenhum italiano pra jantar com você, hein?! Você já tem o seu! Não dá corda pra ninguém, os italianos são muito safados!

> *Lena:* Hahahaha! Começando por você!

> *Antonio:* Me manda boa-noite quando for dormir?

> *Lena:* Claro! Beijo. :)

Saio do quarto me sentindo leve, muito leve. Que bom que a gente já está bem. Não tocamos no assunto da briga. Melhor assim.

Sento em uma mesa bem agradável e fico observando o vai e vem das pessoas. O restaurante é uma graça, com mesas de madeira cobertas por toalhas xadrezes, e peço uma pizza, porque a pizza deste país é maravilhosa, cheia de molho de tomate, do jeito que eu gosto. Como tudo, estava faminta! Peço um *tiramisù* e um velhinho começa a tocar violão e a cantar músicas italianas. Acho que eu precisava de um encontro assim, comigo. Não jantando uma omelete às pressas, desanimada no sofá, mas uma comida maravilhosa, num restaurante especial, com direito a música, depois de um passeio inspirador.

Olho o céu, que está nublado, e penso duas coisas. A primeira é que, na próxima noite de lua cheia, quero fazer aquele ritual que a moça falou no parque. A segunda é que eu devia marcar mais alguns encontros caprichados assim comigo mesma.

Caminho pelos canais de Veneza no meu quarto dia na cidade. A ideia era ficar só um e voltar para San Chiaro, mas acabei encontrando um curso livre de desenho, focado na arquitetura da cidade, com passeios e estudos ao ar livre... Bom, não resisti. Foi a melhor coisa que fiz, passear com a turma do curso tem sido uma delícia, e eu, que pensava que seria um curso bem basiquinho, estou aprendendo muito com o professor, que é um artista bem talentoso. São quatro horas por dia, pela manhã, e amanhã é o último dia. Já virou uma tradição, almoço com a turma toda, depois do curso, e, à noite, tenho um encontro marcado comigo.

Tanto o curso como esses jantares têm me feito tão bem! Desenhando, respirando arte, caminhando, comendo algo gostoso, conversando, pensando na minha vida ou simplesmente sem pensar em nada, sinto que minhas experiências aqui têm me ajudado muito a me reorganizar internamente.

Não estou atrás exatamente de respostas, até porque acho que nunca vou achar uma chave que "resolva" a minha vida — a vida está sempre em movimento, e, se eu conseguir escutar o que faz sentido na minha existência *hoje*, já está ótimo. Amanhã... Não tem como saber. Amanhã, posso passar por questões, contextos e dúvidas totalmente diferentes. Aqui, em Veneza, ou em São Paulo. Não preciso encontrar nenhuma certeza, basta ter a delicadeza de encontrar minhas certezas do presente, acolher minhas convicções transitórias.

No hotel, vejo duas chamadas não atendidas da minha mãe e ligo para ela. Falo também com meus irmãos e, depois, mando uma mensagem pra Giu, falando para ela separar a receita de bolo mais complicada, que vou fazer pra ela quando eu voltar, na semana que vem. Ela ri e manda:

> *Giulia:* Saudade, amiga! Mas tô tão feliz q vc tá aqui do lado, em Veneza, e não no Brasil... Muito feliz por vc ter estendido sua viagem, sabia?

> *Lena:* Eu também! Tô feliz q vou ficar mais com vc, com o Antonio e comigo!

> *Giulia:* Hahaha... Como assim com você? Louca!

> *Lena:* E você, tá bem? Alguma notícia da sua mãe?

> *Giulia:* Nenhuma. E estou bem. É só não pensar nisso.

> *Lena:* Ah... Eu marquei, tá.

> *Giulia:* O quê?

> *Lena:* Uma consulta. Pra você!

> *Giulia:* Pra mim? Que consulta?

> *Lena:* Com a psicóloga! Segunda que vem, às 13h. É bem perto do seu trabalho. Eu te mando o endereço.

> *Giulia:* Você marcou aí de Veneza?! Ai, Lena... Não sei, não.

> *Lena:* Por favor. Considere isso uma extensão do pacto.

> *Giulia:* Não posso prometer isso.

> *Lena:* Promete que vai pelo menos na primeira sessão, conversar com ela e ver se gosta.

> *Giulia:* Vou pensar, amiga, eu...

> *Lena:* Giu, sem querer te pressionar, mas lá vai: eu peguei um avião e vim até aqui, você não pode comparecer a um consultório a duas quadras do seu trabalho?

Ela manda uma carinha de pensativa e nos despedimos. Boto o celular no silencioso e dou uma cochiladinha. Acordo disposta a, como nas tardes anteriores, fazer o que eu quiser. E o que eu quero, esta tarde, é desenhar um pouco ao ar livre. Qualquer coisa bonita que eu vir na frente e que me "chamar" para ser desenhada.

À noite, depois de desenhar bastante e de jantar, volto para o hotel, tomo um banho e já vou ligar para o Antonio, quando o celular toca. É ele.

— Lembra que amanhã estou aí, hein? Pra gente passar o fim de semana junto — ele fala.

— Como eu vou esquecer? Tô adorando esse quarto só pra mim, mas vou adorar dividi-lo com você... E também te mostrar tudo o que estou desenhando aqui.

— Eu namoro uma artista!

— Uma artista *barra* professora, mas uma artista.

— E eu, um advogado *barra* músico.

— E *barra* chef de cozinha.

— E você, *barra* a mulher que tem o melhor beijo do mundo.

Impressionante como Antonio e eu temos assunto. Ontem, falamos por uma hora pelo telefone. E agora, almoçando, depois de a gente, digamos, ter matado a saudade no hotel... Estamos conversando sem parar mais uma vez.

Ele me conta como foi a semana dele, eu conto como foi a minha. Ele é tão meigo e, ao mesmo tempo, divertido! É encantador esse bom humor dele. Falo isso com ele e ele devolve, falando que eu tenho uma doçura e uma sensibilidade fora do comum.

— E você é tão cheia de fases — ele completa, quando a gente está comendo a sobremesa. — Você paga suas contas como professora, mas também é artista. E num dia está meio louca lá em casa, e no outro dia me avisa do nada que está em Veneza!

Sinto minhas bochechas corarem, foi a primeira vez que ele falou da nossa discussão.

— Eu me senti mal por aquilo.

— Você é uma mulher muito *interessante*, Lena. E acho que é por isso que me apaixonei tão rápido por você.

É assim mesmo que me sinto aqui, na Itália, nesse lugar onde estou reencontrando comigo mesma: interessada em uma porção de coisas. E, por isso mesmo... Interessante.

— Não tenta se entender, não, *amore mio* — ele fala. — A gente se entendendo no dia de hoje, já está bom.

— Não acredito que você falou isso. Pensei nisso ontem!!!

— *Ma dai!* Sério?

— Supersério!

A gente pede a conta e dá uma volta de mãos dadas, até resolver dar um passeio de gôndola — eu, superanimada, e ele morrendo de rir, me chamando de turista.

— Você tem que admitir que isso é muito romântico — falo.

— Esses caras da gôndola sabem que pra um casal apaixonado qualquer coisa é romântica — ele sussurra. — Eu enfiando o dedo na sua orelha é romântico!

— Não compara um passeio de gôndola em Veneza com você enfiando o dedo na minha orelha, Antonio! — falo, rindo.

— Eu vou fazer careta pra você, olha — ele fala, botando a língua para fora, e eu rio mais uma vez. — Viu? Fiz uma careta e pra gente isso é fofinho! Romântico!

— E não custa nenhum euro!

O cara da gôndola olha torto e a gente ri.

— Tá bom, eu admito, foi romântico — o Antonio fala no meu ouvido, com o sorriso mais gostoso do mundo, quando a gente desce do barco.

Acordo, abro a janela e fico olhando um pouco o céu cinza lá fora. Vinte e sete de janeiro, meu último dia aqui na Itália. Ainda nem acredito que, à noite, estarei no aeroporto. E que eu tenho uma reunião na escola amanhã! Suspiro, meio triste, mas uma hora eu precisava voltar. Mesmo que, depois, eu decida me mudar para cá... Acabei percebendo que, por hora, essa não é a minha decisão. Estou totalmente envolvida com o Antonio, mas sentiria minha vida meio *solta* aqui. Me mudar para cá não é exatamente o que eu quero nesse momento. Por hora, o que eu quero é ir para o Brasil, continuar trabalhando na escola, continuar com o Antonio e continuar cuidando de mim.

Estou triste por estar indo embora, mas, ao mesmo temo, cheia de planos. Quero fazer trabalhos *freelancer* como designer e ilustradora, quero juntar dinheiro para, quem sabe, morar sozinha no futuro, nem que seja pagando aluguel, mas com um cantinho só pra mim... Vi o Antonio e a Giu tendo um canto só deles e fiquei com tanta vontade! Também posso tentar fazer *freela* para a Europa, por que não?

Volto para a cama e abraço o Antonio. Quero voltar me lembrando das nossas conversas, das nossas risadas, e suspirar pensando não na incerteza do futuro, mas nos nossos beijos, no sexo, no depois do sexo, nessa intimidade linda e repentina que nasceu entre nós.

— Tive um pesadelo horrível, sonhei que você ia embora hoje — ele fala, assim que abre os olhos.

Eu o beijo e a gente fica um tempão abraçado.

— Tô completamente apaixonada por você — falo.

Ele abre o maior sorriso do mundo.

— Em abril, tiro vinte dias de férias. Vou para o Brasil. Vai passar rápido.

A gente começa a se beijar e trocar carinhos, até que alguém bate na porta.

— Posso me esconder aqui? — a Giu fala, quando entra.

— Sua noite não foi boa? — pergunto.

— Foi. Mas agora já é de dia. Não era para ele dormir aqui!

Eu e o Antonio caímos na gargalhada. É que, lá no réveillon em Florença, ela ficou com um cara que é amigo dos amigos do Antonio, e o cara ficou louco por ela.

— Mais um coração que a Giu parte — o Antonio fala.

— Você só gosta de curtir por uma noite, é isso? — eu pergunto.
— Gente, não é isso, mas é que esses homens grudam na gente, nunca vi... Foi legal ficar com ele no ano-novo, mas já ficamos mais duas vezes e hoje ele dormiu aqui, estou me sentindo sufocada.
— Ela sempre descarta os caras legais — ele fala, quando ela sai do quarto.
— Sério? Ela me contou que ano passado ficou louca por um cara de Barcelona...

— Esse cara de Barcelona tratava ela supermal — a Ornella me conta, no café da manhã. Ela veio pegar uma carona com o Antonio e eu aproveito que a Giu foi ao banheiro para perguntar sobre essa história. — Era grosso, um idiota, mesmo. O único cara que eu já vi ela gostando. E se você falar isso com ela, ela vai negar, vai falar que quer um cara legal. Mas aí ela conhece um legal, fica com ele e se sente *sufocada*. Sério, depois do acidente, me chega a dar *medo* o tipo de cara com quem ela se envolve.
— Ai, não fala isso.
O pior é que ela não foi à terapia que eu marquei. E insistir mais, só se eu amarrasse ela.
O Antonio vai trabalhar, o pobre do cara que a Giu não quer ver nunca mais também e combinamos que, à noite, o Antonio e a Giu me levam ao aeroporto. Ela não consegue uma folga no trabalho, mas almoçamos juntas ao lado da biblioteca.
Quando fazemos a caminhada de volta para o trabalho da Giu, nosso coração quase para, a mãe dela está em frente à biblioteca.
— Mãe? — ela pergunta, completamente surpresa.
Assim que ela nos vê, dá um passo em direção a nós, mas então recua e vai embora.
— Não acredito — a Giu fala, depois que a mãe dela atravessa a rua e some de vista. — Ela veio e foi embora...
— Bom — falo. — Ao menos, ela veio. É um começo, não?
— Pode ser — ela fala, e uma lágrima escorre pelo seu rosto. — Pode ser.
Nos despedimos e volto andando. Seria fantástico se meu último dia aqui incluísse um abraço das duas, e a mãe pedindo desculpas, e a Giu ganhando os dois perdões: da mãe e de si mesma. Mas nem sempre as coisas são tão simples, ou do jeito que a gente quer. Resta escolher para que lado da questão a gente vai olhar. Para onde vai canalizar nossa energia.
Meu voto vai para que a Giu comece olhando com mais carinho para si mesma, suas escolhas e seu futuro, que é tudo o que ela pode fazer

agora. Tomara que a terapia a ajude a se encontrar nesse processo, que de fácil não tem nada.

Passo a minha última tarde aqui, caminhando, fazendo a minha mala e pensando nos meus próprios processos.

Chego animada em casa depois do primeiro dia no curso de aquarela. Foi muita, muita sorte ficar sabendo desse curso — quer dizer, na verdade eu que procurei saber, né, afinal, semana passada, já no dia em que voltei para o Brasil, digitei no Google "curso aquarela São Paulo". Mas, enfim, fiquei feliz por ter horários bons e um valor razoável. Sempre achei aquarela lindo. Serão doze encontros e o primeiro foi muito inspirador. Antes de voltar para casa, já comprei o material em uma loja especializada.

Mando uma mensagem para a Giu, perguntando como ela se sentiu na primeira sessão de terapia. Quase morri quando ela me contou que, quando fui embora, passou a noite em claro, chorando... E, no dia seguinte, acabou marcando a consulta para hoje.

Giulia: Foi no primeiro dia da lua cheia, vc reparou?

Lena: Não!!! Então, hoje, vou fazer o ritual. E vc?

Giulia: Também vou!

Lena: Mas me conta, como foi a sessão. Vc gostou?

Giulia: Gostar não é bem a palavra. Não foi fácil nem agradável. Chorei muito. Parece que eu tenho uma ferida, aqui, que ficou maior depois do acidente. Qdo eu toco nela, dói muito.

Lena: Eu imagino... Mas, se você não tocar, essa ferida te engole. Pode ter certeza. É preciso olhar para ela e cuidar dela.

Giulia: Eu sei... Foi mais ou menos o que ela me disse. Que eu preciso olhar pra dentro. Mais que isso, eu preciso me dar o direito de olhar pra dentro e me cuidar. Como se eu estivesse num avião e soubesse que, em caso de necessidade, é preciso colocar primeiro a máscara de oxigênio em mim...
e depois no passageiro ao lado.

> *Lena:* Nossa! Acho que é bem isso. Todo mundo precisa cuidar de si. Sua mãe tem a parte dela, que cabe a ela, e torço pra que ela consiga. Mas vc tem a sua parte, que é pessoal e intransferível. E vc precisa se focar na parte que te cabe.

A gente se despede, deixo meu celular carregando no quarto e coloco as tintas na mesa da sala, aproveitando que não tem ninguém em casa. A ideia é começar a fazer uma série com várias paisagens diferentes, céus em tonalidades variadas e, em cada um deles, a lua cheia. Pretendo explorar vários tons e estilos. Já pensei em uma paisagem bem externa, no mato, como no parque em que eu e a Giu passamos a noite, e também uma bem cosmopolita, com a lua sendo vista da janela, de dentro de um apartamento. Estou tão a fim de fazer os dois que nem sei por qual começar.

Passo a tarde no meu projeto e, quando paro por um instante para ir ao banheiro, dou uma olhada no celular e vejo três mensagens que o Antonio mandou há horas, tadinho! Eu nem tinha percebido que passei três horas "aquarelando".

> *Antonio:* Ciao, amore mio! O que vc tá fazendo de bom?

> *Antonio:* Hoje à noite a gente se fala, né? 20h aí, 23h aqui.

> *Antonio:* Lena? Cadê você?

> *Lena:* Ciaooo! Desculpa, lindo! Voltei do curso e me empolguei com as aquarelas que comprei. À noite conto como foi meu primeiro dia lá e te mostro.

De repente, me dá um estalo e me lembro de que eu tinha marcado um cinema com o Luca às 20h30, então não vai dar tempo. Puxa vida... Essas horas à noite com o Antonio pelo Skype estão sendo tão especiais, a gente conta para o outro como foi o dia, fica se declarando, enfim, elas dão uma suavizada nessa saudade imensa que a gente sente um do outro... Quando dá cinco da tarde, já me vem um frio na barriga bom, e chego a anotar o que não quero esquecer de contar pra ele.

Bom, mas não posso bloquear todas as noites pra conversar com ele, né. Por mais que me doa, é preciso lembrar que a gente pode se falar amanhã. E que, afinal, eu marquei com o Luca.

> *Lena:* Lindo, acabei de lembrar que marquei de sair com um amigo meu (gay, não fica com ciúme, haha!). E depois queria fazer tipo uma meditação, olhando a lua da janela do meu quarto. Se vc estiver acordado, fica online que eu te chamo qdo voltar, mas se vc dormir a gente se fala amanhã, pode ser?

> *Antonio:* Pode, claro... Acho que vou aproveitar pra mais dormir cedo. Estou cansado. Vou ver um filme no sofá e dormir pensando em você

> *Lena:* Amanhã te conto sobre o curso e o cinema e você me conta do seu filme.

> *Antonio:* Eu te adoro <3

> *Lena:* Eu te adoro mais <3

Dou um jeito na bagunça que deixei na sala, guardo meu material, tomo banho e me arrumo. Na porta, cruzo com a Lívia, que está chegando.

— Nossa, mas você tá com uma cara de que arrumou um namorado italiano! — ela fala, sorrindo. — Ainda beem que você foi para a Itália — ela diz, mesmo sabendo que, se dependesse dela, eu teria ficado por aqui.

— Pois é! — falo, me despedindo.

No ônibus, olho para a paisagem lá fora e me sinto leve. De repente, meu celular apita e tenho certeza de que é mensagem do Luca, avisando que já chegou, e levo um susto quando vejo que é o Du.

> *Eduardo:* E aí, sumida! Já voltou? Como vc tá?

Passo alguns segundos decidindo se ignoro ou se corto. Eu queria ignorar como ele fazia quando não estava a fim de falar comigo, mas não adianta, eu não sou essa pessoa. Preciso *resolver* esse troço, eliminar qualquer sensação de pendência. Mando um áudio.

— Du, tô namorando e, ao contrário de você, quando tô namorando, tô namorando mesmo. Tô envolvida de verdade com alguém, tô me sentindo ligada emocionalmente, e não quero ficar trocando mensagem com você, mesmo mensagens neutras, porque, na boa, isso eu faço com meus amigos e você nunca se comportou como meu amigo. Você sempre me deu perdido, nunca foi transparente, nunca se importou em me dar satisfação quando não estava a fim... Enfim, a gente nunca teve nada sério, mas você podia ter sido mais legal, ter tido mais consideração, não falar que vai combinar alguma coisa e depois sumir, não me ignorar completamente e depois dar um *oi* como se nada tivesse acontecido. É isso.

Solto o microfone e... o áudio não foi. Aff! Odeio quando isso acontece. Mas aproveito pra pensar, *por que eu tô mandando isso, mesmo?* Suspiro e resolvo mandar uma mensagem curta:

> *Lena:* Oi, Eduardo. Tô ótima. Tô namorando e vi que vc tb tá. Que bom! Bjs

Mando e me sinto superaliviada. Ah, não preciso ficar fazendo terapia com ele, né! Ele me manda uma figurinha de que está chocado e não respondo nada. Será que ele achou que eu tô mentindo? Será que ele acha que eu ainda gosto dele? Será que um dia ele percebeu como eu gostava dele? Que ele...

Bom, pensando bem, nada disso importa.

O que sei é que, se ele insistir e continuar me mandando mensagens, leva *block*. Porque continuar falando com ele não vai me fazer bem, então é melhor cortar.

Aproveito e deixo de segui-lo em todas as redes. Como ele vai interpretar isso não é problema meu.

Chego ao cinema e encontro o Luca com pipoca e refrigerante na mão.

— Gente, esse ar europeu não sai mais do seu rosto? — ele fala. — Como você tá lindaaa!!!

— Nem me fale, tá durando, né? Não sei como ainda não tô com cara de escola.

— Aff, Lena, ainda essa escola chata. Pede demissão, vai...

— Ué, e vou ganhar dinheiro como? Agora vou fazer *freela* nas horas vagas. Quando eu estiver ganhando como designer e ilustradora o suficiente, daí saio.

— É um bom plano. Você tá que tá, hein?

— Pois é.

Ele começa a contar do trabalho dele, eu falo do curso e do Antonio e respondo rapidinho uma mensagem da Sabrina, combinando de vê-la amanhã...

Chega uma mensagem no meu celular. Era o Antonio.

> *Antonio:* Ti voglio bene, amore mio. Buonanotte!

Meu coração acelera e um sorriso involuntário escapa dos meus lábios.

> *Lena:* Buonanotte, amore! Mi manchi tantissimo... Ti voglio tanto bene!

Digo a ele que estou com saudades e que também o amo. Luca dá um risinho fofo. E então a gente senta, deixa os celulares no modo avião e ficamos quietos — afinal, o filme vai começar.

LUA MINGUANTE

BIANCA BRIONES

Se você pudesse ficar...

— **Amor é para sempre?** — *perguntei para o Gui, enquanto observávamos aquela pequena fatia de lua que cortava o céu. Nunca tinha prestado atenção em uma lua minguante e sei lá por que essa pergunta surgiu logo depois.*

— Espero que sim — ele respondeu, e seus dedos inseguros se aproximaram dos meus pela primeira vez.

— Só se ele for verdadeiro, certo?

— Se não for verdadeiro, não é amor, né?

Ri, apertei sua mão, chamei-o de bobo e corri para longe.

Nosso amor seria para sempre. Nosso amor era amor e nada mais...

Seguro meu passaporte contra o peito, enquanto espero pela minha vez de passar na imigração dos Estados Unidos.

Não vejo o Guilherme há três meses, e essa é a última vez que venho visitá-lo em Nova York, antes de ele voltar ao Brasil. Nós namoramos há quase dez anos e passamos metade desse tempo viajando entre uma cidade e outra para nos vermos. Apesar de estar acostumada com isso e nos falarmos todos os dias, mal posso esperar para que a sua especialização termine e ele volte para casa em definitivo.

Quando o funcionário do aeroporto me libera, caminho procurando pelo Guilherme entre as pessoas.

Não demora e avisto um cartaz escrito "À espera de Wendy, a garota que nem precisou de pó de fadas para roubar meu coração".

Quando éramos pequenos, viciamos na versão *live action* do Peter Pan. Eu, como toda romântica incurável, queria que Peter e Wendy crescessem para que pudessem ficar juntos. Já o Gui dizia que o amor deles ficaria eternizado daquela forma platônica. Em uma das nossas sessões da tarde, recheada de pipoca, doces e refrigerantes, Gui disse que era possível que eles ficassem juntos para sempre se imaginássemos que eles éramos nós.

E foi assim que trocamos nosso primeiro beijo, aos 13 anos. Não foi mais que um singelo toque de lábios e passei meses fugindo dele depois, mas a partir daí ele passou a me chamar de Wendy muitas vezes. E eu sempre respondia chamando-o de Peter.

Melhores amigos que se apaixonam. A história mais clichê de todas, mas ainda assim a mais encantadora possível.

Quando eu o vejo no aeroporto, meus olhos se enchem de lágrimas e corro até ele, que deixa o cartaz cair um segundo antes de me abraçar tão forte que me tira do chão. Quando nossos lábios se tocam, o tempo em que ficamos separados torna-se insignificante.

— Parece que estamos sendo observados — ele sussurra com a testa na minha, depois de olhar para a direita.

Uma garotinha nos observa com um sorriso bobo nos lábios e ruboriza quando é pega em flagrante.

Guilherme se abaixa para pegar o cartaz, enrola-o e encaixa-o na alça da minha mala para que consiga carregar tudo com facilidade e estende a mão para mim. Dá uma piscada para a menina, que sorri para nós, e me guia até a saída do aeroporto.

Um minuto antes de sairmos, ajeito meu grosso casaco, coloco luvas e gorro. O vento gelado do final de dezembro nos recebe. Guilherme me puxa e envolve minha cintura com a mão livre.

Pegamos um táxi até o apartamento do Gui, no Soho. Ele ficou extremamente empolgado quando conseguiu alugar algo no mesmo bairro em que moravam os personagens do seriado *Friends*.

— O Matheus e o Enrico viajaram para passar o Natal com suas famílias. — Ele se refere aos colegas com quem divide o apartamento.

— É uma pena que você não tenha conseguido ir também.

A intenção era que Guilherme passasse o Natal no Brasil, mas ele acabou ficando de plantão na clínica veterinária em que trabalha. Por isso cheguei às 21h do dia 24 de dezembro. Combinamos tudo para que batesse com o horário de saída dele da clínica.

— Pelo menos você está aqui. — Ele aperta minha mão entre as suas, enquanto o táxi segue pelas ruas de Nova York. O clima de Natal envolve a cidade e torna minha visita ainda mais encantadora. — Só sinto muito por ter trabalhado tanto esses dias e não ter conseguido enfeitar a casa e preparar algo especial.

— Meu algo especial é você, Gui. — Beijo seu rosto.

O taxista sorri e começa a cantarolar com a música do rádio. Pouco depois estacionamos em frente ao prédio do Guilherme.

Entramos e me preparo para subir as escadas até o quarto andar, mas Guilherme me puxa e me beija com intensidade.

— Não dava para esperar até chegar lá em cima — ele diz, acariciando uma mecha dos meus cabelos castanhos, e me perco em seus olhos negros.

— Só de pensar que volto para casa em dois dias... — Não consigo conter a tristeza.

— Nada de pensar na volta, Bruna. — Ele cobre meus lábios com os seus mais uma vez. — Vamos aproveitar o tempo que temos juntos.

— Está bem. — Abraço-o forte, deixando a música natalina que vem de algum dos apartamentos nos envolver. — Vai ser incrível.

— Ah, se tem uma coisa que esse tempo com você será é incrível.

Subimos as escadas enquanto ele me conta empolgado sobre Arya, uma cachorra que é paciente da clínica veterinária, e que parece sorrir quando o vê. Observo-o transbordar felicidade, mesmo sabendo que a cachorra pode entrar em trabalho de parto a qualquer momento e ele terá que parar tudo e ir para a clínica.

Um grupo de pessoas desce as escadas e passa rindo por nós. Nos saudamos e percebo que um deles dá um tapinha de leve no ombro do Guilherme.

Quando chegamos à porta do apartamento, o aroma de comidas natalinas envolve todo o corredor. Estreito os olhos para ele, que sorri e dá de ombros. Ele abre a porta e é como se o Natal explodisse, inundando tudo ao redor. A sala divide o ambiente com a cozinha e as cores verde e vermelho são marcantes. A grande árvore está montada no canto e, pendurada com os outros enfeites, estão fotos nossas, uma para cada Natal que passamos juntos. Oito, sem contar esse.

A mesa está posta e há panelas tampadas sobre o fogão, além do forno estar assando algo com um aroma maravilhoso.

Emocionada, levo a mão ao peito e sinto as lágrimas escorrerem.

— Aquele pessoal com quem cruzamos... — Tento formular uma pergunta, abraçando-o.

— São meus amigos. Precisei de ajuda dessa vez. Ainda não descobri como me virar em dois. — Ele pisca. — Ainda!

— Bem que eu percebi algo. Eles não vão ficar com a gente?

— Vão sim, mas só daqui a uma horinha. — Ele me puxa e acaricia minha cintura por baixo da blusa, enquanto me beija intensamente.

Antes que eu perceba, ele me tira do chão e me carrega até o quarto. Sou a mulher mais feliz do mundo.

É madrugada e todos estão dormindo quando o celular do Gui me acorda. Abro os olhos e o vejo acendendo o abajur para atender a ligação.
— Estou a caminho — Guilherme responde depois de alguns segundos e desliga. — Bru, a Arya entrou em trabalho de parto — ele me responde. — Vou até lá. Pode continuar dormindo. Volto pela manhã.
— Vou com você.
— Não vai ter o que você fazer lá, amor.
— Posso te esperar — tento argumentar.
— Então me espera aqui, quentinha na cama. Trago o café da manhã quando eu voltar e passaremos um bom tempo deitados. — Ele acaricia meu rosto com o dorso da mão e me dá um beijo rápido, se trocando rapidamente e deixando o quarto.

Viro-me para o lado e abraço o travesseiro que ainda conserva seu calor e perfume. A minha vinda para Nova York era para ter sido uma surpresa total para o Guilherme, mas tive medo de não contar e ele fazer o mesmo para me surpreender, como aconteceu no aniversário dele. Acabou que ele foi ao Brasil e eu vim para cá. As lembranças daquela noite preenchem meus pensamentos...

Meses depois, no meu aniversário, ele disse que não poderia ir para o Brasil e que não era para esperar e me decepcionar, porque daquela vez era verdade. No dia, tentando compensar, minha mãe, que é organizadora de casamentos, resolveu me fazer uma festa surpresa. Óbvio que fiquei feliz, mas a todo momento esperei que o Gui fosse entrar pela porta e nada. Não consegui conter a melancolia que me invadiu e me isolei um pouco dos convidados. Sentada no braço do sofá, troquei mensagens com o Guilherme.

Wendy: Queria que estivesse aqui.

Peter: E eu queria estar aí.

Olhei para o relógio. Era quase meia-noite. Ele realmente não tinha conseguido vir.

Peter: É nosso último aniversário morando em países diferentes. Quando meu MBA acabar, nada mais vai nos separar.

Wendy: Eu sei.

> *Peter:* Então, tire essa cara triste e sorria.

> *Wendy:* Estou sorrindo.

> *Peter:* Mentirosa. E pare de roer unhas!

Tirei a mão da boca no mesmo instante. Tão rápido que machuquei o dedo. Levantei o olhar e lá estava ele. Faltando dez minutos para o dia virar, ele chegou para me dar o melhor presente de aniversário que eu poderia ter.

— Foi o único voo que consegui pegar. Desculpa — ele disse, sorrindo e me puxando pela mão até que eu me aconchegasse no seu peito.

Voltando ao presente, abraço o travesseiro com força, agradecendo por ter o Guilherme em minha vida, ainda que isso me faça viver o tempo todo sem saber o que esperar.

Muitas pessoas gostam de ter o controle de suas vidas, de saber o que vem a seguir, de estar preparado para tudo. Já o Guilherme... Ele gosta mesmo é de surpresas.

☾

— Bruna, Bruna! — Dou um pulo na cadeira ao ouvir a voz da minha mãe e quase derrubo o porta-retratos com uma foto minha e do Guilherme, quando vimos a lua minguante juntos.

Gui e eu não nos vemos há seis meses, desde o Natal, e isso faz com que eu me perca em pensamentos toda vez que vejo uma foto nossa.

Aquela foi a última noite no acampamento, quanto estávamos no sexto ano. Tínhamos 12 anos e, apesar de não confessarmos, estávamos apaixonados um pelo outro. Mas nenhum tinha coragem de se declarar. Demorou um tempinho até que ficássemos juntos pela primeira vez.

— O que foi, mãe? — Me levanto e recoloco o porta-retratos na estante, deixando o saudosismo para trás.

— Precisa sair já para o cabelereiro ou vai perder o horário da manicure. Esqueceu da sua festa? — Ela desce as escadas de casa e coloca as mãos na cintura, estreitando os olhos.

Claro que eu não me esqueci da minha festa, mas minha mãe é a pessoa mais organizada e pontual que conheço. Além de ser um tiquinho desesperada também e, como toda mãe superprotetora, acha que não dou conta da minha vida.

— É só daqui a uma hora, mãe. Tenho tempo. E hoje só vou adiantar as coisas. A festa é amanhã, lembra? Não se preocupe. — Dou-lhe um beijo no rosto e pego as chaves do carro.

— Farei o possível para não me preocupar. — Ela caminha até a mesa de canto onde estão suas pastas, tentando se concentrar em mais algum de seus projetos.

Minha mãe devia estar de folga. Mas quem disse que uma *workaholic* é capaz de parar?

— Vou indo. — Aceno da porta e ela me dá um tchauzinho, totalmente concentrada no conteúdo da pasta.

Entro no carro e ligo o rádio ao mesmo tempo em que meu celular vibra, no banco do passageiro. Corro para pegá-lo. É uma mensagem do Gui:

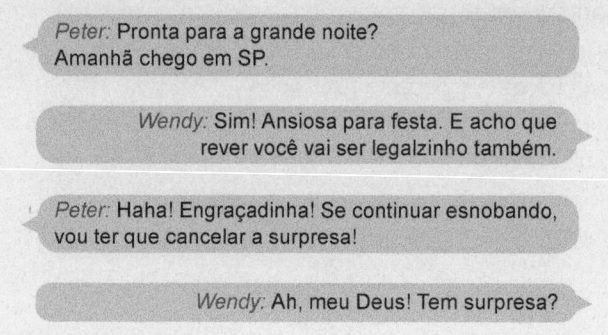

> *Peter:* Pronta para a grande noite? Amanhã chego em SP.

> *Wendy:* Sim! Ansiosa para festa. E acho que rever você vai ser legalzinho também.

> *Peter:* Haha! Engraçadinha! Se continuar esnobando, vou ter que cancelar a surpresa!

> *Wendy:* Ah, meu Deus! Tem surpresa?

É o que respondo, mas é o Gui, então é claro que há uma surpresa me esperando.

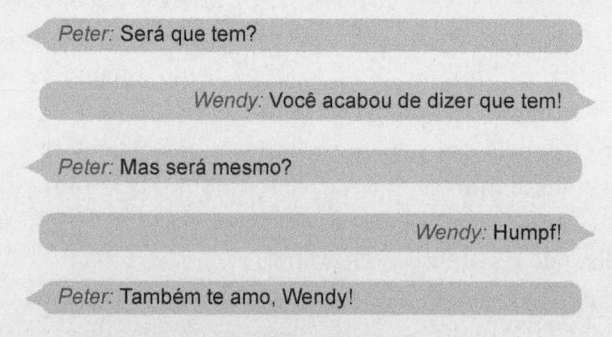

> *Peter:* Será que tem?

> *Wendy:* Você acabou de dizer que tem!

> *Peter:* Mas será mesmo?

> *Wendy:* Humpf!

> *Peter:* Também te amo, Wendy!

Sorrio e aperto o aparelho contra o peito.

> *Wendy:* Te amo, Peter. Volta logo pra mim.

Deixo o celular no banco do passageiro e começo a cantar acompanhando a música que toca no rádio.

O Gui está voltando. Nossas famílias estão superfelizes. Vou finalizar meu MBA em jornalismo amanhã e consegui o emprego que eu queria. Sou mesmo a mulher mais feliz desse mundo!

Estaciono o carro em frente à casa da Mariana, minha melhor amiga desde o Ensino Médio. Ela se formou em jornalismo comigo e, apesar de ter decidido não fazer MBA, vai à festa amanhã. Está um calor danado em São Paulo. A previsão é pancada de chuva por toda cidade a qualquer momento.

Mariana já está parada em frente à porta, usando um short jeans curto e uma blusa de alcinha cor-de-rosa, cheia de corações. Mesmo com 24 anos, Mary é a garota amorzinho. Sempre haverá cor-de-rosa ou corações perto dela. E se não estiverem fisicamente, ela é capaz de piscar e uma porção deles explodir no ar.

Nem saí do carro ainda e já sei que ela está elétrica, só pelos pulos que dá, descalça, na garagem. Desço, entro e ela me abraça.

— Vamos! Vamos! — Ela me puxa pelo braço, apressada.

— Meu Deus, Mary. O que houve?

— O Carlos acabou de me chamar no Whats e eu não sei o que responder. Ele estava sumido há um tempão, né? Você precisa ler e me ajudar. Dei graças a Deus que você chegou, assim eu o faço esperar um pouquinho. Mas também não quero que ele espere tanto e pense que estou esnobando. — Ela bagunça seus cabelos roxos, aflita. — Por que é tão difícil isso?! Eu nunca sei o que dizer.

Dou risada e balanço a cabeça. Estamos com 24 anos e a reação da Mary para mensagens de homens por quem ela é apaixonada é sempre a mesma. Mas nem posso julgá-la. Dei muita sorte com o Gui. Namoramos há quase 10 anos. Acho que eu ficaria tão eufórica quanto ela se fosse solteira. Sendo sincera, ainda fico assim dependendo da mensagem que ele me manda. É muito amor envolvido.

— Você só precisa ser você mesma, Mary.

— Ser eu mesma assusta os caras, Bru.

— Claro que não. Sempre fui eu mesma e o Gui está aí até hoje.

— É diferente. O Gui é algum anjo perdido aqui na Terra. Ou sei lá, no mínimo, ele é um personagem de livro que escapou de um romance daqueles lindos e nunca te contou. — Ela suspira com a mão no peito, enquanto subimos as escadas do sobrado.

Penso no meu namorado e um suspiro escapa também. Se isso fosse possível, eu não duvidaria. Gui e eu temos um entrosamento perfeito. Ele é o homem mais encantador que já conheci.

— Bom — começo, sentando-me na cama ao lado de Mariana, que pegou seu celular para me mostrar a mensagem —, me deixa ver esse vai e vem com o Carlos.
— Não fala assim, Bruna.
— Ah, mas é verdade, Mary. Esse cara fica te enrolando e isso me dá nos nervos.
— É o tempo dele. Temos que respeitar.
— Tá certo — concordo, torcendo muito para que seja isso e ela não se machuque.
— Olha. — Ela me estende o celular.

> *Carlos:* E aí, gata? Tá sumida, hein? Quero te ver no fim de semana.

Leio e releio a mensagem para ganhar tempo. Mordo meu lábio inferior, apreensiva. É pior do que eu pensava. Ele nem pergunta se ela está bem e espera que ela esteja disponível para ele.
— Ah, Mary...
— Droga. Você também acha que é só uma mensagem pra sexo, né?
— Parece isso. — Seus ombros desabam. Ai, que raiva desse imbecil! — Mas nunca dá para saber de verdade. Carlos é inconstante demais. — Tento confortá-la, no fundo, desejando que seja isso mesmo.
— Então posso ter esperança? — Ela ergue a cabeça e noto seus olhos escuros e brilhantes.
Deus! Dei esperança sem querer dar. O que eu faço? Sei que ela vai se atormentar se não responder. É a vida dela e precisa ser uma escolha dela.
— Acho que deve fazer o que seu coração mandar. O que eu penso nesse caso não conta muito. É a sua vida e a dele. — Ela se anima e pega de novo o celular. — Mas faça isso consciente. Eu queria estar errada, mas o Carlos não presta, Mary. Não se deixe enganar com a lábia dele, tá? Eu não quero que se machuque.
— Tá. Vou tentar. — É o que responde ao começar a digitar freneticamente.
Esse "vou tentar" dela é o que eu temia. Há meses ela está apaixonada por ele e esse cara vai e vem como um bumerangue sem se importar com os estragos que suas pancadas fazem no coração da minha amiga.
Observando o sorriso da Mary ao conversar com ele, tudo o que posso fazer no momento é torcer por ela e estar por perto se algo der errado. Espero que não aconteça, mas se ele a magoar, estarei aqui para apoiá-la. Aliás, estarei sempre aqui por ela.

> *Peter:* Cheguei, amor!

Meu coração quase explode de felicidade ao ler a mensagem do Gui, que respondo imediatamente.

> *Wendy:* Queria tanto ter te buscado no aeroporto. Você não devia ter me feito prometer que não iria.

> *Peter:* Nada disso. Foi a maior sacada essa promessa. Nós nos veremos à noite, na sua festa. Pensa no quanto a expectativa vai tornar tudo ainda mais emocionante.

> *Wendy:* No momento é frustrante!

> *Peter:* Porque você é ansiosa demais, mas vai por mim, vai ser demais.

Já ficamos longe por tempo demais. Aliás, meu irmão Daniel vive dizendo que nosso namoro é tão bom porque passamos boa parte do tempo longe um do outro, mas é preciso levar em conta que meu irmão gosta mesmo é de me provocar.

> *Wendy:* Quero te veeeeeeeeeeeeeer!!!!

Quando meu celular vibra com outra mensagem, é uma *selfie* dele piscando para mim.

> *Peter:* Já me viu.

> *Wendy:* Bestaaaaaaa!

Tiro uma foto minha fazendo careta e envio.

> *Peter:* Não vejo a hora de ficar sozinho com você.

Ele muda o tom e quase posso vê-lo, deitado em sua cama, com o celular sobre a barriga. Que saudade!

> *Wendy:* Também não vejo a hora. Pode me contar o que vamos fazer?

> *Peter:* Não.

> *Wendy:* Nenhuma pista?

> *Peter:* Nadinha.

> *Wendy:* Sem graça!

> *Peter:* Curiosa.

> *Wendy:* Aaaaaaaaaaaaaaaaaaaaaaaaaa aaaaaaaaaaaaaaaah!

> *Peter:* A espera vai valer a pena.

> *Wendy:* Sei que vai.

> *Peter:* Então espere. ♥

E eu espero. É fácil me distrair com os preparativos para a festa, mas de tempos em tempos Guilherme povoa meus pensamentos e um sorriso bobo me escapa.

Chego à festa morrendo de ansiedade. Preciso ver o Guilherme! Não é possível que ele vá esperar muito para aparecer.

Dona Edna e seu Luiz, pais do Gui, vêm me cumprimentar e os abraço. Quando olho para sua mãe, ela sorri e me lança aquele olhar que diz: "É o Guilherme, né?". Ela o conhece muito bem e sabe que ele adora uma surpresa.

Encontro meus colegas, nos abraçamos e comemoramos nossa vitória. Passamos um ano juntos, estudando muito, e isso fez com que os nossos laços se estreitassem, embora soubéssemos que a partir daquela noite cada um seguiria um rumo diferente. Acho que por isso decidimos fazer aquela festa.

Meu vestido prateado é estilo romântico: tomara que caia rodado e decote em formato de coração. O corpete é todo bordado. Ajeito meus longos cabelos castanhos que estão meio presos e meio soltos, dando um caimento charmoso. Há alguns cachos nas pontas e a franja está presa de lado, bem elegante. Estou distraída, ajeitando os sapatos, quando uma mensagem chega no meu celular.

> *Peter:* Pode vir aqui na recepção um pouquinho?

Meu coração dispara e nem respondo. Corro para a porta, mas me surpreendo ao abri-la porque não há ninguém ali. Olho para todos os lados. Mais à frente, há um balão vermelho amarrado. Ao me aproximar, vejo que há uma seta apontando para baixo de uma escada.

Começo a descer. Uma mão segurando o corrimão e a outra o vestido. Ao pé da escada há outro balão. Puxo-o para ver o que está escrito e inspiro profundamente ao ler "Feche os olhos. Faça uma contagem regressiva e abra-os outra vez".

Obedeço. A expectativa me deixa maluca.

10... 9... 8...7... 6... 5... 4... 3... 2...1...

— Gui... — seu nome sai em meio a um suspiro.

Ele está parado a um metro de mim, usando um smoking preto com faixa, gravata e lenço prateados.

Cubro meu rosto com as mãos, sentindo as lágrimas escorrerem entre os dedos e dando graças a Deus pela Mary me obrigar a usar maquiagem à prova d'água. Não espero mais nem um segundo e me jogo em seus braços. Antes de mais nada nos abraçamos bem forte. O Gui tem uma teoria de que toda pessoa amada deve morar dentro de um abraço, nem que seja por alguns segundos. Ele diz que isso é suficiente para curar toda a dor e apagar todo o mal.

Não demora e os olhos se procuram, se reconhecem, se encontram. Guilherme Bueno Torres, o menino por quem me apaixonei ainda menina. O homem a quem ainda amo como mulher.

Toco seu rosto e sinto sua pele, cor de chocolate, tão linda. Encaro os olhos negros. Deslizo a mão por seus cabelos raspados bem curtos e tão escuros quanto uma noite sem estrelas. Ele me olha, igualmente admirado. Esse reconhecimento mútuo alimenta minha alma e mata minha saudade. Mas falta algo. É o que penso um segundo antes de ele me beijar. O gosto de hortelã invade meus lábios e me aconchego mais a ele, como se fosse possível que nós dois nos tornássemos um. Ele desce a mão para a minha cintura e com a outra acaricia meu rosto.

Não sei o que há conosco. As pessoas se surpreendem por nosso amor durar tanto tempo, mas não há outro lugar em que eu queira estar além de seus braços.

Eu nunca quis ninguém além dele e nunca vou querer.

— Quem te contou que meu vestido era prateado? — pergunto ao Guilherme, ainda emocionada. Apoio a cabeça em seu ombro e toco sua gravata.

— Mary. Sempre podemos contar com nosso chaveiro da sorte. — Ele fala com carinho da nossa amiga e usa o apelido que lhe deu por ela ser bem baixinha.

Afasto-me um pouco e ele segura minha mão, beijando-a devagar. Um arrepio percorre meu corpo.

— E se eu dissesse que queria pular a festa e ir para casa com você? — confesso, sem deixar de sorrir.

— Eu responderia que você é a mesma pessoa ansiosa de sempre, mas não vou te deixar abrir mão dessa noite, que será incrível, viu? Acredite em mim. — Ele ergue o dedo e toca a ponta do meu nariz.

— Tem mais surpresas, né? — Estou curiosíssima, mas sei que ele não me dará nenhuma pista.

— Meus lábios estão selados. — Ele me provoca, colocando dois dedos em forma de X sobre a boca.

— Deixa eu ver se estão mesmo. — Me aproximo e o beijo outra vez.

Algumas pessoas passam por nós e dão uma tossidinha. Provavelmente não estamos no melhor lugar para nos agarrarmos assim, mas como resistir?

Meu celular vibra, interrompendo definitivamente nosso momento.

> *Mariana:* Cadê você? Deixa o agarramento pra depois!

> *Bruna:* hahahaha! Como adivinhou? Tô indo.

> *Mariana:* דד'... Mentira, tô vomitando arco-íris. É muito bom ter o Gui de volta! ♥ ♥ ♥

— Precisamos ir — aviso-o e ele me rouba um beijo.
— Vamos, Wendy. Teremos muito tempo sozinhos.
— Pode contar com isso, Peter.
Mal posso esperar pelo resto dessa noite.

☾

— *Faça um pedido, Gui!* — *a mãe dele disse depois de cantarmos parabéns e vê-lo se inclinar para soprar as velas.*

Ele provavelmente era o último garoto de 15 anos a agir assim. Mas era importante para sua mãe e o Guilherme era incapaz de dizer não a quem amava. Quando ele me deu o primeiro pedaço de bolo, meu sorriso quase explodiu no rosto. Finalmente estávamos namorando.

Mais tarde, quando estávamos sentados nos degraus da varanda, ele me disse:

— *Nossa, esse pedido se realizou bem rápido.*
— *O que você pediu?* — *perguntei, saboreando o delicioso bolo de chocolate da mãe dele.*
— *O seu sorriso.* — *Tocou meu rosto devagar.* — *Estou ganhando um atrás do outro.*

— Gastou um pedido com o meu sorriso? — Me surpreendi, sorrindo outra vez.

— Tem coisa melhor? — E me beijou.
Um beijo cheio de doçura, felicidade e chocolate.

Converso com os colegas e professores procurando o Guilherme com os olhos. Vejo-o me admirar orgulhoso, trocando uma palavra ou outra com nossos familiares. Estou muito feliz por todos estarem aqui compartilhando esse momento que esperei com tanta ansiedade. Novos caminhos vão se abrir à minha frente. Tenho tantos planos. Há tanto para viver e conquistar.

Quando encontro o Gui, caminhamos pelo salão. Tropeço e ele me segura bem quando estou prestes a perder o equilíbrio.

— Olha você querendo ir parar no YouTube com o vídeo de melhor tombo da noite. — Ele segura meus braços e joga uma mecha dos meus cabelos para trás.

— Nossa! — Dou uma risada nervosa. — Obrigada.

— Não por isso. — Ele beija minha nuca e imediatamente me esqueço de todos à volta.

— Pelo amor de Deus, não! — Mary coloca a mão entre nós. — Vocês conhecem as regras.

— Se você não transa... — Gui e eu dizemos ao mesmo tempo.

— Ninguém transa! Isso mesmo. — Mary completa, erguendo o dedo para nós. Depois bate os cílios rapidamente. — Ah, tudo bem. Essa regra não poderá ser cobrada hoje, não que vocês a obedeçam, né? Mas acho que depois de tantos meses vocês estão merecendo. Só não pode ser em público como estava para acontecer.

— Eu pensei que você e o Carlos estavam finalmente se entendendo. — Gui demonstra estranheza.

— Ah, sei lá. Está vendo ele aqui? — Ela mexe os braços mostrando o espaço ao redor. — Eu o convidei, mas ele disse que estava em cima da hora e essas coisas. Me disse para ligar pra ele quando sair daqui. Não sei o que farei ainda.

Conversamos sobre aquilo por mais alguns minutos. Apesar da Mary só ter se juntado a nós no Ensino Médio, nossa amizade parece de uma vida inteira.

— Esse cara é um idiota, Mary — Gui diz e concordo com cabeça.

— Quer saber? Vou beber e me divertir. Dane-se esse imbecil!

Comemoramos com ela, que sai em busca de bebida.

— Vamos dançar, Gui.

Quando estamos no centro do salão, Guilherme toca minha cintura e eu deslizo meus dedos por seus ombros.

— Não dá pra calcular a saudade que senti de você — ele diz, sem tirar os olhos dos meus.

— Se for metade da que senti... foi gigantesca.

— Chega de ficarmos separados, certo?

— Chega, sim, senhor.

Depois do MBA, Gui ainda fez uma viagem para a África com seus dois colegas de apartamento. Foi a despedida deles após tanto tempo convivendo diariamente. Gui me chamou para fazer o mochilão com eles, mas eu tinha as últimas provas.

— Acho que podemos passar o resto da vida compensando essa ausência. O que acha? — Ele encosta a testa à minha.

— Acho ótimo. — Roubo um beijo rápido e sorrio, radiante.

Mary também está bem feliz perto de nós e isso faz com que eu me sinta ainda melhor. A noite não seria perfeita se ela não estivesse bem.

— Vai dar tudo certo para ela — Gui sussurra, compreendendo meu olhar. — Então, não se preocupe. Vocês duas têm muito para comemorar hoje. Todos temos. Vamos dançar, amor.

E dançamos... Dançamos como se o mundo tivesse parado e nada mais importasse. Dançamos sabendo que nada pode nos separar. Dançamos como se a vida fosse eterna.

☾

No dia seguinte à festa, meus pensamentos estão a todo vapor. Durante o almoço todos riem de alguma piada divertida do Daniel, meu irmão mais velho. Eu os acompanho, mas confesso que perdi o começo e não entendi direito.

Tenho tantos planos... Na segunda-feira começarei a trabalhar em um dos maiores jornais de São Paulo. Desde que me formei queria trabalhar lá, mas não imaginei que conseguiria logo após o curso. Como sempre fui uma excelente aluna, um dos meus professores me indicou para esse jornal, e a contratação foi quase imediata. E eu não vejo a hora! Quero levar notícias às pessoas, quero informá-los de tudo, quero que possam ter acesso ao que precisam para se tornarem seres-humanos melhores. Estou tão ansiosa!

A gargalhada da Mary faz com que eu olhe para ela, que balança seus cabelos e pisca quando nossos olhares se encontram. O único ponto negativo da mudança de emprego é que agora não trabalharemos mais juntas. Vou sentir falta do contato diário, mas sei que nos falaremos praticamente o dia todo, ainda que seja por mensagem.

Com o retorno do Gui talvez retomaremos a ideia de morarmos juntos. Acho que já está na hora de sair da casa dos meus pais e começar a minha vida. Sei que não tocamos nesse assunto há meses e em algumas situações pareceu até que ele queria evitar falar disso, mas a Mary disse que é coisa da minha cabeça e ela deve estar certa. Às vezes, quero que tudo aconteça rápido demais.

Abro a outra porta do guarda-roupa, tiro mais algumas peças e jogo sobre a cama.

— Hoje estou naqueles dias que acho que não tenho o que vestir! — Aperto meu rosto entre as mãos, fazendo Mary tirar os olhos do celular e olhar para mim.

Ela está sentada na poltrona, no canto do quarto e franze a testa, coçando a cabeça.

— Tem certeza? — Ela deixa o celular sobre o criado-mudo e pega uma blusa azul.

— Você me entendeu. — Bufo, vasculhando entre as peças à procura de algo perfeito. — Parece que é a primeira vez que o Gui e eu vamos sair sozinhos. Além disso, ele chegou ontem, só o vi na festa, chegamos de manhã em casa, mas nem tivemos tempo de conversar direito. E hoje ele sumiu o dia inteiro, está fazendo o maior mistério...

— Não sei como vocês aguentam — Mary responde atenta ao resto das roupas. Seu celular toca e ela finge que não ouviu.

Dou a volta na cama e o pego, estranhando seu comportamento.

— É o Carlos — digo, e ela segue parecendo não ligar.

— Eu sei. — Dá de ombros, revirando a pilha de roupas. — Achei! — Ela balança um vestido preto à minha frente. — Você fica maravilhosa nesse.

— Nossa, como não me lembrei dele? — pergunto, pegando-o e apertando contra o peito. Foi um presente da Mary no meu último aniversário.

— Acho que a abstinência te deixou cega — ela me provoca e eu faço uma careta.

Ela se senta outra vez na poltrona, mas sem pegar o celular.

— O que houve? — pergunto ao pendurar o vestido em um cabide na porta do guarda-roupa.

— Transei com o Carlos — ela me conta, arrancando uma pelinha da cutícula. — Nem precisa dizer que eu não devia. Sei disso.

Agacho-me perto dela de modo que consiga ver sua expressão.

— Eu não ia dizer isso, Mary. — Toco seu joelho.

E não ia mesmo. Apesar de não concordar com as escolhas da minha amiga para namorados, jamais direi a ela o que deve ou não fazer. Ninguém manda no coração.

— Vai dizer quando eu contar que ele me pediu dinheiro emprestado de novo.

— Ah, não... — murmuro.

Quando ela finalmente me encara, seus olhos estão lacrimejando.

— Por que não dou sorte no amor?

Como eu queria saber a resposta para essa pergunta. É horrível ver minha amiga sofrendo apenas por querer amar.

— Não sei. — Sou sincera. — Mas não acho que se trata de sorte.

— Por que eu sempre me envolvo com a pessoa errada? Será que a fábrica que fez o Gui jogou o molde fora? — ela pergunta, enxugando uma lágrima teimosa que escapa.

— Espero que não. — Levanto-me para beijar seu rosto.

Sei que não há uma pessoa igual a outra, mas é reconfortante pensar que pode haver outras pessoas tão especiais quanto o Guilherme.

— Ei, meninas. — Meu irmão aparece na porta do quarto. — O papai pediu para avisar que fez pão de queijo. Se não descerem logo, vou comer tudo.

— Duvido muito dessa ameaça. Daniel é preparador físico e evita escapar da dieta rígida que segue. Ele é sete anos mais velho do que eu e voltou a morar conosco quando um cano estourou em seu apartamento causando uma série de infiltrações. Enquanto a reforma durar, ele ficará aqui. Ele abre a boca, provavelmente com a intenção de fazer alguma brincadeira, mas estreita os olhos. Finalmente percebendo que a Mary está chorando. — Algum problema?

— Não, Dan. — É a própria Mary que responde, levantando-se e enxugando o rosto. — É minha alergia. Sua irmã resolveu trazer o guarda-roupa a baixo. — Ela aponta para a pilha de roupas.

— Afffff. Deixa ver se eu adivinho? Ela soltou a clássica frase: "Não tenho o que vestir"?

Mary ri e assente, enquanto Daniel balança a cabeça.

— Acho que não há nada que o pão de queijo do seu pai não resolva, né? — ela diz com uma piscada.

Sorrio. Se existe algo mais surpreendente do que o "dedo podre" para homens que a Mary tem, é sua capacidade de se recuperar.

Pontualmente às 19h, Guilherme toca a campainha. Quer dizer, imagino que seja ele, afinal nunca se atrasa.

Dou uma última olhada no espelho. Meus cabelos estão soltos e caem sobre os ombros com alguns cachos naturais nas pontas. A maquiagem é leve e o delineador acentuou a cor castanha dos meus olhos. O vestido preto fica a um palmo dos meus joelhos e tem um decote bonito, provocante, mas misterioso. Desço as escadas de casa devagar, tomando cuidado para não tropeçar e cair com os saltos bem altos.

Os olhos de Guilherme pousam nos meus antes que eu pise no último degrau e meu coração dispara. É natural sentir o coração dar voltas no peito sempre que vemos quem amamos?

— Você está linda — Gui interrompe a conversa com meu irmão e estende a mão para me ajudar a terminar de descer. Depois beija levemente meus lábios.

— Você também. — Admiro-o enquanto falo. Ele veste calça cáqui e uma camisa clara dobrada na altura dos cotovelos.

— Vamos? — Ele pergunta e me viro para me despedir do meu irmão, mas não o vejo em lugar algum.

— Nossa. — Me surpreendo e o Guilherme ri.

— Eu tinha me esquecido dessa habilidade do seu irmão de desaparecer rapidamente quando necessário.

Ainda se divertindo com a situação, Guilherme entrelaça os dedos nos meus e saímos de casa.

A verdade é que quero muito ficar sozinha com Guilherme, mas é claro que ele tem todo um pacote preparado.

Quando chegamos ao restaurante, estou mais ansiosa do que posso aguentar e quando vejo que o garçom o reconhece, fico curiosíssima.

— Já esteve aqui hoje? — pergunto, virando-me para ele, enquanto seguimos o garçom até a mesa.

— De onde tirou isso? — Ele se faz de desentendido.

— O garçom te reconheceu, Gui. E você esteve fora por bastante tempo.

— Pois te garanto que não vim aqui... — Estreito os olhos. — Hoje! — Ele se adianta e puxa a cadeira para que eu me sente. — Agora pare de tentar ficar descobrindo meus planos.

— Você sabe que sou curiosa.

— Sei. E isso torna tudo mais divertido.

O garçom anota nosso pedido e se afasta. Pego o guardanapo sobre a mesa e abro-o para colocar no colo, mas um cartão cai de dentro dele. Abaixo-me para pegá-lo. Guilherme segue impassível, como se nada tivesse acontecido. Tiro o cartão do envelope e o leio.

Vou te surpreender de qualquer jeito, então trate de me dar uma chance e deixar de ser curiosa!
Com amor, Gui.

— Sabia que já tinha vindo aqui. — Sorrio, acariciando as palavras escritas por ele. Há uma lua fina desenhada à mão no cantinho do cartão.

— E eu sabia que você ia querer descobrir tudo antes de acontecer. Agora obedeça ao que está escrito aí.

— Sim, senhor! — Bato continência e ele captura minha mão sobre a mesa. — Gostei da lua. Achei que quando fôssemos adultos esqueceríamos isso. Fico feliz que não aconteceu.

— Jamais. Nós dois não estaríamos aqui se não fosse ela.

Sorrio ao me lembrar do nosso primeiro beijo. Não o beijo casto de duas crianças, mas aquele que fez meu coração derreter no peito. Por termos crescido juntos, tivemos alguns momentos em que um dos dois pensou que talvez ficasse com outra pessoa, mas isso só se tornou forte para nós dois e ao mesmo tempo quando tínhamos 15 anos. Eu não me lembro exatamente quando me apaixonei por ele, mas lembro muito bem do momento em que pensei que o perderia: quando a Renata, garota da outra classe, o convidou para o cinema.

Gui contou para mim e para Mary, todo feliz, e eu só queria ir até a Renata e dizer que isso não ia acontecer. Mas aconteceu e eu passei quatro horas imaginando os dois se beijando de todas as formas possíveis. Depois de ficar andando de um lado para o outro e quase fazer um buraco no chão, avisei a minha mãe que ia dormir na casa do Gui e atravessei a rua, decidida. Se ele tivesse ficado com a Renata, eu daria um chute na canela dele, e depois me declararia. Seria isso ou arriscar a perdê-lo de vez. Eu não ia conseguir ser tão amiga dele se o visse namorando outra pessoa. Acho que não sairia da sua vida, mas ia sofrer pra caramba.

Antônio, irmão mais velho do Gui, abriu a porta e sorriu, compreensivo.

— *Eu estava aqui pensando que horas você chegaria.*
— Você sabia que eu vinha?

— Claro. Apostei com seu irmão, inclusive. — Franzi a testa, sem entender, e ele apontou para as escadas. — Vai, sobe. O Gui deve chegar logo mais e acho que vocês precisam conversar.

Assenti e não disse mais nada. Só dei graças a Deus pelos pais do Gui estarem viajando. Eu não ia saber explicar o que estava fazendo ali sem o Gui em casa.

Ainda me lembro da ansiedade que senti, da tensão, do medo de ter perdido meu amigo para sempre para outra garota. De ter perdido o amor da minha vida. No tempo em que ele ficou ausente, pensei como seria viver sem ele e no quanto eu não queria ter que descobrir isso.

Em um momento, me levantei e caminhei até a sacada que havia em seu quarto. Seu telescópio estava montado e me aproximei dele. Aprendi desde pequena a observar os detalhes do universo. Guilherme conhece muito e é um ótimo professor. Perdida entre as estrelas, tentava me distrair, mas só conseguia ouvir a voz do Gui me explicando cada detalhe.

Pouco depois de nos conhecermos, o Guilherme me disse que podíamos fazer qualquer pedido à lua minguante e que se ela achasse justo, a lua nova traria o nosso desejo realizado. Estava na cara que isso era invenção dele e nunca acreditei de verdade, mas ele falava com tanta convicção, que me deixei contagiar. E, olhando para o céu, lá estava ela... a nossa lua minguante.

Então, fiz um pedido:

— Faz ele voltar pra mim, por favor...

— Quem? — Guilherme tocou meu ombro e fez com que eu me assustasse.

Ao tentar me afastar, fiquei encurralada no canto da sacada.

— Eu vim ver a lua — menti, gaguejando.

— A lua.... — Ele deu um passo na minha direção.

— É...

— Por quê? — ele perguntou, mas não parecia confuso. Parecia saber bem das minhas razões.

— Porque sim. — Tentei evitar o seu olhar, mas ele se aproximava cada vez mais.

Ele deu mais um passo e segurou minha mão apoiada na sacada. Eu estava me amparando, porque minhas pernas não me obedeciam mais, e seu toque me deixou ainda mais vulnerável.

— Eu não beijei a Renata. — Uma simples frase que tirou todo o peso do meu coração.

— Não?

— Não. — Seu olhar não saía do meu, como se ele quisesse desvendar todos os meus segredos.

— Por quê?

— Porque não era ela quem eu queria beijar.

— E quem você queria? — As palavras não foram mais do que um sussurro.

— Quando eu vinha para casa, também fiz um pedido à lua. — Em vez de me responder, ele começou a contar.

— Que pedido?

— Que a garota que eu queria beijar estivesse esperando por mim. — Seus dedos correram pelo meu braço e pararam em meu pescoço. — E que isso seria um sinal para que eu desse o próximo passo.

— Que passo?

— Só posso dizer se você responder à minha pergunta primeiro.

— Que pergunta?

— Você estava esperando por mim? — Guilherme tocou meu rosto, seu corpo bem próximo ao meu. Engoli seco, sem ar. Era agora ou nunca. Eu não conseguia falar, então assenti. Ele sorriu. O sorriso mais lindo do mundo. — Finalmente... — Foi sua última palavra antes de me beijar.

Meu coração disparou, prestes a romper meu peito. Minhas pernas bambearam. E meu mundo mudou. Guilherme deixou de ser apenas meu melhor amigo e se tornou minha vida.

— Se você soubesse o quanto foi difícil ficar longe — Guilherme diz, me trazendo para o presente.

Quem diria que éramos mesmo para sempre e não um namorico adolescente?

— Eu sei. Sei exatamente como foi. — Aperto sua mão. — Agora chega de ficarmos longe, né, Gui?

— Chega. Agora é hora de ficarmos mais próximos ainda — ele diz, misterioso.

Ele tem mais surpresas, mas nem pergunto nada. Sei que ele não me contaria.

)

— Oi. — O garoto que eu não conhecia se aproximou de mim no balanço, durante a festinha na escola.

— Oi — respondi, estranhando, sem olhar para ele. Eu tinha me mudado há dois dias e a ideia de vir à festa de carnaval fantasiada de Wolverine fez com que os outros alunos achassem que eu era maluca.

— Qual o seu nome? — Ele batia o pé no chão, como se estivesse ansioso para eu responder.

— Bruna. E o seu?

— Guilherme. Por que está triste?

— Ninguém quer brincar comigo. — Suspirei, pesarosa.

— Isso não é verdade.

— É, sim. Está vendo alguém que quer? — Mostro ao redor. Todos os outros alunos estavam bem longe.

— Eu! — E ele fez sinal com a mão para que eu o seguisse. — Com duas pessoas dá pra brincar.

Hesitei, desconfiada por um instante, mas depois acabei cedendo e essa foi a decisão mais certa que já tinha tomado.

☽

Após o jantar, caminhamos de mãos dadas até o carro. Guilherme abre a minha porta e, enquanto coloco o cinto, ele dá a volta para entrar. Não sem antes digitar algo no celular. Ele passa a mão pelos cabelos, parecendo um pouco preocupado.

Já dentro do carro, ele abre o porta-luvas, tira um lenço preto de cetim e me mostra.

— Preparada? — Abre o lenço e se ajeita no banco para vendar meus olhos.

Não é a primeira vez que isso acontece. Ele fez algo assim no meu aniversário de 20 anos.

— Sempre pronta, né? — Pisco antes de ele amarrar o lenço.

— Vai valer a pena.

— Tenho certeza de que vai — respondo, com a curiosidade me corroendo e sentindo seus dedos gelados tocando a minha pele. — Você está bem, Gui?

— Claro. Por que pergunta isso?

— Te achei meio pálido mais cedo e quase não comeu no jantar.

— Minha mãe disse a mesma coisa e ainda acrescentou que estou magro demais. Mas não é nada. Só estou cansado. Estava louco para te ver e cheguei ontem, lembra? Foi tudo muito corrido. — Ele ri, despreocupado. — Estou bem. Só tão ansioso quanto você.

— Isso eu duvido.

Guilherme liga o som e *Photograph*, do Ed Sheeran, preenche o espaço entre nós. Enquanto meus pensamentos voam tentando descobrir o que Gui está planejando, ele cantarola baixinho.

— Chegamos — Guilherme diz ao estacionar. — Vou dar a volta e te ajudar a descer. Nada de tirar a venda ainda. — Ele toca meus dedos que já estavam prontos para me livrar do pedaço de pano.

Ele me ajuda e caminhamos devagar, com sua orientação. Tropeço algumas vezes, mas ele não me deixa cair. Pelo barulho, parece que um portão automático se abriu. Em seguida, tenho quase certeza de que estamos em um elevador. Ops... O frio na barriga e o leve peso nas pernas me informam que estou certa.

— Falta muito? — Aperto sua mão e sinto-o tremer levemente.

— Só mais um pouquinho. — Ele beija o topo da minha cabeça.

O elevador para. Saímos. Caminhamos mais um pouco. Barulho de chaves. Uma porta se abre. Há um perfume diferente no ar.

— Ah, meu Deus, Gui! Como lidar com essa ansiedade?! — Procuro sua mão e a levo ao meu peito. — Sente meu coração. O coitado vai explodir.

Em vez de responder, ele me beija. Talvez por eu não esperar, talvez por todo o mistério, mas sinto as borboletas fazendo festa em meu estômago.

— Eu te amo tanto. Tanto... Tanto... — ele sussurra entre meus lábios.

— Eu também te amo. Demais. Agora pode, por favor, parar de me torturar.

Rindo, Guilherme desamarra a venda e abro os olhos devagar, piscando várias vezes.

Estamos em um apartamento. As luzes estão apagadas, mas há velas acesas por todos os lados. Não há móveis além de um colchão coberto com lençóis escuros estampados com uma lua bem fina enorme e estrelas. Há uma série de travesseiros forrados com o mesmo tecido e fios pendurados pelo teto com luas na ponta.

Olho para o Guilherme, cobrindo a boca com a mão, sem conter um sorriso.

— Que lugar é esse? — Inspiro o perfume das velas.

— Nosso lugar.

— Como assim? — Meus olhos se arregalam e sinto um arrepio.

— Comprei esse apartamento com parte do dinheiro que minha avó me deixou. O dinheiro também vai dar para pagar uns meses de aluguel, pois pretendo abrir minha própria clínica veterinária. Preciso começar a trabalhar logo. Acho que não vai dar para viver de observar a lua, né? — ele explica, segurando minha mão e caminhando pelo apartamento.

Nosso caminho todo iluminado por velas e pétalas de rosas. Alguém esteve aqui ajeitando tudo com ele e acendendo as velas antes de chegarmos. Aposto que a Mariana está envolvida.

O apartamento é pequeno: dois quartos, sala, cozinha e banheiro. Mas admiro tudo como se estivesse em um castelo.

— Eu sei que você ia gostar de escolher comigo, mas eu queria tanto fazer surpresa — ele explica ao voltarmos à sala, onde o colchão está. — A Mary e seus pais me ajudaram a escolher. Fizemos tudo para que você gostasse. E não mobiliei porque quero que façamos isso juntos. Mas temos o colchão, fogão, uma cafeteira e uma geladeira recheada com tudo o que você gosta.

— Eu amei! — Sou sincera, apesar de ainda estar chocada.

Tudo o que eu queria era morar com Guilherme. Há tempos acho que estamos prontos para o próximo passo. Quando eu pensei sobre o que seria a surpresa de hoje, achei que seria sobre isso, mas não que ele já tivesse se antecipado e comprado.

— Esse tempo que ficamos separados só deixou claro o que eu sempre soube: você é a minha vida, Bru. — Estamos em frente um ao outro e ele segura minhas mãos. — Eu não acredito em almas gêmeas, você sabe. Mas acredito que o universo traz para nós o que precisamos, aquilo que nos completa. E desde pequeno, quando nos conhecemos, mesmo sendo uma criança que não entendia nada de amor ainda, eu sabia que queria você pra sempre. Então, hoje, eu fiz um pedido à lua e agora tenho outro para você. — Ele pega algo no bolso e se ajoelha à minha frente, me mostrando duas alianças. — Quer casar comigo?

Se é que é possível, minhas pernas bambearam ainda mais, então em vez de responder, eu me ajoelho em frente a ele, que sorri. Não dizemos nada a princípio. Nos olhamos, deixando que o silêncio fale por nós. Nossos olhares não se desconectam. Sabemos que o que temos é especial e raro. Ele toca meu rosto sem se importar em esconder as lágrimas que brilham em seus olhos negros.

— Sim — respondo entre as lágrimas, puxando-o para um beijo.

Nossos lábios se encontram em meio a risos e lágrimas.

— Sou o homem mais feliz do mundo.

— E eu a mulher. A lua atendeu o seu pedido?

— Sim. — Ele tira uma mecha de cabelos da minha testa.

— O que pediu? — pergunto baixinho.

— Que você dissesse sim.

— A Mary diz que você saiu de um livro. Às vezes acredito... Tudo isso é demais, Gui. — Aponto ao redor.

— É pouco perto do que ainda vamos viver. Aliás, quer começar nossa vida juntos hoje? — A ansiedade faz sua voz tremer ligeiramente.

— Como assim? Me mudar para cá agora?
— Isso.
— É claro que sim!
— Ufa... — Ele solta um longo suspiro.
— Que foi?
— Eu meio que pedi para os seus pais empacotarem suas coisas e ia ficar parecendo um cara bem louco se você dissesse não.

Dou uma gargalhada e rodopio pelo nosso apartamento. É o primeiro dia de uma vida que promete ser maravilhosa.

☽

> *Bruna:* Estamos noivos e vamos morar juntos!

Mando a mensagem para a Mary assim que acordo, pela manhã.

> *Mariana:* Eu seeeeeeeeeeeeeeeeeeeeeei!

> *Bruna:* Por que você estava por trás de tudo, né?

> *Mariana:* Não! Porque instalei câmeras por todo o apartamento! hahaha

Mando uma carinha assustada para ela.

> *Mariana:* Claro que sei porque estava por trás de tudo. Mas acho que devia ter instalado câmeras, sim. Deve ter sido fofo demais!

> *Bruna:* Foi! Mas as cenas seguintes não podiam ser gravadas, não.

> *Mariana:* HAHAHAHA! Faço uma ideia. Ainda mais com a abstinência que vocês estavam. Vamos comemorar amanhã!

> *Bruna:* Vamos!

> *Mariana:* Mesmo lugar de sempre?

> *Bruna:* Sim!

☽

Entro apressada na cozinha e ligo a cafeteira, com a respiração acelerada.

— Calma, mulher. — Guilherme me abraça por trás e beija meu pescoço.

— É meu primeiro dia de trabalho, Gui. No lugar em que sempre sonhei trabalhar. — Eu me viro de frente para ele, que desce as mãos para a minha cintura. — Estou tudo, menos calma.

— Se te ajuda, também estou preocupado com a nova clínica.

— Sério? Você é sempre tão seguro.

— Sério. É um grande passo. Conversei com o Fábio e ele quer entrar no negócio como meu sócio. — Ele se refere a um de seus grandes amigos. — O que acha?

— Acho que vai ser bom. Vocês se entendem bem e são ótimos veterinários.

Eu me deixo perder no olhar do Guilherme por alguns instantes, lembrando-me quantas vezes falamos como seria a vida quando crescêssemos. Esse dia chegou tão rápido.

— Vamos ver alguns locais para alugar mais tarde. E eu estou ansioso demais. — Ele agita as mãos, querendo mensurar o sentimento.

— Quem diria que todos os nossos sonhos se realizariam? — Eu o beijo antes de me virar para encher duas xícaras de café e oferecer uma a ele. — Estamos na nossa casa, Gui. Conversando sobre nossas carreiras. Isso é...

— Incrível!

Mordo uma torrada e ofereço outra a ele, que rejeita.

— Agora não. Vou só tomar o café mesmo.

— Gui, qual a desculpa para não comer hoje? — Sua falta de apetite me preocupa.

Ele pega a torrada da minha mão e morde, mesmo eu sabendo que faz isso contrariado, só para me tranquilizar.

— Para, Bru. Eu estou bem. Vai. Dá um sorriso. — Ele me faz cócegas e sorrio. Ele ergue sua xícara para que brindemos e eu o acompanho. — Não é um dia para tristezas e preocupações. Você vai começar um novo trabalho, eu vou abrir uma clínica e mais tarde vamos comprar nossos móveis. Temos que comemorar. Quem diria que Wendy e Peter Pan iam mesmo se casar?

Nossa rotina de "casados" é deliciosa.

O Gui começou com a clínica e as coisas estão dando supercerto. E eu estou amando meu trabalho no jornal.

Nós acordamos cedo todos os dias, ligamos a cafeteira, pegamos uma fruta e saímos para correr. Na volta, tomamos banho juntos, rimos, conversamos... tomamos o café da manhã e saímos, cada um para um lado.

No fim do dia, combinamos o que vamos jantar, cada um compra algum ingrediente, faz alguma surpresa para o outro... e enquanto preparamos a comida, conversamos sobre o dia. Eu imaginava que seria bom viver com ele, mas tem sido ainda melhor. Depois de tudo o que passamos juntos (mesmo morando em países diferentes), parece justo que nosso encaixe seja o mais próximo possível do perfeito.

Às sextas, saímos com nossos amigos e é bom que todos estão felizes. No restante do fim de semana, torcemos para que chova, para não termos desculpa para sairmos de casa. A Mary nos provoca por mensagens, dizendo que parecemos velhos. E nem acho que ela está errada, mas estamos curtindo esse novo momento.

Aproveitamos para assistirmos à alguma série ou filme, conversarmos, fazermos planos... O Gui sorri para a maioria das minhas ideias e, como sempre, diz que minha ansiedade ainda vai me matar. E ele deve estar certo, mas quem disse que consigo evitar?

O amor que nos une é maior do que tudo. Os anos que passamos fazendo o relacionamento funcionar, apesar da distância, deram certo. Fomos feitos para dar certo. Por mais que eu saiba que temos a vida toda pela frente, não quero desperdiçar nem um segundo.

Todo tempo do mundo é pouco para viver esse amor.

☽

— E foi isso, aparentemente eu não posso cobrir esportes tão bem quanto o Evandro, porque sou mulher — Mariana diz, um mês depois, bebendo seu copo de cerveja até a metade e jogando seus cabelos azuis para trás. — Ah, nem sei por que tô reclamando. Preciso arrumar outro trabalho e largar aquele jornalzinho de quinta.

— Que ridículo, Mary! — Estou muito zangada por ela. Trabalhamos juntas até recentemente e seu editor é realmente o cara mais nojento do mundo.

— É patético. — Antônio espeta uma rodela de calabresa com o palito e leva à boca. — Brigue pelos seus direitos, minha linda, ou saia como uma diva daquele jornal e não volte mais.

— Olha, não é fácil ser mulher, viu? — Mary faz sinal para o garçom para que reabasteça sua bebida.

— Não, não é mesmo. Mas experimenta ser negro e gay para ver o que acontece. — Antônio pisca para ela.

Mariana revira os olhos e pega uma batata frita. Eu a observo atentamente. Antônio ser gay foi um problemão para ela há alguns anos. Ele foi seu primeiro amor. É uma ironia que ela tenha tido sua primeira vez com ele e ele teve sua última vez com mulheres com ela. Demorou muito para que minha amiga superasse. E numa coincidência dos diabos, naquele momento, Gui e Fábio cantam *Evidências*, do Chitãozinho e Xororó a toda voz no karaokê. Esse lugar é o nosso ponto de encontro. Pelo menos uma vez por semana estamos aqui.

— Como sempre aqueles dois monopolizam o microfone. — Antônio se levanta, fingindo estar zangado.

— Vai lá, Toni. — Mary o incentiva. — Se cantar *It's raining men*, vou com você.

— Pois venha! — Ele a puxa pela mão. — E você não vai escapar não, viu, Bru? Pode ir escolhendo a sua música que você é a próxima. — Aponta para a pasta com a seleção de canções.

Eles se vão e logo Guilherme e Fábio se sentam ao meu lado. Fábio sorri e mexe no celular. Nós nos conhecemos desde o Ensino Médio. Ele é alto, loiro e bem bonito. A garçonete logo se aproxima da nossa mesa quando ele senta, mesmo não sendo ela que está nos atendendo. Os dois começam a flertar e me viro para o Guilherme.

— Você precisa comer algo — empurro o prato de batata frita na direção dele, que faz sinal negativo com a mão. — Não comeu nada a noite toda.

— Não estou com fome.

— Você comeu em casa? — Ele confirma com a cabeça, mas sei que está mentindo porque evita o meu olhar. Fico preocupada, mas ele é bem grandinho e não quero brigar por isso, então mudo de assunto. — Canta comigo a próxima? — pergunto, voltando a olhar para a pasta.

— Não precisa pedir duas vezes. Já escolheu?

— Pensei nessa aqui. — Aponto com o dedo para *Sorry*, do Justin Bieber e ele ri.

Fecho a pasta, decidida, e volto minhas atenções para Antônio e Mariana. Os dois cantam totalmente desafinados, fazendo uma dança maluca e pouco se importando com as pessoas olhando para eles. Queria ter tanta desenvoltura assim.

Quando chega a minha vez, Guilherme me acompanha. Não gosto muito de cantar e muito menos de ser o centro das atenções, mas eu canto por ele e porque é divertido quando finjo que não há mais ninguém conosco.

Os primeiros acordes começam e me preparo. O Gui canta muito bem, então sempre que ele está no palco as pessoas prestam atenção. E ele ainda fica imitando a dancinha do Bieber, fazendo com que a plateia se agite mais.

Canto olhando para ele e às vezes para os meus amigos. Vejo Mary tirando uma foto nossa, Antônio fazendo sinais de incentivo e Fábio sorrindo. Quando volto a olhar para Guilherme, percebo mais a palidez excessiva que tem marcado seu rosto desde que ele retornou. Decido conversar com ele quando a música acabar, mas não tenho muito tempo de fazer nada. Gui para de cantar e balança a cabeça, visivelmente se sentindo mal.

— Gui, você está bem? — Toco seu braço e ele pisca várias vezes como se não pudesse me enxergar. — Gui.

— Bru, eu... — Ele tenta me dizer algo, me tocando com sua mão gelada.

— Gui!

A essa hora nossos amigos já se aproximam do palco. Fábio é o primeiro a subir, percebendo que algo está errado, mas antes que ele nos alcance, Guilherme desaba. Não consigo segurá-lo e vejo seu corpo atingir o chão.

Grito, me abaixando para ver como ele está. Seus olhos estão fechados e seu corpo imóvel.

Chamo seu nome várias vezes e a resposta é o silêncio.

☾

Ando de um lado para o outro no hospital. Meus pais e os do Guilherme chegaram pouco depois que nós.

Quando finalmente um médico vem conversar, eles levam Seu Luiz e Dona Edna com eles. Antônio vai correndo em seguida. Está preocupado e não o culpo por não se dar conta de que também estou.

— Calma, filha. É procedimento padrão. Eles precisam falar com a família primeiro — meu pai explica, tocando meus ombros, quando me sento impaciente a seu lado.

— Eu também sou família, pai. — Não consigo compreender a atitude do médico. — Nós vamos nos casar e moramos juntos...

Interrompo o que ia dizer, porque Antônio aparece, fazendo um sinal para mim.

— Guilherme está bem — ele diz deixando todos aliviados e estende a mão na minha direção. — Ele quer te ver. Vamos.

Aceito sua mão e caminho a seu lado, sem dizer nada. Palavras não importam agora. Preciso vê-lo. Preciso olhar dentro de seus olhos e ver que tudo ficará bem.

Antônio empurra a porta devagar e a segura para que eu passe. Roo as unhas, apreensiva, e me lembro do conselho da minha mãe para nunca fazer isso, ainda mais em hospitais. Abaixo a mão, me recriminando por pensar em algo tão besta com o Guilherme deitado naquela cama. Acho que meu inconsciente lida tão mal com isso quanto o meu consciente.

A medicação desce pelos pequenos tubos que terminam dentro do corpo fraco de Guilherme. Sua aparência está péssima. Agora, em vez do abatimento, há um tom meio esverdeado em sua pele.

Assim que me vê, ele sorri e estende a mão. Corro para perto dele e o abraço, tomando cuidado para não puxar a medicação.

— O que você tem? Está tudo bem? Eu fiquei tão assustada! Onde estão seus pais? — as perguntas saem atropelando umas às outras.

— Calma — ele pede, quando me afasto um pouco, e segura minha mão. — Eu estou bem. Os médicos disseram que é uma anemia forte. Só isso.

— Vou ver como nossos pais estão — Antônio diz e sai rapidamente.

— Onde eles estão? — pergunto sem entender. Estava certa de que eles estariam ali.

— Resolvendo umas coisas do convênio — Guilherme me explica, quando Antônio sai, fechando a porta.

— Tem certeza que está bem?

— Estou, sim. Ficarei uns dias no hospital para me recuperar bem e depois é vida nova. Foi o que os médicos disseram, então fica tranquila.

Beijo seus cabelos e aperto sua mão, querendo sentir alívio, mas algo me perturba.

Se ele está mesmo bem, por que meu coração diz que não está?

☽

Quero ficar com Guilherme no hospital, mas o pai dele diz que vai ficar, então não me resta alternativa além de ir para casa e voltar depois do trabalho amanhã. Encontrei com seus pais. A mãe dele chorava e o pai disse que foi pelo susto.

Fábio trocou um olhar comigo e o senti tão preocupado quanto eu. Por isso, agora, deitada na cama é para ele que envio uma mensagem.

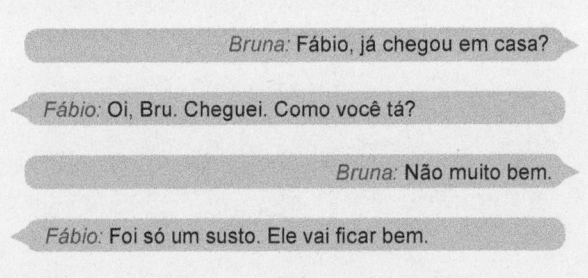

Bruna: Fábio, já chegou em casa?

Fábio: Oi, Bru. Cheguei. Como você tá?

Bruna: Não muito bem.

Fábio: Foi só um susto. Ele vai ficar bem.

Bruna: Você não achou que os pais dele estavam estranhos?

Fábio: Achei. Mas depois conversamos e vi que era impressão minha.

Bruna: Tem certeza?

Fábio: Sim.

Silêncio. Estou quase colocando o celular no criado-mudo quando chega outra mensagem.

Fábio: Eu não mentiria pra você.

Bruna: Obrigada.

Fábio: Não precisa agradecer. Tô sempre aqui pra você. Logo o Gui tá de volta

Bruna: É o que mais quero.

Fábio: Vou dormir, Bru. Qualquer coisa liga. Durma bem. Beijo.

Eu me despeço dele e fico olhando para o teto do quarto. Mal posso enxergar com as luzes apagadas. Viro para o lado, tentando dormir. Nada. Viro para o outro. Nada. De bruços. Nada. De barriga para cima outra vez. Nada.

Pego o celular para me distrair, na esperança de que o sono venha em seguida, e no mesmo momento ele vibra com uma mensagem.

Peter: Procurando sombras na parede, Wendy?

Meu coração dá um sobressalto.

Wendy: Não há sombras na escuridão, Peter.

Peter: Não gosto de te ver assim.

Wendy: E eu gosto menos ainda de saber que você está no hospital.

Peter: Eu vou sair. Logo mais.

Wendy: Não estou com um bom pressentimento, Gui.

Peter: Vai ser o que tiver de ser. Vou sair daqui.

> *Wendy:* Vai sair bem?

> *Peter:* Por que não sairia?

> *Wendy:* Não sei. Tá bem mesmo?

> *Peter:* Se você não dormir, como vai conseguir vir me ver amanhã?

Ele responder uma pergunta com a outra me preocupa.

> *Wendy:* Gui, me conta a verdade?

> *Peter:* Eu contei.

> *Wendy:* Jura?

> *Peter:* Juro.

Lágrimas escorrem pelo meu rosto. Na única vez que Guilherme jurou algo era mentira e foi tentando me proteger. Ele sempre disse que sua palavra era o bastante e que não era preciso juramentos. Essa mudança repentina diz tudo o que preciso e, no fundo, não queria saber: ele está mentindo para mim.

☾

— Você viu a minha Matilda? — perguntei ao Guilherme, referindo-me à minha gata.

— Não vi, não — ele respondeu, sem olhar para mim, mexendo na terra com um gravetinho. Distraído como vários garotos de 9 anos que eu conhecia.

— Estou preocupada — disse com a voz embargada. O choro estava querendo me pegar.

Ele me olhou e deixou o graveto de lado.

— Pensando bem, eu vi sim. — Ele assente, com certeza.

— Onde?

— Seu pai passou com ela mais cedo. Disse que ia levá-la para tomar banho.

— Gatos não tomam banho.

— É claro que tomam. — Ele deu de ombros — Mas só os melhores, como a Matilda.

— Você tem certeza?

— Claro. Por que eu mentiria?

— Você jura?
— Você vai parar de ficar triste se eu jurar? — Eu devia ter desconfiado quando ele apertou os lábios, apreensivo.
— Sim.
— Então eu juro.
Sorri e fui brincar de pega-pega com ele.

☽

Olho para a foto da Matilda no meu mural, bem ao lado de uma com Gui e eu brincando no balanço, quando crianças. Eu nunca mais vi minha gata depois daquele dia. Meu pai e o Gui me fizeram acreditar por anos que ela tinha ido tomar banho e foi escolhida para representar os gatos do bairro em um concurso. Sofri pela ausência dela, mas estava feliz por saber que ela estava bem. O que eu só soube anos depois é que ela tinha morrido atropelada.

Então, entro no hospital com meu emocional em frangalhos. Guilherme mentiu e se arrependeu. Por isso jurou. Ele sabe que eu o pegaria. Tivemos nossa primeira grande briga aos 14 anos, quando descobri a verdade sobre Matilda. Mesmo sabendo que ele fez para me proteger, demorei muito para confiar nele outra vez. Agora aconteceu de novo. E eu sei que preciso me preparar para o que ele me dirá quando eu abrir a porta.

Toco na porta devagar, fechando os olhos e fazendo uma prece em voz baixa.

— Você mentiu pra mim — digo com tristeza, assim que entro e nos olhamos.

Não estou triste pela mentira, mas pelo que sei que ele tentou esconder.

— Menti. — Guilherme me olha, magoado, mas ainda assim consegue sorrir. O sorriso mais triste que já vi. — Eu quis...

— Me proteger. Mas eu não sou mais criança.

— Não é. — Ele toca meu braço. — Eu só quis te dar mais uma noite, Bru.

— Prometa que não fará mais isso, por favor. Você não tem que me proteger.

— Desculpa.

Estou parada ao lado da cama e ele bate a mão no colchão para que eu me sente a seu lado. Obedeço.

— É grave? — pergunto, sentindo que meu mundo está prestes a ruir.

Nossos olhares se encontram e Guilherme não diz nada por um tempo. Quando estou prestes a me desesperar, ele começa:

— Preciso de um transplante de fígado. — Ele é direto, sabendo que estou à beira de uma crise nervosa. Tive a noite toda para especular sobre o que ele tinha.

Eu toco os lábios, tentando conter os sentimentos e Guilherme me puxa para seu peito. Começo a chorar enquanto ele me abraça em silêncio. Os soluços me tomam e não faço ideia de quando conseguirei parar.

— Precisa de um transplante de fígado? — Soluço ao repetir o que ele disse, me afastando um pouco para olhar em seus olhos. Guilherme balança a cabeça, triste, e segue dizendo palavras que nós dois daríamos tudo para não ouvir. — Como isso aconteceu? Por que seu fígado está ruim?

— Segundo os médicos, é fibrose hepática. — Meus olhos se arregalam. Sei tudo sobre essa doença porque a pesquisei a fundo quando Guilherme contraiu hepatite na África, durante o mochilão. — Eu sei o que está pensando... — Sua voz é tão triste que evito tocar no assunto da viagem.

— Estou pensando que quero que fique bem. Só isso. — Minto. É a única forma agora.

Nós nos encaramos e quando ele volta a falar, é sobre o tratamento:

— Vou começar a hemodiálise amanhã, mas preciso de um transplante o quanto antes. — Ele enxuga as lágrimas que deslizam pelo meu rosto.

Inspiro profundamente, tentando evitar outra crise de choro. Gui precisa de mim e precisa que eu seja forte.

— Pode pegar parte do meu? — pergunto, tocando meu ventre e sem saber exatamente onde fica meu fígado.

— Se formos compatíveis, sim. Ainda bem que o problema é no fígado, né? — Ele sorri, tentando parecer otimista, mas não consigo me alegrar.

— Onde eu faço o teste?

— Eu vou dizer ao médico que você quer fazer. Minha família fará também e há boas chances de um deles ser compatível. Vai dar certo.

— Vou falar com nossos amigos. Todo mundo vai fazer. Tenho certeza — digo e minha voz falha, ainda marcada pelo choro, mas fazendo o possível para acreditar que tudo vai dar certo.

Uma enfermeira entra para trocar a medicação. Eu me afasto da cama e a observo fazer o procedimento e sair.

Guilherme estende a mão para mim e acaricia minha palma quando me aproximo outra vez. Seu sorriso agora é bem confiante.

— O que eu sempre digo, Bru?

— Que tudo vai dar certo e nada pode separar a gente — repito, respirando fundo e abrindo um pequeno sorriso, ele retribui e beija minha mão.

Mas foi o que ele disse quando contraiu hepatite viajando e olha onde estamos.

Balanço a cabeça, tentando afastar os maus pensamentos. Aprendi com o Gui a acreditar na força dos pensamentos positivos e precisamos mais do que nunca deles agora.

Vai dar certo.

Tem que dar certo.

Não sei como consigo trabalhar nos primeiros dias da semana. Só consigo pensar no Guilherme, mas apesar de tudo tenho cumprido com o que me pedem. O pessoal do jornal tem me apoiado muito.

Desde que soube da gravidade da situação do Guilherme, passo todas as noites no hospital. Saio para trabalhar e volto todos os dias. Sei que estou um caco, bastante cansada, mas não consigo ficar longe. Agora estou editando meu texto e percebi que misturei duas matérias em uma: a senhora de 102 anos que ainda trabalha como confeiteira e a casa de quase trezentos anos que será demolida para dar lugar a um estacionamento. Mesmo com medo de não conseguir resolver o problema até a hora do fechamento, sigo tentando consertar meus erros e torcendo para não errar mais.

Quando finalmente termino a matéria da senhora idosa, meu celular vibra sobre a mesa. É uma mensagem do Gui:

> Peter: Meu irmão é compatível! Faremos a cirurgia daqui alguns dias.

Aperto o celular contra o peito, como se isso trouxesse o Guilherme para mais perto de mim. Antes que eu possa responder, outra mensagem chega:

> Peter: Não falei que tudo ia dar certo?

Caminho apressada para o banheiro. Meus olhos estão lacrimejando de felicidade e é melhor que meu editor não perceba que estou tão emotiva assim.

Tranco a porta e apoio as costas nela, digitando a resposta com os dedos trêmulos.

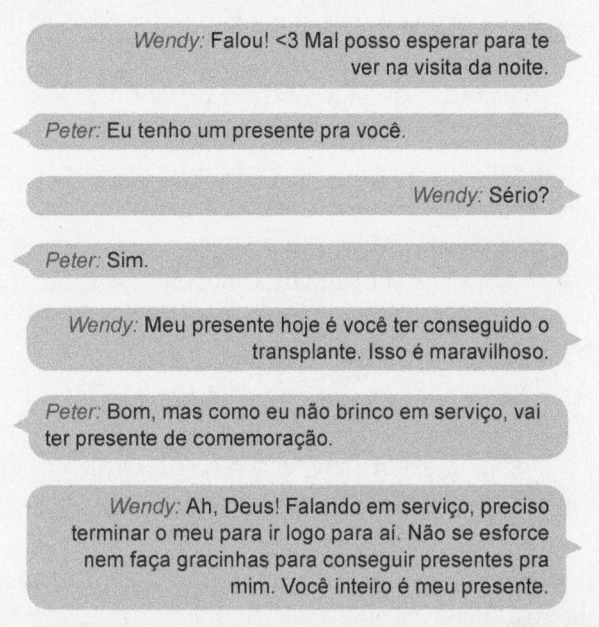

> *Wendy:* Falou! <3 Mal posso esperar para te ver na visita da noite.

> *Peter:* Eu tenho um presente pra você.

> *Wendy:* Sério?

> *Peter:* Sim.

> *Wendy:* Meu presente hoje é você ter conseguido o transplante. Isso é maravilhoso.

> *Peter:* Bom, mas como eu não brinco em serviço, vai ter presente de comemoração.

> *Wendy:* Ah, Deus! Falando em serviço, preciso terminar o meu para ir logo para aí. Não se esforce nem faça gracinhas para conseguir presentes pra mim. Você inteiro é meu presente.

Coloco o celular no bolso e saio do banheiro. Conheço bem o Guilherme e sei o que ele é capaz de fazer para me surpreender. Só quero que ele fique bem e mais nada.

☽

Entro correndo no hospital. Acabei demorando mais tempo do que esperava no trabalho. Dou meu documento para a recepcionista e colo o adesivo de acompanhante na blusa, caminhando apressada até o elevador para subir até o quarto do Guilherme.

Quando a porta se abre, Fábio está olhando para o chão, com o semblante preocupado, mas quando me vê, ele sorri.

— Está tudo bem? — pergunto, assustada.

— Está, sim. — Ele assente, me dando um beijo rápido na bochecha e saindo do elevador. — É chato ver o Gui assim, mas ele vai ficar bem.

— Vai — repito enquanto a porta se fecha, deixando-o do lado de fora.

Subo, pensativa, depois caminho pelo corredor apressada, cruzando com pessoas que estão ali para visitar seus familiares. Alguns trazem em seu rosto o alívio por vê-los bem, outros, apreensão.

Em um dos corredores, cruzei com um grupo de pessoas com a cabeça raspada. Eles não aparentavam estar doentes, então presumi que era uma bela demonstração de afeto e esperança com um familiar ou amigo doente. Uma moça com um olhar lindo se destacava entre eles. Mesmo com o semblante preocupado, ela aparentava segurança. Tinha fé de que a pessoa que tanto amava ficaria bem.

Ela deve ter notado que eu a observava porque olhou em minha direção. Por um segundo, o tempo pareceu ficar suspenso. Nossos olhares se encontraram com intensidade, e senti um acolhimento instantâneo naquele breve momento. Dei um sorriso tímido e a moça correspondeu sorrindo de leve, colocando a mão sobre o peito e acenando para mim com a cabeça. Retribuí o gesto e me senti inexplicavelmente compreendida por aquela querida estranha. Continuei meu caminho desejando que a fé e a esperança daquela moça me contagiassem.

Abro a porta do quarto do Gui devagar e sua mãe está conversando com ele. Dona Edna vem me abraçar.

— É hora de ir — ela diz, pegando a bolsa e beijando o filho.

— Não precisa sair, Edna. — Toco seu braço. — Fica até o fim do horário de visitas.

— Eu estive com ele à tarde. E meu bebê logo estará em casa. — Ela o faz rir e lhe manda um beijo.

Quando ela sai, encosto a porta e me aproximo do Guilherme, abraçando-o devagar.

Ele me puxa firme para seus braços e me beija. Correspondo com todo o amor que sinto. Vê-lo bem é o melhor momento do meu dia.

— Eu te amo demais, sabia? — Guilherme diz, acariciando meu rosto.

— Sabia — eu o provoco e ele me beija outra vez, com mais intensidade. — Eu te amo demais, Gui — respondo sem fôlego. Demais.

— Vem cá. — Ele se move um pouco para o lado e me puxa para que eu me deite com ele na cama estreita.

Não resisto e me permito ir. Acomodo minha cabeça em seu ombro. Nossos dedos se enroscam.

— Não gosto de te ver aqui. — Suspiro, com o coração apertado. — Estava tudo bem e de repente...

— Veio a vida e mudou o rumo das coisas. A vida é assim, Bru. A gente nunca sabe o que esperar e na maior parte do tempo não estamos preparados. — Ele beija meus cabelos. — Mas vou fazer o transplante e tudo vai ficar bem.

— Você promete? — As palavras saem sem que eu pense muito e quando reflito, sei que estou errada em lhe perguntar isso.

Os segundos que ele leva para responder me machucam. Por que fui abrir a boca?

— Eu queria poder prometer — ele começa a responder, medindo as palavras —, mas não posso. O que posso te dizer é que acredito muito que vai dar tudo certo na cirurgia. Acredito mesmo nisso.

Eu me mexo um pouco na cama para observar seu rosto. Seus olhos negros mantêm o mesmo brilho confiante de sempre. Beijo seu rosto e desço da cama, antes que eu acabe caindo ou machucando-o.

— Tenho algo para você — ele diz, pegando uma caixinha de veludo preto sob o travesseiro.

— Já te disse que não precisa me dar nada. Não tem que se preocupar com outra coisa além de ficar bem.

— Não me preocupei com nada. Só disse o que eu queria, dei meu cartão e o Fábio buscou pra mim. — Gui sorri, feliz, como se estivéssemos em casa e não no hospital.

Pego a caixinha e abro devagar. É uma pulseira daquelas que vamos acrescentando berloques. Só há um berloque nela e toco-o, emocionada. Não preciso de mais nenhum.

— O chapéu do Peter Pan... — Lágrimas enchem meus olhos ao admirar o chapeuzinho verde com a pena laranja.

— Para a minha Wendy. — Seus olhos também estão carregados de emoção. — Agora sempre vai ter uma parte minha com você.

Em silêncio, ele coloca a pulseira no meu punho. Eu o abraço, murmurando agradecimentos entre lágrimas e pedindo a Deus que o deixe comigo.

Amei a pulseira e vou usá-la sempre, mas não quero uma parte do Gui comigo. Quero-o inteiro.

Por favor, Deus. Por favor.

☾

— *O que você mais quer na vida, Bru?* — *Guilherme me perguntou enquanto nadávamos na piscina da casa da tia dele.*

— *Ter coragem de tirar essas boias!* — *respondi, batendo nas boias vermelhas. Eu devia ser a única criança de 9 anos que tinha medo de nadar.*

— *Você pode tirar. A gente vai do rasinho e vem caminhando devagar. E se você se assustar, você boia. Isso você sabe, né?* — *ele falou de um jeito tão seguro que me fez acreditar.*

Meu pai dizia que eu sabia nadar. O que não sabia era onde estava minha coragem de tentar.

Enquanto eu me decidia, Daniel saiu da casa e pulou na piscina, direto no fundo. Guilherme nadou rápido até onde ele estava e eles mergulharam. Queria tanto brincar como eles.

Os dois voltaram rindo e Daniel disse:

— O Gui me contou o plano. Vamos tirar as boias no três, tá? — Cada um segurou uma boia sem me dar muito tempo de contestar.

Fizemos exatamente como o Gui indicava. Fomos do rasinho e um passo por vez, para que eu me acostumasse com a profundidade. À beira da piscina, meu pai nos observava atentamente. Pronto para se jogar na água se eu precisasse. E foi assim que, antes que eu percebesse, eu estava nadando. A confiança deles em mim fez com que eu acreditasse no que meu pai dizia: eu sabia mesmo nadar!

Quando chegamos à parte mais funda da piscina, Daniel prendeu o fôlego e mergulhou.

Guilherme me olhou, vitorioso e orgulhoso.

— O que você mais quer na vida, Gui? — perguntei, observando seu semblante se iluminar.

Decidido, ele me respondeu:

— Viajar pelo mundo!

Eu nem sabia como, mas naquele dia prometi a mim mesma que faria o possível para que o desejo dele se realizasse.

☾

Os minutos se transformam em horas enquanto esperamos Guilherme sair da cirurgia. Antônio também corre riscos. Por mais que os médicos garantam que ele é saudável e que eles são especialistas naquele procedimento, eles também dizem que uma cirurgia é sempre algo que precisamos aguardar os resultados. Nossos pais estão aqui, além da Mariana e do Fábio, que está sentado a meu lado, com a cabeça entre as mãos, inquieto.

Às vezes, tudo o que nos resta é deixar o tempo passar. Paralisados. Esperando que a vida siga o rumo que ela decidir. Não há nada que possamos fazer além de esperar. O que mais assusta? Não sabermos se a vida tem nos reservado algo bom ou ruim. Tudo pode acontecer, sem que tenhamos escolha. Sem que possamos impedir. Sem que tentemos ajudar...

Fábio me olha e sua mão num impulso agarra a minha. Posso sentir a apreensão passando por ele. Agora ela transita entre nós, tentando ficar sob controle.

O médico se aproxima e nos levantamos. Ele sorri para nós antes mesmo de abrir a boca.

Eu podia emoldurar esse sorriso.

É o sorriso que diz que o meu amor e meu amigo estão bem.

— Ele vai ter alta amanhã, Bru — Mariana me diz, dez dias depois, ajeitando-se no sofá comigo e me estendendo uma caixa de bombom. — Hora de relaxar essa cabecinha. O pior já passou.

O pai do Guilherme insistiu para que eu passasse essa noite em casa porque sabia que os próximos dias de recuperação seriam bem desgastantes.

— Eu sei. — Pego um Sonho de Valsa e devolvo a caixa a ela. — É que ainda não consigo ficar calma. Mal dormi depois do susto com o Antônio.

O irmão do Guilherme teve algumas complicações após a cirurgia. Uma infecção, segundo os médicos. Foi muito assustador. E não podíamos contar nada ao Gui para que ele tivesse tranquilidade na recuperação.

— Vamos relaxar e nos esquecer dos problemas um pouco, então? — Por mais que Mary diga para relaxarmos, ela está bem estranha nos últimos dias. Dá para ver que algo a preocupa.

— Você não parece muito tranquila. — Encaro-a sob a luz da televisão.

— Aconteceu algo — ela assume, entrando na Netflix e sem olhar para mim. — Eu vou te contar, mas não estou pronta para falar disso agora, ok? Então eu te conto e você segura qualquer comentário para depois, quando eu estiver pronta, certo?

— Certo.

Mariana e eu tínhamos esse acordo desde a adolescência. Às vezes não queríamos falar de algo, mas gostaríamos que a outra soubesse e esperasse até que estivéssemos prontas para enfrentar a situação.

— Estou grávida. — Ela conta e meus olhos se arregalam. — Do Carlos. — Abro a boca, mas não digo nada. — Ele não pretende assumir.

— Que imbecil! Você não está sozinha. — Eu me aproximo mais e a abraço.

— Seu apoio é ótimo e vou precisar muito disso — ela diz com a voz embargada. —, mas agora, pelo menos nesse momento, não quero pensar ou ter que lidar com isso. Por favor.

Eu me afasto e a encaro querendo muito dizer algo, mas ela precisa de carinho, apoio, tempo e espaço. Então é o que terá de mim.

— O que quer assistir? — pergunto, apontando para a tela inicial da Netflix.

— Estava pensando em assistir àquela série que o Gui falou, sabe? *How I Met Your Mother*. Agora está completa na Netflix.

— É, ele ama essa série. Nem sei por que nunca assisti.

— Acho que o Gui diria que não assistiu porque não era hora — Mary diz e morde um bombom.

— Ele diria exatamente isso. Nem contei a ele que acho que vou ser demitida. Mal comecei lá e já faltei tantas vezes.

— Isso é outra coisa com que não deve se preocupar. A gente não entende bem porque algumas coisas acontecem, mas elas acontecem mesmo assim e... uma hora a gente vê que foi melhor. — Ela toca meu ombro, tentando me mostrar que está ali para o que eu precisar e também se referindo ao que está passando. Mary grávida. Quem diria? — Sei que eu não falo coisas suuuuperlindas como o Gui, mas acho que você entendeu.

— Entendi, sim. — Assinto enquanto ela dá o play e o primeiro episódio da série começa.

Não sei bem de onde Guilherme tirou que tudo o que acontece é para acontecer. Seus pais não são religiosos e ele mesmo só foi à igreja poucas vezes, com a avó. Mas o Gui tem essa fé inabalável. Essa certeza de que somos guiados por uma força maior. Eu não sei o que pensar.

Uma vez nós discutimos por isso. Argumentei que se tudo já estava escrito que graça tinha viver? Gui me disse que não estava tudo escrito, como se não tivéssemos chance de mudar. Pelo contrário, nós tínhamos. Mas que precisávamos estar atentos aos sinais que essa força maior nos dava, seja ela Deus, o Universo, o Destino ou o que quer que seja. Para ele, às vezes perdíamos tempo brigando com a vida, sendo que os sinais estão todos ali, nos mostrando que caminho seguir para sermos felizes. Eu não sei... Ainda estou tentando entender o que a vida quer de nós. Em pouco tempo a minha virou do avesso. Tudo o que quero é que o Guilherme saia do hospital e possamos recomeçar de onde paramos.

Comecei a assistir a série e depois de alguns episódios entendi a paixão do Gui por ela.

Não há personagem que acredite mais nos poderes do universo e destino do que Ted Mosby, o protagonista da série.

Eu me ajeito na cama de casal ao lado do Guilherme. Ele chegou do hospital há algumas horas e está cochilando a meu lado. O seu ronco baixo é uma melodia maravilhosa para o meu coração. Vamos passar os próximos quinze dias na casa dos pais dele, assim sempre terá alguém com ele enquanto eu estiver trabalhando.

O transplante do Gui, a infecção do Antônio, os problemas no trabalho. Tudo isso se amontoa nos meus pensamentos, fazendo com que a noite se agite. As madrugadas me deixam mais reflexiva e nem medicação está ajudando.

Guilherme geme e se mexe na cama, acordando, assustado.

— Ei, está tudo bem. — Toco sua testa e depois acendo o abajur.

— Nossa, tive um pesadelo daqueles. — Ele procura minha mão e a aperta.

— O que você sonhou? — Pergunto, ajeitando o edredom.

— Não lembro direito... Só sei que foi horrível. — Guilherme me olha por alguns segundos. — Não quero dormir de novo agora. Vamos assistir um pouco de televisão?

— Claro — digo, pegando o controle e passando a ele. — Comecei a assistir *How I Met Your Mother* com a Mary.

— Finalmente. — Ele sorri, já colocando na Netflix. — E o que está achando? Se identificou? Essa série é incrível, embora muitas pessoas discordem do final... É a vida.

— Sem *spoiler*! — peço, fingindo uma cara feia.

— Não vou contar. — Ele ri, já me perguntando em que episódio parei e colocando na série. — Mas me conta o que achou.

— Eu me identifiquei, sim. E embora ache que nosso relacionamento é muito Marshall e Lily, você definitivamente é um Ted.

— Foi bem assim que me senti. Pena que quando eu estava assistindo você era viciada em *Grey's Anatomy* com a Mary e vocês não viam nada além daquilo.

— Nossa, nem me lembra da choradeira. Tia Shonda é cruel. — Refiro-me à criadora da série.

— É a vida — Gui diz isso mais uma vez e me preocupa. Li que algumas pessoas ficam deprimidas após grandes cirurgias e tenho achado o tom de voz dele muito triste.

— A Mary está grávida do Carlos. — Decido trazer um assunto que não tenha a ver com nós dois à conversa.

— Está aí algo que não previ. Como ela está?

— Não quer falar sobre o assunto ainda.

— Melhor dar espaço a ela. — Ele coloca um novo episódio. — Quando estiver pronta, vai falar.

— Eu sei.

— É... — Lá vem o tom que me preocupa de novo. — A vida é cíclica.
— O que quer dizer com isso?
— Só isso, Bru. Que a vida não para. Ela não espera pela gente. Mesmo quando queremos que ela espere. Quero que termine de assistir *How I Met Your Mother*, certo? Mesmo que... — Sua voz se embarga um pouco e ele faz uma pausa. — Mesmo que eu não possa assistir a todos os episódios com você.
— Por que está falando assim, Gui? — O calafrio que sinto faz com que meu corpo trema.
— Por nada. Só prometa. — Ele me encara até que eu concorde e depois se concentra na televisão.
Assistimos dois episódios e logo ele está dormindo outra vez. Desligo tudo. Olho para o teto escuro e me concentro na respiração do Guilherme. Não dá. O sono não vem. Às vezes, a insônia vem sem motivo. Às vezes, ela tem nome e sobrenome, o que é o meu caso. E não importa o quanto a mente lute contra o sono, ela não é capaz de fugir dos pensamentos. Assim como o coração fica imerso em sentimentos. O jeito é respirar fundo e tentar organizar a bagunça que te tira o sono. Você tenta, mas nem sempre está em suas mãos conseguir.
Então, você torce para que o Sol nasça logo e traga uma nova esperança com ele.

☾

— *Ai!* — *eu disse quando a médica deu outro ponto no corte do meu braço. Até que eu estava sendo forte para alguém com 10 anos de idade e estava orgulhosa disso.*
— *Você não tinha que ter brigado por minha causa, Bruna* — *Guilherme diz, ao meu lado, a camiseta suja com meu sangue.* — *Especialmente com um cachorro!*
— Ele ia te morder, Gui.
— *Ia, mas aí mordeu você.*
— *Não tem problema. Eu tinha que te defender. Você é pessoa mais importante da minha vida.* — *A médica deu outro ponto, sorrindo para o meu pai. Eu o olhei de canto de olho também, sem saber o que ele acharia das palavras que escaparam de mim.*
— *A mais importante?* — *Gui estava realmente surpreso.*
— *Bom, minha família é importante também. Muito. Mas família é sangue da gente, né? A gente ama sem razão. Mesmo se eles não forem lá muito bons. Eu tenho sorte, minha família é mais que boa.* — *Pisquei para o meu pai.* — *Mas você é diferente. Não é família do meu sangue, mas é de coração.*

— Eu levaria uma mordida por você também. Até uma mordida de dinossauro. — Ele segurou minha mão que estava livre.
— Eu sei.

☾

Fui até a casa dos meus pais para buscar umas coisas, enquanto o Antônio e o Fábio ficaram com o Gui. Meus pais estão preocupados comigo. Posso ver. Mas no momento não consigo pensar em mais nada além da recuperação plena do Guilherme.

Ainda me lembro do que senti naquele dia quando vi que o cachorro da vizinha tinha escapado e ele estava prestes a morder o Gui. Eu não pensei duas vezes e o empurrei para longe. Se eu pudesse, ainda hoje, o empurraria para longe e sentiria sua dor por ele.

Minha mãe tenta conversar comigo sobre um grande casamento que ela está organizando e será nos próximos dias e tento me concentrar. Mas não demoro muito. Meu coração está apertado. Preciso voltar e ficar perto dele. Mal cruzo a porta da casa dos pais do Gui quando o ouço gritar no quarto. Corro, desesperada e o vejo caído de joelhos, com as mãos apoiadas no chão. Ele me encara com os olhos lacrimejando e ondas de vômito o tomam. A cor verde me apavora. Não pode ser.

Antônio aparece à porta do quarto e franze a testa, preocupado. Fábio está agachado ao lado dele e puxa uma toalha de cima da cadeira, para ajudá-lo. Pisco várias vezes, tentando manter a sanidade. Mas o desespero por ver Guilherme sofrendo me envolve e lágrimas silenciosas escorrem por meu rosto.

— O corpo do Guilherme está rejeitando o fígado novo.

As palavras do médico reverberam em minha mente. Basta um olhar para ver o quanto Gui está cansado e o quanto está sofrendo. As máquinas a que está ligado o mantém vivo, mas ele parece exausto. Agora ele terá que entrar na fila de transplante, já que nenhum de nós foi compatível e Antônio não pode mais doar.

Gui sorri, tentando ser forte. Mas é visível como isso o derrubou. Como alguém tão confiante como ele parece estar se apagando? Ele sempre foi minha fortaleza e se ele não acredita, como vou acreditar?

É tarde da noite quando caminho para fora do hospital e me sento, encostada à parede, tentando entender em que momento pisquei e deixei de reconhecer tudo à minha volta. Meus pais me mandaram mensagens, tentaram me ligar e falar comigo de todas as formas, mas não respondi. Preciso de um tempo sozinha. Preciso pensar em tudo isso.

Olho para o céu e lá está ela... aquele fio de lua... e eu imploro a ela para que um novo doador surja e que o corpo não rejeite dessa vez. Precisamos salvar o Gui.

— Por favor, ele merece viver. Por favor — suplico baixinho, sem desviar os olhos do céu.

Tento ter esperança e acreditar no melhor, mas não sei... Meu coração está apertado demais. Talvez seja isso o que o Gui vem sentindo e que está fazendo com que o medo seja maior que a fé. Os últimos dias exauriram nossas forças. Tudo ia tão bem. Íamos nos casar. E em um piscar de olhos, tudo mudou.

Não sei se estamos sendo testados por uma força maior ou se é apenas a vida nos mostrando o quanto somos insignificantes.

Guilherme foi transferido para a Unidade de Terapia Intensiva. É madrugada quando chego na casa dos meus pais. Eles estão me esperando na sala. Passo por eles, sem querer conversar, vou direto ao meu antigo quarto e desabo no chão, chorando.

Os médicos disseram que se ele não conseguir o transplante não viverá por muito tempo. Tento me levantar do chão e tropeço, derrubando os livros que estão sobre o raque. Nervosa, pego um vaso pequeno de plantas que tenho sobre a janela e o arremesso contra a parede. Antes que perceba, estou destruindo meu quarto em meio a um momento de desespero.

Em um segundo meu irmão abre a porta e me envolve em seus braços enormes.

— Me deixa em paz, Daniel! — grito contra seu peito.

Meus pais aparecem em seguida e Daniel faz um sinal com mão para que eles não se aproximem.

— Respira — Daniel diz, sério, sem me soltar. — Só respira.

— Me solta! — Me debato, batendo em seu peito.

— Bata em mim, se quiser, mas não vai quebrar suas coisas. — Ele ergue os braços enquanto o acerto com tapas. — Vai se arrepender se quebrar algo que ele te deu — Ele olha ao redor. — E ainda tem muito dele aqui.

As palavras me paralisam. No chão está uma boneca de porcelana que Gui me deu quando fiz 15 anos. Sua perna está quebrada.

Eu me abaixo para pegá-la e me ergo outra vez, abraçando-a.

— Ele pode morrer, Dan. — A voz sai chorosa e magoada.

— Eu sei — Meu irmão não tenta me animar com mentiras ou falsas esperanças, mas me abraça outra vez.

Meus pais se aproximam e me acariciam, tentando me confortar de alguma forma. Eles também sofrem. Por Gui e por mim.

— Eu devia ter brigado mais com ele e não deixado fazer aquela viagem de despedida dos amigos. Se eu tivesse brigado, ele ficaria e viveria. Talvez ele nunca tivesse doença nenhuma.

— Talvez... — Daniel enxuga minhas lágrimas. — Não dá pra saber. E se ele não fizesse, te odiasse por isso e vocês terminassem?

— Eu aguentaria terminar com o Gui. — Meu coração se parte só com o pensamento. — Mas o que não conseguirei aguentar é perdê-lo para sempre. Ele não pode morrer. Não pode morrer. Eu queria que fosse eu, Dan. Tinha que ser eu.

— Você não pode levar a mordida toda vez, Bru. — Meu pai se refere ao que aconteceu quando éramos crianças e minha mãe soluça.

— Mas eu queria. Por Deus, eu queria...

)

Os próximos cinco dias seguem iguais. Passo o máximo de tempo que posso com o Gui. Mas nunca é suficiente...

Como eu previa, fui dispensada do trabalho. Henrique, meu editor, foi bastante sensato: meu rendimento estava caindo a cada dia e meus pensamentos estavam com o Gui e não no trabalho. Henrique disse que as portas estão abertas e que posso voltar quando tudo isso passar. Fico pensando nas palavras dele e no que significa "tudo isso passar". Tanto pode acontecer...

— Só de te ver assim, fico sem rumo — digo quando ficamos sozinhos e seguro sua mão entre as minhas.

— A vida não termina sem mim. — Desde que voltou ao hospital sua conversa é essa. Até brigamos no primeiro dia, mas depois mascarei minha dor e continuei a seu lado.

A cada dia a esperança diminui. Gui perde mais peso, a pele sem viço e seu corpo demonstra sinais de desistência.

— Isso não é justo — reclamo, tentando não desabar mais uma vez.

— Não é, mas está acontecendo. — Seu olhar está perdido nos números da máquina de hemodiálise. — Você pode passar o tempo que me resta zangada por me perder... — Não quero ouvir o que ele dirá, não quero. — Ou podemos nos despedir.

— Eu não quero me despedir.

— E se não tivermos escolha?

— Ainda há chances, Gui. Tem que haver.

A enfermeira entra e o medica, me lançando um olhar complacente. Assim que ela sai, Guilherme segura minha mão, inspira profundamente e começa:

— Todos os dias quando você sai daqui se negando a se despedir, meu coração se parte porque eu não sei se vou estar vivo pela manhã. — Cubro meus lábios com a mão livre. Não acredito que estamos tendo essa conversa. Mas a tristeza de Guilherme faz com que eu veja que não posso mais evitar esse momento. — Quando me dei conta do que estava acontecendo, fiquei revoltado. Os médicos tiveram muito trabalho para me controlar numa noite dessas. Mas depois vi que estava brigando com algo mais forte que eu. Eu estou apavorado. — Ele enxuga algumas lágrimas. — Mas não tem jeito. Não há nada que possamos fazer.

— Eu também tenho medo — confesso, e ele assente.

— Eu não sei o que acontece quando morremos. Não sei se vou para o céu, se virarei uma estrela ou se encontrarei o rumo da Terra do Nunca, Wendy. — Ele toca o chapeuzinho do Peter Pan em minha pulseira ao dizer isso.

— Você não pode partir...

— Que vai acontecer é um fato. — A certeza dele me apavora. — Só não sei o que acontece depois. Mas não é o meu destino que me preocupa. É o seu. — Ele olha para o alto e vê a nossa lua as estrelas prateadas que colei no teto enquanto ele dormia. — Todos os dias, eu peço à nossa lua que cuide de você.

— Não, você tem que pedir para ficar bem!

— Bru...

Não sei se há algo pior do que amar uma pessoa e saber que irá perdê-la, mas quando ele movimenta a cabeça em negativa e depois aperta os olhos, sentindo dor, descubro que vê-lo sofrer dói ainda mais.

— Eu não posso viver num mundo em que você não existe, Gui. Eu não conheço esse mundo e não quero conhecer.

Mais uma vez ele fecha os olhos. Ele não aguenta mais sofrer, física e emocionalmente.

— Não sei por que isso aconteceu, Bru. Queria saber. Queria entender. Achei que te amaria pela vida inteira e, no fim... É isso. Mas vai terminar antes do que pensávamos. — A enfermeira entra outra vez para me dizer que o horário de visita acabou, mas se contém ao nos ver. Acho que até ela sabe o que está acontecendo. — Eu vou te amar até depois da minha morte. Ter você, amar você. Eu não me arrependo de nada. Sou grato pelo tempo que tivemos. Mesmo querendo mais e não podendo ter.

— Como vou viver sem você, Gui?

— Eu vou estar entre as estrelas. Vou para a Terra do Nunca. Mas sempre vou cuidar de você. Se houver um modo de voltar, pode ter certeza de que voltarei. Se houver um modo de te guiar, pode ter certeza de que te guiarei. Mas se não houver, saiba que você foi amada. Todo o amor que tenho é seu, Bru.

Antes que eu consiga responder, a expressão de Guilherme se torna pura dor e as máquinas começam a apitar.

Enfermeiras entram correndo e tentam me tirar, mas ainda seguro a mão do Gui. Não posso soltá-lo. Não sem que ele saiba.

— Eu vou te amar para sempre, Gui. Para sempre. — Um enfermeiro me segura e a mão do Gui vai escapando da minha.

Guilherme me olha e mesmo em meio a todo sofrimento que está sentindo, ele sorri antes de fechar os olhos.

☾

— Pra onde você acha que minha avó foi? — Gui me perguntou, aos 7 anos, na noite do enterro de sua avó.

— Para o céu.

— Será?

— Espero que sim.

— É. A vovó não gostava muito do calor. Melhor no céu, né?

— Bem melhor.

— Minha tia disse que meu avô está lá cuidando de nós. Quando eu morrer, quero ir para o céu também.

— Você não vai morrer, Gui. Tá proibido!

— Não agora, sua tonta. Quando eu for velhinho, igual a minha vó. Mesmo não gostando nada da ideia de ele morrer, concordei:

— Tá bom. Mas bem velhinho, mais que ela, combinado? Você não pode me deixar sozinha.

— Combinado. Tem mais um motivo pra eu querer ir para o céu.

— Pra quê?

— Olha só. — Ele apontou para o céu imenso e negro acima de nós. — Eu posso morar na lua e cuidar de você. Assim você nunca vai estar sozinha.

☽

Guilherme ficou mais um dia na UTI, mas não acordou mais...

Nós o enterramos há três meses e eu ainda não consigo processar o que houve.

Como a vida nos dá algo tão belo e especial, apenas para nos tirar depois? O que posso aprender com isso? O que vai compensar perder Guilherme? Quando vai parar de doer?

Hoje seria aniversário dele e estou na nossa casa. Eu disse aos pais dele que não queria o apartamento, mas eles insistiram que esse era o desejo do Gui. Ele me deixou o apartamento e algum dinheiro, mas eu trocaria tudo por mais um dia com ele.

Mariana veio morar comigo. Eu não conseguiria passar por isso sozinha e ela não conseguiria lidar com um bebê a caminho sem mim, então nos completamos.

Eu pendurei sobre a minha cama a lua e as estrelas que o Gui usou em nosso noivado e estou encarando-as agora, enquanto seguro a carta que está em minhas mãos. Era óbvio que o Guilherme faria algo assim, mas ainda não consegui abri-la.

Aperto-a contra o peito e abro o envelope devagar, querendo manter o que restou do Gui comigo. Há pequenas e finas luas brilhantes que caem sobre mim. Gui e os detalhes.

Como não amá-lo?

Bru, meu amor,

Quando eu te conheci, soube que seríamos amigos para sempre. Quem não quer ser amigo de uma garota vestida de Wolverine?

Se eu pudesse eternizar um único dia, qual seria? Eu eternizaria todos que passei com você, mas esse primeiro eu queria reviver mil vezes.

Você quer mesmo saber tudo o que vem pela frente? Uma vida linda, amor... Mesmo que agora não pareça. A vida é feita de momentos felizes. Não deixe que a tristeza te impeça de vê-los.

O melhor momento da minha vida foi quando você entrou nela.

De alguma forma louca, eu sabia que juntos teríamos uma vida incrível. E tivemos, não é mesmo?

Tenha certeza: se eu tivesse escolha, ficaria aqui...

Você sabe que se eu pudesse, ainda estaríamos juntos.

Na verdade, acho que, se bobear, estou dando um jeito nisso agora mesmo.

Rio e choro ao mesmo tempo, passando o dedo pela letra do meu amor.

Mas enquanto eu não conseguir resolver isso ou se meus planos não derem certo, preciso que você seja feliz.

Tenho alguns pedidos, desejos, ideias soltas que escrevi pensando em você e gostaria que soubesse. Será que pode me ajudar com isso?

Quando a saudade ficar muito forte, acalme o ritmo da sua respiração e se concentre no seu coração. É um dos segredos para me encontrar. Estarei ali, entre uma batida e outra.

Que você não feche os olhos para as surpresas da vida. Que você não desista de viver.

E se tudo parecer desabar, lembre-se de que a fantasia sempre estará lá, esperando por você. Pode me encontrar lá quando doer muito, mas não pode permanecer nela para sempre.

Se seu mundo desabar, de um jeito ou de outro, estarei lá para te pegar.

Vai doer, eu sei. Mas por mais que pareça te partir ao meio, não se entregue à dor.

Aproveite o tempo que você tem, mas não se desespere. Há luz vindo. Tenho certeza.

Mesmo com seu coração ferido, não se feche para novas oportunidades de ser feliz. Há luz vindo, lembra?

Ah, Bru. Meu amor. Se eu pudesse...

Tentei te proteger como pude e é assim mesmo, enquanto pudermos, devemos proteger quem amamos. Mas quem nunca errou ao tentar proteger quem ama?

Sabe, há milhões de histórias vagando pelo céu. Você e eu estamos lá. Se foi escrito antes ou depois de nos conhecermos, aí já não pertence a mim.

Sei que agora é difícil, mas mesmo quando tudo parecer perdido, em algum lugar há esperança. Basta esperar e acreditar.

Continue assistindo How I Met You Mother, como me prometeu. É... Às vezes a vida imita a arte.

Sinto falta do que não vivemos, amor. Demais. Mas sou grato pelo que vivemos.

É clichê, mas se fechar os olhos e respirar profundamente, vai me sentir com você.

Você jamais estará sozinha.

E se eu disser que sua vida ainda pode ser extraordinária? Você acreditaria em mim?

Eu vou te amar para sempre.

Nosso amor é épico e eterno, Wendy.

O que eu posso te dizer é que grandes amores não terminam nem depois do fim.

Então, honre esse amor e não se feche para a vida.

Não se feche para oportunidades.

Não se feche para os sinais.

Mais cedo ou mais tarde o amor voltará para você.

Sempre seu, Gui.
Ou Peter.
Ou apenas eu, aquele que teve a honra de ser amado por você.

— Sempre vou te amar, Gui. — As luas brilhantes do teto refletem a luz da lâmpada.

Lágrimas escorrem por meu rosto e não as enxugo. Deixo que elas saiam de mim e espero que com elas vá um pouco da dor. Minha vida com Guilherme foi maravilhosa. Eu diria que até encantada. Eu tinha tudo o que precisava. Mas, em um piscar de olhos, não tinha mais nada.

Eu me levanto e olho pela janela. E lá está ela novamente... a nossa lua. Sempre presente nos momentos mais marcantes da nossa vida.

A vida é como a lua. Às vezes, temos tudo o que desejamos e é como se vivêssemos a fase cheia, mas de um dia para o outro ela muda. Em um instante, parece que perdemos tudo o que mais amamos. É quando a vida se torna minguante.

Por mais que eu queira me afundar em dor, sei que isso magoaria o Gui e é por ele que prossigo. Nunca deixarei de amá-lo, mas sei que a lua minguante desaparecerá um dia e uma nova lua surgirá.

Não sei disso porque quero. Pelo contrário, por mim pararia no tempo. Mas se tem algo que o Guilherme me ensinou é que a vida não para. Minha vida não acaba aqui, por mais que eu me sinta morta e queira desistir. Eu oscilo entre tristeza profunda e desejo de seguir em frente em memória de quem mais amei.

Gui se foi, Mary vai ter um bebê... A vida é cíclica e ela segue, apesar dos nossos desejos. Acho que foi isso que o Gui quis dizer em nossa última conversa.

Ainda não sei o que me espera.

Antes eu achava que sabia de tudo. Agora não tenho nada planejado.

Minha única certeza é que ali em cima, naquele céu, o Gui cuida de mim.

Por isso, antes de dizer as palavras que meu coração está guardando, um sorriso me escapa.

— Eu sei que você pode me ver daí, Peter Pan.

LUA NOVA

LEILA REGO

Minha canção favorita é você

— **Quantos médicos** gatos você já conheceu? Marcou de jantar com algum hoje à noite? O congresso termina no sábado. Você tem dois dias para beijar muito. Afinal, meu bem, você está na Bahia!

Bufei, revirando os olhos, e bebi um gole de água. Sarah e sua fixação em torno do universo masculino me tirava do sério.

— Sarah — respondi, me apoiando no parapeito do mezanino. Observei, por um momento, o mar de gente no andar de baixo. Várias rodinhas de médicos, provavelmente debatendo a palestra do seminário, iam se formando pelo salão —, eu não viajei de São Paulo a Salvador para arranjar namorado. Vim em busca de conhecimento, fazer contatos... Essas coisas que os profissionais sérios fazem.

— Tem noção de que você está em um dos lugares mais lindos deste país?

— Sim, já vim várias vezes aqui, né? Desta vez estou a trabalho!

— Mas uma coisa não impede a outra. Além do mais, é mundialmente sabido que nesses congressos os médicos se soltam e querem extravasar a tensão dos consultórios e hospitais. Uma oportunidade única!

— Nunca ouvi essa constatação mundial antes.

— Claro que não ouviu. Passou a faculdade inteira com a cara enfiada nos livros, e depois de formada fez todas as pós-graduações, mestrados, doutorados possíveis e imagináveis sem se permitir viver um pouquinho. E agora, que não tem mais em que se especializar, você não faz outra coisa a não ser trabalhar, trabalhar... Quando te sobra tempo para saber o que acontece fora do seu consultório? Precisa se divertir de vez em quando, Dora.

Ouvi Sarah suspirando do outro lado da linha. Eu podia imaginar sua testa se enrugando e seus dedos enrolando um cacho de seu cabelo de um jeito nervoso, como sempre faz quando temos esse tipo de conversa.

— Eu me divirto bastante — me defendi sabendo que iria perder a causa.

— Assistindo filmes sozinha em sua casa? Meu Deus do céu! — ela exclamou chateada. — Olha, não é porque você teve uma...

— Não começa!

Afastei-me do parapeito e saí caminhando pelo corredor do hotel. Enveredar por aquele assunto era desgastante e sempre terminava com algum estresse. Não era raro brigarmos por causa disso. Sarah e eu éramos amigas desde a infância. O bairro do Bexiga, em São Paulo, nos viu crescer brincando em suas ruas repletas de risos e aventuras. Ela era o tipo de pessoa por quem eu doaria um rim ou emprestaria todo o dinheiro que eu tivesse, se preciso fosse. E ela faria o mesmo. Tinha certeza.

Sarah estava noiva de Luiz Felipe e, por mais intenso que o noivado fosse, ela não se esquecia da minha solteirice nem por um dia sequer. Por alguma razão desconhecida, ela me achava a mais infeliz das criaturas e vivia no meu pé para que eu arrumasse um namorado ou um caso para dar uma apimentada na minha vida.

— Você devia tomar um medicamento para sua obsessão. Eu não sinto a menor vontade de me envolver com alguém — confessei esperando ouvir o velho e batido discurso sobre homens, sexo, casamento e filhos.

— E você devia tomar um remédio para entender que nem todo mundo vai fazer o que aquele monstro fez — disse, despejando suas palavras amargas que caíram feito fel em cima das minhas feridas mal cicatrizadas.

Bebi mais um gole de água e consultei as horas no meu relógio de pulso. Ainda dava tempo de ir ao quarto descansar uns minutinhos e voltar para a segunda parte da palestra sobre as novas técnicas para cirurgias de cataratas. Chamei o elevador.

— Você só vai se sentir realizada na vida quando eu te disser que estou namorando, certo? — perguntei, revirando minha bolsa à procura da chave. Usar bolsa grande, às vezes, é um saco.

— Ou quando eu tiver certeza de que estará realmente feliz, plena e realizada em todas as áreas.

O elevador chegou e eu entrei sem olhar, atrapalhada, enquanto usava uma das mãos para colocar a minha garrafa de água no chão e a outra ainda enfiada na bolsa em busca da chave, enquanto isso eu apertava o botão do andar com o nariz.

Fiquei pensando em por que Sarah quer tanto que eu saia com um homem. Não sou frustrada. O termo *mal resolvida* passa longe. Eu apenas não estava à procura de aventuras. Não no momento.

— Eu me sinto completamente realizada e pode acreditar, sou muito feliz. Vai me deixar em paz agora?

Selecionei o modo viva-voz do meu telefone para conversar melhor.

— Só quando me disser que saiu com um cara. Que beijou muito, que transou, sentiu frenesi, êxtase, adrenalina... É pedir muito que dê crédito ao romance, ao *affair*, à paquera? Uns amassos bem dados, pelo menos!

— Sua voz divertida ressoou no elevador. Baixei um pouco o volume.

— E como a senhorita classificaria "amassos bem dados"? — quis saber, encarando o aparelho e segurando o riso.

— Meu Deus! Faz tanto tempo assim que você nem se lembra mais, não é?

— Ao contrário de certas pessoas, eu não fico pensando em sexo o tempo todo. Prefiro pensar em coisas que realmente importam.

— Atenção, atenção! Médica bem-sucedida, 32 anos, bonitona, está solteira há tanto tempo que mal se lembra de como é ficar com um cara. Homens deste Brasil, cadê vocês nessas horas? — ela brincou, me arrancando boas gargalhadas.

— Ainda bem que não tem ninguém ouvindo esse monte de besteira — respondi. — Eu sei que você nunca vai entender... — Desviei o olhar para os números do painel eletrônico refletindo a respeito. Era comum eu ficar pensando na vida, ponderando os aspectos, analisando as possibilidades, questionando, filosofando... não que eu fosse certinha ao extremo. Eu era apenas cuidadosa. E medrosa. Muito medrosa.

— O quê?

— Que o que eu espero da vida é muito mais que um conto de fadas ou uma noite de sexo selvagem. Posso atravessar meus dias aprendendo novas técnicas para curar os meus pacientes, ajudar as pessoas mais carentes com o meu trabalho nos postos de saúde... Sou feliz dessa forma.

— Você pode fazer tudo isso e namorar ao mesmo tempo. Se apaixonar, e deixar que o amor transforme a sua vida em algo mais significativo.

— Ah, o amor... Sem ele nada faz sentido! — minha voz saiu carregada de ironia.

Finalmente achei a chave do quarto e já me posicionei virada de frente para a porta do elevador para agilizar a saída quando ele parasse no meu andar.

— Não faz mesmo.

— E eu amo, sabia, Sarah? Amo a minha liberdade, a minha independência, a minha profissão. Amo saber que ninguém vai me ferir daquele jeito tão cruel novamente. Estou bem assim. Pode acreditar.

— Argh! Sua cabeça-dura! — Sarah ralhou do outro lado da linha. — Olha, trate de se divertir um pouco. Vai ter um megashow no encerramento do congresso. Você vai, não vai?

— Como você sabe disso?

— Porque eu leio notícias, as fofocas das celebridades, o que anda rolando no mundo... — respondeu em tom prático. — E aí, você vai?

— Não faço a menor ideia de quem é o show.

— Você leu a programação do congresso que está participando?

— Li.

— Acho que não. Lá diz que sábado vai ter o show do João Leone, meu bem!

— E quem é João Leone, meu bem? — indaguei, com o mesmo tom de voz que ela havia usado, e depois espiei o painel. O elevador estava chegando ao meu andar.

— Jesus! — exclamou diante da minha total falta de conhecimento sobre o universo musical. — Simplesmente vá! Vai ser demais!

— Você sabe que eu detesto multidões, gente pisando no meu pé, me empurrando. Ainda mais sozinha. Nem pensar!

— Por mim? — implorou numa vozinha infantilizada. — Porque eu amo esse cara.

— Você ama o Luiz Felipe.

— E o João Leone. Ele é o meu amor platônico. O cara mais incrível do universo! Vá ao show e grite bem alto: "Gostooooso!", "João, seu lindo, eu te amooooo!".

— Sério!? Você já passou dos trinta, Sarah. Não é mais uma adolescente tresloucada. Muito menos eu.

— Sua chata, velha, sem graça! É pedir muito que se divirta de vez em quando?

— Essa sou eu! Agora vou desligar que eu quero descansar um pouco antes da segunda parte da palestra. Esse, sim, vai ser um show imperdível. E pode ter certeza de que estarei na fila do gargarejo vibrando com cada palavra — brinquei e desliguei o telefone, saindo no meu andar, balançando minha chave e rindo sozinha.

— Você esqueceu a sua garrafa.

Surpresa, virei em direção àquela voz – uma voz rouca e grave, que fez os pelos dos meus braços se arrepiarem no mesmo instante. A primeira coisa que eu notei é que o dono da mão que me estendia a garrafa era alto. Talvez um metro e noventa. O tecido de sua camiseta estava colado em seus bíceps, realçando seu abdômen liso e descendo para dentro do seu jeans. Parei meu olhar em seus quadris e voltei rapidamente para sua boca. Os lábios finos se abriram num meio sorriso. Uma covinha se formou do lado esquerdo. Perdi o ar. Fiquei sem fala. Tentei analisar minha inércia, mas não consegui. Havia nele um magnetismo inexplicável que emanava e me atraía. Senti-me como uma mariposa que não conseguia se desvencilhar da luz ofuscante e, sabendo que ia perder a batalha, se lançou em direção à claridade.

— Não quer mais a sua água? — ele insistiu.

Entrei no elevador. Meus dedos tocaram de leve os dele quando agarrei a garrafa e senti um calor percorrendo minhas entranhas. Fiquei imaginando se era isso o que Sarah sentia quando dizia que "se derreteu por dentro" quando se interessava por alguém.

— Você estava aqui esse tempo todo? — perguntei receosa. *Como eu não o vi? Como?*, me puni em pensamento.

— Sim — respondeu dando de ombros.

— E me ouviu conversando pelo telefone? — perguntei, mesmo sabendo que a pergunta era idiota.

Em vez de dar uma resposta e acabar com o meu constrangimento, ele sorriu com o canto da boca e fez um meneio com a cabeça. Um gesto simples que eu mesma vivia fazendo, mas que vindo dele... Uau! Incrível! Ele deveria fazer isso todos os dias, para todo mundo pelo resto da vida. Simplesmente lindo.

— Me desculpe. Eu... não te vi quando entrei. Estava tão entretida conversando ao telefone que não... — Nesse instante a porta do elevador se fechou e começou a subir. — Ah, céus! Isso não estava nos meus planos! — reclamei olhando os números dos andares. Para onde ele estaria subindo?

— Em alguns minutos você estará de volta ao seu andar e poderá descansar antes de voltar para a sua palestra.

— Você também está participando do congresso?

— Não.

— Que pena.

— Perdão?

— Quer dizer... Eu... É que o congresso está realmente muito bom. Imperdível mesmo — disse, querendo morrer de vergonha. Raramente fico sem jeito na frente dos outros. Não gaguejava desde a minha adolescência e não estava me reconhecendo naquele momento. Rosto quente, falando asneiras, pernas bambas... O que é isso, Dora?

Acho que Sarah tinha razão. Fazia tanto tempo que um homem não mexia com minhas emoções que eu perdi o jeito. Nem me comportar diante de um cara bonito eu sabia mais. Aquele belo desconhecido sorriu para mim. Suas covinhas ganharam destaque em seu rosto marcante e eu desejei que ele estivesse sem os óculos escuros para ver a cor de seus olhos. Daria tudo para ver que tipo de olhar ele tinha. Lentamente, ele se descolou da parede do fundo do elevador, deu dois passos para frente. Congelei esperando o que viria a seguir. Sua figura preenchia todo o ambiente. Seu perfume amadeirado se misturou com o calor de sua pele, que por estar tão próximo, chegava até mim. Relutante, me afastei para o lado, como se quisesse me defender do seu poder magnético.

Por ser médica oftalmologista e trabalhar com muitas pessoas, eu já vi esse tipo de magia acontecer. Alguém que se destaca na multidão, que é comum, mas que tem algo que brilha e chama tanta atenção com sua presença que não tem quem não olhe. De repente, me senti pequena. Tentei focar no celular em minhas mãos, coisa que não foi muito fácil de fazer. Para minha surpresa, senti o suor brotar na minha testa. O que estava acontecendo comigo? Por que tanto incômodo? E por que ele se mostrava tão à vontade?

E me pegando de surpresa, ele me encarou. Sua expressão era tão intensa que se ele me olhasse assim mais uma vez, achei que eu poderia explodir em chamas.

— O amor não fere ninguém. Aquele que te feriu desconhece completamente o que é amar.

Balancei a cabeça à procura de uma resposta coerente, mas a porta do elevador se abriu e aquele homem saiu levando toda a beleza do universo com ele, me deixando sem saber o que fazer, nem pra onde ir.

Cheguei ao meu quarto com o ar preso na garganta. Entrei no banheiro e, assustada, fitei o espelho. Ali estava alguém que eu não via há séculos. Analisei com cautela todas as minúcias de seu semblante. A mulher do espelho tinha olhos grandes e os lábios de meia-lua.

Olá, estranha — eu a cumprimentei. Ela se permitiu sorrir e eu fechei os olhos suspirando.

Quem é ele? O que ele despertou em mim? E como ele fez isso usando apenas três frases? — perguntei para a mulher do espelho, que por estar com as bochechas coradas e a respiração entrecortada, não conseguiu me dar respostas.

Ok. Isso foi algo inusitado e ele me pegou desprevenida — expliquei, tentando achar uma lógica no mar revolto dos meus sentimentos.

— Algo corriqueiro. Coisas que acontecem nos melhores elevadores. É isso. A vida segue.

Segurei firme na borda de mármore da pia e baixei a cabeça, talvez na esperança de que tudo dentro de mim retornasse ao seu devido lugar. Quando voltei a olhar o meu reflexo, vi que meu cabelo estava um pesadelo. Fios desalinhados, um pouco revolto e nada parecido com aquele cabelo que eu havia penteado com tanto cuidado pela manhã. Minha maquiagem básica e o batom discreto não me favoreciam em nada. E o que falar da minha roupa? Uma camisa por fora do meu jeans surrado. Isso não era nada atraente. Deve ser por isso que ele tratou de sair rapidamente do elevador sem nem olhar para trás.

Você queria que ele olhasse para trás? — a mulher do espelho perguntou. Meus olhos se estreitaram antes de responder.

Queria. Mas não há nada de atraente em mim que o motivasse a me olhar.

Mas por que diabos estava me criticando se o meu estilo era "quanto mais discreto melhor"? Aquela sem graça era eu, afinal. E havia me acostumado a ser assim.

Suspirando longa e profundamente, abandonei a mulher do espelho e me joguei na cama. Essa era uma grande novidade. Eu me interessar por um homem. Fazia tanto tempo que meu coração não sabia mais o que era bater em descompasso... Dois anos, para ser mais exata. E desde então, eu vinha me preservando, tomando todo o cuidado possível para não cair nas armadilhas da paixão. Fui capaz de resistir à insistência constante de Sarah, a todos os "jantares casuais" em que algum amigo do Luiz Felipe aparecia de última hora, aos pacientes mais atirados... Dois anos me protegendo de um possível frio na barriga e educando meu coração a nunca mais ficar bobo e bater acelerado por alguém que poderia facilmente me levar às lágrimas.

Eu tinha total consciência de que não se podia generalizar. Sabia perfeitamente que não era porque namorei um cretino que todos os homens do mundo automaticamente também eram. Sempre que conversava com Sarah sobre isso eu chegava à conclusão de que fui azarada. A paixão me cegou demais no início. Depois o medo me paralisou por tanto tempo que achei que iria viver no inferno por uma eternidade. Sarah, no entanto, sempre insistia na mesma tecla: "O Tadeu era um psicopata obsessivo. Esqueça o passado e se entregue ao amor novamente".

Embora Sarah me conhecesse desde pequena, quando se tratava de falar de ex-namorados e desilusões amorosas, felizmente, ela não se incluía na mesma categoria que eu. Não me recordo dela saindo por baixo de seus relacionamentos. Nem de ter sido traída, magoada ou de ter chorado por um homem. Nesse quesito, ela não tinha experiência nem conhecimento para julgar ou entender o meu ostracismo.

Certa vez, em uma das nossas tardes de domingo no cinema, eu perguntei como era trocar de namorado com tanta rapidez e facilidade. Ela riu daquele seu jeito escandaloso, jogando a vasta cabeleira para trás e escancarando sua boca de Julia Roberts, e disse que a coisa mais sagrada para ela era viver cada dia como se fosse o último e dar aos sentimentos toda a intensidade que eles mereciam. Aposto que se tivesse sido com ela, a cena no elevador teria ganhado um desfecho completamente diferente. No mínimo, teria conseguido o número do telefone ou um convite para jantar. Ao pensar nisso, a imagem do belo moreno na minha frente espocou em minha mente e me fez estremecer. E o cheiro dele? Uma fragrância amadeirada, misturada com o perfume próprio da pele, pitadas de hortelã com sabonete. Algo tão particular e único. Um cheiro que prometia ver, de olhos fechados, um céu repleto de estrelas.

Esfreguei meus olhos com força. Aqueles sentimentos tinham que terminar. Estava agindo feito uma adolescente diante do garoto mais popular do colégio. A última coisa de que eu precisava era uma distração boba e pueril. Estava no Congresso Brasileiro de Oftalmologia e tinha muito para participar, ouvir e aprender. E, pelo amor de Deus, aquele belo desconhecido provavelmente continuaria sendo um desconhecido. Qual a probabilidade de nos encontrarmos novamente?

C

Horas depois, recuperada, eu assistia à Dra. Antonieta Sabará dando uma aula sobre glaucoma com toda destreza que lhe era característica. Eu admirava seu vasto conhecimento, seu trabalho como professora e médica. Ela era minha referência no meio acadêmico. Hoje, no entanto, não estava presa em suas palavras como costumava ficar. Estava vidrada em sua figura. Com seus 50 anos, Antonieta era uma dessas mulheres que nasceram para vestir roupas perfeitas. O cabelo, de um tom castanho profundo, era cortado de forma que lhe favorecia o rosto marcante e aparentava estar sempre bem cuidado. Os olhos verdes, bem maquiados, brilhavam cheios de energia. Ela tinha carisma, elegância e beleza. Era agradável admirar sua figura e eu me peguei pensando por que não tinha esse cuidado comigo mesma? Por que optei por ser tão largada?

Sem cabeça alguma para seguir ouvindo as explanações da doutora Antonieta, saí do salão com o máximo de discrição que pude. Quando estava do lado de fora, saquei o celular da bolsa e liguei para Sarah:

— Oi, amiga.

— Oi. Aconteceu alguma coisa? Está com uma voz triste.

— Não sei. Acho que estou de saco cheio de mim mesma.

— Como assim? — Ela riu do outro lado.

Por um momento, considerei confessar tudo a Sarah. Dizer que eu havia sentido uma atração fatal por um cara que eu nem sabia o nome, mas me senti patética demais para isso.

— É essa coisa de só usar jeans, blusinha, sapatilha. Nada de cores, zero de acessórios, saltos e tudo o mais. Sou tão básica que beiro ao ridículo.

— Qual é o nome dele? Onde mora? Como vive? O que come?

Sorri com a sagacidade dela, indo direto ao assunto e formulando perguntas que eu mesma vinha me fazendo nas últimas horas.

— Não tem cara nenhum. Eu só enjoei de usar os mesmos tons e o mesmo estilo de roupa. Quero variar um pouquinho.

— Você vai mesmo fazer isso comigo?

— Não tem homem nenhum, Sarah — sustentei a mentira.

— Ok. Quando decidir me contar quem é ele, saiba que estarei aqui roendo as unhas de tanta curiosidade — insistiu, mas, para meu alívio, ela logo enveredou por umas dicas de ir ao shopping fazer umas comprinhas. Obviamente ela não iria perder a deixa de me incentivar a cuidar um pouco mais da minha aparência.

— É bom que assim você torra um pouco do seu dinheiro. Sinceramente, não entendo por que se mata de trabalhar, ganha uma grana lascada e não gasta com coisinhas pra você. O banco não precisa do seu dinheiro, querida. *Você* precisa.

— Bem, acho que vou fazer isso hoje.

— Justamente quando eu não estou contigo? Que amiga, hein?! — Debochou, tentando me animar. — Agora, falando sério, fico feliz em ouvir que está fazendo algo por você. É o que eu vivo dizendo: você precisa se divertir.

— Vou me divertir comprando roupas. Pode deixar.

Obviamente que isso não me soava nada divertido, mas estava determinada a tirar o mofo que cobria a minha vida. E iria começar hoje mesmo.

— E depois do shopping, faça uma massagem, tome banho de banheira e beba champanhe. Aproveite tudo o que esse hotel cinco estrelas tem a oferecer.

— Dicas anotadas. Agora vou me informar na recepção sobre qual é o melhor shopping dessa cidade.

— Você está indo agora?

— Sim.
— E não era para você estar na fila do gargarejo da palestra incrível sobre conjuntivite ou algo assim?
— Era, mas não consegui manter o foco e...
— Certo. Entendi. Bem, vai lá. E quando estiver pronta para me contar tudo sobre *ele*, você me liga. Combinado?

Duas horas depois de ter me aventurado pelo shopping recomendado pela recepcionista do hotel, eu me encontrava dentro de um táxi com os meus pés em frangalhos. Estava convencida de que dar uma repaginada no visual era a coisa mais desgastante do mundo e que essa esbórnia não se repetiria tão cedo em minha vida. E tem gente que diz que fazer compras é terapêutico. A terapia não aconteceu comigo. Estava louca por um banho quente e uma boa taça de vinho branco.
— Chegamos — anunciou o motorista. — Quer ajuda com as sacolas?
— Acho que dou conta. Obrigada — agradeci, pagando a corrida. — Fique com o troco.
Saltei do carro e me arrastei para dentro do hotel. O suntuoso saguão com altura de uns dois andares e chão de granito polido estava bastante movimentado. Uma equipe com câmeras, microfones e outras aparelhagens trabalhava num canto em torno de luzes, vozes e risadas. Parecia que estavam gravando um programa ou entrevistando alguém. Hóspedes curiosos atrapalhavam o meu caminho até o elevador. Essas coisas me irritavam profundamente. Por que câmeras deixam as pessoas imobilizadas? Eu só queria a minha cama.
Atravessei o saguão tentando não chamar atenção. Poderia ser algum tipo de filmagem para o congresso de oftalmologia e eu tinha pavor de entrar nessas furadas de ter que aparecer em frente às câmeras e responder enquetes ou perguntas sobre o evento. Definitivamente, eu não estava disposta a ficar ali dando sorte para o azar. Apertei o passo quando vi que a porta do elevador iria se fechar.
— Segura o elevador — pedi, entrando esbaforida com minhas sacolas e, sem querer, esbarrei em alguém. — Desculpe! — falei, olhando para cima.
Congelei. Droga! Era ele e seus óculos escuros.
Senti meu rosto queimar quando ele fez aquele trejeito, o de puxar o canto da boca num meio sorriso.
— Olá! Você de novo... — ele me cumprimentou com uma voz divertida.

— Oi — respondi sem conseguir decifrar se isso era bom ou ruim.

Nervosa, me virei para apertar o número do meu andar, mas a quantidade de sacolas que eu carregava não me permitiu completar a ação.

— Eu te ajudo.

— Ah, obrigada! Décimo andar, por favor.

— Eu quis dizer com as sacolas. Devem estar pesadas. Deixe que eu cuido disso.

Fiquei imóvel feito uma presa paralisada pelo veneno de seu predador, enquanto ele, com a mesma naturalidade anterior, pegou sacola por sacola e as segurou com a maior facilidade.

Nesse instante, antes que a porta do elevador se fechasse, uma mulher entrou, quebrando o clima. Seu perfume adocicado me enjoou e odiei instantaneamente a sua existência. Não poderia ter pegado outro elevador? O que veio fazer aqui, a não ser atrapalhar?

— Ainda bem que te alcancei — esclareceu com uma voz rouca de nicotina. — Precisava ter saído daquele jeito? Você sabia que isso poderia acontecer, não sabia?

Analisei sua figura esbelta com antipatia. Ela era bonita e isso eu não podia negar. Loira, cabelos até o meio das costas, roupa delineando suas curvas perfeitas. O meu oposto...

Disfarçando minha tensão, apertei o botão no painel digital e dei um passo para o lado para que ela selecionasse o seu andar. Para minha surpresa, ela estendeu a mão cheia de anéis e tocou o braço dele com intimidade. Engoli o nó na garganta. Senti um ciúme inesperado e tão forte quanto a antipatia que já estava ruminando por ela.

— Peraí! Onde você arranjou todas essas sacolas de compras? — perguntou examinando com curiosidade o volume em seus braços. — Roupas femininas, sapatos... O que você está aprontando, Rico?

Ah, então esse era o seu nome?! E esta devia ser a namorada/esposa/dona dele, pensei me sentindo ainda sufocada pelo súbito ciúme. Pigarreei para explicar toda a situação das sacolas, mas Rico tomou a minha frente.

— São dela. — Ele inclinou a cabeça para o meu lado. Os cabelos castanho-escuros dançaram em sua testa. — Eu estou apenas ajudando. Estava pesado e eu resolvi dar uma mão... nos falamos lá em cima, ok? — Ele encarou a loira, que se acomodou ao seu lado. Sem se deixar intimidar pela situação, ela me lançou um olhar questionador e voltou sua atenção para o smartphone de última geração. Depois de uns segundos, ela disse:

— Olha, estamos sem tempo e ainda temos que...

— Eu disse para conversarmos lá em cima.

— Uau! — ela exclamou fazendo uma careta de desagrado. — Ok, Rico, ok.

O elevador subiu três andares e parou numa lentidão irritante. Um casal de meia-idade do lado de fora perguntou:

— Está descendo?

— Subindo — a loira respondeu secamente.

— Ótimo! — respondeu o homem. Eles entraram. Dei um passo para trás para abrir espaço para os dois novos ocupantes. O elevador começou a se mover, mas logo parou no andar seguinte. Uma senhora idosa, cabelos de algodão, *tailleur* Chanel e colar de pérolas entrou, olhou Rico de cima a baixo sem a menor discrição e se abanou com seu leque.

— Aperte o andar do restaurante, por favor, meu filho? — ela ordenou para o homem próximo ao painel. Ele obedeceu e fui obrigada a dar mais dois passos para trás.

Por que aquele elevador era tão lento? E por que, justamente hoje, todo mundo resolveu circular pelo hotel? De canto de olho, observei a loira se distraindo com seu aparelho. O casal da minha frente entrou numa conversa com a senhora sobre o restaurante e suas iguarias, mas eu não prestava a menor atenção. A respiração e o calor de Rico bem atrás de mim me deixavam zonza e eu queria que a droga do elevador chegasse logo ao meu andar para me ver livre de toda aquela confusão.

Suspirei fazendo a contagem dos andares com os olhos grudados nas luzes vermelhas do painel. Quando a porta se abriu no meu andar, eu anunciei:

— Vou descer aqui. Obrigada pela ajuda — disse me virando para pegar as minhas coisas.

— Eu te acompanho até a porta do seu quarto — ele avisou em voz baixa.

— O quê?! Temos compromisso! — exclamou a loira saindo do seu mundo virtual e pousando suas lentes de contato verdes em cima de mim. Sabia reconhecer um olhar falso a milhas de distância.

— Não vou me atrasar. Te encontro na suíte em cinco minutos. — Seu tom de voz deixou bem claro quem mandava naquela relação e ela aquiesceu.

— Obrigada, mas não precisa — pedi com sinceridade. Apesar de ele não ter saído dos meus pensamentos nas últimas horas, eu não queria ser motivo de desentendimento pra ninguém. Se havia uma coisa da qual eu fugiria sem nem olhar para trás era de homem casado.

— Eu insisto. Vamos?

— Imagine! Eu dou conta de levar minhas sacolas. Não quero atrasar vocês — respondi tentando pegar minhas coisas.

A senhora estalou a língua impaciente.

— Se eu fosse você aceitaria a ajuda deste moço, minha jovem — me aconselhou ela com uma piscadela. O casal ao lado dela olhava para Rico com curiosidade e cochichavam algo. A loira antipática me fulminava com seu olhar severo.

— Com licença — pediu Rico tomando a iniciativa e saindo do elevador.

Me despedi com um fraco "tchau" e saí apressada. Caminhamos uma eternidade até a porta do meu quarto. Ele andava tranquilo ao meu lado, como se fôssemos amigos de longa data. Eu tentava acompanhar seus passos largos sem perder a sensatez. Eu estava mesmo vivendo aquela cena?

— Obrigada pela gentileza — agradeci assim que chegamos. — Pode deixar tudo no chão, que eu carrego para dentro — pedi sem coragem de olhá-lo no rosto. Daquele instante em diante, meu foco seria voltar a ser a Dora de sempre e esquecer de vez o arrebatamento que senti por Rico. O belo moreno tinha dona. Óbvio que tinha. Onde eu estava com a cabeça?

— Pelo jeito você seguiu o conselho de sua amiga e foi se divertir no shopping — comentou ele, e depois se calou como se estivesse pensando.

— Ah, você ouviu isso também. Pois é, fui fazer umas comprinhas e acabei exagerando — justifiquei a quantidade de sacolas. — Olha, eu não quero atrapalhar nem ser motivo de estresse entre você e sua... — lancei um olhar furtivo para as mãos dele, apoiadas nos bolsos da frente de seu jeans. Nenhum anel de compromisso — namorada.

— Você está falando da Clélia? Ela não é minha namorada. Nós só trabalhamos juntos.

— Certo. — Nuvens de alívio dançavam dentro de mim e eu quase vibrei de alegria.

— Vou indo, então.

— Obrigada, mais uma vez — disse vendo-o se afastar até o elevador. De repente, ele se virou. Os olhos, por de trás dos óculos, encontraram com meu olhar hipnotizado. Achei gentil ele fingir que não percebeu que eu estava babando. Apenas perguntou:

— Você vai ao show que a sua amiga recomendou?

— Eu? Não, não. Detesto shows de música — respondi de um modo afetado.

Então me toquei. *Merda! Será que ele ia ao show e queria saber se eu ia também?*, pensei, me punindo pela falta de prática nesse lance de paquera.

— E você vai? — disse, tentando reparar a mancada.

— Não sei. — Ele acenou com a mão e entrou no elevador, desaparecendo.

Dez minutos depois, eu olhava a televisão sem o menor ânimo para nada. Logo mais começaria um jantar com direito a comidas típicas da Bahia: baianas ricamente trajadas, fitinhas do Senhor do Bonfim à disposição para quem quisesse fazer pedidos impossíveis, como ganhar na loteria ou conquistar um bom partido, e, claro, muito axé. Parecia divertido e uma excelente oportunidade para usar um modelito novo. Decidi ir. Antes, porém, liguei para Sarah:

— Comprei umas coisinhas no shopping — contei depois de um tempo de conversa fiada.

— Quero ver tudo. Tira fotos e me manda por mensagem?

— Ah, pelo amor de Deus. Domingo estarei em casa e você pode ver tudo pessoalmente.

— Ok. E qual é a boa de hoje?

— Tem um jantar típico daqui a pouco, com homenagens, danças baianas, essas coisas.

— Uhul! Parece divertido. Conte o que você comprou. Eu te ajudo a escolher um look "pega rapaz" para, literalmente, pegar o cara que te fez ir às compras.

Gargalhei com o jeito de Sarah e passamos os próximos minutos decidindo o que iria usar. Pulei o banho de banheira, a taça de champanhe e me arrumei da melhor maneira que pude. Eu havia escolhido um vestido em renda vermelha com a saia godê, um cinto dourado fininho, sandálias em tom nude e alguns acessórios completavam o meu visual. Sentia-me tinindo de nova. Olhei satisfeita para o espelho e lá estava meu sorriso bobo plantado nos lábios. Sair do básico não era tão ruim, afinal. Vivi tanto tempo recolhida na minha quietude, tentando passar despercebida feito uma lua nova, que me sentia animada em mudar de fase. Dizem os místicos que é nesta fase da lua que tudo se transforma. Talvez o encontro no elevador com o belo desconhecido tenha sido um incentivo para que eu saísse da escuridão e renascesse. Mesmo que de uma forma tímida e receosa, com certeza, já era um grande passo em direção a algo novo e colorido.

☾

Horas mais tarde, eu me encontrava submersa em uma piscina de tédio. Apesar do meu corpo estar sentado à mesa com cinco colegas que conheci durante o congresso, três homens e duas mulheres, minha mente vagava por outros lugares. Segurar uma taça de vinho branco me mantinha ocupada e, de certa forma, disfarçava a minha falta de entrosamento com o animado grupo.

A conversa mudava rapidamente de um assunto para o outro e, por estar dispersa, sentia dificuldade em acompanhar os diálogos. Estávamos sentados bem próximos ao palco, onde uma apresentação de capoeira acabava, e as duas médicas à minha direita conversavam animadamente sobre o corpo dos atletas.

— Você viu o tanquinho do moreno fortão? — perguntou Jéssica em tom de confidencialidade para o trio feminino. Eu estava inclusa, obviamente.

— Se não vi... o pior é voltar para casa e enfrentar a máquina de lavar — respondeu Solange e as duas caíram na risada. Eu forcei um sorriso para não ser tão antipática e me virei para o garçom que estava passando, para pegar outra taça. Detestava conversas assim. — Estão animadas para o show no sábado? — perguntou Dorival, o médico mais velho da mesa, tentando puxar um assunto em que todos podiam interagir. — Eu não sei quem é o cantor. Alguém conhece?

Balancei a cabeça negativamente, bebericando meu vinho branco.

— O cantor se chama João Leone e ele fez muito sucesso até uns dois anos atrás. Ultimamente, anda meio recluso em sua fazenda — contou Jéssica.

— Ele está meio sumidinho mesmo. Nunca mais o vi na televisão — acrescentou Solange.

Eu teria balançado a cabeça e concordado, se soubesse do que elas estavam falando. Apenas sorri com cara de paisagem.

— Pois eu nunca ouvi falar dele. Ao menos canta bem? Vale a pena sacrificar algumas horas de descanso e leitura pelo show dele? — insistiu Dorival, que, para meu alívio, se mostrou tão desatualizado quanto eu, embora houvesse ali uns bons vinte e tantos anos a mais de diferença.

— Sou suspeita em dizer. Adoro o estilo de música que ele toca. É sertanejo, mas não é aquele sertanejo de raiz, sabe? Ele tem estilo e faz umas músicas muito bonitas. As letras e os arranjos lembram o Johnny Cash — comentou Jéssica se mostrando por dentro do assunto.

— Johnny Cash? Não consigo associar um cantorzinho sertanejo do Brasil ao talento incomparável de Johnny Cash! — exclamou o médico do outro lado da mesa.

Fiquei pensando no quanto sou alienada nesse assunto e nem cogitei perguntar quem era Johnny Cash. Morria de vergonha de passar por inculta ou algo assim. Resolvi ficar calada, no papel de observadora.

— Do jeito que estou falando parece até que sou tiete.

— Acho que você não leva o menor jeito para tiete de cantor famoso, Jéssica.

— Minha filha, na verdade, que é alucinada pelo João Leone. Ela tem 17 anos e já me arrastou como acompanhante em uma meia dúzia de shows. Aprendi a gostar das músicas dele por causa da Vivian. Eu não sabia que ele tinha voltado aos palcos depois de tudo o que aconteceu.

Solange virou para Jéssica com seus olhos azuis chispando por uma boa fofoca.

— Do que você está falando?

— O João namorava a Karen Fianny.

— Sim, a atriz de novela. Eu sei. Nossa, ela é linda!

— Mas eles não estão mais juntos.

— Ah, não? O que aconteceu?

— Na semana do casamento deles, ela foi flagrada aos beijos com seu par romântico da novela no camarote mais disputado do carnaval carioca. O país inteiro, praticamente, assistiu à Karen trair o João com o ator.

— Que horror!

— Você não sabia? Só se falava disso nas revistas e na televisão.

— Acho que vi alguma coisa a respeito, sim.

— Pois é. Segundo a minha filha, o João era louco pela Karen. Foi ele quem a levou para o Rio de Janeiro e a incentivou a se tornar atriz. O pobre coitado deve ter ficado tão decepcionado que se retirou de cena no auge da carreira.

— Praticamente uma Greta Garbo do sertão — ironizou Dorival.

Todos riram do comentário do médico sagaz.

— Se eu fosse ele, teria transformado tudo em música e ganhado rios de dinheiro — acrescentou Dorival, rindo, com suas bochechas vermelhas por conta da bebida.

— Ele fez! — Jéssica exclamou. — A música virou sucesso, mas daí ele preferiu deixar os palcos. Estou feliz por saber que voltou. Sinal de que superou a traição e tudo mais.

— Ou que o dinheiro acabou e agora precisa fazer shows e mais um monte de aparições em programas de TV para recuperar o prejuízo — alfinetou Dorival.

Jéssica se comportou feito a tiete que realmente era e defendeu o tal João com unhas e dentes num embate acalorado.

— Acho que ele não precisa disso, Dorival. João é conhecido nacionalmente pela sua postura, seu cavalheirismo...

— E pelo chifre, não é, minha cara doutora?!

Eu mordi o lábio inferior me sentindo um peixe fora do aquário. Falar da vida alheia parecia tão reconfortante para algumas pessoas, mas eu detestava esse tipo de conversa.

— Com licença — me ouvi pedindo. Afastei-me sem maiores explicações e deixei para trás o suntuoso salão com passos rápidos. Culpei a minha falta de educação ao vinho branco, ao mesmo tempo que era grata pela coragem que ele havia me dado. Se estivesse mais sóbria, ainda estaria lá balançando a cabeça e sendo obrigada a ouvir histórias sobre a vida de quem não me interessava.

Dentro do elevador, retoquei o meu batom, tomando a decisão de ir jantar no restaurante da cobertura do hotel. Estava com fome e sem a menor vontade de comer um sanduíche no quarto.

Parei na entrada do restaurante para analisar o local. O clima intimista, com luzes baixas, mesas com delicados candelabros, toalhas de linho e alguns casais trocando olhares intensos e sorrisos bobos não me intimidaram. O garçom sugeriu uma mesa em frente à enorme vidraça e nos dirigimos para lá. Pedi entrada, uma taça de vinho e fiquei apreciando a vista que se estendia pela orla da praia de Ondina.

Morava sozinha desde que me mudei da casa dos meus pais, no bairro do Bexiga, para um apartamento perto da USP. Apesar de ter familiares e amigos em São Paulo, nunca me privei de fazer o que gostava por falta de companhia. Frequentava cinemas, teatros e restaurantes curtindo cada momento como se estivesse cercada de gente. Eu e a solidão tínhamos um acordo muito claro: ela não entraria na minha vida, tampouco eu a convidaria para entrar. Éramos inimigas declaradas.

A música clássica suave, o tilintar das taças e as diversas conversas pelo restaurante preenchiam o espaço da cadeira do outro lado da mesa. Meus pensamentos ocupavam a minha mente. E assim eu jantei e pedi sobremesa, admirando as ondas se quebrarem na praia debaixo dos meus pés.

Já passava das dez da noite quando terminei o meu jantar. Não havia notado que a maioria das mesas estava vazia e apenas três ou quatro delas ocupadas. Virei a cabeça e chamei o garçom para pedir um café. Foi neste momento que o notei do outro lado do salão tão sozinho quanto eu. Ele me observava e parecia se sentir à vontade com sua xícara de café. Minhas bochechas se incendiaram e o conforto que sentia com a minha própria companhia me abandonou por completo. Já não sabia mais o que fazer com as mãos nem para onde olhar. O celular, que passou o jantar inteiro repousado ao lado do meu prato, foi minha tábua de salvação. Eu o agarrei e comecei a abrir e fechar aplicativos. Logo o garçom chegou com meu pedido e depois desapareceu. Guardei o celular e me concentrei no meu café. Podia sentir seus olhos em mim. E como aconteceu dentro do elevador, fui incapaz de resistir ao seu magnetismo e levantei meu olhar para encontrar com o seu. Ele ergueu a xícara num brinde silencioso e eu retribuí.

Em seguida, ele se levantou e lamentei por sua partida. Provavelmente ele iria voltar para seu quarto ou para alguém. Homens assim não ficavam sozinhos por muito tempo. Voltei os olhos para a praia, saboreando a bebida quente, tentando recuperar o prazer de ficar só que estava sentindo há alguns minutos.

— Posso te fazer companhia ou está esperando alguém?

Meu queixo deve ter caído. Minha voz e minha sensatez foram dar uma volta na praia, pois não encontrei palavras para responder àquela pergunta simples. Ele estava sem os óculos escuros e, finalmente, pude admirar seus olhos de perto... Deus, o que era aquele olhar? Nesses anos todos de profissão, não havia cruzado com um olhar igual ao dele. Eram duas esferas de ébano igual ao que imaginei, quente e intenso o suficiente para aquecer alguém em dias frios.

— Vai me deixar aqui em pé e sem graça depois de eu ter te ajudado com aquele monte de sacolas? — perguntou em um tom bem-humorado.

Eu ri, recuperando meus sentidos.

— Desculpe. Sente-se, por favor. Eu só não estava acreditando.

— Em quê?

— Em você aqui querendo tomar café comigo.

— E por que não? — ele questionou fazendo com que eu me sentisse prestigiada com sua presença. Ele queria mesmo que eu explicasse? Um homem com aquele porte, dono de uma beleza exótica, querendo sentar-se à mesa e tomar café comigo... Sinceramente, coisas assim não aconteciam com frequência na minha vida.

Terminei minha bebida tentando pôr as ideias em ordem. Tinha 32 anos e não era nenhuma garotinha para ficar sem jeito na frente de um cara. Mas meu coração traiçoeiro disparou e pude sentir meu corpo liberando altas doses de adrenalina. Minha boca se tornou um deserto; meu estômago, o buraco negro do universo; minhas mãos, as geleiras da Patagônia. Todo meu preparo acadêmico e competência didática foram por terra diante de sua presença. Por Deus! Desde quando tenho um vulcão queimando dentro de mim?

Sorri e dei de ombros. Péssimo, péssimo.

— Pelo jeito você contrariou a sua amiga e não foi se divertir — comentou, me analisando com um olhar curioso.

— Não, pelo contrário. Juro que tentei, mas não encontrei diversão aonde eu fui.

— Me conte o que você fez — ele pediu com sua voz encorpada feito chocolate quente.

O vulcão entrou em erupção dentro de mim. A combinação de sua presença e de sua voz era algo de cinema.

— Melhor não...

— Ah, é? — Seus olhos brilharam de curiosidade. — E por que não?

— Não foi exatamente elegante o que eu fiz... Agi num impulso e agora tenho certeza de que vou ficar sem graça de encarar aquelas pessoas amanhã novamente.

— Prometo que não vou espalhar — disse com um sorriso se abrindo por detrás da xícara de porcelana branca. Em seguida, ele a levou aos lábios. Céus, o que aquela boca poderia fazer?

Eu fingi que pensava por um momento, enquanto Rico me olhava com interesse.

— Eu estava no jantar de confraternização do congresso junto com cinco colegas de profissão. E, ao contrário do que imaginei, eles não conversaram nada de medicina, política ou outro assunto do gênero.

— São esses os seus assuntos preferidos?

— Gosto de trocar ideias sobre esses assuntos e achei que, por termos assistido a tantas palestras e seminários interessantes ao longo da semana, iríamos debater e ouvir a opinião de cada um a respeito.

— E eles decidiram conversar sobre o quê?

— Trivialidades.

— De repente, queriam relaxar falando de assuntos banais.

— Bem, espairecer falando da vida alheia e rir da tragédia dos outros não é o meu programa favorito. Estava tão entediada com aquela conversa que simplesmente me levantei e saí sem explicações, deixando-os falar à vontade do pobre cantor.

Ele franziu a testa.

— Cantor?

— Sim. O que vai fazer o show de encerramento do congresso — expliquei.

— E o que eles falaram exatamente?

— Que o cara foi traído em público ou algo assim. Não conheço esse tal de João Leone, nem sei da vida dele, mas acho errado ficar falando — respondi dando de ombros.

Ele fez aquele gesto de puxar o canto da boca para cima antes de responder:
— Acho que eu também faria o mesmo.
— Por esse motivo eu vim parar aqui. E você?
— O que tem eu?
— Por que estava aqui sozinho?

Ele me encarou por um segundo antes de responder enquanto meus olhos estavam presos aos dele. Isso me incomodava. Parecia que eu não tinha mais domínio sobre minhas emoções. Havia nele uma confiança, um jeito de se portar que exigia atenção, além da constante sensação de que, enquanto eu estava falando, ele estava estudando cada parte de mim.

— Eu gosto de ficar sozinho de vez em quando. É bom para colocar os pensamentos em ordem, fazer planos, essas coisas — respondeu, terminando o seu café. Depois de depositar a xícara no pires, ele passou a mão pelos cabelos revoltos e soltou um suspiro. Parecia muito confortável sentado de pernas cruzadas na cadeira à minha frente. Era como se tomássemos café despretensiosamente todos os dias.

— Como você se chama?
— Dora.

Seus olhos se fecharam, como que absorvendo alguma coisa especial.
— O que foi?
— Adorei o seu nome. Dora... Mas claro que um monte de gente já te disse isso.

O seu olhar exigia o meu. Era perturbador, mas não conseguia deixar de encarar. Em minha cabeça, mil coisas se passavam. Dentre elas, uma certeza absoluta: eu poderia passar a noite inteira ali, do outro lado da mesa, olhando para ele, que não veria o tempo passar.

— Acho que meus pais me disseram umas duas ou três vezes. — Sorri me derretendo por dentro. — E você é o Rico. Eu ouvi a moça te chamar assim no elevador.

— Meus amigos me chamam de Rico.
— Rico de Ricardo, presumo.

Ele fez aquilo com a boca novamente e jogou os braços em cima da mesa.
— É... Rico de Ricardo.

De repente, senti uma necessidade de tocá-lo e beijar aquela boca. Eu o queria pra mim. Céus, isso era uma grande e preocupante novidade.

— Você é daqui de Salvador?
— Não. E você é?
— Moro em São Paulo — respondi.
— E é médica oftalmologista, gosta de ajudar os outros, tem uma boa amiga, é feliz fazendo o que faz... Parece que você tem uma vida maravilhosa, Dora — ele comentou me lançando um olhar diferente. Um lampejo de tristeza ou solidão. Havia um cansaço inexplicável. Não consegui decifrar.
— Nem tão maravilhosa assim. Mas sou muito feliz por ser quem sou e fazer o que faço — assegurei. — E você, faz o que da vida?
— Eu? — Ele olhou para cima como quem está pensando no que responder. — Trabalho com entretenimento.
— Que tipo de entretenimento?
— Minha vida não é tão interessante quanto parece. É apenas um trabalho a ser cumprido.
Franzi a testa com sua resposta.
— Hum. Não quer conversar sobre você — concluí, girando a xícara no pires, decepcionada. Eu queria saber mais. Queria saber tudo.
— É que não há nada de interessante para ser dito sobre meu trabalho.
— Sempre existe algo a ser dito sobre o que fazemos.
— Talvez tenha sim, mas prefiro saber mais sobre você.
— Bom, você já sabe, estou aqui participando de um congresso, volto para São Paulo no domingo e entro na minha rotina de consultório e posto de saúde. E você está aqui por quê? Para onde vai depois?
Ele sorriu me encarando.
— Aceita outro café?
— Não vai me responder?
— Vai aceitar outro café?
Suspirei um tanto decepcionada.
— Obrigada. Na verdade, acho que vou voltar para o meu quarto. Amanhã cedo continua a programação do congresso e preciso dormir. Muita cafeína me tira o sono.
Homens misteriosos não faziam o meu tipo. Já tive provas suficientes para saber que eles tinham o poder de devastar a vida da gente, caso me aventurasse a desvendar seus mistérios.
— Fique mais um pouco. Converse comigo — ele pediu com a voz baixa, me fazendo estremecer. — Gosto da sua companhia.
Como resistir a esse pedido?
— Só se você também conversar comigo — ponderei.

— Podemos deixar o trabalho de lado e falarmos de outras coisas, se estiver interessada.

Ele ainda não notou que eu estava interessada?, me perguntei em pensamento.

— Ah, você está aí! — Anunciou uma voz estridente nas minhas costas. — Você não atende o celular, não avisa para onde vai... Estava igual louca te procurando pelo hotel.

Ele encarou a loira por um segundo com suas sobrancelhas franzidas, os olhos apertados de raiva. Foi a desculpa perfeita para resistir ao charme daquele belo sedutor. Seja lá com o que eles trabalhavam, Clélia parecia controlar a vida dele e eu não queria entrar numa disputa com outra mulher pela atenção de um homem. Nessa altura da minha vida? Nem pensar.

— Obrigada pela companhia — anunciei, me levantando. — Boa noite.

Clélia me olhou de cima a baixo.

— Boa noite, querida.

Aquele "querida" me revirou o estômago.

— O que você quer, Clélia? — Eu o ouvi perguntar enquanto me afastava da mesa o mais rápido que pude.

— Você abandonou a agenda, não deu satisfação, você acha que eu sou contratada para ficar apagando seus incêndios... — A voz dela foi cortada quando a porta do restaurante se fechou atrás de mim.

O meu coração palpitava no peito. O elevador demorou uma eternidade para chegar e torcia para que os dois não viessem ao meu encalço. As portas, então, se abriram e eu me atirei para dentro, apertando freneticamente o botão do meu andar. Inspirei o ar gelado buscando equilíbrio assim que começou a se mover. Rico me afetava e provocava como ninguém jamais havia feito. Esse fato novo me deixava aterrorizada. Por isso, assim que entrei no quarto, chutei minhas sandálias para o lado e me joguei na cama, entrando numa análise profunda em busca de respostas.

O fato era que Rico havia sacudido minhas emoções tão bem estruturadas ao longo dos anos que eu não estava me reconhecendo mais. Sarah ia adorar saber disso. Sorri, imaginando o escândalo que ela iria fazer quando eu contasse. *Se* contasse. De repente, não valia a pena levantar o assunto, já que estava determinada a guardar esses três encontros casuais com Rico em algum lugar não acessado da minha memória episódica.

Depois dos maus bocados que passei ao lado de Tadeu, eu trabalhei muito o meu psicológico para me recuperar e não virar um ser humano amargurado. Acabei me tornando uma mulher séria, independente e desconfiada. A figura sonhadora e frágil que um dia fui não existia mais. Gostava da fortaleza que havia criado em torno de mim. E era assim que deveria seguir. Sem correr grandes riscos.

Satisfeita com minhas decisões, fechei os olhos e cruzei as mãos em cima da minha barriga. Deixei o tempo passar e os pensamentos navegarem ao léu. *Estar bem é o suficiente para se viver a vida?*, uma pergunta espocou em minha mente.

Abri os olhos, alarmada. Levantei-me e fui para o banheiro. Acendi a luz e encarei a mulher do espelho.

Estar bem é o suficiente para você? Consegue passar a vida sem sentir o que está sentindo por aquele homem? Seu coração será capaz de voltar a bater no mesmo ritmo monótono quando retornar a São Paulo? Ela me encarava sem responder. Um brilho de angústia no fundo dos olhos.

Droga!

Angustiada, fui para a sacada me sentar na rede e apreciar a vista, na esperança de aquietar meu espírito. A brisa morna do mar grudou em minha pele e me deixei levar pelos meus pensamentos e preocupações. Pela primeira vez em anos, eu chorei com saudades da menina sonhadora que fui antes de ser covardemente devastada. *Eu seria capaz de me entregar novamente?*, me perguntei, lembrando-me de todas as coisas dolorosas que tive que passar com meu ex-namorado. Minha fachada seria forte o suficiente para resistir a uma tempestade de paixão e arrebatamento?

As batidas fortes na porta me arrancaram dos meus devaneios. Consultei as horas no celular, 23h25. Quem poderia ser?

— Quem é? — perguntei antes de abrir.

— Sou eu, Rico.

Meu corpo inteiro ficou tenso.

— Só um minuto — pedi, correndo para o espelho do banheiro. Céus! Eu estava péssima com os olhos borrados de rímel, inchados e vermelhos. Peguei um lenço demaquilante e passei em volta deles, tentando arrumar o estrago. Nada bom.

O que ele queria ali a uma hora daquelas?, pensei intrigada. Provavelmente, o que todo homem sozinho queria de uma mulher que estava viajando desacompanhada em uma cidade como esta.

Bem..., pensei jogando o lenço na lixeira. *Essa cara amassada talvez sirva para espantá-lo de uma vez por todas.*

Determinada a pôr um fim nessa relação platônica ridícula de encontros casuais, abri a porta e me deparei com ele recostado no batente.

Os cabelos recém-lavados exalavam cheiro de xampu, a boca entreaberta era um convite ao deleite. Ele parecia ainda mais lindo que minutos atrás no restaurante. Sua figura preenchia toda a entrada do quarto e me senti como um gatinho ao lado daquele leão.

— Eu te acordei?
— Não. Eu estava na varanda olhando o mar.
— Não vim em boa hora?
— Tudo bem. Eu só estava apreciando a vista e...
— Você estava chorando? — Rico passou o polegar em meu rosto deixando um rastro de calor escaldante na minha pele. — Foi ele novamente? — perguntou com uma nota de raiva em sua voz.

Dei permissão para que entrasse e fechei a porta ainda surpresa com a intimidade do seu toque em meu rosto.

— Não existe nenhum "ele". Só existe um passado que, apesar de estar bem enterrado, me alerta constantemente que o amor é algo que pode me machucar em vez de me fazer feliz.

— Não sei ainda o que fizeram com você, mas desconfio que não foi em nome do amor, foi em nome do egoísmo — assegurou.

— Eu sei quem você é! — exclamei me afastando dele. O seu perfume vencia todas as batalhas contra a minha sensatez.

— Sabe? — A voz dele soou afetada.
— Sei. Você é o tipo que procura por mulheres sozinhas e carentes para se aproveitar delas. Mas não vai acontecer comigo, ok? Estou muito bem e não sinto carência alguma. Melhor você ir embora porque está perdendo seu tempo! — exclamei exaltada. Minha voz saiu alta demais para uma conversa com um cara que eu mal conhecia. Mas não estava me importando com as boas maneiras. Aquilo tinha que ter um fim.

— Eu te entendo perfeitamente, Dora. Eu também sinto o mesmo medo que você. De me entregar, de me envolver e me sentir devastado no final. Algumas pessoas fazem isso mesmo e eu posso te garantir que não sou um desses caras que buscam apenas prazer e diversão com as mulheres.

— E o que você busca? Me parece que um cara como você já tem tudo.

Ele deu de ombros.

— Tenho muitas coisas, sim. Inclusive decepções. Encontrar alguém sem interesses pessoais está se tornando cada vez mais difícil no mundo em que vivo.

— E como as pessoas vão te enxergar se você se fecha e não quer falar a seu respeito? Essa foi a impressão que tive de você no restaurante.

— Eu não sou o meu trabalho. Não sou o que faço. Geralmente, as pessoas querem saber só desse lado e se aproximam de mim por causa dele. O que eu busco é algo mais simples. Alguém que queira caminhar comigo e que me aceite do jeito que sou.

A vulnerabilidade que veio junto com suas palavras desarmou meus argumentos. Homens como ele, geralmente, mostravam o oposto. Queriam fugir de amarras e relacionamentos, da simplicidade que ele, aparentemente, buscava.

Ele me olhou por um instante. Os braços ao lado do corpo. O rosto com uma expressão de entrega. Meus dedos coçaram de vontade de tocá-lo. Dei um passo para trás.

— O que foi? Falei algo errado? Achei que quisesse me conhecer.

— Quero te conhecer, sim. Mas você há de convir que é comum as pessoas conversarem sobre suas profissões. Sou médica e não tem nenhum mistério nisso. Você, por acaso, é um gângster, um traficante ou um político corrupto?

Ele riu.

— Não sou nada disso.

— Então, quem é você? O que você faz?

— Podemos conversar sobre o meu trabalho mais para frente, se quiser.

— Certo. — A decepção saiu junto com minha voz. Qual era o problema dele? Por que evitar o assunto com tanta insistência?

Rico passou as mãos pelos cabelos e deu dois passos para trás. Parecia angustiado, mas eu também não estava numa situação confortável. Se eu não me protegesse, quem iria?

— Ok. Acho que foi um erro ter vindo. Desculpe ter te incomodado.

— Pelo menos, você concorda que esta é uma situação atípica? Estou com um cara completamente desconhecido dentro do meu quarto, que pode ser perfeitamente um maníaco ou sei lá... Quem me garante que você é uma pessoa bacana? Flertes em elevadores e restaurantes não servem de referência para ninguém.

Ele balançou a cabeça.

— Sim, esta situação é bastante atípica. Pode apostar, eu nunca bati na porta do quarto de uma mulher desconhecida à meia-noite. É novo pra mim.

— Mal sei seu nome, nos cruzamos três vezes ao longo do dia e ainda assim não quero que vá embora. Isso me assusta demais — confessei, para em seguida me arrepender.

— Você também me deixa intrigado. — Ele abriu os braços. — Desde que entrou no elevador com sua garrafa de água, não penso em outra coisa a não ser em você. E tudo o que quero é que me conheça de verdade. Só preciso de tempo e que confie em mim.

Ele simplificou tudo. Já não se mostrava o cara misterioso e inatingível com seus óculos escuros e ar imponente. Mas ainda assim eu deliberei por um segundo.

— Eu senti o mesmo, mas acho que você já sabia.

— Não, Dora, eu não sabia — assegurou, aproximando-se de mim. Eu estava entre ele e a cama. Mais um passo e eu me jogaria de cabeça em uma noite de luxúria com este belo desconhecido.

— Que bom saber que também pensou em mim — confessou com a voz baixa enquanto seu polegar contornava meus lábios. — Você faz ideia do quanto eu desejo um beijo seu?

Arfei... Minha expressão devia ser um misto de conflito e desespero. Queria mergulhar na onda de sentimentos que me inundava, ao mesmo tempo que meu subconsciente me dizia para fugir dali.

Rico segurou meu rosto com as duas mãos e me obrigou a encará-lo. Ouvi os sons da minha fortaleza se trincando dentro de mim. Ele roçou seus lábios nos meus de um jeito delicado e sem deixar de me olhar nos olhos. Então, pressionou sua boca contra a minha e sua língua me explorou, sedenta. Joguei meus braços em volta de seu pescoço e correspondi ao beijo com o mesmo fervor. Seu gosto de hortelã era a melhor coisa que eu havia provado e não me lembrava de nada que tinha vindo antes deste beijo.

O desejo reprimido de anos explodiu por todos os meus poros. À medida que o beijo avançava, meus pés se desgrudaram do chão e, aos poucos, fui sendo transportada para uma dimensão isenta de gravidade. Desliz ei minhas mãos para sua nuca, puxando-o contra mim. Rico gemeu com meu toque, um som rouco e sexy que veio do fundo de sua garganta, me incendiando ainda mais por dentro. Dane-se o desconhecido! Eu o queria com todas as minhas forças!

Em seguida, ele interrompeu o beijo e colou a sua testa na minha. Eu o encarei, confusa.

— Você quer ir adiante? — perguntou num sussurro.

— Você não? — devolvi a pergunta com a voz afetada.

Suas mãos foram escorregando suavemente pelos meus ombros até pousarem em minha cintura.

— É o que eu mais quero, Dora — respondeu, estendendo a mão. Seus olhos brilhavam ardentes, excitados. Segurei firme e me entreguei como há muito não fazia.

Lá fora, um céu de lua nova me dava coragem para seguir com o meu renascimento e foi nos braços de Rico que dei início ao meu novo ciclo.

O quarto estava na penumbra, a única iluminação vinha de uma pequena fresta de luz que escapava da porta do banheiro. Rolei na cama e me deparei com ele deitado de lado, virado para mim. Permiti que meus olhos passeassem com calma por aquela maravilha: os cabelos caídos no rosto, os olhos fechados num sono tranquilo; seu peito largo e liso; o corpo torneado e bronzeado; as pernas longas e firmes. E... Ah, Senhor! Ele estava nu e era a coisa mais linda de se ver.

— Aposto que você está me olhando — disse com a voz rouca de sono. Seus olhos piscaram e ele me flagrou de boca aberta olhando diretamente para ele.

— Desculpe. Não resisti — disse envergonhada.

— Se te serve de consolo, eu também fiz isso quando você dormiu. Fiquei te admirando até adormecer, vencido pelo cansaço.

Sorri de prazer quando me puxou para junto dele, me envolvendo com seus braços, entrelaçando suas pernas nas minhas. A respiração leve e ritmada em meu ouvido. Sinônimos de perfeição.

— Adorei as últimas horas com você — confessou beijando minha nuca.

Oh, aquilo era bom!

— Eu também. Mas por que sua voz soou com um tom de despedida?

— Quando você volta para São Paulo?

— Domingo à tarde.

— Hum. Então temos hoje e sábado.

— Se levarmos em consideração o fato de eu ainda não saber onde você mora, sim, temos a noite de hoje e a de sábado para ficarmos juntos.

— Só temos as noites, é?

— Esqueceu que estou participando de um congresso? E que você trabalha com alguma coisa que eu não sei o que é? Imagino que tenha compromissos durante o dia.

— Hum. — Ele deliberou por uns segundos. — A propósito, moro em Ribeirão Preto, interior de São Paulo.

Não é tão longe da capital, pensei satisfeita.

— Agora conheço mais uma coisinha sua. Obrigada.

— Venha cá, quero ver você — ele pediu girando meu corpo. Nossos rostos ficaram frente a frente e eu mergulhei em seu olhar.

Então era isso que chamavam de química? Uma energia intensa emanava de nós e poderia perfeitamente ligar todos os aparelhos dos quartos do hotel.

Rico respirou profundo e calmamente.

— Me conte o que você está pensando.

— Você iria se espantar com meus pensamentos. Melhor não verbalizá-los.

Ele riu e seus olhos se estreitaram quase se fechando.

— Agora eu quero saber.

— Ok. É para contar o que realmente estou pensando ou posso omitir alguns pensamentos?

— Vamos fazer um acordo? — Balancei a cabeça dizendo que sim. — Nada de omissão entre nós, ok? Não sei se ficaremos apenas com esse fim de semana, ou se nos veremos novamente, mas independentemente disso, sempre a verdade, por favor — pediu com aquela voz encorpada. Será que ele fazia ideia da voz poderosa que tinha?

— Também prefiro assim — concordei para que ele entendesse que eu ainda aguardava por mais informações a seu respeito.

Inspirei fundo.

— Lembra que te disse que você me perturba?

— Hum-hum...

— Bem, esse sentimento parece ter triplicado de tamanho.

— Quer que eu vá embora? — Ele brincou com meu nariz.

Parei para imaginar como seria passar o dia longe do Rico, se meus pensamentos certamente estariam com ele. Com certeza a agonia, a tortura e a angústia se intensificaria com o passar dos minutos.

— Não. Só que surgiu um novo sentimento.

— Qual?

— Estou começando a odiar a ideia de ter que passar o dia longe de você.

Rico me encarou sem dizer nada. Parecia um pouco assustado ou confuso. Será que eu o havia assustado? Era difícil ler seus pensamentos. Queria que ele soubesse que eu tinha a intenção de continuidade, mas tinha medo de parecer grudenta.

— Piegas demais, não é? Você que pediu para eu ser sincera — disse, completamente arrependida de ter falado aquilo. Não estava apaixonada por ele, e não queria ser uma desequilibrada que se apaixonava na primeira noite sem nem conhecer a pessoa direito.

Pegando-me de surpresa, ele me beijou. Correspondi ao beijo abrindo minha boca e o deslizar de sua língua contra a minha foi acendendo tudo dentro de mim. Ele gemeu e suas mãos me seguraram firme contra ele. Num movimento único, ele me deitou de costas na cama. Seus dedos começaram a passear pelo meu corpo me causando arrepios. Seus lábios deslizaram para minha orelha, pescoço e de volta para a minha boca. O calor da sua pele contra a minha... O peso de seu corpo no meu... Deus, nunca senti nada tão intenso antes!

— Eu quero você, Dora. Quero muito — murmurou me beijando mais uma vez com fervor e uma urgência que eu também sentia.

Passados aqueles momentos intensos, e completamente saciados, estávamos aninhados esperando a respiração voltar ao normal. O silêncio nos envolveu e os minutos foram passando de uma forma lenta e deliciosa. Minha boca estava seca, meus músculos doíam pela falta de prática. Uma vergonha. Com cuidado, me levantei para buscar água.

— Não vá! — ele pediu.
— Vou buscar água. Você quer?
— Quero sim. Obrigado.

Caminhei até o frigobar com a certeza de estar sendo analisada. Virei-me para confirmar e... *touché*! Rico, deitado de lado na cama, apoiava a cabeça na mão esquerda e seu olhar queimava em meu corpo. Eu o encarei de volta por alguns segundos.

— Você é linda, Dora!

Sorri, adorando o elogio. Peguei duas garrafinhas de água e voltei para junto dele.

— Obrigado — agradeceu, abrindo a garrafa logo em seguida e bebendo do líquido em grandes goles.

— Daqui a pouco vai amanhecer — comentei pensando em como faria para me concentrar na maratona de palestras que teria pela frente.

— Vai.
— E o dia vai ser longo.
— E chato — ele completou brincando com a garrafa entre as mãos.
— Muito chato — concordei no mesmo tom divertido dele. — E malvado do jeito que é, vai me deixar pensando em você o dia inteiro.
— Vou?
— Óbvio. Vejamos o que eu tenho de informações a seu respeito... Solteiro, certo? Porque eu deduzi isso por conta própria antes de ir para a cama com você.

Ele riu de um jeito divertido.

— Sim, sou solteiro.
— Mora em Ribeirão Preto, trabalha com entretenimento. — Fiz um floreio com as mãos, como quem estava pulando o assunto de modo

contrariado. — Ajuda as pessoas nos elevadores, não gosta de falar de si, é um tanto misterioso e está procurando alguém que queira as mesmas coisas que você. E por mais insano que isso possa parecer, eu estou aqui contigo. Minha mãe vai ficar decepcionada.

Rico encostou-se à cabeceira da cama.

— Não sou misterioso, sou reservado. Não curto muita badalação, noitadas, essas coisas. Quando posso, gosto de ficar em casa. Minha cor preferida é o preto, meu passatempo é tocar violão, uma das minhas músicas preferidas é *Stairway to Heaven*, do Led Zeppelin, sou o caçula de três irmãos, tenho um cachorro chamado Tonico.

— Que raça? — quis saber, me animando com os novos rumos da nossa conversa.

— Bull Terrier.

— Que idade?

— Um ano.

— Deve ser fofo.

— Tonico é o meu bem mais precioso. Não sei viver sem aquele cachorro.

— Sou louca para ter um cachorro e um gato. Só que moro sozinha e passo a maior parte do dia fora de casa...

— Almoça comigo? — perguntou me cortando.

— Hoje?

— Sim. No meu quarto, se você não se importar. Meio-dia está bom pra você?

— Acho que sim. Talvez atrase uns minutos. Qual é o seu quarto?

— Estou no 1700, na cobertura.

— Bem, acho que vou ser obrigada a cancelar um almoço muito agradável com a turma de fofoqueiros, mas sua companhia valerá a pena.

Ele riu com vontade.

— Você vai descer para tomar café? — perguntei, já pensando na minha programação da manhã. A primeira palestra começaria às oito horas. Não tinha muito tempo pela frente.

Rico me puxou para junto dele, me encaixando num abraço gostoso.

— Vou tomar café mais tarde. Quero ficar o máximo que puder sentindo seu cheiro.

Deixei-me levar pelo calor do abraço e pelo ritmo da respiração dele. A sensação era boa, misturada com proteção, cuidado, segurança... Tudo isso, ironicamente, vinha de um desconhecido. Todas as minhas experiências, as positivas e as negativas, já não tinham tanto peso. Aquele era um momento muito precioso que estava vivendo e queria aproveitar o máximo que pudesse.

Minutos depois, ele me chamou:

— Ei, moça, você dormiu?

— Hum?

— Você precisa tomar café antes de sair.

— Não — protestei querendo ficar ali para sempre. — No *coffee break* eu como alguma coisa.

— Nada de *coffee break*. Venha, preguiçosa, eu tomo banho com você.

C

A manhã se arrastou de forma previsível e, como era esperado, não me concentrei na aula sobre estrabismo que estava sendo ministrada pelo Dr. Josh Nuber, um especialista americano. Era uma das aulas que eu mais queria assistir. Vim para o congresso por causa dele. No entanto, tudo o que eu via eram os olhos negros de Rico e todas as coisas que fizemos no chuveiro: a maneira como ele disse meu nome quando estava no auge do seu prazer, o beijo longo e delicado que me deu antes de deixar o quarto. Essas imagens se repetiam como um filme bom em minha mente. Pensar em Rico era viciante.

No intervalo, decidi ligar para Sarah.

— Ele se chama Ricardo — contei depois dos cumprimentos e eventuais perguntas sobre minha viagem.

— *Yes!* — Ela vibrou do outro lado da linha. — Eu já amo esse Ricardo, você sabe disso, não sabe?

— Não estou me reconhecendo, Sarah. Um furacão atravessou o meu sistema emocional, me deixando à deriva.

— Me conte como se conheceram e o que já rolou. Quero saber tudo!

Depois que terminei meu relato, sendo breve e concisa, Sarah exclamou com uma voz animada:

— Isso é ótimo, Dora! Você finalmente está vivendo, experimentando novas sensações e se divertindo! Agora confessa: não é bom ter um *affair* durante uma viagem a trabalho? É tão sexy!

— Sim, mas eu estou um pouco assustada.

— Por quê?

— Eu me sinto muito atraída por ele. Esse sentimento parece ter vida própria dentro de mim. Você me conhece, sabe o quanto sou reservada e cuidadosa.

— Ah, isso eu sei.

— Tenho medo de me apaixonar — confessei numa voz baixa. — Acho que ainda não estou pronta.

— Amiga, deixa rolar. Se você se apaixonar, ótimo! Hoje em dia, distância não quer dizer nada. Ele mora em Salvador?

— Não. Ele é do interior de São Paulo.

— Perfeito! Vai em frente. Se joga! Não fique nessa neura de não estar pronta. Esqueça o passado. Simplesmente, esqueça. Se dê uma nova chance.

— Ele me convidou para almoçar.

— Ai, que romântico! Já combinou em qual restaurante? Diz o nome que eu jogo no Google.

Sarah era web designer e trabalhava em casa, num escritório que ela montou havia uns dez anos e era bem-sucedida. Por ser muito ligada em tecnologia, ela tinha essa mania de procurar tudo na internet. Era de fato um vício muito irritante.

— Não vamos sair. Ele me convidou para almoçar no quarto dele, na cobertura do hotel.

— Cobertura do hotel? Hum... isso parece bom. Já escolheu a roupa?

— Vou do jeito que eu estou.

— Caraca!

— O que foi?

— Querida, a cobertura do hotel é onde ficam as duas suítes presidenciais. Você tem ideia do lugar onde vai almoçar?

— Não — respondi intrigada.

— Você deveria frequentar mais o Google, Dora. Prepare o biquíni e leve o protetor solar. A vista é linda. Gente... — Sua voz ia aumentando a cada frase. — Esse cara deve ser muito poderoso.

— Você está me assustando.

— Você é que está me assustando por não saber nada do cara com quem vai almoçar. Me ligue depois para me contar como foi.

— Pode deixar. E você, está bem?

— Mais ou menos. Sabe aquelas dores de cabeça, enjoos e seios sensíveis? Eles voltaram. Você sabe o que pode ser?

— Gravidez?

— Não! — ela gritou do outro lado. — Sem chance.

— Está para ficar menstruada?

— Não e não tenho TPM, você sabe disso.

— Se puder, espere minha volta que eu te examino. Ou se continuar assim, passe num pronto-socorro.

— Pronto-socorro por causa de uma dor de cabeça? Só você mesma, Dora!

Era meio-dia em ponto quando cheguei à suíte. Levantei minha mão trêmula e bati de leve. De dentro do quarto vinha o som de uma música e eu encarei minhas sapatilhas novas um tanto insegura, enquanto aguardava. *Talvez Rico não esteja ouvindo*, pensei analisando sua demora. Talvez estivesse ocupado ou simplesmente saído e se esquecido do nosso almoço. Bati novamente, me sentindo patética. Parte de mim gritava para pegar o caminho de volta e não dar mais combustível para aquele fogo insano, e a outra parte estava louca para se jogar no fogo e arder inteira em suas chamas.

Neste instante, a porta do lado se abriu de supetão e eu pulei com o susto. Clélia, a loira do elevador, saiu fechando a porta atrás de si. Porém, antes me lançou um olhar analítico. Pude sentir uma mistura de desprezo e raiva sendo lançada sobre mim.

— Boa tarde — cumprimentei ignorando a hostilidade e mostrando que fui muito bem-educada pelos meus pais.

Seu perfume enjoativo me envolveu como uma fumaça venenosa. Fiz um esforço para não espirrar. Ao invés de responder meu cumprimento, ela disse numa voz fraca e baixa:

— Aproveite bem porque isso nunca dura muito...

A porta da suíte de Rico se abriu ao mesmo tempo em que Clélia se foi, me deixando com cara de quem perdeu a parte do filme onde as coisas, finalmente, se revelavam.

— Você veio — ele disse com seu melhor sorriso.

Um pouco zonza, olhei para o homem parado no batente. Ele vestia uma roupa bem despojada: uma bermuda xadrez e uma camiseta branca de gola V. Seu colar de couro, com um pequeno pingente em formato de âncora, repousava em sua pele bronzeada com tanta intimidade que cheguei a sentir inveja. Seus pés estavam descalços e seu jeito era relaxado e tranquilo. Sob a leve iluminação do hall de entrada, sua pele reluzia divinamente.

Oh, Deus!

— Oi.

— Entre, por favor — pediu, dando um beijo rápido em meus lábios.

Tentando acalmar minha mente, que ainda digeria a cena com Clélia, respirei fundo e dei o primeiro passo.

— Uau! — exclamei assim que meus olhos se deram conta do ambiente aonde eu havia entrado.

— O que foi?
— É lindo!

O quarto era amplo e arejado, mobiliado com todo o luxo e requinte em tons de marrom, terracota e bege. Logo na entrada, à minha esquerda, havia uma sala de reunião composta por uma mesa redonda de madeira clara, que estava sendo usada, aparentemente, por algumas pessoas. Sobre ela havia dois computadores de última geração, caixas abertas, pacotes ainda fechados, papéis e pastas. Alinhados junto à mesa, dois violões repousavam em suportes de metal. Ao lado havia uma sala de jantar para oito pessoas e um espaço para assistir televisão com sofás confortáveis o bastante para esticar as pernas. A música que ouvi no corredor vinha da tela da TV. Um DVD de alguma banda internacional estava sendo tocado, mas ninguém assistia.

Pisquei algumas vezes admirando o ambiente. Era tudo muito luxuoso e ostensivo como os hotéis que James Bond costumava frequentar em seus filmes de ação. A diária deveria custar grande parte do meu salário. Ou todo ele, talvez. *Rico deve ser um empresário muito bem-sucedido para poder bancar um lugar como esse*, cogitei em pensamento.

— É lindo — repeti o elogio sem saber direito o que dizer. Lindo era pouco. O lugar era de uma exuberância tamanha que não conseguiria explicar para alguém, caso me perguntassem.

— Venha aqui fora ver a vista — convidou, me pegando pela mão e guiando até a varanda.

Claro que meu queixo caiu. Pra variar, Sarah tinha razão. O luxo também se fazia presente na área externa. O mar azul-esverdeado de Salvador, que se estendia em uma paisagem de tirar o fôlego, era de uma beleza incomparável. Rico me abraçou por trás e ficamos um tempo apreciando a vista. Enchi o pulmão com o ar quente que vinha do oceano, apoiando minha cabeça em seu peito, completamente plena por estar ali.

— Está com fome?

— Um pouco — respondi um tanto contrariada. Por mim, ficaria abraçada a ele mais tempo olhando as ondas quebrando na areia da praia.

— Pensei em abrir um vinho branco. Você gosta?

— Me parece uma boa pedida — respondi voltando para dentro da suíte. O frio do ar-condicionado fez com que minha pele se arrepiasse.

Rico foi até a mesa da sala de jantar, que estava posta para duas pessoas, e pegou a garrafa de dentro do balde de gelo. Observei seus movimentos ágeis e aceitei a taça que ele me estendeu. Brindamos aquele momento e, enquanto ele me contava sobre o cardápio escolhido para o nosso almoço, eu o observava com mais critério. A luz do dia, que entrava pelas frestas das cortinas, me permitia saborear todos os detalhes de seu corpo e suas diversas expressões faciais. Discretamente, observava também seus trejeitos. Ele tinha a classe de um lorde e o cavalheirismo que usou comigo no elevador se repetiu ao puxar a cadeira para que eu me sentasse à mesa.

— Eu queria te contar uma coisa — disse enquanto se acomodava em sua cadeira.

— Pode falar.

Rico hesitou por um momento.

— Mas não quero que você me entenda mal.

— Acho que temos um acordo de falarmos a verdade, não temos?

— Sim, nós temos. — Ele bebeu do vinho na esperança, talvez, de ganhar um pouco de coragem. — Eu estava ansioso pela sua chegada.

— Estava? — indaguei sob seu olhar de ébano. Aquela sensação de urgência se intensificou em meu peito.

— Sim.

— E por que eu te entenderia mal por saber da sua ansiedade? — quis saber, curiosa e estupidamente feliz com aquela confissão.

— Acho que as mulheres, normalmente, não curtem homens ansiosos e desesperados por uma companhia agradável.

Encarei a beleza de Rico, fazendo uma rápida análise com todas as informações que tinha a seu respeito, antes de responder:

— Olhe só para você e tudo isso a sua volta.

— O que é que tem?

— Você não demonstra ser um homem desesperado. Ainda mais por mim!

— Não se subestime, Dora. Você é a melhor coisa que me aconteceu nessa viagem. Fazia muito tempo que não tinha uma experiência assim.

— Sou uma experiência agradável, então? — provoquei. — Já recebi elogios melhores.

— Não, não é. — Ele pareceu confuso. — Um encontro romântico. Posso colocar dessa forma?

Dei de ombros, me divertindo com o seu embaraço.

— Há tempos que eu não tinha um.

Hum, adorei isso!, pensei rindo de felicidade. Estava em um encontro romântico com o cara mais gato em que já havia posto os olhos na vida. Nada mal, Dora. Nada mal.

— Agora vamos parar com essa conversa que estou parecendo um adolescente boboca. Posso te servir?

— Por favor.

O almoço transcorreu de maneira agradável e eu, para variar, falei mais que Rico. Dividi com ele histórias da minha infância e adolescência, minha amizade com Sarah e coisas sobre o meu dia a dia. Conforme os minutos corriam, a garrafa de vinho esvaziava e acabar na cama foi algo inevitável porque era o que ansiávamos desde que ele abriu a porta.

No meio de um beijo glorioso, com Rico me segurando embaixo dele com seu corpo, ele falou:

— Você me deixa louco.

Ah, como me senti poderosa por ter algum tipo de poder sexual sobre aquele homem. Vê-lo sedento por mim era a glória. E verdade seja dita, nenhum homem conseguiu me acender do jeito que ele fazia.

— Vamos fazer outro acordo? — propôs com sua voz rouca depois de outro beijo.

— Acho que já fizemos um — disse, reunindo as minhas forças para me concentrar em suas palavras. Estávamos tão bem? Por que conversar?

— Este é o acordo número dois.

— Certo.

Rico sentou-se em cima de mim, colocando seu peso sobre suas próprias pernas e com um gesto único puxou a parte de trás de sua camiseta me brindando com uma visão magnífica do seu abdômen.

Engoli em seco. Adônis certamente morreria de inveja.

— De agora em diante, sempre que estivermos juntos, se eu tirar a camiseta, você tira a sua.

Meus dedos não aguentaram e, como se tivessem vida própria, começaram a desvendar toda superfície lisa e quente que estava diante de mim. Eu já havia provado, mas estava sedenta pelo gosto salgado de sua pele. Me levantei para tocá-lo, ele, no entanto, gentilmente me impediu.

— Está de acordo?

Pisquei confusa. Precisa mesmo responder?

— Como eu poderia discordar?

Rico se inclinou, os cabelos caindo pelas laterais do seu rosto de um jeito bagunçado, e me beijou de forma delicada. Em seguida, reclinou o corpo e me encarou nos olhos.

— Obrigado por ter vindo — disse com uma voz gentil. Um tom tão diferente de tudo o que eu havia ouvido e sentido no passado. Meus olhos se encheram de lágrimas e foi preciso piscar várias vezes para não começar a chorar na frente dele. Seria ridículo.

— Você está bem?

— Estou.

— Camiseta fora! — ele ordenou. Ergui meus braços para que ele mesmo a tirasse. Seu olhar não me abandonava. Ora estava em minha boca, ora em meu peito e depois voltava aos meus olhos.

— Linda. Adoravelmente linda. — Seus olhos percorreram meus seios e voltou para minha boca semiaberta. — Nunca vou tirar essa imagem da minha cabeça.

Coisas estranhas aconteceram em meu estômago quando ele se inclinou e me beijou. Sua respiração era curta e entrecortada. Seus gemidos e grunhidos faziam algumas partes do meu corpo se incendiarem como se alguém tivesse jogado combustível e riscado um fósforo. Desci meus dedos pela curva de seu pescoço até a sua nuca. Sua pele era macia e estava louca para beijá-lo em todos os pontos. Rico deslizou pela cama e o ar me faltou enquanto ele beijava minha barriga, cintura e toda a lateral do meu corpo. Então, subitamente, ele parou a poucos centímetros da minha pele. Sua respiração me causava arrepios.

— O que foi isso? — ele perguntou passando seus dedos pelas minhas cicatrizes. Três pequenos círculos marcados próximos ao meu ilíaco direito.

— Marcas do passado.

— Como assim? Alguém te machucou aqui?

— Podemos falar disso em outro momento? — pedi num sussurro e louca de vontade de sentir suas mãos trabalhando em mim. — Nada do que aconteceu é mais importante do que o que você estava fazendo.

Rico beijou minhas cicatrizes e subiu até o meu rosto.

— Você é quem manda... — Sua boca invadiu a minha, beijando-me em um único e suave movimento. Uma forma muito eficiente de me manter calada. De um jeito hábil, ele se livrou também do meu sutiã.

— Dora... — disse ele, baixinho, deslizando a mão ao longo do meu pescoço, lançando descargas elétricas por todo o meu corpo. Movi minhas mãos pelas suas costas largas, saboreando a textura da sua pele com as pontas dos meus dedos e pousei a palma das mãos no seu quadril. A trilha de pelos escuros que descia pela sua barriga me desconcentrou. Ergui a cabeça e vi a súplica não verbalizada no olhar. Atendi seu pedido e tratei de dar um jeito naquela bermuda inconveniente. Rico tinha quadris estreitos, faixas de músculos firmes por toda parte e pernas bem torneadas. E sabia fazer coisas maravilhosas com as mãos. Eu nunca conheci alguém como ele e fechar meus olhos agora seria como perder o melhor eclipse lunar do milênio.

Devidamente protegidos, começamos nossa dança erótica com movimentos suaves e sem a menor pressa em acabar. Rico tinha total domínio e sabia exatamente o que fazer. Incrível como ele já conhecia meu corpo e como cada parte minha reagia aos seus estímulos. Ele me preenchia por dentro, me tomando toda. Nossos corpos estavam em perfeita sintonia. Aos poucos fomos acelerando até que explodimos juntos num prazer que se irradiou de dentro para fora, com a mesma força e intensidade de uma bomba atômica.

Cansados e ofegantes, rolamos cada um para um lado da cama. Eu de barriga pra cima e ele de lado, acariciando meu braço enquanto sua respiração voltava ao normal. Aquilo tinha mesmo acontecido comigo? Parecia um sonho, uma fantasia louca. Mas a endorfina, que circulava em doses cavalares por todo meu sistema sanguíneo, me dizia que tinha sido real. Achava mágico como ele conseguia mudar tudo dentro de mim. Como conseguia despertar sentimentos e sensações que eu nunca havia sentido antes? Definitivamente, uma nova mulher renascia em mim com a chegada desse doce estranho em minha vida.

— Olhe para mim — pediu daquele jeito carinhoso. Eu me virei, puxando o lençol até os ombros. E quando nossos olhos se cruzaram, aquela química-conexão-atração-poderosa se instalou entre nós. Eu desejava seus beijos e tudo novamente. Queria tocar seu rosto. Sentir sua barba em meus dedos e os arrepios que ela causava em mim. No meio daquilo tudo, porém, um pensamento me abateu: *Como eu iria seguir com minha vida sem ele?* E, por Deus, iria sofrer um bocado quando aquela magia toda acabasse.

Beijei-lhe o queixo, falando sobre sua pele:

— Daqui a pouco eu tenho que ir.

Tentei não ficar pensando no fim. Ainda estava vivendo o meio e era meu dever aproveitar cada segundo com ele.

Rico ajeitou mechas soltas do meu cabelo atrás da minha orelha, fazendo um cafuné gostoso.

— Vou acabar dormindo assim — resmunguei me sentindo uma gata quando recebia afagos de seu dono.

— Fique comigo. Durma aqui.

— Não posso — respondi, peguei a sua mão e comecei a brincar com seus dedos. Nas pontas havia pequenos calos, alguns eram mais grossos que os outros.

— Posso te fazer um convite?

— Sim.

— Vamos passar um tempo fora do hotel? Eu tenho um amigo que poderia me emprestar a casa dele. Voltamos amanhã pela manhã. O que acha?

— Aonde? Aqui em Salvador?

— Na verdade é em uma ilha, na Baía de Todos os Santos. Só tem a casa dele na ilha. É um lugar paradisíaco e está disponível só para nós dois.

Franzi a testa pensando no convite tentador de passar algumas horas com Rico longe do hotel. Nadar no mar, caminhar na praia, dormir uma noite inteira a seu lado. No entanto, a perfeição daquela proposta me deixou assustada.

— O que foi, não gostou do convite?

— Não é isso. A ideia me parece adorável, mas, apesar de ter me pedido um voto de confiança, eu ainda sei muito pouco sobre você. — Fiz uma pausa para respirar. — Uma coisa é nos encontrarmos dentro do hotel, outra coisa é sair contigo para um lugar desconhecido, em uma cidade onde eu não tenho amigos nem familiares para me socorrerem, caso eu precise de ajuda.

Rico me examinava calado. O DVD que tocava na televisão havia chegado ao fim. O quarto estava tão silencioso que achei, por um segundo, que tinha perdido minha capacidade de ouvir. Suas sobrancelhas grossas se franziram e ele recolheu sua mão. Resolvi quebrar o silêncio.

— O meu passado me ensinou a ser cautelosa com os homens. Diz o ditado que quem vê cara não vê coração... Aprendi de um jeito muito difícil que esse ditado é muito verdadeiro.

Rico endireitou o corpo e cruzou os braços em seu peito com os olhos fixos no lustre e os pensamentos sabe-se lá por onde andavam. Será que ainda me ouvia? Sua atitude estava me deixando constrangida.

Por algum estranho instinto, segurei minha respiração dando a deixa perfeita para que ele falasse alguma coisa.

— Você está falando das cicatrizes?

— Também. Elas me servem de alerta.

Os olhos de Rico se estreitaram. Sua boca ficou uma linha reta e dura.

— Maldito seja quem fez isso! Covarde do caralho! O que ele fez, te queimou com cigarro?

Balancei a cabeça em afirmação, não muito disposta a falar de Tadeu e sua obsessão por mim.

— Eu superei. Isso é o que importa...

Rico me tomou em seus braços, me abraçando forte, quase me sufocando. Sua respiração estava pesada. Podia sentir a raiva emanando de seus poros.

— Eu estou bem agora. Ele está longe... Ficou preso por um tempo. Não corro perigo algum.

— Filho da puta! Deveria estar preso até hoje. — Ele bufou, me aliviando um pouco. — Eu nunca faria isso com você, Dora. Nem com mulher alguma.

Sorri lançando um olhar questionador. Tadeu também havia me prometido nunca me machucar. Como poderia confiar?

— Você não acredita em mim, não é?

— Não vou cometer o mesmo erro novamente. Com Tadeu foi praticamente a mesma coisa. Paixão intensa no início, que me cegou completamente. De tão apaixonada, fazia tudo o que ele pedia, me tornei propriedade dele, me moldando ao seu temperamento difícil. Eu acreditei nas promessas de um homem que se tornou o meu inferno — terminei um pouco assustada por relembrar do meu passado. — Eu só estou tentando me proteger, você entende?

Séculos se passaram, a humanidade evoluiu, o homem encontrou a cura para todas as doenças sem que Rico dissesse uma só palavra. Tive a sensação de ter me tornado um peso extra naquela cama.

Então, esse era ele? Gentil enquanto eu topava fazer o que queria. Transar, almoçar, tomar café, carregar minhas sacolas. Mas se eu não topasse ir para a maldita ilha, ele emburrava? Melhor mesmo pôr um fim agora do que descobrir o perfeito babaca que ele poderia de fato ser.

Levantei-me da cama, pondo um ponto final naquele constrangimento, segura de que o olhar de Rico estava em minhas costas. Mesmo assim, fui catando as roupas jogadas pelo chão. Vesti minha calcinha, engatei o sutiã e, quando estava me preparando para vestir meu jeans, eu o ouvi dizer:

— Você tem razão.

— Em quê?

— Em ser cuidadosa.

— Ainda bem que concorda — respondi sem interromper meus movimentos.

Seus olhos negros estudaram meu rosto com paciência e intensidade.

— Desculpe, eu perdi o controle. Fiquei enlouquecido com o que você me contou. Desculpe.

— Sobre o Tadeu?

Ele enrugou a testa.

— Sim, sobre o merda que tem esse nome! — Suas palavras saíram carregadas de ódio.

— Fico aliviada em saber que entende. Mas isso não me ajuda muito. Continuo no mesmo ponto, sem saber nada sobre você.

Seu rosto refletiu uma expressão confusa e vi que ele queria falar alguma coisa, mas preferiu se calar.

— E mesmo que soubesse o que você faz, onde mora ou tudo o que você quiser contar a seu respeito, mesmo assim, é sempre arriscado. Quem vê cara não vê coração — falei tentando aplacar a angústia que habitava em meu peito.

Eu queria aproveitar as últimas horas em Salvador ao lado dele e sentir todo o prazer que alguém nunca havia me dado antes. Deus sabia o quanto eu queria. Mas, ao mesmo tempo, meu cérebro me mandava alertas de que aquilo era apenas um *affair* sexual e que eu poderia voltar para casa com o coração destroçado.

A maioria das pessoas gostava dessas relações passageiras. Casos de viagem de verão, de final de semana, de festas, de avião. Já tinha ouvido tantas histórias apimentadas de amigas loucas por aventuras esporádicas. Sexo selvagem e blá-blá-blá. Eu não. Eu gostava da ideia de ter alguém para mim, de me sentir segura e ter um lar para voltar a cada final de dia.

— Me diga o que você está pensando — ele me pediu com uma voz extremamente calma e doce.

— Eu penso demais. Eu sempre penso demais sobre tudo. Essa sou eu.

— Conte. Eu quero saber.

— Acho que já fui longe demais com você. Depois de amanhã eu volto para casa, e sabe-se lá quando, ou se um dia, vou te ver de novo. Acho melhor a gente encerrar esse nosso caso de viagem aqui, antes que um de nós se envolva demais, não acha?

— Eu não quero que você se vá.

Deixei o ar sair de um jeito pesado.

— Nem eu.

— Tudo o que vivemos aqui neste hotel foi tão intenso. — Ele se aproximou da beirada da cama e me abraçou, enterrando seu rosto em meu pescoço. — Eu gosto de você, Dora. Penso em você o tempo todo e te quero perto de mim. Seja lá o que isso significa no momento, me assusta.

Sua voz encorpada, carregada de preocupações, angústia e mais alguns sentimentos indecifráveis, fizeram meu coração bater fora do compasso. Eu o encarei por um longo momento. Seu cabelo estava jogado na testa de um jeito bagunçado. Meus dedos se coçaram com vontade de deslizar entre eles.

— Eu também estou assustada, Rico. Mas você tem que concordar que é impossível seguirmos com isso, ou darmos início a um relacionamento onde só eu falo, me abro e você fica calado pensando em coisas que não consigo imaginar o que possam ser.

Ele inspirou profundo antes de confessar:

— Eu canto. É isso que eu faço da vida. Eu tenho uma banda.

Eu o fitei por um segundo. Havia algo ali, um alívio fugaz. Eu pisquei tentando compreender.

— Cantor? — perguntei, tentando entender como um cantor de banda poderia usufruir de tanto luxo e ostentação. Eu imaginei que ele era dono de uma rede nacional de cinemas, um curador de artes, dono de um canal de televisão... Cantor? Por essa eu não esperava. — Você está falando sério?

— Temos um acordo de falarmos a verdade, portanto estou falando sério.

Limpei a garganta.

— Tudo bem. Cantor... Legal! E onde você costuma se apresentar?

— Em vários lugares. — Ele deu de ombros. — Casa de shows, festas...

— E você canta de tudo? Todos os gêneros musicais?

Tentei imaginar Rico animando um baile de formatura, mas não consegui. Ele não tinha jeito de cantor. Era sofisticado e elegante demais para ser um mero animador de público.

— Meu estilo é o sertanejo.

— Ah! Certo. — Não pude esconder a decepção em minha voz. Eu odiava esse gênero musical. As letras eram as piores possíveis. O tema era sempre o mesmo: traição, dor de cotovelo, cavalos e fazendas. E hoje em dia, parecia que a coisa ficou pior. Como conseguiam ouvir alguém cantando sobre cerveja e pegação? Deprimente.

Lembrei-me da sua voz linda e poderosa. Ele poderia perfeitamente cantar ópera, baladas românticas ou MPB. Quanto desperdício!

— Está decepcionada com a minha profissão?

— Não! Claro que não. É um trabalho. E todo trabalho digno deve ser respeitado — esclareci, sem esconder, no entanto, minha decepção.

— Hum, então você detesta sertanejo. — Ele me olhou com uma cara divertida e não fui capaz de mentir.

— Para ser sincera, não é o meu estilo preferido. Gosto de baladas românticas. Rod Stewart, Michael Blublé e Elton John são os meus preferidos. Mas nada que me faça perder a cabeça e me tornar uma fanática.

— Você tem bom gosto, Dora. Eu também curto Elton John. *Your Song* é uma das minhas músicas preferidas.

— A minha também! — exclamei feliz com a coincidência.

Ele me deu aquele sorriso torto que tinha o poder de derreter coisas dentro de mim.

— Quem sabe você muda de ideia depois de assistir ao meu show. Costumo trabalhar outros estilos, além do sertanejo. Inclusive baladas românticas.

— Quem sabe — respondi tentando não ofender. Já estava fugindo do show de encerramento do congresso. Como faria para evitar mais esse?

— Quando você vai se apresentar novamente? — perguntei mostrando um pouco de interesse.

— Sábado.

— Amanhã?

Ele respondeu afirmativamente.

— Aqui em Salvador mesmo?

— Sim. No encerramento do congresso que você está participando.

Balancei a cabeça.

— Peraí... Quem vai fazer o show de encerramento é um cara chamado João...

— João Ricardo Leone. Ou João Leone, que no caso sou eu.

Abri e fechei a boca. Rico me olhava com um semblante de expectativa.

— Você está de brincadeira! Fala sério comigo.

— Eu estou falando sério.

Eu o encarei confusa.

— Se não acredita em mim, abra uma página do Google que você terá a resposta.

Ri feito uma patética. Aquilo era surreal. Segundo tinha ouvido falar, João Leone era famoso, artista assediado e tudo mais. Sarah tinha altos surtos por causa dele. Uma simples mortal como eu não teria toda essa sorte, teria? Não. Definitivamente, não teria.

— É que... Nossa! Não consigo acreditar. Minha amiga é fanática por... — Olhei para ele ainda sem saber se era verdade ou não. — Você.

— Eu ouvi quando ela te contou por telefone, pedindo para você me chamar de gostoso ou algo assim — falou um tanto envergonhado.

Deus, isso era mesmo verdade? Num movimento rápido, ele rolou na cama, abriu a gaveta do criado mudo e voltou em seguida com um iPad nas mãos. Abriu um aplicativo de buscas e me disse:

— Digita aí meu nome.

Fiz o que me pediu e o encarei antes de prosseguir com a busca.

— Vá em frente — me encorajou.

Não precisei nem digitar o nome todo e milhares de imagens saltaram aos meus olhos. Inúmeras fotos de João Leone em cima de palcos, cantando ao microfone e tocando violão; closes de seu rosto perfeito e de seu sorriso largo enchiam a tela. Em outras fotos, ele aparecia sendo entrevistado em diversos programas de tevê e estampava várias capas de revistas. Em uma dessas, a manchete era em letras garrafais: "O HOMEM MAIS SEXY DO BRASIL". A pesquisa durou poucos segundos e trouxe um resultado de 5.300.000 de informações. E o cara das imagens era o mesmo que estava nu ao meu lado, me olhando com um sorriso contido.

— Gente! É você mesmo. João Leone... — falei, admirando a foto da capa da revista tomando toda a tela do iPad. O homem mais sexy do Brasil... João estava sem camisa, calça jeans caída no quadril e com aquele olhar que eu bem conhecia. Sexy não o definia muito bem. Ele era mais que isso.

— Esse sou eu.

— Por que você não me contou? — perguntei, deixando o tablet na cama e me levantando em seguida. A situação agora era outra. Rico, o belo desconhecido, havia se transformado em João Leone, o cantor famoso. Um homem que deveria ter uma vida agitada, glamorosa, com luxos e mordomias iguais ou melhores que aquela suíte. E, por Deus, com milhares de mulheres à sua disposição. Onde eu me encaixava nisso tudo?

O alarme de pânico tocou forte na minha cabeça. Fuja, Dora, fuja!

— Porque você não se aproximou sorrateiramente ou com segundas intenções, como as pessoas fazem. Nem se jogou em cima de mim, como a maioria das mulheres. E o principal, porque você não fazia ideia de quem era aquele cara no elevador. — Ele abriu os braços. — E quando surgiu interesse foi pelo Rico e não pelo famoso. Eu queria que você conhecesse quem eu sou de verdade e não quem a imprensa diz que eu sou.

— Mas agora tudo mudou — argumentei parando ao lado da banheira cercada de paredes de vidro.

— O que mudou?

— Como, o que mudou? — Me virei e ah, Senhor! Ele estava em pé logo atrás de mim vestindo apenas o seu colar com o pingente de âncora. Respirar era algo difícil diante de tão bela visão. — Você não é o Rico, é o João Leone. O que acontece se sairmos juntos na rua? Como eu devo te chamar? João? Rico? Ricardo? João Leone? — falei seu nome artístico com certo desdém. Não combinava com ele.

— Você me chama de Rico, como tem feito. É quem eu sou pra você.

— E quanto ao resto? Não vamos viver dentro dessa bolha para sempre, vamos?

— Teremos que lidar com alguns fotógrafos e fãs. Mas sempre se encontra um jeito de sairmos sem muito tumulto — explicou com a voz tranquila, como quem diz que não era nada de mais.

— É isso que muda tudo. Você não tem vida própria. É uma pessoa pública e eu nem faço ideia do tipo de vida que você leva.

— Eu não mudei, Dora. Eu sou o Rico. O João Leone é o cara dos palcos. Podemos separar as coisas assim?

— Você conhece a Sarah, minha amiga? Sabe quem é ela? Qual é a cor dos cabelos dela, a idade, onde nasceu, a comida preferida, onde mora... Você sabe? — perguntei, abrindo os braços.

— Não, Dora. Não a conheço.

— Pois é. Você não a conhece, mas ela sabe tudo sobre você. Tudo. E é muito provável que eu também saiba coisas a seu respeito, de tanto ouvi-la falar. É provável que eu tenha visto seu rosto algumas vezes, em revistas que ela lia. Meu Deus! Por que sou tão desligada assim? — perguntei para mim mesma, me punindo por ser tão alienada.

— Ei, vem cá! — Ele me alcançou pelo braço, me trazendo para perto dele. O seu cheiro, o seu calor em mim. Minhas pernas viraram gelatina. — Eu sei que parece assustador no início, mas a gente dá um jeito.

— Me sinto ridícula. Como um cara como você pode se interessar por mim quando tem modelos, atrizes e outras tantas beldades aos seus pés? — perguntei pegando o iPad e mostrando a ele. — Veja aqui no Google. João Leone e namorada. João Leone sem camisa. João Leone e fãs. João Leone de sunga e por aí vai...

— Eu não sou a pessoa que as revistas ou os canais de tevê mostram. Não dou a mínima para esse monte de merda. A imprensa quer sensacionalismo, quer vender matéria. Se estou ao lado de alguém, já dizem que é namorada ou insinuam algo. Eu não tenho namorada, Dora. Não estou interessado em outra pessoa a não ser você. — João segurava meus braços e me encarava com tanta expectativa que eu acreditei na verdade do seu olhar. — Assim como você, eu também sofri decepções. Fui usado e magoado por alguém que não soube me amar. Assim como você, eu também estava sendo cuidadoso.

— Eu sei. Você era o assunto da mesa no jantar de ontem — contei, podendo sentir o quanto ele deve ter sofrido.

— Eu passei muito tempo fechado, desconfiando de todos que se aproximavam de mim. Mas você... Você é diferente. Você não veio atrás da fama, do dinheiro ou da porra toda. Você ME viu. Eu acredito que podemos construir algo juntos. Você não sente o mesmo?

Suas palavras me libertaram. Rico estava entregue naquele momento. Seus olhos me diziam para mergulhar junto com ele. Seus dedos subiram pela minha coluna e se emaranharam em meu cabelo. Seu toque era mágico. Adorava quando ele me puxava e me tomava como sua, assim como sinais da paixão ausentes da minha vida que ele despertava em mim com cada toque seu.

— Meus sentimentos estavam todos arrumadinhos — contei, vencida pelo seu encanto. — Era fácil viver assim, sentindo as mesmas coisas. Daí você veio e bagunçou tudo. Eu... Eu tenho medo.

João acomodou sua cabeça em meu ombro. Delicadamente, ele deslizou o nariz pelo meu pescoço, subindo até a base da orelha. Apesar da diferença de altura, nós nos encaixávamos perfeitamente.

— Amo o seu cheiro — murmurou, dando um beijo suave em meu pescoço. — A sua pele, o jeito que você me beija... Você é perfeita.

— Não joga confete que não vai funcionar. Estou assustada. Nunca imaginei que você...

— Shhh... — Ele me calou com um breve beijo. — Ficaremos bem. Confie em mim.

E eu confiei...

Então, ele me abraçou e começou a me mover num ritmo que só ele conseguia ouvir e, para minha surpresa, começou a cantar e a me embalar lentamente, de um lado para o outro:

— *When the night has come. And the land is dark. And the moon is the only light we'll see... No I won't be afraid, no I won't be afraid. Just as long as you stand, stand by me... So, Dora, Dora, stand by me. Stand by me, oh stand by me.*

Oh, céus! Eu estava dançando com João Leone, o astro da música. E ele cantava divinamente só para mim.

— Que linda! Essa eu conheço e sei que não é sua.

— Não, não é minha. Mas é uma das minhas músicas preferidas. Chama-se *Stand By Me* e é do Ben E. King.

— Pra variar, eu não sei quem é o cantor, mas a música, com certeza, é muito linda.

— Vamos sair daqui? Vamos fugir só nós dois?

Eu consenti com a cabeça enquanto ele me puxava para um beijo incrível. Seu gosto era divino. Como um homem poderia beijar tão bem, estava além do meu conhecimento. Mais uma vez, eu me entreguei.

> *Dora:* Oi, Sarah! Você está aí?

> *Sarah:* Oi, amiga! Estou sim. Tudo bem?

> *Dora:* Pesquisa no Google qual cantor sertanejo tem o apelido de Rico.

> *Sarah:* Por que está me pedindo isso?

> *Dora:* Pesquisa.

> *Sarah:* Não preciso pesquisar. É o apelido do João Leone. Mas por que isso agora? Você nunca ligou para cantores...

> *Dora:* Porque estou indo com ele para uma ilha paradisíaca agora mesmo. Está tudo bem. Acho que sei o que estou fazendo. Voltaremos amanhã para o show de encerramento do congresso. Me deseje sorte.

> *Sarah:* Dora Cristina Zanetti, não vem me dizer que o SEU Ricardo é o MEU João Leone???

> *Dora:* Sim, é ele mesmo. Preciso ir. O helicóptero que vai nos levar está esperando no heliporto do hotel. E João está bem aqui esperando que eu te conte tudo isso. Meu Deus, como ele é lindo! Você tinha razão. Até amanhã. Beijos.

> *Sarah:* Dora, não faça isso! Conte-me tudo! Você está com o João? É sério? Como aconteceu? Dora? Dooooooooraaaaa? Não faça isso. Eu vou te matar!!! Ah, vou!

Desliguei o celular e todas as minhas preocupações. As próximas quinze horas da minha vida ficariam gravadas apenas em minha memória, na de Rico, e mais ninguém...

— Está pronta? — perguntou Rico, assim que me encontrou do lado de fora da grande casa. Ele segurava duas valises, uma em cada mão.
— Acho que sim — respondi olhando a imensidão do oceano e relembrando tudo que ele presenciou nas últimas quinze horas. Por esse tempo fomos Rico, eu, o mar e aquele fiapinho de lua renovando-se no céu.

— Vem cá. Quero um último abraço antes de partir — pediu, largando nossas bagagens no chão e me puxando para bem junto dele. Seus polegares roçaram minha nuca. Suspirei fundo, certa de que sentiria saudades do que vivemos ali. Cada quarto de hora foi de uma magia indescritível e a noite anterior ainda ardia em mim.

Rico me beijou nos lábios e segurou meu rosto com as mãos.

— Podemos fazer isso mais vezes. Sempre tenho um canto isolado para fugir, além da minha casa em Ribeirão Preto, que eu quero que você conheça em breve.

Fiz que sim com a cabeça e quis dizer o quanto estava feliz e o quanto ele me fazia bem, mas estava emocionada demais para articular palavras. Optei por beijá-lo mais uma vez.

— Então vamos, que hoje é dia de trabalho, baby! — Rico baixou os óculos escuros, com todo o seu estilo de astro da música, e me guiou até o helicóptero. O piloto nos cumprimentou com a mesma simpatia do dia anterior. Ele e Rico combinaram coisas enquanto eu me sentava. Minutos depois, Rico se acomodou na poltrona, prendeu seu cinto de segurança e segurou minha mão. Ele se virou e sorriu para mim. Eu nunca tinha viajado em um helicóptero antes. Apesar do barulho e de ser um pouco desconfortável, a vista que ele proporcionava era deslumbrante. Passei os vinte minutos da viagem com os olhos perdidos na baía, que se mostrava de várias formas lá embaixo. Parecia estar vivendo um filme. A sensação era essa. O calor da mão de João segurando a minha me dizia que era real. Que eu, uma simples médica, era a personagem daquele sonho louco.

Durante o voo nós não conversamos. Talvez por causa do barulho ou da presença do piloto. Voltei a ouvir a voz dele quando aterrissamos no heliporto do hotel.

— Chegamos, senhor Leone. Espero que tenha sido uma viagem agradável.

— Obrigado, comandante. Foi um voo muito tranquilo.

Descemos da aeronave e a primeira surpresa desagradável do dia nos aguardava montada em saltos altíssimos e roupas de couro coladas ao corpo.

— Bom dia, Clélia. Te encontro na suíte em quinze minutos — avisou Rico, passando por ela sem se deter.

Ele abriu a porta de acesso ao hotel e quando cruzei com o olhar gelado, quase raivoso de Clélia, tive a certeza de que ela me detestava. Rico passou o braço pelos meus ombros e seguimos para o elevador. Seu semblante era tranquilo e relaxado. Porém, quais pensamentos havia por trás daqueles óculos escuros? Quando as portas se fecharam e me vi sozinha com ele, perguntei:

— O que ela é sua? — Tentei usar um tom que não demonstrasse a menor insinuação de ciúmes. Eu não era ciumenta. Nunca fui e não seria agora com uma celebridade constantemente assediada que eu começaria a ter ataques de insegurança. Mas precisava entender como o mundo de João funcionava se eu quisesse mesmo me encaixar nele.

— Ela é minha assistente pessoal. Cuida da minha agenda e de todo o resto.

— E vocês já...

— Não.

— Ok — respondi, saciando toda minha curiosidade.

Terminamos o percurso até o meu quarto em silêncio. João me pediu a chave da porta e a abriu. O interior do quarto estava quente e escuro. E, para me ocupar, abri as cortinas, liguei o ar e quando voltei para arranjar outra coisa para fazer, Rico me agarrou pelos braços e me prendeu num beijo longo e quente que me fez acender por dentro. *Aquilo* funcionava. Eu e ele longe um do outro, não.

— Você está bem? — ele perguntou. Sua mão desceu pelas minhas costas e repousou um pouco acima do meu quadril.

— Estou bem — respondi no automático. Precisava analisar as últimas horas para depois responder com segurança, mas no momento Rico me exigia toda atenção.

— Você vai ao show?

Antes de responder, afastei o colar de couro que ele usava e repousei a cabeça em seu peito. Peguei o pingente de âncora nos dedos e fiquei pensando na analogia daquele pequeno objeto de metal. Eu me sentia segura em seu abraço. Respirei fundo desejando ter poderes para esticar o tempo. Seu cheiro acalmava meu espírito, que já se rebelava com a proximidade do seu afastamento.

— Eu vou, mas acho que vou ficar na minha. Vou te assistir e voltar para o quarto. Podemos nos encontrar aqui depois, se quiser.

— Eu quero. — Ele tornou a me beijar. — Vou te procurar na plateia e nem pense em me dar o bolo.

Eu dar o bolo em um deus grego feito este? Só se eu estivesse louca! Sorri com meu pensamento.

— Eu tenho que ir ou a Clélia vai me arrancar a pele — disse com a voz contrariada.

— Você vai se preparar para o show? Como é essa logística?

— Agora temos entrevistas em duas rádios diferentes e acho que para um canal de televisão. Depois, almoço com não sei quem e mais tarde eu passo o som junto com a banda.

— Ok. Boa sorte, então. Estou um pouco ansiosa para conhecer o João Leone.

— Espero corresponder à altura. — Ele soltou um suspiro longo e me puxou mais para junto de si. — Agora me abrace. Preciso levar seu cheiro comigo.

Obedeci sem contestar.

O quarto ficou terrivelmente vazio assim que a porta se fechou. Com meu cérebro agitado, andei de um lado para o outro, tentando me acalmar, ao mesmo tempo em que digeria a guinada que o destino resolveu dar em minha vida. Quando vi, estava diante do espelho analisando minha imagem. Minha pele do pescoço estava levemente avermelhada por causa da barba de Rico. Ah, a barba dele!

Subi os olhos e a vi.

Não vá cair na besteira de se apaixonar — ordenei para a mulher do espelho. — *Tenha calma. Controle suas emoções.*

Ela me ignorou e sorriu ao se recordar da intensidade por trás dos olhos negros de Rico e de sua boca na minha, me beijando como se não houvesse nada no mundo que ele desejasse mais.

Assustada com aqueles pensamentos, voltei para o quarto e peguei uma garrafa de água. Não estava apaixonada por João. Não ainda. Sim, me sentia muito atraída por ele. Da atração para a paixão, no entanto, era um passo bem minúsculo. E a queda no precipício poderia ser bem dolorida, caso não estivesse usando um bom paraquedas.

Liguei meu celular com o objetivo de voltar à vida normal. João e eu fizemos mais um acordo. O de número três: desligarmos nossos celulares quando estivéssemos juntos. Assim que o aparelho reiniciou, dezenas de notificações pipocaram na tela. A maioria delas, como era de se prever, era da Sarah. Resolvi ligar antes que ela tivesse um enfarte.

— Você é uma amiga cruel! — exclamou antes de dizer qualquer coisa. — Isso não se faz com quem te ama, sabia?

Eu ri do seu jeito, me sentindo leve e despreocupada.

— Sabe aquela minha vida toda compactada e certinha? Jogaram um meteoro nela.

— Eu ainda não acredito que você está dando uns amassos no João Leone. Me conta tudo agora. Já varri a internet atrás de uma notinha que me dissesse que era verdade, mas, pelo jeito, vocês estão sendo muito discretos.

— Meu Deus, Sarah! — Suspirei. — Eu ainda não estou acreditando em tudo o que está me acontecendo.

— Então é verdade? Amiga, isso é incrível! Você faz ideia que fisgou o cara mais gato deste país?

— Deixe de ser exagerada! Eu não o fisguei. Nós só estamos nos curtindo, aproveitando... dando uns amassos bem dados como você mesma sugeriu. Ah, não sei explicar.

— Dora, Dora. Que homem não se apaixonaria por você? Só se ele fosse burro. E João, posso te garantir, não tem nada de burro.

— Definitivamente ele não tem — concordei, não por ele ter me escolhido, mas porque Rico tinha uma inteligência e uma sagacidade admiráveis.

— Me conte, como ele é fora dos palcos?

— Bom, eu ainda não o conheço quando está nos palcos. Então, não sei fazer a comparação.

— Então me conte o que eu ainda não sei sobre este homem maravilhoso. Com todo respeito, claro.

— Ai, Sarah! — gargalhei. — Só você mesma. Pra mim ele não é um artista famoso. É o Rico.

— Tá, que seja. E como é o Rico?

— É um homem extremamente gentil e educado. Um cara do bem, simples e sofisticado. Cuidadoso, cavalheiro... Ele... Ai, sei lá! Ele é incrível!

— E as coisas mais quentes?

— As coisas mais quentes são muito quentes. Nunca foi tão incrível com ninguém quanto foi com ele.

— Ah, meu bem! Isso eu já podia imaginar. E use outros adjetivos além do "incrível". Minha imaginação de fã precisa ir mais longe.

— Acho que você vai ter que ficar só com o incrível mesmo — provoquei rindo.

— O que mais? Quais os planos? Você já foi na internet pesquisar sobre ele? Ah! — ela exclamou eufórica, como se tivesse se recordado de algo muito importante. — E o que ele disse sobre a Karen Vadia Fianny?

— Não pesquisei nada sobre a vida dele e nem sei se vou.

— Como não? Não tem curiosidade de saber quem é o homem com quem você está saindo? Fotos, reportagens, músicas, shows... O conteúdo é extenso.

Parei por um momento. Nem me sobrou tempo, na verdade, de pensar sobre isso, sobre sua vida como astro da música brasileira. Decerto que haveria milhões de coisas a seu respeito distante de mim apenas por um clique. Mas eu confiava nele e seria leal ao nosso acordo de irmos devagar, de nos conhecermos aos poucos.

— Não tenho muito interesse em saber o que a imprensa diz sobre o João. Eu estou conhecendo o Rico. O João Leone é apenas consequência.

— Me parece muito poético, não acha?

— Eu não fazia ideia que estava dormindo com um cantor famoso, tá legal?!

— Calma! Não precisa ficar zangada.

— É que falando assim parece até que eu estava à espreita, esperando o momento certo de me aproximar. Você sabe melhor do que ninguém que eu não queria um romance neste momento da minha vida.

— Eu sei, amiga. Não precisa se exaltar. Estava brincando.

— Nos esbarramos pelo hotel algumas vezes e depois disso, ele veio bater na minha porta no meio da noite. Dormimos juntos e somente no outro dia, depois de termos almoçado juntos, que eu soube quem era ele de verdade. Só que esse detalhe não me deixou deslumbrada. Mesmo que ele fosse um simples mortal, pode acreditar, eu me encantaria por Rico mesmo assim — concluí enfática.

Será que essa conversa com minha melhor amiga — a pessoa com quem eu tinha toda liberdade e intimidade do mundo — era apenas uma demonstração do que eu iria enfrentar, caso o meu romance com João se tornasse público? Teria que ficar me explicando para as pessoas que eu não me interessei de propósito?

— Dora, está tudo bem. Eu acredito em você. Aliás, antes mesmo de você me confessar que havia alguém, eu já sabia que um cara muito foda tinha entortado os seus pensamentos. Porque só alguém do naipe do João seria capaz de te tirar da sua zona de conforto. Agora vamos falar do show. Você vai ao show de hoje à noite, não vai?

— Vou.

— Uhul! — Ela vibrou, dando início a uma conversa sobre roupa, cabelo e maquiagem.

Assistir ao show do João Leone foi uma das experiências mais fantásticas que vivi. O local colaborou bastante, é verdade. Não era um espaço para grandes massas, cheio ou claustrofóbico. Estava muito bem acomodada em uma mesa junto com outros colegas do congresso, bebericando, comendo petiscos e conversando sobre assuntos aleatórios. Próximo ao palco, havia uma pista para quem quisesse dançar. Optei por ficar sentada à mesa, que não era tão distante assim, do que ficar em pé sem saber o que fazer com as mãos e os pés. Os mais animados foram para a pista dançar e cantar quando o show começou.

O que mais me chamou atenção foi a cenografia intimista do palco. Lanternas de papel desciam do teto por toda a sua extensão, o fundo era forrado com papéis de parede em várias tonalidades de vinho. Dois telões verticais nas laterais do palco ampliavam o rosto de João para o público presente. O show começou no horário previsto. O ambiente estava completamente escuro e a expectativa era grande. O público assobiava e chamava por ele, gritando seu nome enquanto eu, sentada em minha cadeira, controlava minha euforia com unhas e dentes.

De repente, uma luz focalizada na lateral esquerda revelou o artista. A plateia estourou em aplausos. João, vestindo um terno preto, camisa branca e gravata preta, estava sentado junto a um piano de cauda. De olhos fechados, ele iniciou os primeiros acordes de *Your Song*.

— *It's a little bit funny, this feeling inside. I'm not one of those, who can easily hide...*

A música vibrava através do meu peito e o ar parecia ter se tornado rarefeito. Aquela não podia ser apenas uma mera coincidência. Ele estava tocando para mim. Era minha música preferida, não era? Deus, aquilo estava mesmo acontecendo? A voz dele, que havia sussurrado tantas coisas lindas em meu ouvido, era aveludada, grave em alguns pontos, agudos em outros e perfeita em sua totalidade. De um jeito delicado e especial, João conseguiu transformar a música em algo sublime. Estava encantada com sua performance.

Aquele magnetismo que eu tinha vivenciado no elevador havia se multiplicado e todos os presentes pareciam hipnotizados por ele. Inclusive eu. Assim que terminou a canção, ele tocou uma sequência de baladas românticas. Algumas conhecidas, outras que eu ainda não tinha ouvido. Depois, como se estivesse na sala de sua casa, tirou o paletó, afrouxou a gravata e conversou com o público contando da sua satisfação em estar ali. Foi neste instante que ele me viu. Nossos olhos se conectaram por um longo tempo. Então, ele piscou e puxou o canto da boca, fazendo meu coração descompassar dentro do peito. Suspirei pensando em como era possível alguém ser tão lindo. Aposto que se eu contasse para alguém da mesa que o João estava flertando comigo, eles iam rir e me chamar de sonhadora. Minimamente me recomendariam um colírio bem forte, afinal todos eram oftalmologistas.

De repente, o clima esquentou. Um sanfoneiro se aproximou tocando um forró de Luiz Gonzaga e, para minha surpresa, um João vibrante fez o público todo ficar em pé. Inclusive eu.

Enquanto eu o assistia, pude notar as diferenças e definir quem era quem. Aquele que cantava, dançava e lançava olhares sensuais à plateia não era o Rico. Era o João Leone. Uma entidade. Um *showman* que tocava piano, cantava, dançava e contagiava o público que correspondia com verdadeiro entusiasmo. Não era de admirar que Sarah e a doutora Jéssica fossem loucas por ele. Eu mesma já estava me tornando mais uma integrante do seu extenso fã clube.

A segunda coisa que me chamou atenção foram as músicas dele. Composições próprias, letras e arranjos de uma beleza sem igual. A doutora Jéssica tinha razão. Não lembrava em nada o sertanejo popular que fazia sucesso no Brasil. Era algo mais elegante, empolgante e dançante. Por não conhecer música, me faltavam adjetivos para explicar. Talvez Sarah soubesse definir melhor.

O show durou aproximadamente duas horas de pura animação e alto-astral. O público implorou por bis e, depois de uns minutos de suspense, João retornou ao palco com um violão. Sentou-se em um banco de madeira e tocou *Stand By Me*. A música era simples, doce e, ao mesmo tempo, perfeita. As pessoas cantavam alto junto com ele, empolgadas com a surpresa do bis.

Ouvi a canção emocionada e com o coração aos saltos. Seu olhar ia e vinha ao encontro do meu. Como era possível viver um momento único como aquele e não ter com quem dividir? Optei por envolver meu corpo com meus braços e me embalar no ritmo de sua voz. Quando terminou, ele ficou em pé, agradeceu e deixou o palco carregando o violão com toda a sua potência de homem mais sexy do país.

Gastei alguns minutos conversando com o pessoal da mesa e observando a logística do pós-show. Muitas mulheres foram ao camarim. Um burburinho em volta do palco, gritinhos e suspiros histéricos vindo de colegas que eu jurava que eram mulheres sérias e reservadas. O magnetismo de João não tinha limites. Foi inevitável sentir um aperto no peito.

Decidi fazer meu caminho de volta ao meu quarto do que presenciar aquela cena. Eu ainda não entendia direito porque as pessoas perdiam o controle e a razão diante de celebridades. Dei passos curtos, pois meus novos sapatos de salto estavam me matando. Podia sentir duas pequenas bolhas se formando em meus calcanhares, mas nem mesmo elas conseguiram distrair minha mente. Se fechasse os olhos, eu poderia vê-lo no palco. Instantaneamente, minha pele se arrepiou. Eu realmente nunca tinha conhecido um homem com tantas facetas como João Leone. E isso me assustava demais. Suspirei fundo tentando manter a sanidade no lugar, mas minha mente foi inundada com o olhar castanho de Rico. Aquele olhar tinha o poder de derreter corações. Ou de quebrar os mais frágeis, como o meu, em mil pedaços. No entanto, por algum motivo pueril, acreditei que Rico jamais quebraria o meu.

Foi com alívio que eu avistei a porta do meu quarto. Apertei o passo, mesmo que isso fosse fazer um estrago imenso em meus pés, e me lancei para dentro do meu refúgio. Era ali que as coisas voltavam à sua normalidade. Em breve, ele entraria por aquela porta e poderíamos ser um pouco mais Rico e Dora, antes do dia amanhecer e a sorte ser lançada. Uma dor nova aflorou em meu peito. Amanhã eu retornaria para São Paulo e à normalidade da vida. Como será que... Balancei a cabeça, não querendo pensar nisso. Não era a hora. Queria estar bem para quando ele chegasse. Nada de problemas nesta madrugada.

Tomei um banho demorado relembrando do show. As imagens dele no palco ainda eram tão vivas em minha mente. Depois me aconcheguei na cama e fiquei zapeando os canais da TV à procura de algo interessante para assistir. Apenas por curiosidade, consultei as horas. *Será que é demorado assim?*, pensei, apreensiva. *O que exatamente ele faz depois que o show termina?*

Pensamentos iam e vinham enquanto os canais pulavam na tela. Um filme de ação, algum episódio de um seriado de vampiros qualquer, Ryan Gosling em close – adorava esse ator e todos os seus filmes, mas este eu já tinha visto um milhão de vezes. Um programa de culinária ensinando a fazer um assado, alguém sendo entrevistado pelo Jô Soares, um clipe musical com a voz do João... O quê?

Voltei para o canal e olhei atentamente. No canto da tela a confirmação: *Sorrisos Rasgados*, João Leone. Deixei o controle remoto de lado e cheguei mais perto para vê-lo em uma roupa espetacular, sentando no chão de um corredor onde era possível deduzir que o caos havia passado por ali. A desolação reinava em seu belo rosto enquanto ele cantava algo sobre sentir muito a falta de alguém. Uma loira, dessas de cinema, parecia ser a pessoa de quem ele sentia tanta falta. Imagens deles dois juntos em beijos que eu bem sabia como eram. Meu coração acelerou com tamanha intimidade. Ele a beijava como se não houvesse amanhã. Em seguida, uma imagem aérea dos dois viajando em um carro conversível por uma rodovia à beira-mar, ele tocando violão para ela, mergulhos em uma piscina, mais beijos, corpos nus... Cenas que pareciam ser inesquecíveis para ele.

Sua voz desceu um tom. Uma dor. Ele falava de culpa e arrependimento. Close em seu rosto. Passos lentos rumo ao palco enquanto cantava sobre perda e pedidos para voltar. Sua beleza e sensualidade não tinham começo nem fim, porque nasceram com ele e irradiavam com tanta naturalidade que era impossível não sentir o calor subindo a cada olhar que era lançado.

Agora um close da loira saindo de casa com suas malas. A porta se fechando, dando a entender que esse era o seu sofrimento. Ela havia partido e quebrado seu coração em tantos pedaços que seria impossível que alguém pudesse colá-los novamente. O clipe terminou com cenas da casa sendo destruída num momento de surto e fechava na lágrima que descia solitária pelo seu rosto.

Desliguei a TV sentindo um leve formigamento por dentro. Podia ser coisa da minha cabeça, mas aquelas cenas eram tão reais pra mim. Os beijos que eles trocaram... Meu Deus! Precisava mesmo ser assim? Quem era ela? Quantos clipes iguais a esses havia? Quando foi gravado? João também era ator ou estava mesmo vivendo aquelas cenas com tanta entrega? Não soube responder.

Bufei alto, me sentindo péssima por sentir ciúmes de alguém que não era nada meu. Voltei a checar as horas no celular, eram 02h15. Considerando que o show havia terminado próximo da uma da manhã, por onde ele estaria? Sem poder mais suportar a espera, me vesti com a roupa que havia usado antes, calcei os sapatos e tomei a decisão de ir ao seu quarto verificar o que estava acontecendo. Nós havíamos combinado de nos encontrarmos logo após o show. Eu não estava delirando.

Caminhei rápido para não ter tempo de pensar e me arrepender de ter tomado uma atitude. A porta do elevador se abriu no último andar e eu avancei pelo longo corredor, virando à direita na direção da suíte dele. Um pequeno tumulto me fez parar a poucos metros. Três mulheres, que claramente não faziam parte do congresso, estavam conversando em frente à grande porta. Pisquei tentando entender o que se passava ali. Podia se ouvir música, conversas e risadas vindas do lado de dentro. Neste instante, Clélia surgiu pela porta do quarto ao lado e me viu parada no meio do corredor. Seu sorriso era frio. Seu olhar de arrogância ricocheteou em mim. Ela me ignorou logo em seguida, voltando-se para o grupo.

— Calma, meninas, ou eu vou ter que chamar a segurança do hotel.
— Nós queremos entrar — disseram em tom infantilizado.
Sem me deixar abalar, me aproximei e perguntei:
— Você sabe do Rico?
Ela riu jogando sua cabeça para trás. Uma cascata de cabelos loiros caiu com o movimento.
— Você teve seu tempo, não teve? Ele brincou, se divertiu, saiu da rotina... Mas agora acabou. Será que ainda não percebeu?
Engoli em seco e abrandei minha respiração para acalmar minha mente e segurar a língua no lugar. De jeito nenhum eu iria cair naquelas provocações.
— Vai demorar muito? Estamos aqui há horas — reclamou a ruiva com uma voz melosa.
— Vou ver o que posso fazer — Clélia avisou para o trio de vestidos justos e apelativos. — Só não façam muito barulho, ok?
As três riram dando pulinhos de alegria. Clélia virou as costas, colocou a mão na maçaneta e antes de abri-la, me encarou por cima do ombro.
— Você ainda está aí?
Mal ouvi a sua pergunta. Algo em sua pele atraiu minha visão: uma pequena âncora tatuada em seu ombro esquerdo. Adivinhando o meu olhar, ela riu e disse:
— Eu sou o porto seguro dele. É para mim que ele volta sempre que enjoa de uma de vocês.
A batida da porta não foi mais forte que a pancada em meu estômago.
— Uau! Isso foi mesmo profundo! — exclamou uma das de vestido justo.
Sentindo-me perplexa e deslocada, me virei e voltei para o elevador. Fora as batidas frenéticas do meu coração, eu não sentia nada. Simplesmente fui em frente e quando me vi na segurança do meu quarto, me joguei na cama e segurei meus braços me apertando, me protegendo do perigo. Pisquei várias vezes. Eu não iria chorar. Não me permitiria. *Mas que droga foi aquilo? Quem era o João Leone, afinal?*

Foda-se a lealdade. Foda-se o "vamos nos conhecendo aos poucos" — ralhei pegando meu computador e abrindo várias páginas de pesquisas.
Li rapidamente algumas notícias sobre sua carreira, o início difícil e o clichê de toda grande celebridade. Vi diversas fotos: as profissionais e as amadoras. E também assisti a outros videoclipes. E foi aí que a situação toda degringolou. Alguns clipes eram intensos demais e fiquei me perguntando se os beijos eram *beijos técnicos*, como acontece nas novelas e nos filmes, ou se João havia gravado todos aqueles beijos, abraços e

pegadas pra valer. Outro detalhe curioso: em três clipes a protagonista era a mesma loira do clipe que havia assistido mais cedo. Quem era ela? Resolvi jogar no Google: João Leone + clipe. O resultado só fez aumentar a dor em meu estômago.

"João Leone convida namorada para atuar em seu novo clipe", "João Leone grava clipe sexy com Karen Fianny. As cenas quentes de *Sobre as Nuvens*, a nova música do cantor, pararam a frente do Copacabana Palace, no Rio de Janeiro". "Karen Fianny: musa inspiradora de João Leone", e por aí ia.

Obviamente que eu fui assistir a alguns deles para ver do que se tratava e quase me bati por ter sido tão estúpida. Como tinha visto em *Sorrisos Rasgados*, várias sequências de beijos cinematográficos, cenas românticas e olhares de desejo se repetiram nos demais. Era nítido que ele a amava mais que tudo. E nos demais clipes, nos quais ele atuava com outras mulheres, a intensidade era a mesma. Do mesmo jeito que havia sido comigo na cama, nos abraços, no toque, no olhar... Deus!

Fechei a tela do computador com raiva. Como eu tinha sido estúpida em acreditar que um cara como o João ia ficar comigo? Olhe só para ele, para quem era, o que fazia e com que tipo de gente ele se relacionava. Onde eu me encaixava exatamente? Ingenuidade era meu sobrenome. Francamente.

Eu preciso sair daqui, pensei sentindo que aquelas revelações iam me sufocar se continuasse no mesmo ambiente onde, horas antes, ele me amou com a mesma paixão imortalizada nas cenas dos vídeos que eu tinha visto. *Preciso voltar para minha vida agora*. Imediatamente, joguei tudo do armário para minha mala e fui trocar de roupa antes de deixar o hotel.

A minha breve história de amor com o astro da música se encerrava naquele instante.

Respirei fundo e procurei pelo meu portão de embarque. Faltava ainda uma hora para o meu voo, mas não seria problema algum esperar ali. Era muito mais seguro que ficar no hotel e cruzar com João pelos elevadores. Definitivamente, eu havia feito a coisa certa.

Sentei-me em uma poltrona qualquer e me distraí com a dinâmica da pista do aeroporto. Ao contrário do que acontecia com minhas emoções, a calmaria reinava lá fora, naquela hora da madrugada. Mandei mensagem de texto para Sarah avisando que chegaria por volta das 7h30 e que era pra ela não se preocupar que eu pegaria um táxi.

Não havia mais que uma dúzia de passageiros na sala e, para me distrair, passei a analisar um por um. Altura, cabelo, trejeitos, roupas... Um casal à minha frente demonstrava mais interesse em partilhar olhares e palavras que compartilhar conteúdos pelos celulares. A cumplicidade deles me desmontou e meus olhos nublaram com a chegada das lágrimas. Afundei na cadeira, coloquei as mãos na cabeça e me odiei por estar passando por tudo aquilo. Por ter me deixado levar pelos encantos do Rico, por ter me entregado a uma paixão cega e, principalmente, por ter acreditado nele. Justamente eu que era tão cética e crítica, caí tão fácil nas armadilhas de um sedutor que chegava a ser ridículo.

Minutos depois, já mais calma, eu tracei um plano: eu só teria que sobreviver ao bombardeio por parte de Sarah e voltar ao trabalho na segunda-feira pela manhã. A rotina seria a cura para aquele coração bobo que foi se apaixonar por quem não devia. E que me servisse de lição!

C

A minha mala levou uma eternidade para aparecer na esteira de bagagens. Para não contrariar a Lei de Murphy, ela foi a última a chegar. Isso sempre acontecia comigo. Hoje, no entanto, o fato não me deixou extremamente impaciente e irritada. Não estava com pressa de chegar em casa. Quanto mais tempo ficasse no meio de outras pessoas seria melhor. Temia que a combinação solidão e uma boa dose de autopiedade me levasse a baldes de pipoca e filmes com Mark Ruffalo. De repente, um café e uma volta pelos corredores do aeroporto me fariam bem.

No entanto, assim que saí da sala de desembarque fui atacada por um abraço de urso que surgiu do nada e quase me derrubou no chão.

— Cadê ele? Ah, não diga que você veio sozinha!

— Sarah, o que você faz aqui?! Não deveria estar dormindo ou algo assim?

— Dormir depois da sua mensagem dizendo que iria chegar mais cedo? Nem pensar. E então, onde ele está?

— Você veio com seu carro ou de táxi?

— Com o meu carro. Está no estacionamento — explicou me indicando a direção. — Você não vai fazer suspense comigo, vai? Pelo amor de Deus, estou para ter um treco. Ele veio no voo contigo? Vieram em seu avião particular? Tirou fotos?

— Não, não tirei fotos. Eu vou te contar tudo. Só me deixe chegar até o carro.

— Por que será que eu não gostei do seu tom de voz?

Eu lhe lancei um sorriso triste em resposta.
— Ah, Dora, o que foi que ele te fez?
— Aqui não, Sarah. Por favor, só me leve para casa. Preciso de conversas idiotas, risadas e de muito café, pelo resto da vida.

Quinze dias depois...
— Doutora Dora, sua amiga Sarah está aguardando na sala de espera — avisou Lili, minha secretária.
Levantei os olhos e a encarei por cima dos meus óculos de grau.
— Sarah está aqui? Ah, claro! Já estava me esquecendo de que marquei um almoço. Por favor, peça para ela entrar, Lili.
Sarah irrompeu a sala assim que ouviu minha voz.
— Nem precisa me chamar, Lili. Sou de casa. — Ela abriu seu melhor sorriso. Assim que minha secretária fechou a porta, Sarah perguntou: — Como você está hoje?
— Bem.
Obviamente que eu não estava nada bem, e Sarah sabia que eu estava mentindo, mas assentiu em respeito ao meu pedido de não se falar mais *nele*.
Após ter passado o primeiro dia, depois da minha volta, me martirizando, chorando e me enchendo de cafeína, decidi que bastava daquele drama. Eu havia dormido com o astro da música brasileira e ponto. Nada mais a declarar. Então virei a página, congelei meu coração e me voltei para o trabalho. Pedi para Lili lotar minha agenda para que, dessa forma, me sentisse exausta e capotasse na cama assim que colocasse meus pés em casa no final de cada dia. Essa era a ideia. Porém, quando eu me deitava, as coisas não aconteciam conforme o planejado e lá estava ele em meus sonhos. Tive que expulsá-lo da minha mente um milhão de vezes ao longo da semana. Um dia ia conseguir em definitivo.
— Você está mais magra — ela comentou enquanto eu pegava minha bolsa no armário e tirava o jaleco. — Ei, esse não é aquele seu vestido da época faculdade?
— Não sei. Não lembro. Ele estava no cabide do meu armário. Eu simplesmente peguei e vesti.
— Se você entrou em um vestido de uma década atrás é porque emagreceu. E se está emagrecendo é porque está sofrendo por causa do João Leone.
João Leone. Ouvir seu nome era como ter agulhas sendo espetadas na minha pele.

— Eu estou bem. Podemos ir agora? Você tem horário marcado e não é bom chegar atrasada.

— Fugindo do assunto mais uma vez... — Ela deu de ombros. — Ok. Vamos logo fazer essa consulta para depois irmos para a melhor parte do dia: almoçar no meu restaurante italiano preferido.

O trajeto de táxi até o consultório de um clínico geral, amigo meu desde a faculdade, foi bem rápida. O trânsito colaborou, assim como Sarah, que ficou estranhamente calada... A consulta aconteceu dentro do que eu já esperava, perguntas de praxe e pedidos de exames. Ainda não era possível saber a causa do mal-estar de Sarah, apenas suposições. Teríamos que aguardar o resultado dos exames e retornar à consulta.

Mais tarde, sentadas no *Di Bianchi* e saboreando um delicioso risoto de parmesão, senti seus ombros relaxarem.

— O que foi? — perguntei.

— Sei lá, achei que o seu amigo médico ia olhar na minha cara e dizer: você tem três meses de vida.

Quase engasguei com meu suco. Tossi e me recompus antes de perguntar:

— Por que pensou isso?

— Sei lá. Tenho essa sensação, às vezes, de que meu tempo aqui será breve.

— Quanta besteira!

— É sério. Você já pensou nisso? Que eu posso morrer em alguns dias e partir para o outro lado sem saber o que você fez com o meu ídolo em uma ilha paradisíaca?

Olhei para minha amiga tão cheia de vida. Seus olhos grandes e brilhantes, seu sorriso fácil, seu coração bondoso. Claro que ela não iria morrer, mas em algum momento eu senti que não era justo com ela e decidi contar meus momentos preciosos com João, mesmo que isso tivesse causado estragos enormes em meu coração. Verbalizar tudo o que eu vivi com ele foi mais doloroso do que podia imaginar.

— Meu Deus, Dora! Deve ter sido mesmo um sonho! — Ela suspirou.

Minha mente foi espontaneamente bombardeada por imagens de Rico cozinhando para mim enquanto eu degustava uma taça de vinho, sentada na baqueta da grande bancada da cozinha. Ele era tão sexy e estava tão à vontade falando de coisas triviais que eu me beliscava para ter certeza de que era real e não uma fantasia.

— Foi mesmo um sonho, Sarah. Mas agora virou meu pesadelo e está na hora de arquivar essas memórias para poder seguir em frente.

Sarah suspirou.

— É que ele não faz esse papel de pegador, sabe? Eu acompanho a carreira dele desde o início e nunca vi um escândalo sendo divulgado. Ele é o bom moço. Pelo menos é o que a imprensa diz.

— Podemos pedir a sobremesa? — perguntei, me sentindo farta de falar sobre quem não merecia mais minhas lágrimas. — Tenho que voltar para o consultório daqui a meia hora.

— Você nem comeu direito! A comida aqui é maravilhosa. Aliás, não só a comida. Já reparou nos irmãos Di Bianchi? Aquele Eros... Senhor, o que é isso?

— Você os conhece pelo nome?

— Claro! Venho aqui com frequência. Acha mesmo que não iria descolar os nomes dos deuses romanos que são os irmãos Di Bianchi? O dono do restaurante é o André. Lindo, mas para infelicidade geral da nação, é casado. Agora os outros dois... Socorro! É muito bíceps para as minhas anilhas.

— Acalma-se, Sarah, você tem um noivo.

Ela estalou a língua.

— Olhar não tira pedaço. Agora, come para não fazer desfeita com o André. Você não quer ver um sorriso triste naquele rostinho esculpido por mãos divinas, quer?

— Eu estou sem fome.

Sarah pousou o garfo em seu prato e me encarou apertando os olhos.

— Ou você come ou eu vou ligar para a assessoria de imprensa do João e falar um monte de merda para o infeliz que atender a ligação.

Eu olhei para ela, completamente abatida e desolada, pensando que era praticamente impossível entrar em uma batalha com Sarah. Comi o risoto, bebi o café e me despedi dela na porta do restaurante combinando um cinema para a noite seguinte.

— Vou fazer o atestado das horas pra você.
— Não precisa. Eu me libertei disso.
— Como assim? — perguntei numa risada, sem conseguir conter a curiosidade diante daquela resposta inusitada.
— Ah, é que antes eu trabalhava numa escola e precisava justificar cada passo, mas agora trabalho por conta própria como designer e ilustradora e não preciso mais me render a essas burocracias.

— Que ótima notícia. Fico feliz por você.

— Obrigada, doutora. Sabe, demorei muito para ter coragem de ir atrás do que eu realmente queria, mas às vezes a vida dá uma sacudida na gente e nos obriga a mudar de fase.

Fiquei olhando para aquela paciente. Era a primeira vez que aquela moça jovem e bonita se consultava comigo. Ela tinha uma aparência tão plena, de alguém que não tinha medo de arriscar. Não resisti e perguntei:

— E eu posso perguntar o que motivou essa mudança?

— O amor, doutora! Que surgiu de onde eu menos esperava... um italiano lindo que roubou meu coração. *Mamma mia!*

Rimos juntas e, quando ela foi embora, senti uma pontinha de inveja daquela querida estranha que não tinha medo de ousar e se arriscar nas turbulências do amor. Balancei a cabeça, tentando espantar aquele pensamento, e abri a porta do consultório para falar com minha assistente.

— Quantos pacientes ainda faltam para atender, Lili?

— Só mais um.

— Não conseguiu encaixar mais ninguém? São só 17h da tarde — perguntei, já me apavorando por não ter com o que me ocupar até a hora de ir para casa.

— Não, porque este último paciente pediu seus dois últimos horários. Ele disse que vai pagar por duas consultas em dinheiro.

— Por que ele quis dois horários?

— Disse que tem muitos problemas e que precisa de muito tempo para conversar e tirar dúvidas, que o caso dele é grave.

Olhei para Lili sem entender. Nunca havia me acontecido isso antes, mas se tinha uma coisa que eu aprendi nos meus anos de medicina era que pacientes excêntricos existiam aos montes por aí.

— Pelo jeito, a pessoa que precisa muito de dois horários comigo está atrasada.

— Vai ver ficou preso no trânsito.

— Se ele não chegar em quinze minutos e alguém ligar pedindo hora, pode marcar. Fico no consultório até as 19 horas.

— Ok — respondeu Lili retornando para a recepção.

Enquanto esperava a chegada do paciente, abri o navegador de internet com a ideia de procurar algo para fazer. Queria me ocupar. Precisava de um novo curso ou, talvez, mais um doutorado para preencher meus próximos meses. Estudar estava impregnado em minhas veias. Eu adorava estudar, mas neste momento, me lançar em outro curso era uma necessidade vital. Foi o que eu havia feito no passado, quando precisei me limpar de Tadeu e de todos os males que ele havia me causado. Enfiar a cara nos estudos me ajudaria novamente.

No site da USP uma notícia saltou da tela. Estava aberto o edital de inscrições para a seleção de candidatos para doutorado. Analisei as linhas de pesquisas e senti certo alívio com a familiaridade do processo. Alívio por ter uma chance de voltar para minha casa acadêmica, para onde eu pertencia. De onde eu nunca deveria ter saído. Estudar, pesquisar e viver dentro de um laboratório era o que eu deveria ter feito da vida. Era lá que eu me sentiria segura.

— Com licença, doutora — pediu Lili entrando em minha sala. — Seu paciente chegou.

— Ok. Peça para ele entrar — pedi imprimindo o edital. Eu queria estudá-lo mais tarde em casa. Levantei e contornei a mesa para pegar as folhas na impressora e reparei que Lili ainda estava parada na frente da porta. Seu peito subia e descia, numa respiração difícil.

— O que foi? Parece que viu assombração!

— Eu... Eu só estou me recompondo.

— Está passando mal? Se quiser ir embora, pode ir. Eu fecho o consultório depois desta consulta.

— Estou bem. Ai, Jesus! Ok. Certo. Eu consigo fazer isso sem surtar — avisou abrindo a porta.

Franzi a testa vendo seu jeito estranho. Só faltava saltitar porta afora. *Lili está precisando de umas férias*, pensei me virando para receber o cliente. Em seguida, o tempo pareceu congelar. Aquele 1,90 m entrou em minha sala, tomando conta do espaço, fazendo meu coração parar de bater por um segundo. Assim como a minha secretária, eu também estava com dificuldade para respirar.

— Boa tarde, doutora — ele me cumprimentou com a sua voz de chocolate. A porta se fechou atrás dele e fiquei sem saber o que fazer.

— Rico — sussurrei tentando me recuperar da surpresa.

— Dora.

Instintivamente, busquei a segurança atrás da mesa e me sentei antes de perguntar:

— O que você está fazendo aqui?

— Posso? — ele perguntou fazendo um aceno para uma das cadeiras em frente.

— Sim, claro.

— Sabe, doutora, não tenho me sentido muito bem — respondeu cruzando as pernas e se recostando de um jeito relaxado.

— Não?

— Nada bem. Precisava muito, muito ver você — sua voz soou baixa e grave na última frase.

Olhei para ele um tanto chocada. Como assim, precisava muito me ver? Seria algum tipo de brincadeira? O que aconteceu com as três bonecas de vestidos justos? Já havia se cansado delas?

— Por que você foi embora no meio da madrugada, Dora? Por que não me esperou?

Baixei os olhos e balancei a cabeça. Eu não sabia se teria que encarar João em algum momento, mas estava aterrorizada com a possibilidade de me lançar em seus braços caso me deparasse com seu olhar de ébano mais uma vez. Aquele olhar era meu precipício, o lugar onde eu me perdia.

— Eu tinha que voltar para casa em algum momento.

— Se eu não me engano, seu voo era no meio da tarde de domingo. Por que eu tenho a sensação de que você fugiu?

A sala fechada nos isolava do resto do mundo. Com exceção de uma música clássica bem baixinha de fundo, não havia outro som. Deste modo, a voz dele chegava nítida e com todo o seu poder aos meus ouvidos. Era perturbador.

— Você veio se consultar, certo? — Bati na mesa me levantando de um jeito brusco, derrubando meu porta-lápis. — Pode deixar que eu arrumo — pedi diante da sua reação instantânea em me ajudar a arrumar a bagunça causada pelo meu jeito estabanado. Assim que terminei, eu pedi: — Então venha, sente-se nesta cadeira e encaixe o queixo neste suporte que vou realizar o exame de refração.

Rico se levantou com um sorriso, como se estivesse se divertindo com a situação, e caminhou com seu andar de passos longos e lentos. Baixei os olhos para o aparelho, fingindo ajustar algo, para não ter que admirá-lo em seus jeans escuro e suas botas de couro. Um look selvagem meio rock'n'roll que o deixava mais sexy do que nunca!

Assim que ele se sentou, no entanto, eu me arrependi de tê-lo chamado para fazer o exame. Seu cheiro, aquele aroma de sabonete com hortelã, me remeteu às horas que estivemos juntos — quando eu pude deslizar meu nariz por toda a sua pele, absorvendo litros e litros do seu cheiro maravilhoso.

Ah, merda!, pensei ajustando o aparelho. Sem querer, meus dedos tocaram a lateral do seu rosto e foi como se eu tivesse levado um choque.

— Desculpe.

Sua boca se levantou num meio sorriso.

— Certo. Eu vou alterando as lentes enquanto você lê o que está na tabela de leitura ao fundo. Vamos fazendo aos poucos até acharmos as lentes que deixam as letras mais nítidas, ok?

— Ok.

— Pode começar.

Ele limpou a garganta.

— O que aconteceu naquela noite?

— Não é o que está escrito na tabela! — exclamei percebendo suas reais intenções. — Vamos fazer isso de um jeito sério? Por favor, tente novamente.

— Eu... preciso... saber. É o que está escrito lá.

— João, você não veio aqui porque está precisando de óculos, certo? Então, por favor, não tome meu tempo — pedi encerrando o exame. — Pode se levantar. A consulta terminou. E, pelo amor de Deus, nem pense em me pagar por isso.

Ele se levantou e me pegou pelos braços. Meu corpo inteiro estremeceu com o calor de suas mãos.

— Dora, nós precisamos conversar.

— Agora você quer conversar?! — exclamei, me livrando de suas mãos quentes. — Duas semanas depois de termos ficado juntos e de ter sido tão incrível e intenso... Quer dizer, pelo menos para mim foi. Mas eu me esqueço de que você é uma celebridade que tem o mundo aos seus pés. Que tem tudo o que quer, na hora que quer e, pelo jeito, se desfaz facilmente de tudo assim que fica entediado. Pobre menino rico — ironizei um trocadilho.

João estreitou os olhos.

— Do que você está falando? Eu não sou assim. Você sabe que não.

— Não, eu não sei.

— Dora, me escute.

Tentei respirar fundo, buscando forças para me concentrar. João estava tão perto, me envolvendo com seu calor e sua presença que eu poderia facilmente me perder. E ninguém seria capaz de culpar minha fraqueza. Ele era irresistível.

— Não, Rico, eu não quero te escutar. Não quero saber da sua vida de cantor famoso. Por favor, vá embora — implorei, mas minha voz não saiu com a convicção esperada.

— Não enquanto eu não souber o que aconteceu naquela noite.

Balancei a cabeça quando bati meus olhos na âncora pendurada em seu peito. A risada maligna de Clélia ecoou em minha mente. Libertei-me de suas mãos e me afastei para longe de seu magnetismo.

— Eu não pertenço ao mundo que você vive, não quero ser uma distração, um brinquedo, muito menos ser usada. — Meus olhos queimavam de ódio. — Eu me abri para você. Contei o quanto fui ferida física e emocionalmente... Você não é diferente do Tadeu em nada.

— Não me compare àquele covarde — vociferou subindo a voz num tom de raiva. — Eu jamais... — Ele tornou a me pegar pelos braços, me virando para ele. — Olhe para mim! Sou incapaz de te ferir. Incapaz!

Tentei me libertar de suas mãos, mas elas eram tão grandes e fortes. Travamos um embate. Eu, querendo me soltar; e ele, tentando me trazer para junto de si.

— Me solte! – Gemi frustrada.

— Acalme-se, Dora.

— Eu quero que você vá embora agora!

— Não é o que seu corpo quer, nem o que eu quero.

— Meu corpo não sabe de nada...

Ele ralhou alguma coisa incompreensível em resposta e, sem que eu tivesse tempo de reagir, suas mãos estavam uma em cada lado do meu rosto. Seu toque me deixou ofegante. Abri a boca para buscar um pouco de ar e, antes que eu conseguisse, sua boca inteira estava sobre a minha. Gemi com aquele ato inesperado. Seus lábios machucando os meus, suas mãos querendo me fundir a ele. Então, eu o machuquei também. Mordi seu lábio e o beijei com tanta violência, dando vazão aos sentimentos represados. Naquele momento, amor e ódio se misturavam em um único sentimento. Parecia não haver diferença.

Fiquei na ponta dos pés enquanto João me envolvia com seus braços. Sua mão agarrou minha nuca, me puxando para junto de si, despertando o vulcão adormecido em mim. Seus lábios macios deslizaram para o meu rosto. Joguei minha cabeça para trás deixando o pescoço livre para que ele pudesse explorar do jeito que bem quisesse. Eu me derretia com seus gemidos, seu toque e seu cheiro.

Rico voltou seus lábios para a minha boca, num beijo carregado de paixão e de todas as melhores lembranças que eu tinha dele. Aquela química que nos unia estava de volta, mais intensa e forte do que nunca. Quem eu era diante de tanto desejo? Como eu me encaixava em seu mundo? O que ele estava fazendo com minhas emoções? Nada disso tinha importância naquele momento. Eu o queria.

Tudo aconteceu muito rápido. Sua camisa foi atirada ao chão, ao mesmo tempo que eu me livrava do meu jaleco e vestido. Não parei para pensar se seríamos interrompidos, se era certo me entregar daquele jeito urgente e selvagem. Éramos dois sedentos tentando aliviar a sede um do outro.

Passei meus dedos pelo seu peito relembrando o quanto era bom tocar sua pele e interrompi o beijo para poder admirá-lo sem camisa. Ombros largos, abdômen rígido, quadris estreitos e aquela trilha de pelos negros que sumia dentro de seu jeans. Não me contive e fiz todo o percurso da trilha com meus dedos. Rico estremeceu e, como se tivesse sido possuído por um desejo violento, varreu tudo o que havia sobre a minha mesa com uma das mãos e me jogou em cima dela. Eu o puxei para mim, envolvendo-o firmemente com minhas pernas. Nossas bocas se colaram novamente e senti cada parte do meu corpo implorando pelo seu toque. Aquela previsibilidade me deixou ainda mais irritada.

— Como eu senti sua falta! — ele confessou em meu ouvido.

Gemi em resposta, arfando e cravando minhas unhas em seus ombros. Tentava saborear nossos beijos e o gosto de sua pele com o pensamento de que aquela poderia ser nossa última vez. E quando explodimos juntos, num prazer que só poderia ser descrito como único, eu tive a certeza de que não saberia viver sem ele. Merda! Eu estava mesmo perdida!

— Tudo bem? — ele perguntou elevando o tronco e me olhando nos olhos.

Consenti com a cabeça.

— Só vamos arrumar essa bagunça — pedi, estendendo-lhe uma caixa com lenços de papel e, enquanto me arrumava, observei-o subir a calça e fechar o zíper. Depois, ele me ajudou a pegar tudo do chão e colocar de volta na mesa. — Desculpe. Isso não deveria ter acontecido — falei, quebrando o silêncio.

João me abraçou.

— Deveria ter acontecido, sim, e vai acontecer sempre que quisermos.

— Não vai, não. E é melhor você não voltar mais.

Ele suspirou. E quando voltou a falar, sua voz era firme, porém suave.

— Pelo menos, me dê uma razão concreta. Algo que justifique suas atitudes. Mas, enquanto estiver escrito em seus olhos que você me quer, eu vou voltar.

— Por que você está aqui?

— Porque eu precisava te ver. Acabamos não trocando nossos números de telefone e a única maneira de te encontrar era através do seu consultório.

— Já se passaram quinze dias.

— Desculpe. Estava em uma turnê pelo Norte e Nordeste. Agenda lotada com outros compromissos. Só consegui vir hoje para São Paulo.

— Poderia ter ligado para o consultório, se realmente quisesse.

— Eu sei. Mas fiquei puto achando que você não queria nada comigo ou algo assim. Isso sem falar na agenda insana que a Clélia me arrumou nesses dias.

— Rico, você não tem que se justificar...

— Temos um acordo de falarmos a verdade um para o outro. Converse comigo, Dora. Por que você foi embora sem falar comigo?

Seu pedido partiu meu coração.

— Tudo bem. — Respirei fundo. — Eu te esperei no meu quarto, conforme havíamos combinado. Mas você estava demorando e mergulhei num poço de ansiedade, imaginando coisas, pensando em outras e aquilo foi me consumindo.

— Por quê?

— Sei lá. Fiquei impressionada com o seu show, com a magnitude que é você no palco. Aquele monte de gente te idolatrando, mulheres gritando e perdendo a compostura com sua presença... Nunca tinha visto nada parecido antes e fiquei me questionando o que você viu em mim. Me senti pequena, ridícula e até mesmo não digna de...

— Nunca, nunca diga isso, Dora! — ele me repreendeu enfaticamente. — Aquele é só o meu trabalho. As pessoas veem em mim alguém acima delas, mas você sabe que eu não sou um desses deslumbrados pela fama. No palco eu sou o João, eu represento um papel. Fora dele, pra você, eu sou o Rico. Foi por causa do show que você foi embora? Não posso acreditar!

— Não, não foi por causa disso. Eu gostei do show. Adorei ouvir você cantando *Your Song*.

— Cantei pra você.

Eu senti meu rosto queimar.

— Obrigada.

— Então me diga, por que você foi embora?

— Porque eu acabei vendo na televisão um clipe seu com uma mulher linda e sexy. Vocês pareciam tão conectados, tão íntimos. Aquilo me chocou e me empurrou para uma insegurança dos infernos — contei numa voz afetada. — Aí eu fiz a besteira de assistir a outros clipes no YouTube e li reportagens na internet sobre você e sua ex-namorada.

— A Karen...

— Sim. Por mais idiota que possa parecer, eu enlouqueci vendo você com ela em cenas tão íntimas. Me odiei por sentir ciúmes e insegurança. Eu não sou assim. Não sei o que me deu.

— E por causa disso você foi embora?

— Não. Por causa disso, eu fui ao seu quarto. Mas chegando lá tinha uma fila de meninas para entrar e a sua assistente pessoal coordenando a entrada ou algo assim. Não precisei somar dois mais dois para entender o motivo da sua demora.

— O quê?

— Ué, você não estava recebendo suas fãs? Foi o que a Clélia me falou.

— A Clélia te falou isso?

— Aliás, qual é a de vocês? Por que você usa um colar com uma âncora e ela tem uma âncora tatuada no ombro? Que simbologia é essa, afinal?

— A Clélia está comigo desde o início, quando eu ainda tocava nos bares de Ribeirão Preto. Depois, quando decidi vir para São Paulo tentar carreira, ela largou seu emprego e veio junto para me incentivar. Durante os primeiros anos, os mais difíceis, ela esteve ao meu lado. Foi minha família, era quem me dava força para não desistir. Sou muito agradecido por tudo o que ela fez por mim. O lance da âncora não tem nenhum significado maior por trás. É só um colar que ela me deu de aniversário. E pra ser sincero, nem sei por que ela se tatuou. Nós somos amigos, apenas amigos.

— Você tem certeza disso? — perguntei. Minha voz saiu aguda, em um tom contrariado. — Acho que ela quer muito mais que a sua amizade e gratidão.

— Quando eu fiz o meu primeiro grande show em São Paulo, depois que a música *Sensações* estourou em todas as rádios, rolou um beijo. Havíamos saído para comemorar com a banda e todo mundo bebeu e sei lá por que nos beijamos no final da noite. Mas ela nunca significou nada pra mim. Eu a tenho como uma irmã, como parte da minha família.

Respirei fundo, sentindo a dor irradiar em meu peito. Será que ele estava falando a verdade? Balancei a cabeça sem poder entender direito. Era óbvio que ela era apaixonada por ele. Será que Rico não via?

— Ei, o que foi? — perguntou, segurando o meu queixo, me obrigando a olhar para ele.

— Acordo de falar sempre a verdade só funciona do meu lado, não é? Teve oportunidade de me contar sobre esse beijo quando conversamos sobre ela em Salvador, mas omitiu.

— Sim, e eu sinto muito por isso.

— Ela praticamente me expulsou da porta do seu quarto. Me ridicularizou na frente das suas fãs, me reduzindo a um objeto que você usou, enjoou e jogou fora. Que é pra ela que você sempre volta e umas merdas desse tipo. Nunca me senti tão humilhada.

— Como é que é?! — perguntou, estreitando os olhos e dando um passo para trás.

— Espero que tenha se divertido em sua festinha ou com ela — concluí secamente, engolindo o nó na minha garganta. — Sinceramente, pra mim não importa mais.

— Eu não estava no quarto, Dora. Depois do show eu fiquei preso no camarim, atendendo os diversos fãs, dando entrevista para um canal de televisão que queria saber tudo sobre a minha vida... Saí do camarim e fui direto para o seu quarto, mas você não estava mais lá.

Abri e fechei minha boca.

— Bom, parece que isso explica tudo.

Rico coçou a barba em seu queixo. Seu semblante era fechado e a boca estava numa linha dura e fina.

— A Clélia nunca marca entrevista para depois do show, é sempre antes. Acho que ela fez de propósito. Me desculpe por isso. Eu realmente não sabia.

Eu o olhei, estudando seu rosto. Deus, como me sentia atraída por aquele homem. Achei que quinze dias de completa ausência iria esfriar o que eu sentia, no entanto, tudo em mim entrava em ebulição só de olhar pra ele.

— Me diz o que você está pensando?

— Eu vim embora arrasada, me sentindo usada por você. Passei quinze dias horríveis e agora, te olhando tão de perto, tudo o que eu penso é em te puxar pra mim, te beijar e fazer tudo o que fizemos na minha mesa, só que sem pressa. De preferência na minha casa ou na sua.

— Faça isso, Dora. Me leve para sua casa ou eu te levo pra minha. O helicóptero está à nossa disposição no heliporto do prédio ao lado. Podemos ir para onde você quiser, basta me dizer.

Balancei a cabeça diante daquelas facilidades todas que não me pertenciam.

— Não posso, Rico. Não posso.

— Por que não?

Suspirei profundamente, indignada com a maré de sentimentos que subia dentro do meu peito.

— Porque eu sou uma ingênua que ainda não aprendeu o que a vida me ensinou e me apaixonei por você.

Ele piscou algumas vezes e um semblante de confusão atravessou seu olhar. *Merda! Eu não tinha nada que abrir a boca.*

— Dora, eu...

— Por favor, Rico, não precisa falar nada. Eu entendi que houve uma confusão, que você ficou enrolado no camarim, que a Clélia me odeia e armou para me afastar de você. Está tudo esclarecido agora.

— Ótimo. Me leve para sua casa, então. Sou todo seu.

Soltei um gemido em sinal de frustração.

— Eu não sei se quero uma relação desse tipo. Acho que não me encaixo na sua vida de cantor famoso.

— A gente dá um jeito. Não sou nenhum Adam Levine, pelo amor de Deus!

— Talvez não. Mas como vou conviver com alguém que viaja por dias, que grava cenas íntimas com mulheres lindas e que é assediado diariamente sem pirar? Isso é insano pra mim. Me chame de ultrapassada, de mente fechada, do que quiser. Além do mais, vou começar um novo doutorado e ficarei meses estudando e me dedicando a uma pesquisa. Melhor a gente parar por aqui antes que eu me envolva mais e tudo piore.

— Dora, não me peça isso. Eu quero você.

— Quer? Como você me quis e me possuiu há minutos atrás? Sexo você pode ter a hora que quiser. Basta pedir para sua amiga.

Rico resmungou e puxou seus cabelos para trás, contrariado.

— Se você não quer mesmo me magoar, vá embora agora.

— Que merda! Por que você está fazendo isso?

— Porque eu tenho medo, ok? Morro de medo de me envolver e acabar me machucando. Além disso, não me sinto pronta para encarar uma relação dessas.

— Eu gosto de você, porra! Me sinto atraído. Tudo o que vivemos em Salvador fica rodando em minha cabeça...

— Mas não está apaixonado.

— Eu também tenho medo! — ele exclamou um pouco alterado. — Se eu for embora agora, você vai pensar que eu não gosto de você, mas também não quero te forçar a nada. A minha vida é essa. Amo o que eu faço, Dora. A música é o que me move e não abriria mão do meu trabalho por ninguém.

— Eu também não abriria mão da medicina para te acompanhar em turnês ou ficar em casa te esperando sem fazer ideia do que acontece nos bastidores do seu mundo.

Eu engoli em seco e caminhei para trás da minha mesa. Negociação nunca foi o meu forte. Não com aquele olhar triste pesando em mim. Tudo o que eu queria era que ele fosse de uma vez para que eu pudesse correr para casa e pensar em tudo, recuperar meu equilíbrio, tentar entender como eu poderia me encaixar em sua vida ou seguir com a minha de alguma forma.

Rico anotou alguma coisa no bloco de papel que pegou em cima da minha mesa. Depois caminhou lentamente em direção à porta. Meu coração se apertava a cada passo dele. Meus olhos se enchiam de lágrimas. Pisquei com raiva e encarei a letra dele no papel branco. Não queria olhar e ver todas as possibilidades de uma doce ilusão sair junto com ele porta afora. Que merda! Por que o amor tem sempre que andar de mãos dadas com a dor?

— Eu vou respeitar e ir embora porque você está me pedindo. Mas gostaria que me ligasse quando souber o que quer fazer a respeito de nós dois. Mesmo que seja para dizer que não quer nada comigo.

A porta se fechou e me joguei na cadeira, enquanto uma tempestade de sentimentos ambíguos caía sobre mim.

(

As semanas seguintes passaram rápidas e cheias de novidades. Eu mergulhei de cabeça na ideia de voltar aos estudos e, através dos meus contatos acadêmicos, havia conseguido o orientador dos sonhos para o doutorado. Minha vida se resumia em atender os pacientes no meu consultório, ir ao posto de saúde duas vezes por semana, e me reunir com o doutor Osório, meu orientador, para desenvolver meu projeto que iria apresentar na banca de entrevista.

Minha cabeça ficou tomada de coisas para pensar, minha agenda de consultas e papelada para providenciar, que mal tinha tempo para pensar em Rico. Mas isso não queria dizer que eu o havia esquecido. Pelo contrário. Às vezes, ouvia suas músicas no rádio enquanto dirigia pela cidade e meu coração transbordava ao som de sua voz. De vez em quando, eu cruzava com ele em algum programa de televisão e meu corpo se encolhia de saudade ao vê-lo tão perto e ao mesmo tempo tão distante.

Seu último olhar, antes de fechar a porta do meu consultório, ainda era vivo em minha memória. Eu sabia que tinha sido uma perfeita imbecil em pedir para que um homem feito João saísse da minha vida. Sarah ainda me jogava na cara a minha estupidez. Porém, o que ela não entendia era que, se eu tivesse feito o contrário, nossa relação teria começado sem bases sólidas: com a Clélia nos boicotando, com minha ingenuidade em relação ao funcionamento do mundo do entretenimento, com minha insegurança me sufocando a cada ataque de uma fã histérica. Por isso, eu não me arrependia do que havia feito.

Eu sempre tive facilidade em virar páginas de um capítulo ruim da minha vida. Minha família e meus amigos viviam se surpreendendo com a minha frieza em esmagar sentimentos até que eles se reduzissem a pó. Mas agora eu não estava me dedicando a exterminar meus sentimentos por Rico. Estava focada em conseguir minha vaga no programa de doutorado e simplesmente o deixei de lado, sem coragem de matá-lo dentro de mim. E, assim, os dias foram passando.

No início de agosto, os novos exames que o clínico geral de Sarah havia solicitado ficaram prontos e voltamos juntas para a terceira consulta. Dessa vez, as notícias não foram boas. Foi detectado que Sarah estava com câncer de mama. Como médica, eu já desconfiava que algo mais sério estava por trás da quantidade de exames solicitados por parte do médico, mas fiquei calada para não gerar expectativas nem sofrimentos desnecessários.

— Eu sei que a notícia é assustadora, mas você sabe bem, doutora Dora, que as chances da Sarah são as melhores. Ela é jovem, saudável, tem bons hábitos e tudo isso conta muito na sua recuperação — ponderou o doutor Satomani.

— Sim, o perfil dela conta muito.

— Vou encaminhá-la para um oncologista de minha confiança para começar o tratamento. Quanto mais cedo se iniciar, mais chances de vencer a batalha. Tudo ficará bem, Sarah.

Saímos do consultório e a levei para casa. O caminho foi longo e silencioso.

— Nós vamos conseguir. Eu estou do seu lado e tudo ficará bem — disse, abraçando-a e tentando passar um pouco de minha fé na medicina moderna. — Amanhã eu vou fazer algumas ligações e ver o que consigo. Conheço muita gente no Hospital do Câncer e sei que posso contar com a colaboração deles.

— Como eu vou reunir minha família e meu noivo para dizer que tem um monstro consumindo o meu peito e que eu posso morrer se o tratamento não funcionar? Eles vão ficar arrasados!

— Ei, pare com isso! É hora de ter fé e pensamentos positivos. Nós vamos vencer essa batalha, ok? Acredite em mim! — pedi, buscando todas as forças que eu tinha para não desmoronar na frente dela.

— Eu sei. Estou em estado de choque.

As lágrimas foram inevitáveis. Sentamos para conversar e choramos, depois rimos, voltamos a chorar até que o cansaço nos venceu e dormimos no tapete da sala.

Após a fase da revolta, Sarah começou a acreditar que podia vencer sua luta contra o câncer. Ela reuniu a família e deu a notícia da maneira Sarah de ser. Uma noite regada a pizza, vinho e muitas risadas. Proibiu todos que chorassem ou que se lamentassem. Ela estava viva e aquilo, por si só, era motivo de alegria. Pediu apenas que todos dessem as mãos em volta da mesa e que orassem por ela, o que todos fizeram com muito amor. Sarah era uma pessoa muito querida por todos.

No dia da sua primeira sessão de quimioterapia, seus familiares junto com Luiz Felipe fizeram uma surpresa linda para Sarah. Todos apareceram no hospital de cabeça raspada em solidariedade ao seu tratamento, inclusive eu. Não titubeei em raspar meus cabelos em apoio a alguém que eu amava mais que a mim mesma. No entanto, o tratamento não foi fácil e simples. Ao longo de exames e consultas, foi anunciado pelo médico que seria necessário realizar uma mastectomia em seu seio direito para a retirada do tumor e das células malignas. Com certeza, foi uma das notícias mais difíceis de ser digerida. Contudo, a cirurgia era extremamente necessária para o sucesso do tratamento.

— Vai ser implantado o silicone e você vai arrasar na praia! — eu a encorajei, segurando sua mão.

— E eu te amo com peito ou sem peito. Pra mim, você sempre vai ser a mais linda das mulheres! — elogiou Luiz Felipe, emocionando a todos nós, que estávamos reunidos em volta do leito hospitalar.

Sarah sempre foi uma guerreira, mas tinha certeza de que o apoio incondicional do noivo em aceitar o tratamento e a cirurgia foi o que deu a ela força e coragem para enfrentar a doença. Além, é claro, do seu otimismo, sua fé na vida e a sua força em não se entregar. Sarah não ficou parada, esperando a morte. Nos dias em que ficava internada, ela trocava experiências com outras mulheres que também estavam na mesma situação que ela, participava de grupos de apoio. Sua energia parecia se renovar a cada manhã e isso nos contagiava, enchendo-nos de orgulho e esperança.

Comecei a me dividir entre o trabalho, o doutorado e as visitas constantes a Sarah. O tempo foi passando e, mesmo com tantas preocupações e afazeres, eu não deixava de pensar em Rico. Todas as noites, antes de fechar os olhos, era ele quem povoava meus pensamentos. Por várias vezes, eu peguei o telefone para ligar, mas no último segundo desistia. Acreditava que ele já havia me esquecido. Temia ligar e ser rejeitada. Era uma possibilidade. Assim como me aceitar... João era um cara ocupado, com a agenda lotada de compromissos e rodeado de pessoas importantes. Não ficaria surpresa se ele respondesse: "Desculpe, Dora de onde?". Isso acabaria comigo.

C

Em meados de outubro, nós estávamos reunidos para a primeira comemoração oficial da vitória da Sarah contra o câncer. Ainda faltavam algumas sessões de quimioterapia, mas, dentro de nós, a certeza de que ela tinha vencido era maior que qualquer resquício de dúvida.

A descoberta precoce do tumor, a agilidade que tivemos com médicos, hospitais e tratamento certo favoreceu muito no sucesso de sua cura. Agimos mais que familiares e amigos, agimos como uma equipe que tinha como objetivo a recuperação total de Sarah. E nós conseguimos. O sentimento de vitória e de alívio era visível em cada rosto presente na mesa de jantar.

— Atenção, atenção! — pediu Sarah batendo com a colher em seu copo de água. — Daqui a uma semana é o meu aniversário e eu quero comemorar com todos de uma maneira muito, muito especial. E já vou avisando: não aceito um não como resposta.

Eu sorri diante da alegria da minha amiga. Mesmo um pouco inchada por causa da quimioterapia, de peruca lilás e olheiras, ela continuava linda e cheia de vida. Quem teria coragem de negar um pedido seu?

— E o que você quer fazer, minha filha? — perguntou o pai dela, sentado ao seu lado.

— Eu quero ir ao show do João Leone no sábado que vem com todos vocês.

Meu estômago se contraiu com o pedido inesperado. Sarah olhava diretamente para mim e senti meu rosto queimar só de ouvir o nome do João sendo pronunciado ao longo da mesa.

Logo iniciou uma série de conversas atravessadas sobre quem compraria os ingressos, quantos carros seriam necessários, qual seria o melhor lugar e se alguém saberia dizer como descolar uma visita ao camarim do ídolo da Sarah. Afinal, ela, mais que ninguém, merecia este presente de aniversário.

— Não precisamos nos preocupar com os ingressos — anunciou Luiz Felipe. — Eu já providenciei tudo. Ficaremos no melhor camarote da casa de espetáculos.

A mesa explodiu em alegria e conversas distraídas.

— Mas será que você pode fazer uma coisa dessas no meio do seu tratamento, minha filha? — questionou a mãe de Sarah.

— Claro que posso. Meu médico está ciente e me apoiando. Ele disse que eu preciso viver, fazer tudo o que eu quero e só estou obedecendo!

Eu pedi licença e fui ao toalete. Quando ia fechar a porta, senti a maçaneta sendo puxada. Abri e vi Sarah se enfiando no pequeno cubículo comigo.

— Pode me xingar, pode me odiar, pode ficar brava comigo, mas é o que eu quero. É egoísta da minha parte? — Ela levantou os ombros e fez uma careta. — É. Mas você vai, não vai?

— Com uma condição?

— Já imaginava.

— Sem visitas de minha parte ao camarim.

— Fechado.

Ela me deu o abraço mais apertado do mundo.

— Obrigada por tudo, tudo, tudo. Por me aturar desde a nossa infância, por ser minha amiga, meu chão, meu lado racional, por ser a irmã que eu não tive, por ter cuidado de mim nesses dias difíceis...

— Cale a boca, Sarah. Não tenho mais lágrimas para chorar — pedi com os olhos marejados.

— Nós vamos nos divertir, garota. Eu te prometo.

Eu tentei fazer de tudo para esticar o tempo, adiar as horas, frear os minutos, mas o sábado chegou sem que eu tivesse como evitar. E lá estava eu, diante do espelho, encarando aquela mulher de cabelos curtos e com olhar assustado, que não sabia se passava maquiagem ou se ia de cara lavada mesmo.

Você está com medo, não está? — perguntei para ela, que não me respondeu. *Mas acho que um batom e um lápis lhe cairiam bem.*

Optei por passar o lápis e um batom rosa. Tornei a olhar para a mulher do espelho e sorri para ela.

Será que o Rico vai me achar bonita? – indaguei para, no segundo seguinte, começar a rir. Gargalhei da minha pretensão idiota. João não fazia ideia de que eu iria ao show. Poderia ir pelada que ele não saberia. Além disso, qual seria a probabilidade de ele me enxergar em uma casa de espetáculos com capacidade para sete mil pessoas?

Então, a gargalhada virou medo, dor e saudade. Como eu ia suportar estar no mesmo ambiente que ele, mas sem poder tocar, sem olhar em seus olhos e dizer que ainda estava apaixonada e que meu coração doía de tanta saudade? Bem, eu teria de que lidar com o show de alguma forma, e ver João, mesmo que de longe, teria que me bastar.

Concentrei-me na alegria de Sarah e me vesti da melhor maneira que pude. Peguei o elevador, desci para a calçada e fiquei esperando pela van que Luiz Felipe alugou para nos levar ao show. A noite estava quente e misteriosamente calma. Enquanto aguardava, olhei para cima e vi um fio de lua pendurado no céu da cidade. Franzi a testa, olhando o firmamento.

Curioso! Lembrei-me que desde a noite com Rico na ilha, eu não tinha visto mais a lua nem as estrelas. Como o tempo passou desde aquela noite maravilhosa com ele... quanta coisa mudou e quantas coisas importantes aconteceram.

Engraçado como dar de cara com a morte nos faz acordar para a vida. Assim que Sarah foi operada e já não corria mais risco de morte, eu passei a enxergar os detalhes. A saborear os alimentos, a sentir o aroma das coisas, a falar com mais calma com as pessoas, a ter gana de viver e realizar todas as minhas metas e meus desejos. Mas foi só naquele momento, olhando a lua, que descobri que não sentia mais medo e que me sentia, finalmente, pronta para fazer aquela ligação. No entanto, isso teria que ficar para depois.

— Ei, Dora! Está pronta para a melhor noite da sua vida? — a voz de Sarah me fez sair do meu mundo e mergulhar no dela.

Quando chegamos à casa de show, considerada uma das melhores de São Paulo, Sarah soltou um gritinho de empolgação. Lá dentro, o espaço se expandia em setores, camarotes, área com mesas e pista. Nosso camarote era espaçoso, Sarah ficou confortavelmente acomodada em um sofá, com bebida e comida à disposição.

Um clima de empolgação e excitação pairava no ar. Já era possível perceber a diferença deste show para o que ele fez em Salvador, que foi para um público diferenciado. Aqui a plateia era composta apenas de fãs — mulheres em sua maioria. E elas estavam eletrizadas.

Enquanto meus amigos bebiam e conversavam, eu não tirava os olhos do palco, pensando em João e no que ele estaria fazendo naquele exato momento, enquanto eu, do meu lado, tentava segurar o coração dentro do peito.

Então, sem aviso, as luzes foram apagadas e gritos eufóricos explodiram em toda a plateia. Sarah se levantou do sofá e aproximou-se do balcão, ficando bem de frente ao palco. Luiz Felipe a abraçava por trás, dando-lhe o apoio e o carinho de sempre. Ela me lançou um olhar travesso e sorriu com alegria. Gritos, aplausos e assobios cresciam à medida que os segundos iam passando. E eu ali, estranhamente calada, esperando que algo acontecesse a qualquer momento. A ansiedade me definia bem.

Um *riff* de guitarra ecoou enquanto imagens geométricas passavam nos dois telões das laterais e do fundo do palco, ao mesmo tempo em que luzes azuis dançavam de um lado para o outro. Senti uma descarga de adrenalina em mim e suspirei fundo sufocando um grito. Parecia que eu ia explodir junto com os demais.

— Não é emocionante? — perguntou Sarah, segurando minha mão.

Não tive tempo de responder porque um holofote solitário focou o centro do palco e o lugar ficou ensurdecedor. E lá estava ele: imóvel, com sua cabeça caída, os braços ao lado do corpo, absorvendo, no seu silêncio, a histeria local. Ainda fitando o chão, João cantou: "Eu te dei o meu coração..." e imediatamente a música foi cantada em um só coro. Uma música que todo mundo ali sabia, menos eu. No mundo que eu vivia, não existia João e suas canções, mas, agora, olhando um público de sete mil pessoas cantando juntas, eu percebi que queria fazer parte e lamentei por não saber cantar.

A banda se juntou a ele; bateria, violões, baixo, guitarra formando uma mistura boa de ser ouvida. Uma coisa meio *blues*, meio John Mayer ou Lady Antebellum. Me vi fechando os olhos, saboreando a voz suave e aveludada como se João estivesse cantando somente para mim. Uma saudade imensa me sufocou e precisei engolir vários nós que subiam e desciam da garganta.

Ele cantou três músicas seguidas e depois parou para se dirigir ao público:

— Boa noite, São Paulo! — gritou entusiasmado, recebendo um boa-noite animado e repleto de gritos histéricos. — Espero que todos estejam se divertindo. — Gritos, assobios, flashes de fotos. — Esse show, todos sabem, faz parte do Outubro Rosa e tudo o que foi arrecadado com a bilheteria será em prol do Hospital do Câncer. Fazer o bem faz bem aos nossos corações. — Houve muitos gritos e aplausos. — Quero dedicar este show a todas as mulheres que estão nessa batalha e, em especial, a uma delas: "Sarah, este show é pra você!".

O quê?! Olhei para Sarah e gritei um "Como assim?!", que não saiu mais alto que a gritaria instaurada. Sarah sorriu e fez um floreio de braços como quem diz: "Eu sou foda!".

— Me explique isso — gritei em seu ouvido.

— Curta o show e você logo entenderá — ela respondeu de volta e se virou para cantar outro hit do João.

Minha cabeça explodiu em perguntas e eu queria sacudir Sarah para arrancar todas as respostas, mas estava presa em um lugar de som, luzes e fãs enlouquecidos dançando e pulando, enquanto João comandava todo o espetáculo com ares de rei.

— Pelo amor de Deus, me conte o que você sabe! — implorei minutos depois.

— Se eu abrir a boca, eu sou uma mulher morta — ela debochou, rindo.

— Luiz Felipe, o que você sabe disso tudo? — apelei para o lado sentimental do casal.

— Não posso, Dora — ele se desculpou dando de ombros, aumentando ainda mais a minha curiosidade.

Frustrada, me virei para o palco justamente quando João, de posse de seu violão, fazia um solo longo e emocionado. Ele olhava diretamente pra mim enquanto tocava. De repente, o violão subiu, entraram outros instrumentos e a música explodiu em uma combinação pulsante, que me deixou completamente arrepiada. A voz de João nesta canção era rouca, a letra era linda e falava de um passado bom, um tempo especial, uma estação inesquecível. Me fez relembrar do meu intercâmbio no Canadá, onde fiz amigos maravilhosos e amei um adolescente tão romântico quanto eu. Um tempo bom que sou grata por ter vivido. E João soube traduzir esses momentos em uma linda canção. Só lamentei não saber a letra para cantar meus sentimentos junto com todo mundo.

O show acabou e eu ainda estava esperando entender como João sabia que eu estava ali, como ele entrou em contato com Sarah e o que haviam combinado. Então, depois de uns cinco minutos de suspense, o bis veio e João entrou com um violão preto e se posicionou no centro do palco. Ele havia trocado de camisa. Agora usava uma camisa jeans com as mangas dobradas até os cotovelos. Os quatro primeiros botões abertos revelavam seu peito desnudo. O colar com a âncora não estava mais ali.

— Essa canção eu fiz para alguém muito especial — ele disse olhando para a plateia. — Alguém que tem morado aqui em meu coração.

A multidão foi à loucura. João moveu seus dedos pelas cordas do instrumento produzindo uma melodia suave e perfeita.

Prendi o ar em meus pulmões. Senti Sarah segurando minha mão e quando meus olhos cruzaram com os dela, eu sabia que era pra mim.

João se virou em direção ao nosso camarote e começou a cantar:

> "Com os olhos fechados.
> Eu posso te ver.
> Você vive em mim.
> Eu sei.
>
> E se estou triste, você sorri pra mim.
> O amor de verdade chegou, enfim.
>
> Meu mundo só é melhor com você.
> Oh, Dora.
> Fica fácil entender.
> Que a minha canção favorita de amor.
> Vem do beijo que eu te dou.
> Vem do beijo que eu te dou.
>
> E assim não vou parar de cantar.
>
> Te amar, amar, amar. Oh, Dora.
>
> É tudo o que eu sei fazer.
> É tudo o que eu vou fazer.
> Estando ou não com você."

    Diante de sete mil pessoas, João fez a mais linda serenata que uma mulher poderia receber. Julieta, certamente, morreria de inveja.

(

    O sol descia em direção ao horizonte. Carros passavam, outros estacionavam, pessoas iam e vinham, enquanto eu observava tudo da minha varanda. O celular nas mãos me lembrava cada segundo que meu coração implorava ouvir a voz de João. Era domingo de tarde e eu ainda não tinha me recuperado da noite anterior.
    João. Fez. Uma. Música. Pra. Mim. E esta mesma música, segundo Sarah, já tinha milhares de visualizações no YouTube. Surreal. Quando que eu iria imaginar que alguém faria uma canção para mim?
    Mas antes que eu morresse numa poça de ansiedade — ou levasse bronca da minha amiga por todo o trabalho que ela teve para organizar em segredo minha ida ao show —, digitei o número que ele havia escrito no papel e esperei ser atendida.

Ouvi um suspiro de alívio antes de ele dizer:
— Dora...
— Oi, João.
— Minha adorável Dora. Achei que nunca mais iria ouvir sua voz novamente.

Eu corei e fiquei grata por estar sozinha. Alisei meus cabelos curtos e sorri para o nada. Aquele homem sabia como me conquistar.

— Eu adorei a música. É linda, linda. Fiquei tão emocionada que nem sei o que dizer.

— Diga que me quer. É tudo o que eu preciso ouvir — pediu com aquela voz encorpada. Suspirei, fechando os olhos. Eu já não precisava mais de tempo, nem pensar nas consequências de me entregar. Eu o queria com todo meu coração. Essa era a minha maior certeza.

— Eu quero você — confessei.
— Não está mais com medo?
— Aconteceram tantas coisas nos últimos dias que me fizeram perceber que preciso viver mais a minha vida, me abrir para as oportunidades, deixar o amor entrar quando ele aparecer. Eu senti medo, dúvida, esperança... Ai, desculpe! Estou falando um monte de coisas. Acho que estou nervosa. — Soltei um risinho idiota. — A verdade é que sinto a sua falta.

— Acho que você deve ter percebido o quanto sinto a sua.
— E o que a Clélia acha disso tudo?
— Eu a demiti. Ela não trabalha mais para mim.
— Você o quê?! — Me espantei.
— Amo essa sua cara de assustada! — Ele riu. — E adoro quando passa as mãos pelos cabelos. Aliás, você ficou linda com esse cabelo curto. Sem falar no gesto de apoio a sua amiga. Sua atitude só fez crescer a admiração que eu sinto por você.

— Como você sabe que eu passei as mãos no meu... Peraí, você está me vendo?

Ele riu, se entregando.

— Estou dentro do carro preto, estacionado do outro lado da rua, bem em frente da sua varanda.

— Rico! — exclamei olhando para três carros pretos que estavam estacionados do outro lado da minha rua.

— Como você sabe onde eu moro?
— Você tem uma amiga e tanto. E ela só quer te ver feliz, mas acho que você sabe disso melhor que eu. E aí, vai me convidar para subir ou vai me deixar aqui por mais três horas?

Levantei-me ao mesmo tempo que a porta de um dos carros se abriu. Rico saltou de dentro dele, usando um boné e um par de óculos escuros.

Senti um frio percorrer meu corpo de cima a baixo antes de dizer:

— Meu apartamento é o 412.

Uma eternidade se passou até ele estar na minha frente. No segundo seguinte, estava me agarrando e me encostando contra a parede do hall de entrada da minha casa. Ele me ergueu do chão, os braços envolveram minha cintura e nossas bocas se encontraram num beijo longo e profundo. Rico olhou para mim com uma intensidade avassaladora que fez meu coração encolher.

— Meu Deus, quanto tempo! — exclamei, analisando a saudade que sentia dele naqueles meses que se passaram.

— Tempo demais, Dora.

Ele segurou minhas mãos. Nossos dedos se entrelaçaram de um modo natural. Fechei os olhos e inspirei fundo, saboreando o momento.

— Eu estou apaixonado por você.

— Fala de novo — pedi sem acreditar que fosse possível. Mesmo com todo o esquema que ele montou junto com Sarah para me levar ao show, mesmo compondo uma música só para mim ou me esperando por horas dentro do carro. Eu precisava ouvir novamente.

— Eu sou louco e completamente apaixonado por você.

— Rico... — gemi contra seu pescoço. Tentei ignorar a tremedeira em minhas pernas e mãos. A felicidade, quando chegava sem avisar, costumava me deixar de pernas bambas.

— Agora, por favor, me mostre onde fica seu quarto — pediu levantando um canto da sua boca. E quando abriu os olhos, seu olhar era quente e urgente. Antes que eu pudesse dizer alguma coisa, João me pegou no colo e foi caminhando casa adentro.

— Ah, seu interesseiro! É só isso que você quer de mim? — brinquei.

— Pelo resto da tarde e até o anoitecer. Depois podemos traçar novos planos. — Suas palavras me aqueceram.

— Hum. Isso me parece bom. É o último quarto à direita.

Uma risada silenciosa saía de meus lábios enquanto Rico me carregava pelo corredor até o meu quarto. Depois que ele me colocou na cama, veio pra cima de mim feito um felino faminto. Olhei para seu peito. Um novo colar balançava em seu pescoço. Puxei-o para mim e perguntei:

— O que significa um cadeado, uma chave e metade de uma asa?

— Que você é a dona do meu coração e que não sei voar se não estiver inteiro.

— Hum... Que clichê! — disse, mordendo os lábios para conter uma risada.

— Você está debochando de mim, moça?

— De jeito nenhum. É que não estou acostumada com tanta poesia, mas acredito que isso não seja um problema para mim.

João, de repente, ficou sério e me puxou para sentar em seu colo.

— Vamos fazer um acordo?

— Mais um?

— Sim, mais um. — Ele puxou meu queixo com os dedos, me forçando a encarar seus olhos negros. — Nunca mais fuja de mim. Esses dias foram horríveis, Dora.

Agarrei a gola da sua camisa e o puxei para perto, raspando meus lábios em sua barba por fazer. Queria contar tudo o que eu sentia, o quanto ele me completava, o quanto estava feliz por tê-lo ao meu lado, mas as palavras me faltavam. Não era boa com declarações de amor, nem sabia traduzir meus sentimentos como ele. Então, fechei meus olhos e o beijei profundamente tentando transmitir tudo o que morava em mim. Senti a mão de Rico em meu coração e fiz menção de tirá-la para me encaixar melhor em seus braços, mas ele a manteve firme no mesmo lugar enquanto correspondia ao meu beijo com tanta intensidade que achei que fosse derreter.

— Eu quero morar aqui — ele disse com os olhos fechados, apoiando sua testa na minha, e com sua mão me apertando muito. — E não existe lugar no mundo onde eu queira mais estar senão aqui.

Eu estudei seu rosto, sentindo lágrimas brotando nos meus olhos. Então, amar era isso? Sem medos, sem amarras e deixando que o passado e as más experiências não atrapalhassem mais? Era sentir a falta absurda de uma pessoa e desejá-la até que todas as terminações nervosas entrassem em curto-circuito? Era aceitar o outro do jeito que é, dar o seu melhor e querer dividir tudo o que se tem? Porque, no final das contas, tudo o que eu tinha para dividir com Rico era exatamente o que estava nascendo dentro do meu coração. Se amar era mesmo tudo aquilo, então eu estava pronta.

— Rico... — disse abraçando-o forte, saboreando seu calor, cheiro e a realidade de estar ali com ele vivendo uma nova fase: a fase de me entregar e deixar que ele transformasse minha vida em algo tão sublime quanto uma canção de amor.

LUA AZUL

JENNIFER BROWN

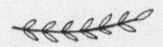

~~~~~

Oráculo azul

TRADUÇÃO: TAISSA REIS

Ninguém sabia por que aquilo estava acontecendo. Alguns cientistas arriscaram hipóteses e opiniões, mas todas elas pareciam terminar com pontos de interrogação. Era poeira. Eram cinzas — com certeza havia um incêndio enorme em algum lugar que não tinha sido reportado, e aquilo era fumaça — talvez vindo de um recanto pouco habitado do mundo. Era reflexão, refração, difusão. Era uma ilusão de ótica. Uma resposta curta: *nós não temos a menor ideia.*

A lua estava azul. Estava cheia. E azul. Azul como o mar. Azul como mirtilos. Azul como as penas de um pavão. E já estava daquele jeito há semanas.

Não que uma lua azul fosse algo que nunca se tinha ouvido falar. É só que aquele ditado "uma vez a cada lua azul" significava "algo raro" por um motivo: o fenômeno acontecia uma vez na vida e outra na morte. Luas azuis não apareciam todos os dias. Na verdade, elas apareciam mais ou menos uma vez a cada três anos, um fato que eu não sabia até que a nossa lua ficou azul pela quarta noite seguida e se transformou na Grande Manchete dos Noticiários. Luas cheias, aliás, também não deviam aparecer todos os dias. Simplesmente não era assim que o ciclo lunar funcionava. Pelo menos era o que tínhamos pensado a vida inteira.

Uma lua cheia e azul por vários dias seguidos não era só algo raro; era impossível. O que, na verdade, deveria ser bem assustador.

Mas não era. Algumas igrejas, incluindo a de Peter e Gail, estavam fazendo pregações especiais do tipo "Caia nas Graças do Senhor enquanto é tempo", mas a maioria de nós estava ocupada demais tirando *selfies* e organizando festas de contemplação da lua para ficar assustada. Onde você estava durante o fenômeno da lua azul? Até as missas agora terminavam em cachorro-quente e refrigerante gelado no estacionamento, onde a lua que despontava podia ser vista e as amizades estreitadas, com risadas e cadeiras portáteis no gramado sob um céu cientificamente impossível.

Quanto a mim, admito que estava assustada pra caramba. A única explicação plausível que eu conseguia articular era que a lua só podia estar fora de órbita. Quero dizer, faz sentido, não faz? Ela saiu de sua órbita e está seguindo a rotação da Terra, permanecendo fora da sombra sob a qual deveria ter se escondido depois do primeiro dia. Já li romances em que a lua saía de órbita e quase se chocava com a Terra, provocando alterações devastadoras e praticamente matando tudo o que existe no planeta.

Mas, ei! Vamos tirar uma foto na festa de contemplação da lua azul! Quem trouxe um pau de *selfie*?

— Não acredito que você não vem, Des.

Desviei de um *dog walker*, trocando meu celular de mão e quase prendendo a ponta do tênis em um buraco da calçada.

— Não posso, Lex. Tenho que trabalhar.

— Até parece. Trabalhar...

— É um trabalho.

— Como eu sempre te digo, se fosse um trabalho de verdade, você seria paga por ele. Gail não te arruma nem uns trocados pra pegar um cinema. Você trabalha todo dia e, basicamente, está falida.

Justo. Lexi e Hannah, minhas melhores amigas, sempre me lembravam de que meu trabalho era mais um serviço voluntário do que um trabalho propriamente dito. Elas não estavam erradas. Meus pais adotivos gostavam bastante de *servir*. Só que eles chamavam de *missões*. E era meu dever, como uma jovem sob a tutela do Governo, retribuir com gratidão a Deus e à humanidade organizando caixas de carne de porco, feijões, misturas para bolo quase vencidas e calças jeans com buracos nos joelhos.

Contar desse jeito me faz parecer uma pessoa horrível. Eu não me importava de fazer trabalho missionário, na maior parte do tempo. Eu era grata. Quem não seria grato por ter alguém que abriu as portas do seu lar para te receber depois que sua mãe decidiu ter uma overdose de heroína com um cara supercabeludo em um quarto de hotel de beira de estrada, e depois que seu pai... bem, seu pai é uma lacuna vazia.

Minha mãe provavelmente soube quem ele era, muito tempo atrás, quando só estava drogada na maior parte do tempo em vez de o tempo todo. Nunca perdi a esperança de que algum dia ela ficaria sóbria (ou chapada) o bastante para me contar, mas isso jamais aconteceu. Sempre dizia que o passado precisava ficar no passado, que ele não era uma boa pessoa e que ela não queria que eu me preocupasse com a qualidade do meu DNA. Mas nunca passou pela cabeça dela que, de qualquer maneira, ouvir aquelas coisas saindo de sua boca quando estava tão drogada que precisava se segurar nas paredes para conseguir chegar até o banheiro, talvez já tivesse me deixado preocupada com a qualidade do meu DNA.

Mas agora que ela se foi, como é que eu ia conseguir encontrar meu pai? Não ia. Ele não tinha sequer um nome, quanto mais um paradeiro, e foi exatamente por isso que eu acabei virando a segunda filha adotiva — de um total de quatro filhos — de Peter e Gail Midcap, que eram fissurados por programas de golfe na TV, salgadinhos *Cheetos* e cupons de desconto. E, claro, por voluntariado. Ok, por adoção também. Não eram exatamente do tipo caloroso e grudento, mas haviam me dado um lar por três anos e nunca agiram como se estivessem se sacrificando para isso em nenhum momento. O que é uma coisa boa, porque as pessoas não estavam exatamente fazendo fila para adotar garotas de 15 anos com um passado turbulento e genes suspeitos.

Olhei rapidamente para o relógio e passei o telefone de volta para a mão direita. Estava atrasada. Jonas ia pirar. Era praticamente impossível ficar perto do Jonas quando ele estava pirando. Ele não era nem um pouco grato por não precisar me pagar.

Apertei o passo.

— Olha, Lex, eu vou tentar sair a tempo de dar uma passada aí, ok?

Lexi suspirou, e sua respiração ressoou barulhenta no telefone.

— Já ouvi isso antes. Milhares de vezes, na verdade. Como se Gail fosse te deixar sair por aí numa quinta à noite. Você sabe que não dá pra confiar em gente da sua laia.

Ela estava absolutamente certa sobre Gail e Peter serem super-rigorosos com os filhos adotivos — porque nós "precisávamos de orientação" —, mas eu odiava quando Lexi e Hannah falavam daquele jeito. Às vezes, eu me perguntava se elas realmente estavam falando sério quando diziam "gente da minha laia". Eu desconfiava que elas se sentiam um pouco envergonhadas por serem minhas amigas, porque era assim que elas agiam de vez em quando, aproveitando toda e qualquer oportunidade de jogar na minha cara que eu era adotada. Até onde eu sabia, eu era a única criança adotiva no 9º ano da Escola Secundária Hoover. Bem, a não ser que incluíssemos Ryan, o meu irmão adotivo desde os últimos quatro meses. E deveríamos incluí-lo, pois Ryan definitivamente era "da laia de crianças adotivas". Ou pelo menos era o que o mundo pensava dele.

Eu achava que Ryan era um adolescente quieto, assombrado por uma porrada de lembranças ruins. Isso é algo que realmente bota qualquer um para baixo, não importa o tipo de pessoa que você era antes. Ryan também trabalhava no brechó de caridade, mas raramente aparecia por lá. Gail sempre fazia Peter "ter uma boa conversa com ele", o que nunca parecia surtir o menor efeito sobre Ryan. Ele continuava aparecendo só quando estava a fim. Às vezes eu só queria ligar o "botão do foda-se" descaradamente como Ryan.

— Vou tentar convencer Gail — eu disse. — Já fiz toda a minha tarefa e, além disso, acho que ela e Peter estão planejando levar *os naturais* para alguma coisa importante no lago.

Era assim que eu chamava Trevor e Mitch, os filhos de verdade de Gail e Peter: *os naturais*. Porque era assim que eles sempre nos apresentavam para as pessoas, como seus *filhos adotivos* e seus *filhos naturais*. Como se, de alguma forma, Ryan e eu não fôssemos naturais.

Lexi fingiu estar chocada.

— Aquele negócio do piquenique da cidade? Nossa, isso é importante. Achei que ela só se importasse em pregar que a lua é obra do demônio ou algo do tipo.

— Não exatamente. Ela não é fanática, ela só...

— Tá, tá, eu sei. Você gosta dela.

— Ela é legal, Lex. Ela não me trata mal nem... — *é uma viciada, nem está desaparecida ou morta*, pensei. — Olha, eu tenho que desligar. Te ligo mais tarde, ok?

— Só vem pra cá. Vamos ficar no quintal.

— Tudo bem.

Enfiei o celular no bolso do casaco, minhas pernas queimavam enquanto eu as forçava para caminhar ainda mais rápido. Dobrei a esquina de uma loja e parei subitamente, quase batendo em uma parede de tecido xadrez imundo. Minhas mãos se chocaram com um peitoral magro e ossudo e eu as puxei de volta instintivamente.

— Desculpa — murmurei, desviando rapidamente do monte de manchas de gordura e mau cheiro, também conhecido como Oráculo Dan.

Bem, pelo menos era assim que nós o chamávamos quando Jonas não estava prestando atenção. Se ele nos ouvisse, logo franzia expressivamente o cenho e nos passava um grande sermão sobre como o nome do cavalheiro sem-teto era *só* Dan e como nós não deveríamos tirar sarro das pessoas, mesmo que isso não fosse exatamente o que nós estávamos fazendo. No entanto, sempre que *Só Dan* entrava na loja implorando por comida e esbravejando sobre o fim do mundo estar próximo, Jonas rapidamente o convidava a se retirar. Então, ao que tudo indica, rejeitar pessoas era aceitável contanto que você não se divertisse ao fazer isso.

— Você já viu, eu sei — disse o Oráculo Dan, atrás de mim. Eu não me virei. Mas o fato de não olhar para seu rosto não o desencorajava. Ele ergueu a voz. — Você sabe o significado da lua! Nosso tempo é curto! Fica mais curto a cada dia que passa!

Eu podia sentir meus ombros se erguendo em direção às minhas orelhas, como se minha cabeça quisesse afundar em meu pescoço.

O Oráculo Dan não era assustador. Exceto pelo fato de que era um pouco. Quero dizer, tinha quase certeza de que ele não tentaria me agredir nem machucar. E mesmo se tentasse, ele era tão magro e frágil que eu provavelmente conseguiria derrubá-lo e com certeza conseguiria fugir dele. Eram as coisas que ele dizia que o tornavam assustador. Sempre falando sobre o fim do mundo. Sempre achando um meio de falar como se fosse algo pessoal.

— Você sabe o que precisa fazer! — gritou ele pelas minhas costas.

Lá estava. O lado pessoal.

Abri a porta — uma porta comum de madeira pintada de branco, sem janelas nem inscrições. A loja era metade brechó e metade mercearia, e Jonas acreditava que todo mundo devia ter o direito de pedir ajuda se precisasse e comprar coisas baratas com privacidade. Ele também achava que apenas o boca-a-boca traria essas pessoas, sem a necessidade de placas ou avisos. E ele estava quase totalmente certo. Havia um fluxo contínuo de pessoas entrando e saindo, principalmente aos finais de semana, para comprar coisas básicas. Mas estava errado sobre serem pessoas que precisavam de ajuda. Mais ou menos oitenta por cento dos nossos clientes eram pessoas ricas que achavam que comprar itens doados estava na moda e era chique, e vinte por cento eram pessoas que realmente precisavam de auxílio. Eu odiava quando essa parcela entrava na loja, especialmente se vinham com crianças pequenas. As crianças sempre pareciam famintas e assustadas e um pouco endurecidas, como se tivessem visto demais do mundo para conseguirem confiar nele novamente.

Eu tinha quase certeza de que tinha essa mesma aparência quando era criança. Se bem que, se algum dia minha mãe comprou um produto em uma mercearia, ela nunca me levou com ela. Na maior parte do tempo, ela não ligava se tínhamos comida ou não. Certa vez, eu comi macarrão cru por uma semana inteira. Os almoços da escola eram a melhor coisa da minha vida, e eu roubava pedaços e restos das bandejas das outras crianças depois que elas as colocavam na esteira da lava-louças. Um pãozinho comido pela metade era melhor que uma porção de macarrão cru em qualquer dia da semana. E eu sempre roubava algo a mais para levar para minha mãe, porque ela estava drogada demais para perceber que estava com fome. Eu estava sempre tentando salvá-la de si mesma, embora isso não tenha feito a menor diferença no fim das contas.

— Está dentro de você! — gritou o Oráculo Dan. — Você sabe tudo sobre a lua. Você verá hoje à noite.

— Eu não...

Não sabia como terminar a frase e não aguentava olhar para ele por um segundo a mais do que o estritamente necessário. O rosto do Oráculo Dan era duro, cheio de vincos e superbronzeado. Ele tinha uma barba cheia de falhas que geralmente estava com restos de comida, insetos ou sabe lá Deus o que mais. Seus dedos eram tão sujos que pareciam ser pretos permanentemente e ele andava por aí como se tudo nele doesse.

— Eu não vou observar a lua — completei a frase.

Corri para dentro da loja antes que ele pudesse dizer mais alguma coisa.

A loja era tão simples e desinteressante do lado de dentro quanto podia ser. Jonas acreditava em canalizar todas as doações em dinheiro para comida e roupas em vez de gastá-las com decoração. Ele era rígido para caramba, mas tinha um coração de ouro.

As paredes eram de blocos de concreto sem acabamento, pintadas de branco encardido. O chão era de cimento queimado e Jonas o mantinha tão limpo que às vezes seus sapatos gemiam ao caminhar sobre ele. O lugar era enorme e parecia um galpão, cheio de cabideiros carregados de casacos, vestidos e ternos gastos, caixas repletas de roupas íntimas e camisetas, brinquedos, utensílios de cozinha, eletrônicos, equipamentos esportivos e uma mesa com uma montanha de calças jeans ao lado da porta dos fundos da loja. Embaixo da mesa ficavam os sapatos, arrumados aos pares em linhas retas, com as pontas curvadas para cima e as solas gastas.

Do outro lado, entrando por uma porta sem sinalização, ficava a mercearia, que era basicamente um agrupamento de prateleiras. Eram tábuas de madeira lisas presas em braçadeiras de metal sobre as quais ficavam latas, caixas e sacos cuidadosamente alinhados. A maioria das pessoas que comprava no brechó não sabia da mercearia. Aqueles que sabiam, entravam e saíam dela em silêncio. Jonas dava um voto de confiança, esperando que todos só pegassem o que realmente fosse necessário, o que na maioria das vezes parecia dar certo.

— Atrasada — ele disse, curvando-se sobre um caderno no balcão do caixa, os óculos na ponta do nariz. Nem mesmo olhou para cima.

— Desculpa — respondi. — Tive que ficar até mais tarde para refazer um teste.

O Oráculo Dan gritou de novo e Jonas olhou para cima, incomodado.

— Feche a porta — pediu.
— Ele está com a corda toda hoje — comentei, fechando a porta.
Jonas suspirou.
— Eu sei. É a lua. Fez com que ele ficasse muito agitado.
— Ela deixou todo mundo meio agitado.

Jonas bateu a caneta no queixo algumas vezes, olhando além da minha cabeça para algum lugar no teto. Ele sempre encarava o nada quando estava pensando.

— Acho que é uma ilusão de ótica — ele arriscou. — Não está azul nem cheia de verdade. É só alguma coisa que aconteceu e que nos faz enxergá-la desse jeito.
— Tipo o quê?

Bate, bate, bate.

— Isso eu não sei, Destiny. Talvez seja um tipo de lixo espacial ou algo assim.
— Lixo espacial.

Ele apontou a caneta para mim.

— Não me olhe desse jeito. Existe lixo espacial de verdade e pode ser o que está obscurecendo a nossa visão do que existe lá fora.

Dei de ombros.

— Se você acha isso... Trabalho nos fundos hoje?

Ele assentiu, voltando para seu caderno contábil.

— Recebemos o carregamento de uma arrecadação do armazém e uma doação enorme de um projeto em uma escola primária. Você pode organizá-los. O dia está tranquilo. Eu consigo cuidar aqui da frente.

Segui em direção à porta dos fundos, tirando meu casaco. Geralmente, eu não gostava muito de ficar sem casaco. Eu gostava de camadas. A assistente social que me forçaram a frequentar assim que minha mãe morreu dizia que aquilo provavelmente era uma atitude defensiva, que eu gostava de ficar envolta em camadas para me sentir mais segura ou que tinha medo de perder tudo, ou talvez os dois, o que era comum para crianças que não tinham nada. Eu achava que gostava da minha aparência daquele jeito, mas quem era eu para saber, né? Peter dizia que a assistente social sabia muito mais do que se passava dentro da minha cabeça do que qualquer um de nós, porque ela tratava milhares de crianças como eu todos os anos. *Crianças como eu.* Eu sempre quis perguntar como era uma *criança como eu*, mas conseguia formular uma boa ideia sem precisar perguntar. Nós éramos as crianças ruins. As problemáticas. As dispensáveis.

— Ryan apareceu pra variar... — Jonas falou lá da frente.

Eu hesitei. Odiava o deboche com que Jonas dizia o nome de Ryan. Como se fosse um grande evento o fato de Ryan ter aparecido para trabalhar. Ok, meio que era, mas não por culpa de Ryan. Era porque ele passava tanto tempo depois da escola tentando recuperar matérias perdidas ou na detenção por seus "problemas comportamentais" que não tinha muito tempo para o trabalho missionário.

Ryan era orgulhoso demais para contar a alguém que seu "problema comportamental" era ter passado tanto tempo longe da escola que mal sabia ler, muito menos escrever uma redação brilhante comparando e contrastando duas histórias babacas que ele nem mesmo tinha conseguido entender. Além disso, parecia que ele estava sempre esperando sua mãe pôr ordem na vida dela e tirá-lo do sistema; mandá-lo de volta para a escola antiga onde os professores pelo menos sabiam do caso dele e davam um desconto aqui e ali.

Para mim, Ryan era um adolescente normal com uma vida de bosta. Para o resto do mundo, ele era um marginal com uma ética de trabalho questionável.

Seja como for, ele era o mais perto que eu já tinha chegado de ter um irmão — muito mais perto do que *os naturais* que Gail e Peter mantinham afastados de nós. Não por maldade, o que parece impossível, mas é mesmo verdade. A maior parte das pessoas nem sabia que se mantinha afastada de — lá vem de novo — *crianças como nós*. E elas ficariam superenvergonhadas e se sentiriam muito mal se soubessem. Além disso, *os naturais* tinham 8 e 6 anos de idade. Dificilmente teríamos muita coisa em comum.

Fui para a sala dos fundos, fechando a porta vagabunda de madeira atrás de mim. A parte de trás dela estava lotada de furos de tachinhas. Jonas era famoso por pendurar citações motivacionais constantemente — *Você tem que olhar através da chuva para ver o arco-íris* — seguidas de advertências — *As mãos preguiçosas empobrecem o homem. Provérbios 10:4*. Ryan era famoso por deturpar as mensagens — colando um pedaço de chiclete aqui, desenhando um pênis ali —, o que fazia Jonas arrancá-las com raiva, encarando a gente com um olhar acusatório, na esperança, creio, de que um de nós fosse admitir quem era o responsável — o que nunca fizemos —, e então as jogava fora sem falar nada. No dia seguinte, havia uma nova mensagem em seu lugar.

As mensagens de hoje eram:
A falta de caridade é o pior tipo de problema no coração.
O perverso em seus caminhos cairá de repente. Provérbios 28:18.

Ryan já tinha riscado a palavra "perverso" e a trocado por "bêbado". Soltei uma risada e dei uma batidinha no papel. Ryan abriu um largo sorriso, me olhando por cima do carregamento de fraldas que estava organizando.

— O que foi?

— Essa foi boa — elogiei. Pendurei meu casaco em um prego ao lado da porta.

— O que te faz pensar que fui eu? — perguntou ele.

— Nah, você devia estar orgulhoso dessa — comentei. — Foi espirituosa.

Ouvimos barulhos de passos e Bettina entrou pela porta do galpão de carga e descarga, debatendo-se com um saco de lixo que tilintava a cada passo. Nunca vou entender porque as pessoas doam alimentos enlatados em sacos de lixo.

Ryan viu Bettina e seu sorriso sumiu imediatamente.

— Não sei do que você está falando — resmungou com o rosto virado pra baixo, pegando pacotes de fraldas às cegas. A cada determinada quantidade de pacotes, ele marcava um traço em uma prancheta. Não havia muito espaço para bem-querer entre Ryan e Bettina.

— Ah, olá Destiny — cumprimentou Bettina. Eu me contorci por dentro. Bettina não era má pessoa, mas ela era a queridinha da mercearia. E da cantina no fim da rua. E da arrecadação de comida. E da equipe de habitação. E da equipe de limpeza do bairro. Eu não os culpava por amá-la. Ela era trabalhadora e sempre tinha um sorriso estampado no rosto.

Mas ela também denunciava Ryan sempre que podia. Uma vez eu comentei com Gail que achava que a Bettina devia estar apaixonada por ele e que era por isso que pegava tanto no seu pé, mas Gail começou um discurso sobre a honestidade ser o melhor caminho e que acobertar a desonestidade alheia era praticamente a mesma coisa que você mesmo ser desonesto e, quando vi, estava de castigo.

Lexi e Hannah tinham se divertido com aquela história.

— Ei, Bettina — respondi.

— Acabou de chegar?

Ela carregou o saco para o lado oposto da mesa de trabalho de Ryan e descansou, pressionando as mãos sobre a parte de baixo da coluna e se esticando um pouco, com o rosto vermelho e a respiração pesada.

— Tem um monte de coisa lá fora. Arrecadação da escola primária — completou.

— Fiquei sabendo.

— Eu posso buscar — Ryan se ofereceu e a expressão de Bettina se transformou em desgosto.

— Jonas não gosta que fumem lá no galpão, lembra? — ela rebateu.

— Não vou fumar. Só quero ajudar a Des a trazer as coisas pra dentro.

O rosto dele estava de um vermelho tão forte que suas espinhas tinham ficado roxas.

Bettina inclinou a cabeça para o lado, como se quisesse dizer que não acreditava nele. Para ser sincera, nem eu acreditava. Ryan sempre estava tirando uma pausa para fumar em algum lugar — algo que deixava Gail de cabelo em pé.

Ryan a encarou e seus olhos pareciam extremamente brancos em contraste com seu forte rubor. Finalmente, Bettina deu de ombros, jogando as mãos com as palmas voltadas para cima.

— Que seja. Mas não vou mentir por você quando Jonas sentir cheiro de fumaça e vier aqui atrás de novo.

Ryan revirou os olhos.

— Então, me demita. — Pude ouvi-lo resmungando enquanto ia em direção à porta.

Fiquei parada me sentindo desconfortável por alguns segundos depois que ele atravessou a porta de metal e então corri atrás dele.

— Acho que vou ajudar.

— Sério, Des, não deixe ele acender um cigarro lá fora. Se esse lugar pegar fogo, muitas almas perdidas vão ficar sem ajuda. Além disso, é contra as regras. E um hábito nojento.

— Entendido — respondi.

— Ah, e Des...

Eu tinha acabado de chegar à porta e já estava com as mãos apoiadas na barra para abri-la. Me virei.

— Aquele cara está lá fora — ela disse, sussurrando a palavra *cara* com uma expressão desdenhosa, seu rosto inteiro contorcido como se ela tivesse acabado de provar algo ruim.

O Oráculo Dan. Ótimo.

— Entendido — repeti, e saí mesmo assim.

Como já esperava, Ryan não estava por ali. Podia sentir um cheiro leve de fumaça de cigarro no ar. Ele provavelmente tinha ido dar uma volta para que Jonas não pudesse lhe passar um sermão sobre estar fumando. Em vez disso, Jonas lhe passaria um sermão sobre não estar trabalhando. Então, Gail passaria um sermão nele por estar fumando *e* por não estar trabalhando. Depois disso, Peter lhe passaria um sermão por tudo o que conseguia pensar.

Bettina estava certa — um grande carregamento tinha sido deixado no galpão. Uma escola primária inteira de coisas reunidas. Caixas e sacos por todos os lugares, e tudo aquilo tinha que ser levado para dentro antes que Jonas fechasse a loja à noite. Se fôssemos nós três, seria um trabalho duro. Se Ryan decidisse que já tinha terminado seu turno e fôssemos só eu e Bettina, seria um trabalho impossível.

Perambulei pelas caixas, lendo as palavras escritas com caneta hidrográfica no topo de cada uma: HIGIENE, NÃO-PERECÍVEIS — caixas, não-perecíveis — LATAS, UTENSÍLIOS DOMÉSTICOS, CASACOS. Estava tão focada em ler os rótulos que quase fui parar em cima do Oráculo Dan antes de vê-lo. Ele estava abaixado entre duas caixas abertas, comendo vagens direto de uma lata.

Eu pulei; ele pulou. Então, nós dois ficamos imóveis. Depois de um momento, ele enfiou os dedos na lata e pegou uma vagem; enfiou-a quase delicadamente na boca. Seus dentes pretos trabalharam nela com cuidado.

— São só algumas vagens — disse ele, num tom casual que era quase mais perturbador do que quando estava gritando na calçada. Com a outra mão, ele enfiou um pacote aberto de biscoitos de chocolate em seu quadril, tão para trás que eu não conseguia vê-los. — Nem vale a pena contar pra ninguém.

Só fiquei parada ali, atenta e me sentindo estúpida e constrangida.

Ele comeu outra vagem, dessa vez com um pouco mais de vontade.

— Aquele homem que trabalha aí dentro não me deixa nem pegar uma lata de vagens. Não me parece muito caridoso da parte dele.

Mantendo os olhos fixos em mim o tempo todo, ele esticou a mão sorrateiramente e pegou outra lata de dentro da caixa. Salada de frutas, dessa vez. Outra que se abria só puxando a tampa — era o dia de sorte do Oráculo Dan.

— Achei que ele quisesse ajudar todo mundo. Mesmo um cara velho como eu — ele disse. — Você entende. — Ele estreitou os olhos e assentiu. — Ah sim, você entende.

— É por causa da gritaria — respondi, com a voz um pouco vacilante. — Se você parasse de gritar, ele te deixaria entrar na loja. Você assusta as pessoas.

— Mas você não tem medo de mim.

Eu balancei a cabeça, concordando — ah, mas eu tinha, sim —, e então me forcei a parar. Não queria que o Oráculo Dan, nem qualquer outra pessoa, soubesse que eu tinha medo do que quer que fosse, jamais. Demonstrar medo normalmente é o que faz as pessoas se machucarem. É assim que a vida é. Pelo menos a minha vida.

— Mas você viu — disse ele num sussurro cheio de urgência. — Você sabe o que significa essa lua. É isso o que te dá medo. Ache seu rumo, menina. Ache seu rumo, antes que a lua exploda todo o seu azul sobre você. *Boom!* — Ele esticou os dedos como se fossem fogos de artifício. — *Boom. Crash. Pow.* Você está morta. — Ele cutucou o próprio peito com o dedo.

Ele não falava nada com nada. Aquelas palavras eram pura baboseira. Só falatório... Então, por que elas faziam minhas mãos e meus pés ficarem tão gelados? Por que eu não conseguia parar de olhar para ele?

A porta do galpão se abriu com um estrondo atrás de mim. Eu me virei sobressaltada, com as mãos sobre o coração, e não consegui impedir que um gritinho escapasse de mim.

— Meu Deus, Bettina, você me assus...

Mas não era Bettina. Era Jonas que estava vindo em nossa direção com o rosto raivoso. O Oráculo Dan começou a se esbarrar em tudo, enfiando nos bolsos o que conseguia pegar tão rápido quanto podia.

— Eu disse que ia chamar a polícia se te pegasse roubando de novo! — gritou Jonas. — E eu vou chamar. O que você acha de passar a noite na cadeia? Hein?!

Os punhos de Jonas estavam cerrados ao lado de seu corpo. Uma veia pulsava em sua têmpora. Suas orelhas estavam de um cor-de-rosa flamejante.

— Você não é bem-vindo aqui — completou.

O Oráculo Dan não falou nada. Apenas se levantou, um pouco vacilante, as solas dos dois pés de sapato completamente soltas na altura dos dedos, e saiu de lá, desaparecendo por um beco. Ouvi um grito abafado e imaginei que aquele beco era onde Ryan estava aproveitando sua pequena folga.

Jonas observou o Oráculo Dan ir embora e então se virou para mim, respirando ruidosamente pelo nariz.

— Onde está o Ryan? — perguntou.

Dei de ombros

— Lá dentro, eu acho. Talvez no banheiro?

Ele estalou a língua sobre os dentes algumas vezes, claramente não acreditando em uma palavra do que eu disse.

— Roubar tempo também é roubo.

— Nós nem recebemos salário — respondi.

Ele me deu um daqueles longos olhares pelos quais era famoso — daquele tipo que é destilado para que a outra pessoa se sinta pequena, desconfortável e arrependida. Limpei a garganta e olhei para os meus sapatos. Havia tantas coisas que eu queria falar, mas nenhuma delas valia a pena. Eu tinha uma boa situação com os Midcaps; quem sabe para onde seria enviada se eles decidissem que eu dava trabalho demais? Essa era a parte engraçada sobre ser confiante. Quando você está sozinha no mundo, não existe espaço para isso na sua vida.

— Se você vir alguém roubando aqui fora, deve me chamar imediatamente, estamos entendidos?

— Sim — respondi. — Eu teria chamado. Ia chamar agora.

— Bem, a Bettina me chamou. Mas não é sempre que ela está aqui, sabe...

Graças a Deus, pensei, mas fiquei de bico calado mais uma vez.

— E quando seu irmão voltar, diga a ele que se não quiser que eu relate as "pausas para banheiro" — Jonas disse, fazendo as aspas com os dedos — para o Sr. Midcap, é melhor ele vir para cá e simplesmente fazer o trabalho dele, e fumar mais tarde. Ok?

Eu assenti novamente.

— Agora vamos levar essas coisas lá para dentro. Já perdemos tempo demais.

Ryan apareceu mais ou menos dez minutos depois que Jonas e eu tínhamos arrastado para dentro todas as caixas do galpão. Ele fedia a fumaça e tinha um olhar abatido, a franja comprida lhe caía sobre os olhos, as bochechas estampavam os círculos vermelhos da vergonha.

— Desculpe — disse ele, parando do meu lado. Bettina o fulminou com olhar, mas voltou a dobrar as camisas infantis.

— Você vai se meter em confusão de novo — comentei. — E você *me* deixou meio encrencada aqui.

— Se ele só tivesse voltado pra dentro, eu teria te ajudado a carregar tudo isso para a loja.

— Bem, mas ele não voltou — rebati. Ryan mordeu o lábio, magoado. Eu respirei fundo. — Tudo bem. Sem problemas. Vamos só terminar isso aqui para voltarmos logo pra nossa casa.

Ele deu uma risada pelo nariz, como sempre fazia quando eu chamava a casa de Peter e Gail de "nossa casa".

— Deixa eu adivinhar, você tem uma festa de contemplação pra ir — disse Bettina.

— Ah, lógico que sim — disse Ryan com sarcasmo, ao mesmo tempo em que eu disse:

— Não é exatamente uma festa.

— Na casa da Lexi? — perguntou Bettina.

Ela morava a algumas casas de distância da Lexi, sempre morou lá desde a época da escola primária. Mas elas não eram amigas. Bettina achava que Lexi era escandalosa, insolente e um grande problema só esperando para acontecer. Lexi achava que Bettina era travada como se tivesse um cabo de vassoura enfiado no traseiro. Guardadas as devidas proporções, as duas provavelmente estavam certas.

— Somos só eu e a Hannah.

— Imaginei — disse ela. — Pensei em ir ao piquenique no centro, mas tenho uma tonelada de dever de casa. Então acho que só vou observar a lua da janela do meu quarto. De qualquer maneira, acho que ela é assustadora.

Parei com uma frigideira empoeirada na minha mão.

— Você acha?

Ela assentiu.

— Não é natural. Todo mundo está agindo como se fosse uma festa, porque é tão bonita e sei lá mais o quê, mas e se isso significa que algo realmente ruim está prestes a acontecer?

Ache seu rumo, menina. Ache seu rumo, antes que a lua exploda todo o seu azul sobre você.

— Boom... — completei em voz baixa.

Bettina olhou para mim.

— O quê?

Balancei a cabeça e voltei a tirar a poeira da frigideira. Coloquei no carrinho marcado como UTENSÍLIOS DOMÉSTICOS e enfiei a mão na caixa de doações para pegar uma torradeira antiga, imunda e enferrujada.

— Nada. Duvido que signifique alguma coisa. E também não acho que vai durar mais tanto tempo, então temos que comemorar enquanto podemos, né?

— Talvez... Mas pode ser a nossa última comemoração.

— Bem, então pelo menos vamos morrer festejando — interrompeu Ryan. Ele enfiou a mão em um saco de lixo. — Ah, cara, olha isso.

Ele tirou um pé de tênis de basquete do saco. Parecia novo. Era xadrez preto e prata com uma ponta preta brilhante. Cadarços prateados. Solas grossas e brancas. A parte de baixo não tinha nem um pedaço de cascalho enfiado nela. Sapatos como aquele eram artigos raros no mundo das doações. Nós normalmente recebíamos pares de sapatos velhos e gastos que tinham cheiros esquisitos e já estavam fora de moda há vinte anos.

— Legal — comentei.

Ele começou a mexer no saco e achou o outro pé.

— Eu ficaria supermaneiro com eles.

Ryan tirou seus tênis gastos e enfiou o pé calçado com uma meia suja no sapato novo.

— E eles também servem — exclamou. Calçou o outro pé e pulou por ali, fingindo fazer cestas.

— Isso é roubo — declarou Bettina. — Você sabe disso, né?

— Ele só está experimentando — defendi.

— Certo. E então ele vai se *esquecer* de tirá-los no fim da noite, do mesmo jeito que ele continua *esquecendo* que Jonas não permite pausas para fumar. E no segundo em que aqueles sapatos saírem daqui, eles são sapatos roubados. Espero que saiba disso. São princípios morais básicos.

— Nossa, relaxa, tá? — disse Ryan. Ele tirou um pé do tênis e depois o outro. — Não vou roubar nada. Se eu quiser algo, vou comprar. Minha mãe vai mandar um dinheiro pra mim logo mais.

Essa era uma das frases clássicas do Ryan — *Minha mãe vai mandar um dinheiro pra mim logo mais* —, junto com *Minha mãe vai se encontrar com o juiz e me tirar daqui semana que vem* e *Só estou aqui temporariamente, minha mãe está lutando contra o sistema todo dia por mim.*

Pelo que eu sabia, a mãe dele nunca tinha nem entrado em contato desde que Ryan foi alocado com os Midcaps. Mas quem era eu para destruir os sonhos do cara? Quero dizer, ele tinha uma única certeza: enquanto a mãe dele estivesse por aí, havia esperança. Crianças adotivas viviam nutrindo esperanças. Enquanto a tivesse, ele estava um passo à minha frente.

Ryan largou os tênis gesticulando teatralmente, jogando um pé depois do outro, dentro da caixa de sapatos masculinos, encarando Bettina o tempo todo.

— Mas eles são mesmo uns tênis do cacete — resmungou. — Eu ficaria maneiro com eles.

Quando conseguimos sair da loja, a lua já estava alta no céu. Certamente estava cheia e azul — nenhuma surpresa. Esperei, vestindo meu casaco, enquanto Jonas fechava tudo, e Bettina falava sem parar sobre um prêmio por serviços prestados ao qual ela estava concorrendo. Até mesmo Jonas, que lá no fundo gostava de Bettina, não parecia estar escutando.

Eu olhei para as costas das minhas mãos. O luar azul as deixou com um aspecto de machucadas, parecidas com mãos de gente morta. De repente, todos nós parecíamos cadáveres ambulantes para mim. *Boom! Azul.*

— Tudo bem você ir andando pra casa? — perguntou Ryan.

Ele já estava com um cigarro pendurado nos lábios. Apagado, é claro. Ele não o acenderia até que estivesse fora da zona de alcance de Jonas. Ele tinha vestido o casaco jeans — mais ou menos uns trinta anos fora de moda — e um cachecol listrado que estava caído despreocupadamente sobre seu peito. O cachecol tinha sido um presente de Natal de um dos *naturais*. Ryan não era nem de longe o tipo de cara que usa cachecol, mas usava aquele todos os dias. Ryan gostava dos *naturais*. Ele sentia falta de suas irmãs mais novas.

— Tenho uma parada com Jax, mas acho que ele pode te dar uma carona se você precisar — completou, apontando para o estacionamento. Um carro esportivo velho estava parado, com a música estourando e o escapamento quebrado resmungando.

— Tô de boa — respondi.

— Tem certeza? Eu acho até que consigo convencê-lo a deixar você vir com a gente.

Neguei com a cabeça, fascinada pelo brilho de água-marinha em seus dentes, o roxo de seus lábios e o azul-petróleo de seus cabelos.

— Não, tá tranquilo — reforcei. — Eu juro. Pode ir.

Ele não precisou que eu dissesse mais nada. Saiu correndo e pulou para dentro do carro. A música retumbou quando ele abriu a porta e nós ouvimos vozes. Uma delas gritou o nome da Bettina e então houve uma gargalhada. Eu a senti se encolher ao meu lado, carrancuda. O carro partiu com um potente ronco de motor.

Jonas estalou a língua.

— Seu irmão está seguindo por um caminho ruim — ele sentenciou.

— Irmão adotivo — corrigi. — Não somos parentes de verdade.

Imediatamente me senti culpada por me distanciar de Ryan daquele jeito, especialmente depois que Bettina completou:

— Bem, temos que dar graças a Deus pelas pequenas bênçãos.

Jonas olhou para o céu. Não havia nem mesmo uma pequena nuvem para obscurecer o azul. Era bonito. Lindo, na verdade. Como um oceano brilhante que flutuava. Mas também havia algo a mais... Algo sinistro no modo como aquele azulão fazia tudo parecer com o interior de uma caverna. Ou de um caixão.

— Lá está ela — disse ele, parecendo maravilhado.

Meu telefone tocou. Hannah. De novo. Ela e Lexi estavam me ligando literalmente a cada quinze minutos desde que o sol se pôs.

Atendi a ligação.

— Cadê você? — perguntou Hannah, com a voz alta no telefone. Eu conseguia ouvir a música, pessoas conversando e Lexi rindo no fundo da ligação.

— Pensei que fossem ser só vocês duas.

— Nathan e Rory apareceram — ela respondeu. A voz dela ficou mais abafada, como se estivesse se inclinando sobre o telefone — Eles trouxeram o Lucas. Só pra você — Hannah completou, rindo.

— Eu não gosto dele, Hannah.

Mentira. Eu gostava *muito* dele, mas não planejava namorar ninguém. Tipo, nunca. Ou pelo menos não até eu me mudar e ter minha própria casa. Como você leva alguém para o seu lar adotivo como se não fosse nada de mais? Como você respondia perguntas sobre sua família sem querer morrer de vergonha? *Falar sobre mim? Ah sim, minha mãe era uma drogada e eu não sei quem é meu pai, então meus filhos com certeza vão ganhar na loteria genética. Quer casar comigo? É, achei que não mesmo.*

— Ai, tanto faz! Só vem pra cá logo.

— Tô indo, tô indo.

Segui em direção à casa de Lexi, o que significa que virei para a esquerda em vez de pegar a direita na esquina. O caminho para a casa dela me faria atravessar o parque municipal, que era escuro e vazio à noite. Mesmo se Gail aprovasse minha ida à casa de Lexi na noite de um dia útil, ela definitivamente não ia querer que eu andasse sozinha por ali. Corri um pouco para alcançar Bettina.

— Seu irmão nem se esforçou pra te dar uma carona, hein? — ela alfinetou, andando rapidamente, com as mãos enfiadas nos bolsos do casaco e os ombros curvados contra o vento frio que tinha começado a se intensificar.

— Você devia pegar leve com ele de vez em quando — comentei. — Ele é um cara legal.

Ela soltou um som de desprezo que me fez ter vontade de parar e deixá-la andar sozinha à minha frente, sem me importar com o que Gail achava sobre eu andar desacompanhada por aí.

— É sério — insisti. — Por que você é sempre tão dura com o Ryan? O que você tem contra ele?

Ela ficou em silêncio por um bom tempo e pensei que fosse simplesmente ignorar minha pergunta. Mas finalmente respondeu:

— Ele é evasivo.

Evasivo. Sombrio. Delinquente. Duvidoso. Com aparência suspeita. Todas as características com que eu já tinha ouvido Ryan ser descrito. E muitas outras.

— Ele não faz nada de errado.
Bettina parou e a gente quase se trombou.
— A não ser mentir. Basicamente sobre tudo.
— Todo mundo mente — comentei.
Ela me mediu de cima a baixo por um longo momento, pressionando firmemente seus lábios rosados e perfeitos.
— É muito triste que você pense assim.
— Não finja que você não mente — rebati.
Eu estava ficando com raiva, sentimento que normalmente eu me empenhava com todas as forças para reprimir. Aprendi muito cedo que uma criança adotiva não tem o mesmo direito de demonstrar raiva ou frustração que outras crianças. Se crianças *normais* reclamassem de tudo, elas estavam fazendo manha. Se uma criança adotiva o fizesse, era *encrenqueira*.
Ela endireitou a postura.
— Nem todo mundo sente a necessidade de enganar os outros, Destiny.
Eu tinha um milhão de argumentos para rebater aquilo. E nem de longe acreditava que Bettina era tão perfeita que nunca tinha soltado uma mentirinha de leve. Mas não queria começar uma discussão ali no meio da calçada; só queria chegar na casa da Lexi.
— Bem, eu nunca o ouvi mentir sobre nada — murmurei. Uma lufada de vento me atingiu, puxei o casaco até a altura do queixo e continuei a andar.
— Isso não significa que ele nunca tenha mentido — disse ela às minhas costas, mas o caso tinha sido encerrado.
Andamos em silêncio por um bom tempo. Eu realmente não tinha mais nada a dizer para Bettina. Sabia que ela achava que a maioria das pessoas era cruel e arrogante. Ela não era popular, era verdade. Mas não era porque as pessoas eram injustas e desgostavam dela sem a conhecer. Ela simplesmente nutria tanto desdém por todo mundo que não deixava espaço para ninguém gostar dela.
O vento tinha soprado algumas nuvens para o céu e o azul da lua estava escurecendo. Pensei que isso fosse fazer com que eu me sentisse melhor — menos explosiva — mas algo no azul-marinho que resplandecia em nossas peles fazia tudo parecer ainda mais perigoso.
Ache seu rumo, menina. Boom!
Na mesma hora em que o pensamento passou pela minha mente, Bettina emitiu um grunhido de descontentamento. Estava olhando em direção ao parque.
— Que foi? — perguntei.

— Aquele cara — respondeu. — O que o Jonas tem sempre que ficar expulsando.

Segui seu olhar e, certamente, lá estava o Oráculo Dan, encolhido como um tatu, com a maior parte do corpo possível envolta por sua camisa de flanela gasta e encostado em uma árvore. Olhava para a lua, manuseando alguma coisa. Ele ouviu nossos passos e se colocou de pé de uma vez.

— Você sabe que está chegando! — gritou, sem nem mesmo olhar para nós. — Esteja alerta! Ele está em você. O azul está em você. É o começo do fim pra você. E pra você.

Ele apontou para nós duas e foi quando percebeu quem éramos. Um olhar de reconhecimento cruzou seu rosto, rapidamente seguido por uma expressão de pânico. Ele pegou sua mochila, que parecia pesada e cheia demais, e deslizou para as sombras de uma cerca-viva.

— Ele roubou aquela mochila — disse Bettina, indignada. — Eu a vi nas doações de ontem.

Observei enquanto o Oráculo Dan colocava a cabeça para fora dos arbustos e nos vigiava com seus olhos arregalados e curiosos, ao mesmo tempo em que estavam com medo e um pouco convencidos. Nossos olhares se cruzaram por um segundo, e eu o senti. O azul.

— Ele deveria ser preso por roubar assim — continuou Bettina. — Jonas devia chamar a polícia.

Eu dei de ombros, incapaz de desviar o olhar. *Boom!* Eu continuava ouvindo no fundo da minha mente. *Boom!* O Oráculo Dan recuou para os arbustos, fora da linha de visão, e eu fui diminuindo o passo até parar. Bettina andou mais um pouco e então se virou.

— O que foi? Você não vem?

Ela seguiu meu olhar, mas àquela altura o Oráculo Dan já tinha ido embora há muito tempo e eu estava olhando para o nada. O vento soprou por nós e eu senti um arrepio.

— Acho que preciso ir para casa — declarei. — Não estou com muito espírito para festa hoje.

Bettina me observou por um longo momento, então simplesmente assentiu e continuou seu caminho.

— Você não pode se atrasar para a escola de novo, Ryan — disse Peter no café da manhã.

Tanto ele quanto Gail tinham olheiras de cansaço. *Os naturais* ainda bocejavam, apoiando o queixo com as mãos enquanto mexiam em seus cereais, indiferentes. Se esse negócio da lua ainda demorasse para acabar, a cidade inteira logo estaria dormindo em pé.

Ryan tinha acabado de entrar na sala, o cabelo ainda molhado do banho. Usava as mesmas roupas do dia anterior. Seu visual favorito, e uma das três mudas de roupa que trouxe consigo quando se mudou para cá.

Peter e Gail o levaram para fazer compras logo depois que ele se juntou à família, mas compraram roupas que ele nunca iria usar — camisas polo, calças cargo de cor cáqui e casacos de capuz com logotipos de marcas impressas na parte da frente. Ele não reclamou, mas continuou usando as roupas velhas — muito preto, muitas bainhas desfiadas e buracos, gastas e com remendos sujos nos joelhos e na bunda de tanto uso — até que elas começassem a feder, e Gail as confiscava para enfiar na máquina de lavar. Mesmo assim, ele as arrancava da secadora no minuto em que ela apitava.

— Estou na hora — disse ele, procurando por uma maçã no cesto de frutas.

— Bem, só garanta que não vai se perder no trajeto daqui até a escola — advertiu Peter.

Ryan bateu continência.

— Sim, senhor, capitão.

Peter estreitou os olhos, sem muita certeza se Ryan estava tirando sarro dele ou se estava apenas sendo positivo.

— Vai trabalhar hoje? — perguntei, fazendo o de sempre, entrando na conversa para mudar de assunto antes que ela terminasse em uma briga. Aquela era eu, uma eterna pacificadora.

Ryan negou com um movimento de cabeça. Pegou uma linguiça do prato que Gail tinha arrumado no meio na mesa da cozinha e a enfiou na boca.

— Dia de folga — ele disse com a boca engordurada.

— Então, espero que você venha direto para casa para me ajudar com as tarefas domésticas — disse Gail de maneira educada, ajeitando-se na cadeira ao mesmo tempo em que abria um guardanapo em seu colo. Tinha que admitir — há um mês ela teria ficado louca com o negócio da linguiça e aquilo teria se tornado uma confusão cheia de gritaria, com *os naturais* abafando risadinhas maldosas por trás das mãos ou uivando de desgosto por terem irmãos adotivos na casa deles. Não tinha certeza quanto a Peter, mas pelo menos Gail estava tentando entender Ryan.

— Acho que é melhor pegar detenção — Ryan respondeu, e Peter se mexeu como se fosse levantar da cadeira, mas Ryan se esgueirou para fora antes que qualquer um tivesse a oportunidade de responder. — Brincadeirinha! Brincadeirinha! — gritou ele enquanto saía.

— E você? — Gail me perguntou depois que Ryan tinha saído e a tensão vinda de Peter estava alta demais para ela aguentar. — Hoje é sexta. Pensamos que talvez você quisesse visitar uma amiga? Talvez Hannah ou Lexi? Tenho certeza de que elas estarão observando a lua.

— Tenho que trabalhar — respondi.

— E depois que você sair? — ela insistiu. — Você tem trabalhado muito. Pensamos que talvez gostaria de uma recompensa. Não vamos ter algo tão empolgante assim para observar para sempre. É uma oportunidade única, provavelmente.

Sem pensar, deixei meus olhos vagarem para o céu, onde a lua esteve na noite anterior. Não conseguia aceitar que o céu diurno ainda tivesse a mesma aparência de sempre. De certa forma, eu esperava que o sol estivesse mais longe. Ou mais perto. Ou que não atingisse mais o seu nível máximo, ou que estivesse roxo. Ou... sei lá. Parecia inconcebível que ele permanecesse igual, como se nada estranho estivesse acontecendo com o seu oposto noturno.

— Você... — parei de falar, engolindo a linguiça que queria ficar agarrada em minha garganta. — Você acha que é...

Ache seu rumo, menina... antes que a lua exploda todo o seu azul sobre você.

Gail esperou um momento, então ergueu as sobrancelhas.

— Se eu acho que é o quê?

Lambi meus lábios e dei uma olhada para *os naturais*. Eles ainda estavam absortos em sua sonolência, não estavam nem prestando atenção em mim. Peter tinha terminado seu café e estava checando suas redes sociais no celular. Dei de ombros.

— Sei lá. Perigosa?

Ela franziu o cenho.

— Se eu acho que o que é perigosa?

— A lua — respondi.

— Por que seria perigosa? Só está de uma cor diferente.

— Mas não deveria estar desse jeito, né?

Ela esticou a mão por cima da mesa e a pousou no meu braço.

— Meu amor, como podemos saber? Não somos os criadores do universo. Talvez isso seja exatamente o que Deus tinha em mente quando fez essa lua. Tenho certeza de que tudo está acontecendo exatamente como deveria.

— É... Só parece perigosa ou algo assim. Sei lá.

Os *naturais* começaram a brigar por algo sem importância e uma das tigelas de cereais entornou, derramando leite e cereal gosmento no colo de Gail. Ela deu um pulo e Peter a acompanhou, gritando, reclamando e correndo para pegar toalhas de papel, enquanto os naturais se esparramavam em lágrimas. E naquele momento me pareceu que Gail provavelmente estava certa. Como se tudo estivesse acontecendo exatamente como deveria, o que era um pensamento muito depressivo.

Se tudo estava exatamente do jeito que deveria ser, por que Ryan e eu tínhamos aquela vida em vez de uma vida como a dos *naturais*? Eu não conseguia ver sentido naquilo.

Por que o Oráculo Dan tem aquela vida? Boom! Eu expulsei o pensamento e peguei meus livros.

— Vou andando hoje — anunciei.

— Precisa de uma carona pra loja à tarde? —Peter perguntou sem prestar muita atenção, pois suas mãos limpavam furiosamente a parte da frente das camisas dos *naturais* com uma toalha.

— Posso ir andando — respondi. — Assim vou poder ver a lua quando sair de lá.

— E você estava onde? — perguntou Lexi friamente quando me aproximei do armário dela. Hannah vinha correndo em nossa direção, mas foi interrompida por uma professora. Ela estava presa naquela conversa, parecendo ainda mais desconfortável do que eu.

— Desculpa — eu disse. — Saí mais tarde do que esperava e aí a Bettina começou a falar de...

Lexi ergueu uma das mãos.

— Ugh. Não precisa falar mais nada. Se andar com a Bettina por um quarteirão já é uma punição maior do que eu conseguiria aguentar, quanto mais por um quilômetro. — Ela fechou a porta do armário. — Só vou dizer que você perdeu uma baita oportunidade de ver o Lucas. Ele estava gato, amiga, e a finzaço de te ver. Ficou superdecepcionado que você não foi. Agora, só por causa disso, você vai almoçar com a gente. Porque não pode nos dispensar no almoço. Você está presa com a gente.

Corei, sentindo um nó no estômago. O Lucas era um cara adorável, mas eu realmente não precisava daquilo na minha vida agora. Não dava para explicar para ela, mas queria tanto que a Lexi desistisse daquilo.

Ela se curvou e fez um sinal com a cabeça na direção de Hannah.

— Você também perdeu alguém que estava bastante ocupada com o Nathan, se é que você me entende. — Ela soltou um suspiro sonhador e colocou a mão sobre o coração. — Sob uma linda lua azul.

— Hannah e Nathan? Mas o Nathan não namorava a Leigh?

Lexi assentiu com a cabeça de forma intensa.

— Eu falei pra ela que ficar com ele violava completamente o código das irmãs. Além disso, quem quer pegar um cara com lábios que costumavam se esfregar nos lábios da sua irmã mais velha? Especialmente quando essa irmã mais velha é a Leigh. — Ela fingiu se arrepiar. — É nojento. Mas que seja. Eu e Rory, Hannah e Nathan... Tudo o que precisamos é te fazer ficar com o Lucas e seremos três casais, uma força a ser reconhecida. Consegue imaginar?

— Eu consigo imaginar o que acontece quando um desses casais terminar — respondi. — De repente ninguém mais é amigo um do outro, vamos nos odiar, falar mal uns dos outros, batendo boca e tomando partido até alguém ser deixado completa e totalmente sozinho. Não, obrigada.

— Uau, como isso ficou sombrio de repente. Que bicho te mordeu, Poliana?

Hannah finalmente se libertou da professora e corria em nossa direção com uma expressão frustrada.

— Desculpa, o que eu perdi? Você contou pra ela do Lucas? — perguntou e agarrou meu braço com força — Ai meu Deus, ela te contou do Nathan?

— Não conta nada disso pra ela — avisou Lexi. — Ela vai ficar cheia daquele papo: *Esse é o Fim da Nossa Amizade*. Depressão total.

Hannah soltou meu braço e nós começamos a andar em direção às salas das aulas do primeiro período que eram, por sorte, no mesmo corredor.

— Então? Conta tudo. Onde você estava ontem à noite? Pensei que estivesse chegando.

— Uh-oh, alerta de delinquente à frente — disse Lexi. Ela fingiu coçar a orelha para apontar para a frente. Não precisei olhar para saber que ela estava falando de Ryan. Eu odiava quando ela e Hannah o chamavam de delinquente, mas nunca o defendia, o que fazia com que eu me sentisse incrivelmente culpada. Mas eu também nunca as defendia quando ele as chamava de *peitos sem cérebro*. Na verdade, isso tudo só servia para que eu me sentisse duplamente culpada.

Hannah fingiu engasgar.

— Sério, ele usou essa roupa ontem. Eu sento atrás dele na sala de aula e as roupas dele fedem muito a cecê.

Ryan estava parado entre duas fileiras de armários, encostado na parede. Parecia que estava tentando desaparecer, tornar-se parte do cenário, e eu não podia culpá-lo por isso. Hannah e Lexi não eram as únicas que tinham uma visão tão estúpida e mesquinha de Ryan. Muita gente também tinha. Nós nunca chegamos a conversar sobre isso, mas os corredores entre uma aula e outra eram como uma zona de guerra para ele.

— Alguém precisa botar fogo naquela camisa. De verdade, Des, você devia entrar de fininho no quarto dele com fluido de isqueiro e um fósforo.

— Eu realmente tenho pena de você por ter que morar com ele — disse Hannah. — Achava que morar com a minha irmã era ruim, mas pelo menos ela troca de roupa.

— Ele não é tão ruim assim — respondi, mas minha voz saiu baixa e nenhuma delas me ouviu enquanto continuavam a falar.

— Pelo menos, ele finalmente se livrou daqueles tênis nojentos que usava sempre — comentou Lexi.

Elas continuaram a conversar, mas suas palavras sumiram no vazio. Eu tinha olhado para os pés de Ryan e agora estava encarando seus sapatos fixamente. Lexi estava certa: eles não eram os tênis antigos. Eram novos. Ou pelo menos pareciam novos. Em xadrez preto e prata com uma ponta preta brilhante, solas grossas e brancas, cadarços prateados.

Bettina disse uma vez que tinha certeza de que Ryan estava roubando a loja. Eu respondi que ela estava maluca, que Ryan era muitas coisas, mas não um ladrão.

Claramente, eu estava errada.

Jonas me colocou nos brinquedos, definitivamente a pior seção de todas para se ficar responsável. Os produtos às vezes chegavam num estado bem nojento, encrustados de melecas ou baba de neném, pegajosos por causa das mãos dos clientes, e as crianças brincavam com os objetos o tempo todo e depois os deixavam jogados no meio do caminho. Trabalhar com os brinquedos era recolher as mesmas coisas várias vezes até começar a ter vontade de arremessá-las — ou de *se* arremessar — pela janela.

A boa notícia era que, por enquanto, éramos só eu e Chance, um gigante de fala mansa com a barba mais maneira que já vi. Ele era ótimo em fazer roupas velhas parecerem ser da última moda e passava a maior parte de seus dias combinando peças que pendurava com alfinetes, que vestia em manequins e até nele mesmo. Quando alguém dizia que tinha gostado do que ele estava vestindo, ele oferecia para a pessoa comprar na hora, direto do corpo dele. Era meio esquisito, com certeza, mas não sei como ele conseguia fazer aquilo parecer algo normal, e era surpreendente ver como tantas pessoas aceitavam a oferta dele. Não era incomum ver Chance com três ou quatro visuais diferentes durante o turno dele, sem contar com as roupas que ele estava vestindo quando chegou.

— Quatro deles, você acredita? — disse Chance.

Ele estava esticando as roupas do setor infantil e tinha parado para se apoiar na estante de brinquedos, enquanto combinava algumas peças, para me contar que a casa de repouso da mãe dele estava com uma epidemia de ossos quebrados graças à lua azul.

— Eles simplesmente se recusam a acender as luzes do quintal, porque não querem arruinar a ambientação para as pessoas que estão observando, e aí eles mandam todo mundo lá pra fora para ver a lua... — estão chamando isso de exercício... — e todos estão simplesmente tropeçando uns sobre os outros. Então, quer dizer que a ambientação deles é um bando de gemidos e sirenes de ambulância? Está ficando vergonhoso. Falei pra minha mãe que se ela quisesse ver a lua, eu a levaria ao San Manuel e a gente observaria a lua bebendo margaritas de mirtilo na varanda. Sabia que o San Manuel está fazendo isso? Coquetéis lunares é como estão chamando, e toda a comida e as bebidas são azuis. Tortinhas de mirtilo, *macarons* azuis e sorvete de framboesa azul... Eles cobram 250 dólares por um prato. Jesus, por que não sou dono de um restaurante?

— Aham — Eu ficava repetindo, mal prestando atenção. Só conseguia pensar naqueles tênis nos pés de Ryan.

Eu o evitei pelo resto do dia na escola, sabendo que teria de admitir seu roubo se falasse com ele. Ou pior, e mais provável, teria que fingir que não tinha percebido. Tentei me convencer de que não era da minha conta. Nós éramos irmãos adotivos, sem nenhum laço sanguíneo, certo? Mas era da minha conta, porque eu sabia que Ryan era melhor que aquilo e eu queria que todo mundo soubesse também.

— Pra falar a verdade, eu já tô meio de saco cheio dessa histeria toda sobre a lua — comentou Chance. — Já deu o que tinha que dar, não acha? Vamos nos acostumar e ela vai simplesmente virar uma coisa normal e vamos parecer um bando de caipiras por fazer tanto caso da velha e comum lua azul, sabe? Está ficando exaustivo, todas essas festas. Não sou muito de festa. Estou com olheiras. O que você acha disso?

Olhei na direção dele. Tinha combinado um macacão listrado com uma saia de tule com brilhos e um par de meias finas. Ele pegou um chapéu feminino com orelhas de coelho e o colocou na cabeça.

— Exagerei?

— Não, pra falar a verdade eu acho que o chapéu completa o visual — respondi. — Em uma hora já estará vendido.

Ele tirou o chapéu e o equilibrou em um cabide coroando o resto da combinação.

— Apenas fazendo jus ao meu salário.

Antes eu estava sentada no chão, separando blocos de madeira de peças de Lego, mas agora estava só sentada no piso, cutucando meu sapato.

— Está tudo bem com você? — perguntou Chance. — Você está insuportavelmente quieta. Nós dois sabemos que esse não é o seu estado natural.

— Hã? Ah, sim. Está tudo bem. Só estou pensando em algumas coisas. Você realmente acha que ela vai ficar pra sempre? Que vai se tornar normal pra gente?

Ele assentiu e então deu de ombros.

— Acho que qualquer coisa é possível, né? Quero dizer, um mês atrás nós nunca teríamos adivinhado que isso faria parte das nossas vidas agora.

— Bem observado — comentei, mas havia algo de inquietante naquele pensamento também.

A cabeça de Jonas apareceu ao lado da estante, fazendo com que Chance disparasse a caminho das Roupas Femininas Casuais sem emitir qualquer outra palavra. Eu fiquei de pé rapidamente, esperando que Jonas não tivesse me visto largada ali. Enfiei minhas mãos em um balde de mordedores, que eram praticamente as coisas mais nojentas da seção de brinquedos inteira. Eu sempre torcia para que as pessoas lembrassem de lavá-los quando chegassem em casa, e que não dessem simplesmente o brinquedo para seus bebês com germes de mais de anos neles.

— Preciso falar com você — disse Jonas.

— Tenho que contar os quebra-cabeças — respondi.

— Agora — declarou. — No meu escritório.

Ele estava usando a voz do Jonas Comandante, a mesma que usava quando o Oráculo Dan entrava na loja vezes demais no mesmo dia. Ele nem mesmo me esperou — sabia que eu o seguiria só porque ele mandou.

O escritório de Jonas era um cômodo entre o banheiro e o quarto dos fundos. Estava sempre trancado, mesmo quando ele estava lá dentro. Havia uma espécie de regra tácita de que ninguém nunca devia entrar ali — nem mesmo espiar lá dentro — a não ser que fosse convidado. E ser convidado raramente era algo divertido.

Minhas mãos estavam suando. Eu as esfreguei nas laterais do meu jeans, fazendo uma careta ao pensar em toda aquela baba liquefeita de novo que agora estava nas minhas roupas.

Jonas já tinha entrado, mas deixou a porta aberta para mim. A luz saía do escritório e eu podia ouvir o ranger e o arranhar de sua cadeira de rodinhas se acomodando sob o peso dele. Hesitei ao chegar na porta.

— Entre — disse Jonas, fazendo um gesto na direção da cadeira perto da porta. Bettina estava em pé ao lado dela e olhava para as próprias mãos com um ar sombrio. — E feche a porta — completou, quando entrei na sala. — Sente-se.

Assim o fiz. O metal estava frio sob meus jeans.

— Antes de começarmos, quero ter certeza de que você entende que o que disser, ou não disser, aqui dentro, pode ser usado para tomar decisões futuras em relação ao seu emprego.

Eu assenti, confusa. Por que Bettina estava aqui e por que não estava olhando para mim?

— Também quero que você entenda que vou conversar com Peter e Gail hoje, e que vou me basear exatamente no que você me contar aqui e se você cooperou ou não.

— Tem algo de errado? — perguntei.

— Primeiro me diga que você entendeu.

— Sim, eu entendi. O que...?

Ele ergueu a mão para me interromper.

— Chegou ao meu conhecimento que certo item de vestuário desapareceu.

— Um o quê? Eu estava com os brinquedos.

— Sim, eu sei. Mas isso não aconteceu hoje. Você estava nos fundos ontem, certo?

Concordei com um movimento de cabeça.

— Ok, não vou rodear mais o assunto. Um par de sapatos muito caro foi roubado dos fundos da loja ontem. Um par de tênis.

Senti meu corpo inteiro congelar. Aquilo não era sobre mim. Não era sobre brinquedos ou roupas ou qualquer coisa que eu tinha feito no turno de ontem. Era sobre Ryan. E os sapatos que ele estava usando na escola. O sapato que "ficaria supermaneiro" nele. Minha boca estava seca, os lábios comprimidos. Balancei a cabeça como se não estivesse entendendo.

Jonas cruzou as pernas e entrelaçou os dedos em cima de um dos joelhos.

— Nós somos uma organização cristã, Destiny, como você sabe bem.

Assenti.

— Sim, senhor.

— E roubo é estritamente intolerável. Você não está roubando só de mim e da Igreja. Pior, você está roubando dos pobres e miseráveis.

— Não dá pra ficar pior que isso — disse Bettina em voz baixa, apesar de não ter erguido o olhar.

Ah, é verdade?, eu queria dizer. *Pior do que negar ajuda para o Oráculo Dan e depois mandá-lo embora por comer feijões da doação?*

— Eu não os roubei — respondi. Lambi meus lábios. Não ajudou.

— Não, nós não achamos que roubou — disse Jonas. — Mas achamos que você sabe quem foi.

Eu balancei a cabeça, negando.

— Eu estava com os brinquedos — repeti, sem esperanças.

Jonas suspirou.

— Mais uma vez, nós não estamos falando sobre hoje. Ryan roubou aqueles sapatos, Destiny?

— Não.

Bettina ergueu a cabeça na mesma hora.

— Ele roubou sim. Ela está mentindo por ele. Eu o vi calçá-los ontem e eu o vi usando um par de tênis iguaizinhos hoje na escola. Ele os pegou.

Jonas não tirou os olhos de mim nem por um segundo.

— Isso é verdade?

— Não — respondi. — Ryan não faria isso.

— Bem, eles estavam aqui ontem e hoje não estão mais, então como você explica isso? — perguntou Bettina.

Jonas gesticulou para que ela se calasse.

— Já chega, Bettina. Eu resolvo isso. Mas você pode responder a essa pergunta, Destiny.

— Você os vendeu? — Dei de ombros.

— Eu não os vendi. — A voz de Jonas saiu em um tom mais calmo, mas de um modo muito assustador.

— Talvez alguma outra pessoa os tenha levado. Alguém da equipe diurna.

Apesar de eu saber que a única "equipe diurna" era composta de Jonas e Chance, meu coração começou a bater que nem louco ao pensar que talvez eu tivesse acabado de meter Chance em uma encrenca enorme para poder salvar Ryan.

— E os entregou para o Ryan? — perguntou Bettina. — Porque ele definitivamente estava usando eles.

Ela estreitou os olhos e continuou:

— Ou será que você os roubou e entregou para ele?

Mais uma vez, Jonas fez um gesto para que ela ficasse quieta.

— Não, eu nunca nem toquei neles.

A mão de Jonas correu para o telefone e ficou parada sobre ele.

— Bem, infelizmente é você ou Ryan — ele disse.

Comprimi os lábios até eles formarem uma linha reta. Estava com tanta raiva de Ryan. Com tanta, tanta raiva. E com tanta raiva de Jonas por acreditar em Bettina em vez de acreditar em mim. E com tanta raiva que nem eu o culpava por aquilo. Porque eu entendia. Eu odiava, mas entendia.

— Ok — disse Jonas. — Vou ter que te pedir que vá embora, então.

— Peraí, você tá me demitindo? — perguntei, sentindo um buraco se abrir no meu estômago.

Ele abriu os braços.

— Nós temos uma política de tolerância zero com roubos.

Eu fiquei de pé em um pulo.

— Mas eu não roubei nada!

— Como eu disse antes, alguém roubou. Ou foi você, ou foi o Ryan. E você jura que não foi ele.

— Não foi nenhum de nós. — E apontei para Bettina. — Porque não é possível que tenha sido ela?

Bettina baixou cabeça e riu dissimuladamente.

— Por favor, Destiny — disse Jonas suavemente. — Todos nós sabemos que não foi Bettina.

Quero dizer, eu sabia daquilo, mas... *por favor*.

— Por quê? Porque a mãe dela não teve uma overdose?!

Me arrependi daquelas palavras no momento em que saíram da minha boca. Mordi os lábios. Tinha feito um voto solene de nunca falar para ninguém do motivo de ter sido adotada. Imaginava que Gail e Peter soubessem, mas nunca tinha conversado com eles sobre aquilo. Minha mãe era uma viciada. Era uma péssima mãe. Totalmente descompensada. Mas ainda assim era a minha mãe e eu ainda não estava preparada para ouvir pessoas que não a conheceram dando opiniões sobre ela. Eu podia sentir os olhos de Bettina focados em mim.

— Eu não roubei os sapatos — declarei, minha voz saindo em um sussurro. — E não sei quem os roubou.

Jonas pegou o telefone.

— Sabe que odeio ter que fazer isso.

Mas ele parecia um tanto empolgado para que eu acreditasse que aquilo era mesmo verdade.

Fiz a única coisa que passou pela minha cabeça: eu corri.

Ouvi Chance gritar meu nome enquanto eu corria pela loja, mas não parei. Estava envergonhada demais, ruborizada demais, com o estômago apertado demais, e as lágrimas ameaçadoras demais.

Irrompi pela porta e saí para a calçada, grata por constatar que o sol pelo menos ainda estava no céu. Se eu tivesse saído para um mundo azulado, não tinha certeza se teria sido capaz de sobreviver àquilo sem ficar maluca. Respirei fundo, tremendo, andando tão rápido que podia sentir meu cabelo balançando de um lado para o outro às minhas costas.

Maldito Ryan! Egoísta maldito!

— Você será perdoada — ouvi o grito vindo da frente das lojas.

Me virei. Ali, sentado no degrau de uma loja Tudo por $ 1,99, estava o Oráculo Dan, segurando a blusa ao redor de si protetoramente. Estava sentado na mochila.

— Seremos todos perdoados — ele acrescentou.

Senti o ódio me queimando por dentro, desde a sola dos meus pés e tomando conta de todo meu corpo. Marchei na direção dele, cobrindo metade da distância rapidamente. Ele pulou, como se estivesse com medo de ter que fugir de mim, um pensamento que achei absurdo. Era eu que deveria ter medo dele. Até ele me via como uma pessoa ruim? Eu podia ser classificada assim tão facilmente? Bem, eu não era uma pessoa ruim. E tinha certeza absoluta de que não ia ser classificada daquele jeito. Especialmente não por um cara como o Oráculo Dan.

Ache seu rumo... Boom... Boom... Boom...

— O que você sabe sobre isso, hein? — gritei. Ele não respondeu. — O que você sabe sobre qualquer coisa? Você é só um velho maluco que fica parado por aí o dia todo falando merda e agindo como se fosse algum tipo de profeta. Bem, você não é. Você é maluco e não é um profeta e ninguém ouve nada do que você fala.

Me virei e estava indo embora, mas a adrenalina me carregou de volta, e quando vi estava apontando para ele de forma acusadora.

— E um ladrão! Você é um ladrão! É você quem rouba. Não eu! Sou uma pessoa decente e você... você só é... nojento.

Minha voz falhou no final. Uma lufada de vento a levou embora, mas eu sabia que ele tinha ouvido. Estava com a sensação de ter sido preenchida com algo odioso, algo que tinha medo de libertar desde que a polícia tocou a campainha no dia em que minha mãe morreu, três anos atrás. Eu não gostava daquilo. Não queria ser aquela pessoa. Não queria ser a pessoa que Jonas e Bettina achavam que eu era. Não queria ser uma das crianças *que nem eu*, como Lexi e Hannah achavam que eu era. Não queria ser a pessoa que Gail e Peter tinham medo de que eu me tornasse. E não queria ser uma maldita órfã.

O vento carregou minhas lágrimas para as laterais do meu rosto e eu podia senti-las em meus cabelos quando ele batia no meu rosto e no meu pescoço. O Oráculo Dan me encarava, com o rosto sem expressão. Eu o encarei, abrindo e cerrando os punhos, em uma batalha interna sobre se devia ou não pedir desculpa. Desculpa? Por quê? Eu não tinha dito nada que não fosse verdade. Não tinha dito nada que todo mundo não estivesse pensando. Não tinha dito nada que ele já não soubesse.

Ele abriu a boca e só ficou parado daquele jeito por alguns instantes — com a boca aberta sem dizer nada. Um carro passou por nós, nos assustando com o ronco do motor e nós dois o seguimos com o olhar. Quando o carro foi embora, ele abriu a boca novamente.

— A lua está chegando — declarou. Calmo. Como se quisesse conversar. — Está chegando, e você sabe o que isso significa.

— Deixa pra lá — disse, e segui para casa, deixando o Oráculo Dan em seu degrau, com sua mochila e a lua da destruição.

Então, eu ia observá-la também. Por que não? Eu não tinha mais nada para fazer naquela noite. Ou em qualquer noite depois daquela. Aquela merda de lua podia aparecer roxa e com listras cor-de-rosa, que eu não estava nem aí. Eu não tinha mais um trabalho. Não queria ver meus amigos nem o Lucas Gostosão. E estava de castigo pro resto da minha vida.

Peter me disse que mais cedo ou mais tarde Gail ia superar, mas naquele momento não parecia muito provável. A ligação de Jonas a pegara de surpresa, ela tinha dito. Ela nunca teria imaginado que eu faria algo tão baixo. Roubar dos pobres, francamente, Destiny. Que humilhante. Eu era uma vergonha. Como ela iria encarar a congregação de novo? Como ela iria encarar Jonas de novo? E eu tinha sequer parado para pensar no que minhas ações podiam fazer para Ryan, que ainda trabalhava lá?

Aquilo me teria feito rir alto se não tivesse feito eu me contorcer de raiva. Se eu tinha pensado em Ryan? Apenas em todos os segundos desde que tinha deixado o Oráculo Dan. Eu não tinha pensado em mais nada.

Então eu resolvi observar a lua naquela noite. Eu deixaria que ela banhasse de azul meus braços, minhas pernas, meu corpo e meu rosto. Deixaria que ela explodisse seu azul em mim inteira, seja lá o que aquilo significasse. Ficaria lá sentada celebrando com um refrigerante e aperitivos, igual a todo mundo, afinal a intenção era essa, não é mesmo?

Gail e Peter levaram *os naturais* para o observatório. Parece que as filas estavam se estendendo desde o estacionamento até o topo da torre, mas a vista valia a pena quando se chegava ao topo. Eu não fui convidada. Não esperava ter sido. E não teria ido, mesmo que eles implorassem.

Eu estava do lado de fora há quase uma hora, com um pote de pipoca apoiado na minha barriga, deitada em uma espreguiçadeira meio quebrada com as tiras de plástico apertando minha bunda. Tinha encarado a lua por tanto tempo que via a forma permanente de uma lua roxa sob minhas pálpebras toda vez que eu piscava. Ótimo. Perfeito. A lua azul estava se tornando parte de mim. Eu a recebia de braços abertos. *Ache seu rumo, menina. Ache seu rumo, antes que a lua exploda todo seu azul sobre você.*

Quase não percebi quando a luz da varanda foi acesa e apagada. Não olhei para ver quem era. Não me importava com quem fosse. Qualquer pessoa seria uma companhia melhor do que eu.

Ouvi a porta de correr de vidro se abrir e fechar de novo, e passos se aproximando por trás de mim. Eu sabia pelo modo de andar e pelo leve cheiro de cigarro nas roupas que era Ryan. Ele parou e então houve um som farfalhante dele se movendo pelo terreno, até que, um por um, os sapatos foram largados no chão ao lado da cadeira. Eu mal olhei para eles. Vê-los fazia meu coração doer.

Por um longo momento, nenhum de nós dois falou nem se mexeu. Então, ele foi até a mesa do pátio, pegou uma cadeira e a arrastou para a calçada de concreto, colocando-a do lado da minha. Deu a volta e se largou nela, cruzando os pés na altura dos tornozelos. De canto de olho, eu via que suas meias brancas pareciam azuis.

— Você acha que ela está ficando menor? — perguntou.

— O quê?

Arrisquei olhar para ele. O tecido de sua jaqueta jeans tinha um buraco na altura do cotovelo. Não demoraria muito até que Gail exigisse que ele a jogasse fora. Que bom! Que ela o faça jogar coisas fora. Queria mais era que ele tivesse que jogar tudo fora depois do que fez.

Ele apontou para a frente.

— A lua. Parece que está ficando menor. Quero dizer, não está mais tão cheia, sabe? — Ele inclinou a cabeça e fechou um dos olhos. — Droga, sei lá. Acho que eu só estou olhando pra ela por tempo demais. Você não acha estúpido o modo como estamos todos olhando para ela? Como se ter uma pedra gigante flutuando ao nosso redor o tempo todo não fosse impressionante o bastante, né? Temos que esperar algo esquisito acontecer com a lua antes de começar a prestar atenção nela. E então ficamos todos "ai meu Deus, como é incrível!". Mas, se você parar pra pensar, a lua já é incrível pra caramba por si só. E todos nós deveríamos estar pensando "ai meu Deus, procurem abrigo!" ou algo assim. Porque provavelmente ela vai matar todos nós.

— Que pensamento otimista — comentei.

— Sou uma pessoa otimista.

Estudei a lua com mais atenção, me sentindo um pouco da maneira que Ryan falou, como se tivesse olhado para ela por tempo demais e não conseguisse mais saber o que ela estava fazendo.

— Está igual — respondi.

— Hã?

— Não está ficando menor. É a mesma lua há semanas. Nada mudou.

— Provavelmente.

Ele cruzou uma perna sobre a outra e começou a puxar os fios soltos na barra da calça jeans. Gail logo ia obrigá-lo a se livrar dela também.

— Então, por que é que você não está na casa da Lexi hoje?

Olhei feio para ele.

— Ah, é... Verdade.

— É — falei. Me virei na direção dele. — Por quê, Ryan? Você podia ter pedido para o Peter comprá-los pra você. Tenho certeza de que ele compraria. Gail está sempre tentando fazer você se vestir melhor.

Ryan deu de ombros, seus lábios se curvando tanto que parecia estar fazendo beicinho.

— Então é assim? Eu fui demitida e agora todo mundo acha que eu sou uma ladra, e tudo o que você faz é dar de ombros como se não fosse nada de mais?

— E é?

Seu queixo se moveu para frente. Uma correção. Ele não parecia estar fazendo beicinho, parecia estar com raiva.

— É o quê?

— É algo de mais perder um trabalho de bosta pelo qual você nem é paga? Eles são pagos para nos abrigar, mas isso não é o bastante. Eles querem que a gente trabalhe pra eles, mas isso também não basta. Eles querem que a gente trabalhe de graça, só pro caso de ainda ter restado algum fio de dignidade em nossas vidas. Falando sério, quanto eles vão ganhar com esses sapatos? Dez dólares?

— Essa não é a questão — respondi.

— Bem, então qual é a questão?

Eu me sentei, derramando pipoca do pote no pátio.

— A questão é que você está provando que eles estão certos quando faz uma coisa dessas, e eles estão errados.

— Como você sabe? Talvez eles estejam certos e nós, errados. Talvez a gente esteja preso aqui por um motivo.

— Sem chance. — Eu me curvei e coloquei o pote no chão. — Pra começar, aqui não é tão ruim. Eu não me sinto presa. E se você baixar a guarda, talvez também não se sinta. A Gail é legal e o Peter não é um cara mau, e *os naturais* geralmente não pegam no nosso pé. A gente podia estar numa situação bem pior.

Ele apoiou os cotovelos nos joelhos e a cabeça nas mãos. Esfregou os olhos com a palma das mãos.

— Não estou falando sobre estar preso nessa casa com essas pessoas. Estou falando de estar preso *aqui*.

— Não entendi.

— Indesejado! — ele gritou. — Ok? Estamos presos na zona dos indesejados e outras pessoas não estão. E eu não entendo o que os faz tão especiais, mas não a mim. Por que eles podem ter pais e eu não? E isso até pode parecer algo que uma criança diria, mas é o que eu sinto. E não quero parecer cruel nem nada, mas é como você também deveria se sentir, Destiny, porque você está na zona dos indesejados tanto quanto eu.

Perdi o fôlego. Era assim que devia me sentir? Eu sentia muitas coisas. Muitas coisas confusas e ruins. Mas nunca tinha me ocorrido que deveria me sentir indesejada.

— Você não é indesejado — respondi, deixando de lado suas palavras e meus pensamentos. — A sua mãe está passando por um momento ruim. Ela vai se acertar e vai te levar de volta. Daqui a pouco, provavelmente.

— Não, ela não vai.

— Sim, Ryan, ela vai. E você não vai querer estar na prisão quando ela chegar aqui. E, a propósito, eles certamente teriam conseguido uns 30 dólares por esses tênis.

Ele se recostou na cadeira novamente, o cabelo revolto em meio aos seus dedos.

— Eu não tô nem aí pra merda dos sapatos! — ele gritou em direção ao céu.

— Bem, eu me importo — respondi. — Enquanto você está uivando por aí com essa besteira de zona dos indesejados, alguém tem que...

— Ela ligou — interrompeu ele.

— Quem? — perguntei, apesar de estar com um sentimento de agonia que me dizia exatamente quem era. Engoli a inveja que queria crescer dentro de mim.

— Minha mãe — Ryan respondeu, olhando em meus olhos pela primeira vez desde que tinha vindo para fora. A aura azul fazia seus olhos parecerem quase pretos. Eles brilhavam com uma umidade que poderia ser um indício de lágrimas. — Ela me ligou.

Uma longa pausa. Estendi a mão e encostei em seu braço. A jaqueta dele parecia suja até mesmo ao toque, arenosa.

— Que ótimo, Ry.

Ele puxou o braço da minha mão com raiva.

— Não. Ela me ligou para dizer que estava... como foi que ela explicou? Ah, sim: *abrindo mão de seus direitos*. O jeito mais rebuscado que já a vi falar, aliás. — Apenas olhei para ele, sem entender. — É um jeito chique de dizer que ela não me quer mais. Assinou os papéis para o Governo. Como se eu fosse um carro usado ou objeto sem serventia.

Meu coração murchou, deixando meus ouvidos apitando. De repente, eu nem conseguia mais ver o azul. Tudo o que via era o preto dos olhos de Ryan, a dobra entre eles que continha um furacão de emoções.

— Não entendo.

Ele riu.

— Bem, irmãzinha, nem você, nem eu. Aparentemente é porque ela não consegue mais lidar com três filhos. Um é pouco. Dois é bom. Sorte das minhas irmãs, né? Porque três, aparentemente, é demais. Especialmente quando um deles é um delinquente que gosta de fazer coisas do tipo fumar, matar aula e roubar sapatos. Ela disse que não consegue me controlar e espera que o Governo faça um trabalho melhor. Tradução: *até mais, otário, espero que você não passe a vida inteira na prisão, mas se passar, tudo bem, não é problema meu.*

Ele deslizou para baixo, para que pudesse encostar a cabeça nas costas da cadeira e então pôs um braço sobre os olhos.

— Meu Deus, sinto muito, Ryan — disse. — Eu não sabia.

— Dane-se — ele respondeu. — Não me importo. Ela nunca foi legal comigo mesmo.

Mas eu sabia que não era verdade. Ele se importava. Ele tinha acabado de dizer isso alguns momentos antes.

— Então você pegou os sapatos pra, tipo assim, provar que podia se virar sozinho?

Ele riu alto, deixando o braço cair do rosto e balançar, largado, ao lado do corpo.

— Eu peguei os sapatos porque eles são incríveis.

Ele riu mais um pouco e eu não pude deixar de sorrir desajeitado, enquanto o observava. Quando se acalmou, ele se inclinou sobre o braço da cadeira, na minha direção.

— Me desculpe. Eu não queria que você levasse a culpa.

— Tudo bem — respondi.

— Não, não está. Você está certa. Nós podemos estar na zona dos indesejados, mas isso não significa que temos que deixar o resto do mundo nos ver dessa forma. Eu deveria cuidar de você e você de mim. Porque se nós não cuidarmos um do outro, estamos os dois ferrados. Ninguém mais vai defender nenhum de nós.

Ele estava certo. E foi quando ele falou a última parte que me toquei que ele também estava certo sobre nós dois estarmos na zona dos indesejados. Sua mãe estava abrindo mão dele, mas de certa forma minha mãe fez o mesmo, não é? Ela só não o fez com documentos e advogados e um monte de desculpas sobre eu ser difícil de lidar. Ela abria mão de mim a cada pedra de cocaína. A cada namorado viciado em metanfetamina. A cada garrafa de uísque, a cada noite perdida. Ela abriu mão lentamente ao desistir de mim. Ao desistir da vida. Ao não me falar quem era meu pai antes de morrer. Pelo que eu sabia, meu pai podia ser o Oráculo Dan de outra pessoa.

Olhei para a lua de novo. O azul pareceu se aprofundar, se ondular e acenar para mim.

Boom.

— Vou devolvê-los — disse Ryan, alcançando os sapatos, que ainda estavam no chão entre nós dois. — Vou explicar tudo para o Jonas. Se tudo der certo, ele não vai chamar a polícia. Vou estar na merda com os Midcaps, mas posso lidar com isso. Você não acha que eles vão, sei lá, me mandar de volta, acha?

— Quer saber de uma coisa? — falei, colocando minhas mãos sobre as dele, que estavam apoiadas nos sapatos. — Não se preocupe com isso. Eu vou levá-los.

Pois é, eu estava de castigo e, é, provavelmente ia pagar caro por isso, mas havia algo no que Ryan tinha falado que me trouxe uma convicção. Sabia exatamente o que precisava fazer.

Ache seu rumo, menina.
Boom.
Eu precisava cuidar de uma pessoa na zona dos indesejados.

Se eu fosse rápida, Gail e Peter nunca iam descobrir que tinha saído. Ryan me ajudou a ganhar tempo ao ligar para Jax e lhe pedir um favor. O interior do carro de Jax fedia a maconha e chulé, mas eu não podia reclamar. Ele tinha vindo do outro lado da cidade até ali só para me dar uma carona até um lugar para o qual eu poderia ter ido a pé.

— Obrigada por isso — disse. Dobrei minhas mãos sobre a sacola de papel no meu colo. Estava pesada, as latas dentro dela apertavam minhas pernas.

Ele curvou levemente a cabeça.

— Sem problema — respondeu. — Eu não estava fazendo nada mesmo.

— Nenhuma festa de contemplação?

— Talvez mais tarde. — Ele girava um palito de dente na boca pensativamente. — Já tô meio cansado delas, pra ser sincero.

— Pois é.

O rádio mudou de um comercial para uma música e ele mexeu no painel para aumentar o volume. O carro vibrava ao meu redor, tanto pelo escapamento quebrado quanto pela forte batida do rádio. Não me importava. Havia algo naquilo que era um pouco reconfortante. Como se estivéssemos isolados do resto do mundo.

Logo, nós tínhamos estacionado no parque. Estava escuro como sempre, o que dava a impressão de que praticamente qualquer coisa podia acontecer ali. Pela primeira vez, comecei a ter dúvidas sobre o que ia fazer. Talvez isso fosse perigoso e estúpido. Ou talvez meus instintos estivessem certos.

De qualquer maneira, eu tinha uma lanterna grande que Ryan tinha me dado. Era uma arma que ele guardava sob o travesseiro enquanto dormia desde seu último lar adotivo, que tinha uma violenta gangue de irmãos, cuja maior felicidade era espancar alguém que estivesse dormindo e então vasculhar seu armário e suas gavetas, procurando por algo de valor.

A lanterna estava no meu bolso. Acesso fácil. Mas algo dentro de mim dizia que eu não ia precisar dela.

Vi uma sombra se mexer entre as árvores, acomodando-se em um banco.

— Ok, pode parar aqui — disse a Jax.

Ele ergueu as sobrancelhas e diminuiu o volume da música.

— Tem certeza?

Assenti.

Ele jogou o carro para o acostamento e estacionou. Fiquei sentada, sem me mover, apenas observando, nervosa de repente.

— Quer que eu te espere um pouco? — perguntou.

Balancei a cabeça em negativa.

— Vou ficar bem.

Ele olhou pela janela de novo.

— Não, vou ficar por aqui.

— Faça o que achar melhor.

Eu fiz a linha *blasé*, mas por dentro estava muito agradecida. Jax era mais legal do que as pessoas pensavam. Algo com o que eu podia me identificar.

Abri a porta e saí do carro, levando a sacola comigo. Me virei antes de fechar a porta.

— Pode demorar um pouco.

Jax recostou no assento, pegou seu telefone e abriu um aplicativo.

— Tô de boa.

Fechei a porta, que estalou só alto o bastante para a pessoa no banco virar e observar. Eu podia ver seus olhos brilhando na escuridão. O que era esquisito, porque até aquele momento a lua azul tinha feito os olhos de todo mundo desaparecerem. Quando me viu, pegou o monte de tecido ao seu lado — que supus ser sua mochila — e ficou tenso, como se estivesse preparado para correr. Parei, apenas por tempo o bastante para ele ver que eu não faria nada ameaçador. Por fim, ele pareceu relaxar e recostar de novo.

Respirei fundo e me aproximei do banco, meus pés calçados com sandálias ficaram molhados pelo orvalho que já tinha começado a se formar na grama. Mais do que ver, eu podia senti-lo me observando. Fiquei parada ao lado do banco por um bom tempo antes de pôr a sacola no chão com um ruído metálico.

— Tem um abridor de latas aí — falei.

O Oráculo Dan me avaliou, de boca aberta.

— Vai, pega.

Devagar, ele se curvou e abriu a sacola. Latas de pêssegos, espaguete e chili — todas diretamente furtadas da dispensa de Gail — se esparramaram e rolaram na grama sob o banco. Ele tocou algumas das coisas com cuidado e olhou para mim novamente.

— E uma colher e um garfo. O que provavelmente vai me deixar ainda mais encrencada do que já estou, mas tudo bem. Se eles realmente acreditam em caridade... — Sentei na ponta do banco. Ele ainda não tinha falado nada. — E, enfim, tem isso aqui.

Enfiei a mão na sacola, as dele se desviando das minhas como se eu estivesse pegando fogo, e tirei de lá os tênis roubados.

— É melhor você não deixar Jonas te ver usando esses aqui. Mas se ele vir, é só dizer que fui eu que te dei. Ele vai acreditar. Ah, e tem meias também. Pouco usadas.

Eram as meias de Ryan, algumas das meias novas que Gail tinha comprado para ele e que ele só tinha usado relutantemente enquanto suas meias sujas estavam lavando.

E eis a parte engraçada. O Oráculo Dan não chorou nem tentou me abraçar, nem me agradeceu imensamente ou me perguntou o porquê daquilo. Ele simplesmente vasculhou a bolsa, pegou um pacote de biscoitos e o abriu, como se fosse algo que fizesse todos os dias. Eu me ajeitei para ficar confortável no banco e olhei para o céu.

Boom. Crash. Pow. Você está morta.

Era o que ele tinha dito. Mas ele estava errado. De certa forma, eu nunca tinha me sentido tão viva. Pela primeira vez, desde que tinha abarrotado tudo o que eu tinha dentro um saco de lixo e rumei completamente insegura para uma vida desconhecida num lar adotivo, senti um torpor que eu nem sabia que existia saindo de dentro de mim. Eu me senti viva e alerta e conectada de um jeito que nunca tinha me sentido antes.

Ryan estava certo — nós estávamos na zona dos indesejados. Mas ele estava errado ao pensar que isso significava que estávamos sozinhos. Nós não precisávamos estar sozinhos. Nós tínhamos um ao outro. Nós tínhamos pessoas como o Oráculo Dan. Nós poderíamos criar a nossa própria zona dos desejados e viver lá não porque fomos desejados desde o nascimento como os afortunados, mas porque acreditávamos que merecíamos ser desejados. Porque sabíamos do nosso valor. E porque valorizávamos uns aos outros.

Boom. Crash. Pow. Você está viva.

O Oráculo Dan comia com vontade e mastigava ruidosamente perto de mim. Eu podia ouvir seu estômago roncar enquanto ele devorava os biscoitos. Então me peguei pensando no meu pai, se estaria vivo ou morto. E se estivesse vivo, será que ele era muito diferente do Oráculo Dan? Será que andava por aí todo sujo e desvairado, roubando para não morrer de fome? Será que havia alguém por aí que tentava trazê-lo para a zona dos desejados? Será que, em algum outro lugar distante daqui, ele estava sentado no banco de um parque com uma garota como eu, comendo biscoitos e olhando para o céu?

Eu acreditava que tudo era possível. Tão possível quanto uma lua azul.

Levantei meus braços e os examinei cuidadosamente. *Ache seu rumo, menina, antes que a lua exploda todo seu azul sobre você. Que estranho,* pensei... Era difícil dizer se o azul estava me cobrindo ou se estava emanando de mim. Eu podia jurar que, em vez de explodir sobre mim, o azul resplandecia de dentro mim, brilhando pela minha pele — a cor da libertação.

Eu abaixei os braços e voltei minha atenção para o céu.

— Você acha que ela está ficando menor? — perguntei.

O Oráculo Dan virou o pacote na minha direção. Estiquei a mão e peguei um biscoito.

Ele parecia azul sob a luz da lua.

Este livro foi composto com tipografia Electra Std e impresso
em papel Off-White 70 g/m² na Intergraf.